U0106583

破碎与梦想

至暗之光里的五代十国（下）

花竹散人 著

长江出版传媒
长江文艺出版社

目录

第四章

后唐十四年

后唐（923—936年）是五代十国时期统治疆域最广的朝代，李存勖在位期间，灭后梁，并岐国，吞前蜀，而且当时对契丹仍然保有幽云地区，比五代的其他四代，领土要大得多。按照现在的行政区划来看，后唐的辖境大约相当于现在的北京、天津、河北（缺一小块）、山东、山西、河南、陕西、重庆、四川（缺一小块），再加上甘肃、宁夏的一部分和江苏、安徽的淮北部分以及湖北省北部地区。之前是梁晋吴蜀四分天下，后唐以一灭二，天下四分已得其三。李存勖如果注意生产经济的恢复和政治体系的建设，稍有善政，则消灭其他割据政权进而实现统一，是非常有可能的。但是李存勖有几个致命的弱点，使得他很快败亡。让我们看看这位让人扼腕叹息的李亚子吧。

第一节

这是灭梁胜利的结束，也是后唐失败的开始（924年）

1. 复用阉宦

庄宗灭梁后，信用宦官。从李克用时代起，这个家族就与宦官结下不解之缘。李克用的启用，就是出于大宦官杨复光的举荐。杨复光死后，李克用又与其弟杨复恭关系密切。杨复恭专横跋扈，称唐昭宗为“负心门生天子”。杨复恭与昭宗皇帝闹翻后，在逃往河东李克用的途中被杀。李克用为其上表，迫使朝廷为杨复恭平反。朱温诛杀宦官，河东又成为宦官的避难所。我们在这里，并非是要否定所有宦官，前面提到的张承业就是一位千古贤人与忠臣。但是李存勖对宦官的宠幸，并无节制与选择，这必然带来朝政的混乱。

后唐同光二年（924 年）正月，朝廷命令将唐朝内宦及诸道监军以及私人所蓄寺人，不论贵贱，一律送至京城。自唐昭宗天复三年（903 年）诛灭宦官，一直由士人充任的内诸司使，至此复以宦官担任。在此之前，庄宗身边已有五百宦者，此后增至一千人，待遇优渥，并委以重任，视为心腹。于是，宦官又开始干预政事。不久，又依唐制，置诸道监军，以宦者任之。遇节度使出征或赴阙下，军府之事均由监军决定。常有监军欺凌主帅，专势争权，唐朝宦官专权之局再次死灰复燃，引起朝堂之内和藩镇之外的上下不满。

2. 宠信优伶

宠信并且重用伶人，是庄宗在政治上的一大特征。庄宗自幼喜音律、好俳优，多与伶人交往。早年间李存勖还是晋王时就是如此，只是当时忙于四处征战，在这方面没有那么多时间和精力。灭梁以后，自以为天下太平，便放纵起来。

比如当年李存勖喜爱的伶人周匝被梁军俘虏，得到后梁教坊使陈俊和内园使储德源的保护。庄宗进入汴梁后，周匝前来觐见，庄宗大喜。周匝诉说自己在后梁多亏陈、储二人，才得与庄宗相见，请求庄宗授予二人刺史之职，以为报答。庄宗竟然满口答应，授予陈俊景州刺史、储德源宪州刺史。郭崇韬谏阻，庄宗曰："吾已许周匝矣，不可使吾惭见此三人。"时亲军有从帝百战而未得刺史者，闻之莫不愤叹。

刺史乃是牧民之官，何等重要，庄宗授之如同儿戏，荒唐如此，安得不败？

庄宗还经常粉墨登场、参与表演，自取艺名为"李天下"。有一次表演因化装，大家都不认识他这个皇帝了，他便假惺惺地冲上台，四处张望着呼喊自己的艺名取乐："李天下？李天下何在？"伶人敬新磨上前打了庄宗几记耳光，庄宗一时愣住不知所措，其他伶人都大惊失色。敬新磨却不慌不忙地说道："理天下者只有一人，尚谁呼耶？"听到此话，庄宗大悦，厚赐之。被一个伶人扇了耳光还如此高兴，真是让人无语。

前文提到的扇庄宗耳光的敬新磨也算一个良善之人。一次庄宗游猎到中牟县，骑马践踏了百姓的庄稼，中牟县令上前劝道："陛下乃百姓父母，为何要践踏百姓的庄稼呢？"庄宗怒他多嘴，把县令斥退，并要处死这位县令。敬新磨追回这个县令，带他来到庄宗马前，假装责备道："你是县令，难道不知天子喜欢游猎吗？为什么纵容百姓种田，阻碍吾皇驰骋？你真是罪该万死！"庄宗闻得此言，哑然失笑，也就赦免了这个县令。不过伶人之中，如敬新磨者，又能有几人？

庄宗宠信伶人，诸伶人出入宫禁，侮弄缙绅、专权用事、贪污受贿。群臣有的敢怒而不敢言，有的交结依托伶人以求恩泽，四方藩镇也争相贿赂伶人，使得伶人愈加肆无忌惮地干预政事。其中伶人景进最得庄宗信任，庄宗时常命他出访民间，事无大小，皆可直接禀报皇帝。每次景进奏事，庄宗都要屏退左右，也常常让他参与军机国事的决策，三司使孔谦称其为兄，呼作"八哥"。庄宗进入洛阳的时候，由于宫室广大，显得非常冷清。于是庄宗命景进负责选取民间美女千人充实后宫。景进仗势弄权，无论官民军士，女子皆在采选之列，致使军士妻女逃亡流散。

枢密使郭崇韬对伶人素来厌恶，常常加以抑制，因此伶人大多心中痛恨郭崇韬。后来郭崇韬与魏王李继岌伐蜀，就是因刘皇后听信宦官和伶人的谗言，指示李继岌杀死郭崇韬，并酿成大祸。此是后话了。

不过庄宗确实有许多艺术细胞，他的词写得很好，下面就是庄宗的一首作品：

忆仙姿·曾宴桃源深洞

曾宴桃源深洞，
一曲清歌舞凤。

长记欲别时，
和泪出门相送。
如梦！如梦！
残月落花烟重。

正如词中所唱，庄宗李存勖的一生，当真如梦似幻。

3. 刘氏为后

后唐同光二年（924 年）二月，庄宗立魏国夫人刘氏为皇后。刘后，魏州（今河北大名东北）成安人，出身寒微，其父刘叟以卖药算卦为生，人称刘山人。庄宗在魏州时，刘山人来寻女，内臣袁建丰认识这位老人正是刘氏之父，刘氏却不愿意认自己的亲生父亲，说道："妾离乡之日，妾父已经死于乱军之中，当时妾还环尸而哭。此田舍翁为何人，竟敢前来冒充？"命人将刘山人打出宫门。庄宗明知此人是刘氏的亲生父亲，却也不便说破。有皇后如此，国家的命运也就可想而知。刘氏生性凶悍，常与后宫其他嫔妃争宠。由于她出身低贱，特别忌讳别人提起自己的身世。庄宗喜好俳优，有一次穿上和刘叟一样的衣服，背着药囊卦筹，拿着拐棍，命其子李继岌手持破帽相随，直入刘氏寝宫，说道："刘山人前来探望女儿。"刘氏大怒，但又不好对庄宗如何，只好在李继岌身上撒气，将其痛笞一顿赶出宫去。此事一时传为宫中笑谈。

刘氏不认亲生父亲，却自愿认张全义为义父。张全义久居洛阳，他在黄巢起义时就开始恢复洛阳生产，事迹前面已经提到。张全义在后梁时已经封王，家财丰厚。庄宗攻占梁都开封，他从洛阳赶去觐见，泥首待罪。由于在后梁时他常通过其弟张全武秘密与太原方面交往，所以庄宗待他很客气。张全义表示自己"曾栖恶木，曾饮盗泉，实有瑕疵"，改去朱温所赐之名，并请李存勖在洛阳行郊天之礼，公开表示效忠新朝。有一次庄宗夫妇造访其家，刘皇后贪图钱财，竟然对庄宗说："臣妾幼年遭逢战乱，失去父爱，愿认张全义为父。"张全义自然不会拒绝，他诚惶诚恐，认下这个皇后干女儿，并献出大量财宝作为见面礼；以后每年都进献大批财物，保住荣华富贵。

刘后专务蓄财，四方贡献平均分作二份，一上天子，一入中宫，中宫宝货堆积如山。刘后贪婪至极，拥有大量财富仍是欲壑难填，她以皇后的名义经商，与民争利，甚至樵果菜蔬也不放过，往来兴贩，乐此不疲。刘皇后积累大量财富，但是除了写佛经和施舍僧尼之外，不舍纤毫，当真是比葛朗台还要葛朗台。同光三年（925 年）黄河发生大水灾，两岸的百姓流离失所，无以为生。由于漕路断绝，粮食难以运抵京师，就连京师也供应不足，六军士兵也常有饿死者。可是庄宗与刘后全然不顾，仍然游猎宴乐不绝，所到之处，都要当地百姓供给，百姓甚至卖家鬻产以供之。不仅百姓怨声载道，就连当地官吏也因畏惧而逃窜于山谷，何其滑稽荒唐！到了第二年春季，新粮未收，百姓军士仍然无以为生。国库无钱（前面已经说过，庄宗财政半入国库为公用，半入内库为私财），宰相请求打开内库以供养军队，庄宗已经同意，可是刘皇后偏偏不肯。宰相在殿上再三论请，刘后在屏风后面偷偷听着，竟然闯至殿前，拿出自己的几件首饰，并把皇帝的幼子满喜推出来，对庄宗说道："诸侯所贡，给赐已尽，宫中所剩只有这些，请把它们卖掉以供军需。如果还不够，就把满喜也卖掉吧！"宰相哪里还敢多言，惶恐而退。后来魏州兵变，皇帝夫妇才拿出内库之物以赏军，军士们一面背负着赏赐之物，一面大骂道："我们的妻儿都已经饿死了，要这些财物又有何用？"所以一个好妻子，真的是太重要了，庄宗后来丧身亡国，刘氏难辞其咎。

这个刘后不仅贪财，而且染指朝政。皇后的教命与皇帝的制敕交替下达于藩镇，内外皆奉之如一，政事因之混乱。内外官员争先恐后地贿赂刘皇后，以求官职。后梁的佞臣与叛徒段凝改名为李绍钦之后，仍做滑州留后。后来段凝通过大肆贿赂刘后，升任泰宁节度使。河中节度使朱友谦通过贿赂刘后，得到赐名李继麟。康延孝通过贿赂刘后，得到赐名李绍琛。挖掘唐室皇陵的盗墓贼——匡国节度使温韬通过贿赂刘后，得到赐名李绍冲。皇后乱用教命，终于在后来酿成大祸。

4. 后唐整顿货币，禁铅铁锡钱

后唐同光二年（924 年）三月，因江南、湖广等地铸钱杂以铅锡，流至北方，商人以此换好钱收藏，已成流弊，朝廷下诏各地禁断行市行用铅锡钱。沿江与南方接壤各州县，凡有船入境一律严加检查，发现有夹带恶钱，一律没收。

5. 后唐精核选人

唐末丧乱，缙绅之家多将告身（委任状）出售，故选人（候补官员）冒滥者众。后唐同光二年（924 年）春，枢密使郭崇韬鉴于选人伪滥严重，命有司对选人精加考核。此次整饬，参与南郊祭祀的一千二百员职事官，十之八九被涂毁告身，注官者才数十人。选人或号哭道路，或馁死逆旅。

6. 甘州回鹘入贡后唐

后唐同光二年（924 年）四月，甘州回鹘权知可汗仁美遣都督李行释迦、副使铁林、都监杨福安等六十六人入贡于后唐。六月后唐遣使册封仁美为“英义可汗”。

7. 契丹犯唐

后唐同光二年（924年），也即契丹天赞三年正月，契丹寇唐境，兵至瓦桥关（今河北雄县西南），后唐以天平节度使李嗣源为北面行营都招讨、霍彦威为副，往幽州救援。契丹军不久北还。后唐以李绍钦（段凝）、董璋戍瓦桥关。三月，镇州（今河北正定）、幽州（今北京）又报有契丹兵来犯，唐以李绍斌（赵德钧）北援。契丹兵屯于幽州城外，时常劫掠唐馈运。九至十月，契丹连续犯后唐幽州、易定。十二月，唐以李嗣源北出备边。同光三年（925年）二月，以李绍斌为卢龙节度使，守幽州。

8. 李茂贞去世

李茂贞（856—924年），本名宋文通，深州博野（今河北蠡县西南）人。以镇压黄巢起义有功，为神策军指挥使。僖宗驾播兴元（今陕西汉中），以宋文通护驾有功赐姓名李茂贞。光启三年（887年）授凤翔节度使、陇西郡王，从此割据一方与诸镇争雄，数度进逼长安。乾宁二年（895年）胁迫昭宗出幸凤翔。光化年间被封为岐王。后梁篡唐，李茂贞辟地一隅，开岐王府，拟天子之制，但仍奉唐正朔。后唐灭梁，李茂贞上表称臣，同光二年（924年）二月李茂贞晋爵为秦王，四月卒。

9. 李严使蜀后唐同光二年（924 年）

前蜀乾德六年（968 年）四月，后唐以客省使李严出使蜀。李严入蜀，向蜀主盛称庄宗威德及混一天下之志，音辞清亮。并且说到朱温篡唐之时，诸侯并无勤王之举。王宗俦认为李严侮辱蜀国，向蜀主王衍请求斩杀李严。王衍不许。

王衍的枢密使宋光嗣设置酒宴款待李严，问唐国的事情。李严对曰："前年天子建大号于邺宫，自郓趋汴，定天下不旬日，而梁之降兵犹三十万，东渐于海，西极甘凉，北慑幽陵，南逾闽岭，四方万里，莫不臣服。而淮南杨氏承累世之强，凤翔李公恃先朝之旧，皆遣子入侍，稽首称藩。至荆、湖、吴越，修贡赋，效珍奇，愿自比于列郡者，至无虚月。天子方怀之以德，而震之以威，天下之势，不得不一也。"宋光嗣曰："荆、湖、吴越非吾所知，若凤翔则蜀之姻亲也，其人反覆，其可信乎？又闻契丹日益强盛，大国其可无虑乎？"严曰："契丹之强，孰与伪梁？"光嗣曰："比梁差劣尔！"严曰："唐灭梁如拉朽，况其不及乎！唐兵布天下，发一镇之众，可以灭虏使无类。然而天生四夷，不在九州之内，自前古王者，皆存而不论，盖不欲穷兵黩武也。"蜀人闻听李严应对之辞，愈益奇之。因为李严的言语大多冒犯了蜀国，蜀国君臣愤愤不平。李严入蜀，奉命用后唐的马匹换取宫中珍玩，而当时蜀国的法令禁止锦绮珍奇进入中原，只准许质地粗劣者流入中国，称为"入草物"。

五月，李严还唐复命，庄宗大怒，说道："王衍岂得免为入草之人乎！"李严遂向庄宗进言："王衍年幼荒纵，蜀政混乱，大军压境即土崩瓦解。"庄宗深以为然，遂生灭蜀之心。

第二节

后唐灭蜀摧枯拉朽，审之病故闽国易主

（925 年）

1. 后唐灭蜀

前蜀自去年后唐使节李严还朝后，曾加紧边防。但是后来前蜀与后唐又重新修好，先后撤回武兴（今陕西凤县东北）节度、武定（今陕西洋县）节度、天雄（今甘肃秦安西北）节度及金州（今陕西安康）等九十七军，蜀后主王衍则继续沉湎于酒色游乐，哪知后唐是外松内紧、迷惑前蜀，而加紧做伐蜀的准备。

要讲后唐伐蜀的事，不得不先向各位好好介绍后唐名臣郭崇韬。

庄宗手下的谋略之臣，郭崇韬首屈一指。夹河苦战之时，旧日名将已经所剩无几，全靠郭崇韬临机决断。七日灭梁之时，坚决主张突击大梁的就是他。后唐建国后，他任枢密使要职，军国机要都归他掌管。前面提到，唐末丧乱，缙绅之家多将告身出售，故选人冒滥者众。后唐同光二年（924 年）春，郭崇韬鉴于选人伪滥严重，命有司对选人精加考核。虽然此举目的在于整顿混乱的任官现状，但因矫枉过正，冤屈者也不在少数，由此很多人都怨恨郭崇韬。而且郭崇韬办事不避权贵，伶官、宦官为人说情请托的书信堆满几案，他一概置之不理。

郭崇韬一心为国，甚至对庄宗也是直言敢谏。这年夏天，庄宗苦于暑热，想在禁中选凉爽之处居住，都不合心意。有宦官建议说：“臣当年见长安全盛之时，大明宫、兴庆宫亭台楼阁数百，今日陛下竟无避暑之所，陛下的宫殿甚至不如公卿的府邸呢！”庄宗于是命宫苑使王允平另建一楼以避暑。这个宦官又说：“郭崇韬常常说用度不足，恐怕陛下欲建新楼，终不可得。”庄宗说：“吾自用内府钱，无关经费。”但是庄宗仍然担心郭崇韬会进谏阻止，便派中使前去告谕说：“今岁盛暑异常，朕昔在河上，与梁人相拒，行营卑湿，被甲乘马，亲当矢石，犹无此暑。今居深宫之中而暑不可度，奈何？”郭崇韬回答说：“陛下昔在河上，强敌未灭，深念仇耻，虽然有盛暑，也不介怀。如今外患已除，海内宾服，故虽珍台闲馆犹觉闷热。陛下如果能不忘艰难之时，则暑气自消矣。”得知郭崇韬的回答，庄宗默然不语。宦官继续劝道：“郭崇韬的府邸，与皇上的宫殿无异，所以他不知道您的暑热啊。”于是庄宗命令建造新楼，每日役使数万劳工，所费巨万。郭崇韬又进谏说：“今年两河水旱、军食不足，请您暂息劳役，待丰年再说。”庄宗不听。

郭崇韬在政治上与这些人对立，这对国家有利，但却也成为他将来招祸的源头。罗贯是郭崇韬任用的河南令，他也秉公办事，不徇私情，因此伶官、宦官对于郭、罗二人，恨之入骨，必欲除之而后快。而河南尹张全义在后唐仍然红得发紫，刘后甚至认张全义为义父。张全义是河南尹，是河南令罗贯的上级，他与耿直的罗贯也经常发生矛盾。张全义要袒护权贵，罗贯偏不照办，张全义也拿罗贯没有办法。庄宗从伶官、宦官、刘后等几个方面经常听到罗贯的坏话，不知不觉也积累了一肚子怨气。一次，庄宗出城视察皇太后的陵寝工程，一路上道路泥泞，所过桥梁也多有损坏。他怒问这里归谁掌管，宦官趁机说这是河南令罗贯的辖境。庄宗大怒，立即将罗贯下狱。当天，这位正直的河南令被打得体无完肤。第二天，庄宗传旨要杀罗贯。郭崇韬在庄宗面前为罗贯辩护，说道路失修，罪不至死。又说："陛下一怒而杀一县令，天下人将议论陛下用法不公，是臣之罪！"庄宗听后，更加恼火，说道："既然是公之所爱，由你裁处便是了！"话音刚落便拂袖而起，回宫去了。郭崇韬不肯罢休，跟在庄宗身后再三论奏。庄宗不肯再听，亲手关上宫门，将郭崇韬拒之门外。罗贯最后还是死掉了，暴尸府门，远近冤之。

罗贯死了，郭崇韬也时日无多了。但是此时庄宗还要用到郭崇韬。灭梁之后，庄宗一直在思考灭吴和灭蜀的问题。在高季兴入朝之时，庄宗曾问高季兴应该先灭吴还是先灭蜀。高季兴为自身考虑，觉得蜀道艰难，不容易攻取，希望让后唐的兵力被前蜀牵制，陷在蜀中，这样后唐无暇顾及其他各国，自己就可高枕无忧。因此高季兴回答庄宗道："吴国地薄民贫，取之无益，不如先行伐蜀。蜀中富饶，而且蜀主王衍荒淫无道，百姓怨望，大军一到必然望风而降。灭蜀之后，顺流而下，取吴国易如反掌。"庄宗觉得高季兴说得有道理，于是决定先蜀后吴。

罗贯死后半个月，庄宗和大臣商议灭蜀之事。庄宗采纳了郭崇韬的意见，用自己喜爱的儿子魏王李继岌做都统，以给魏王树立威望。但是魏王年轻，缺乏军事经验，因此必须要有一个名将作为实际指挥的副帅。庄宗反复思量，也只有郭崇韬能担当此任。于是任命魏王为西川四面行营都统，郭崇韬为都招讨使，率兵六万伐蜀。其实郭崇韬足智多谋，他推荐魏王李继岌做名义上的统帅是为自己考虑。他推魏王为主帅，实际上是自荐担当灭蜀重任。罗贯死后，郭崇韬知道自身难保，只有立一个大功，并且拉魏王做自己的靠山，才能够转危为安。郭崇韬哪里料到，大功劳会变成杀身大祸。

同光三年（925 年）六月，后唐诏河南、河北诸州收购战马，官吏每人最多保留一匹马，多者坐罪。

九月初十，唐以皇子魏王李继岌（存勖子）为西川四面行营都统（年幼不任事），以郭崇韬为西川东北面行营都招讨制置等使（负军事全责），率李（朱）令德、李绍琛（康延孝）、董璋等伐蜀。十八日大军西行。十月十八日，后唐前锋李绍琛攻取前蜀威武城（凤县），得城中二十万斛粮。十九日蜀将王承捷以凤、兴、文、扶四州印节降唐，唐又得四十万斛粮，八千兵马。

这边的蜀后主王衍却正在出巡游乐。咸康元年（925 年）十月，王衍下诏以巡边的名义出游，实际上全是假话，真正原因是他听镇守秦州的王承休说秦州美女很多，便垂涎欲滴，加之王承休之妻严氏貌美，才迫不及待地要去秦州。当王衍率领数万军队从成都北上之时，后唐大军已经开始进攻了。王衍听到战报，并不以为意，他认为只是臣下多事，伪造军情，阻止他前往秦州而已。一路上蜀国君臣诗词唱和，兴致盎然，自以为蜀道艰险，万无一失。十月二十日，王衍一行人到达利州（今四川广元），才确信后唐大军已经压境。王宗弼和宋光嗣对王衍说道："东川、山南的军队完好无损，陛下只需领兵扼守于此，唐军怎敢孤军深入！"王衍采纳了二人建议，任命随驾清道指挥使王宗勋、王宗俨、兼侍中王宗昱为三招讨使，领兵三万迎敌。

后唐前军连下兴州（今陕西略阳）、成州（今甘肃成县），并大败蜀三招讨使，随之兼程奔袭利州。蜀国各州镇望风而降。至十一月中，蜀国利州以北及武信（今四川遂宁）节度使所辖五州均已降唐。

王衍得知蜀军惨败的消息后惊慌失措，命令中书令、判六军诸卫事王宗弼率大军留守利州，并令其斩杀王宗勋等三招讨使，然后从利州一路狂奔，向成都逃去。

十一月七日，王衍逃回成都。次日，王衍驾临文明殿接见百官。此时的王衍早已吓得魂不附体，当着群臣的面只是不停哭泣。君臣面面相觑，竟无一人开口说一句救国的话。

十六日，蜀中书令、判六军诸卫事王宗弼自利州返回成都，在重兵的严密保护下登上大玄门楼。王衍和徐太后亲自前去慰问，王宗弼态度傲慢，毫无君臣之礼。王宗弼强行劫持蜀后主及太后、后宫、诸王，迁至西宫，没收了王衍的玉玺，又命令心腹将宫中金银珠宝都搬运至自己家中。王宗弼的儿子王承涓又趁机闯入宫中，将王衍宠爱的数个嫔妃劫走淫乐。次日，王宗弼自称权西川兵马留后。

李绍琛率领的后唐前锋部队推进到绵州（今四川绵阳）时，绵州城内的仓库、民居已经被前蜀军队焚毁。绵江上的浮桥也被毁坏，江水很深，又无船可渡。李绍琛对李严说："我军孤军深入，只可速战速决。如今，趁着蜀国上下心惊胆战之机，只需要一百骑兵越过鹿头关（今四川德阳以北），蜀国就会投降。要修好桥梁，尚需数日，一旦有人帮王衍出谋划策，封锁成都附近关卡，挫败我军攻势，时日拖延，就胜败难料了！"于是，李绍琛与李严二人率骑兵强渡绵江，最后仅仅渡过一千余人，另有一千多人淹死在江中。后唐军队顺利占领了鹿头关。

王宗弼派人携带财物、马匹、酒肉前来犒劳唐军，并将王衍的书信送给李严，信中说："你若前来，我必投降。"有人劝李严说："大人最先提出伐蜀之策，蜀人恨你入骨，不可前往。"李严却毫不介意，毅然骑马驰入成都，安抚军民，并告知蜀人后唐大军将至，蜀国君臣、后宫嫔妃哭作一团。王衍带着李严拜见徐太后，将母亲、妻子的安危都托付给李严。此时，王宗弼仍打算固守成都，李严命其撤除所有守备。

二十日，魏王李继岌到达绵州，蜀后主王衍命人草降表、降书，遣人奉迎唐军主、副帅。王宗弼声称他们君臣早就准备降唐，只因内枢密使宋光嗣、景润澄，宣徽使李周辂（lù）、欧阳晃迷惑王衍，遂将四人全部斩杀，将人头送给李继岌。王宗弼又以文思殿大学士、礼部尚书、成都尹韩昭谄媚，也将其在金马门砍头。凡是平日得罪过王宗弼的人，都被王宗弼趁乱斩杀。

十一月二十二日，李继岌到达德阳。王宗弼派人送来书信，称自己已将王衍迁至西宫，维护成都秩序，只等唐军到来。他又派儿子王承班将蜀国后宫的美女、珍宝送给李继岌和郭崇韬，想谋取西川节度使之位。李继岌却毫不领情，说道："这些都是我家之物，有何可献！"

二十六日，后唐大军至成都。二十七日，蜀后主率百官出降。王衍身穿白衣素服，口衔玉璧，手牵绵羊，脖子上拴着草绳；蜀国百官身穿麻衣丧服，光着双脚，身后有人抬棺，哀哭号叫，等待发落。李继岌接受玉璧，郭崇韬接下王衍脖子上的草绳，焚烧了棺材，代行皇帝职权赦免王衍君臣之罪。王衍君臣面向东北方向叩拜谢恩。这一套仪式完成后，二十八日，唐军进入成都。郭崇韬下令严禁军士劫掠，成都秩序井然。

前蜀自王建于大顺二年（891年）据西川，开平元年（907年）称帝，历二主十九年而亡。后唐军队从九月十八日从洛阳出发，到十一月二十八日进入成都，仅用七十天时间灭蜀，得十节度、六十四州、二百四十九县、三万兵马，铠仗、钱谷、金银等数以千万计。翌年正月，后唐迁前蜀宗族、百官数千人往洛阳。

后唐利用前蜀君主荒淫、人心崩离的时机，以雷霆万钧之势，长驱而入，步步急攻。前蜀虽有高山险阻，奈何将士破胆，非降即走。所以蜀道虽难，却丝毫不能阻滞后唐军队进攻的速度。高季兴在用膳时听到蜀亡的消息，大吃一惊，连筷子都失手落地。他悔恨交加，连说："此乃老夫之过！此乃老夫之过！"楚王马殷也怕自身难保，连忙上表请求纳还印绶，到衡山脚下养老。哪知道后唐内乱即起，他们的担心其实是多余的。

2. 后唐杀前蜀王宗弼

后唐同光三年（925年）十二月，后唐伐蜀副帅郭崇韬抓捕前蜀中书令王宗弼及王宗勋、王宗渥等，族诛之，籍没其家。

王宗弼（？—925年），本名魏弘夫，前蜀高祖王建养子，以功官至中书令。蜀后主即位，以其判六军辅政，后封齐王。后主不视事，内外官员迁徙均由王宗弼决定。后唐伐蜀，蜀三招讨使兵败，蜀后主命王宗弼杀三人，王宗弼反与三人合谋送款于唐。

返回成都后王宗弼囚禁蜀后主，掠夺宫中财宝。王宗弼又称前蜀君臣久欲归命，如果不是内枢密使宋光嗣、景润澄及宣徽使李周辂、欧阳晃蛊惑蜀主，前蜀早就投降了，于是斩杀这些人，献首李继岌；又杀了文思殿大学士、礼部尚书、成都尹韩昭等自己不喜欢的官员。王宗弼又以大量财物贿赂郭崇韬，请求任命他为西川节度使。郭崇韬为了暂时安抚王宗弼，口头上答应了他的要求，可是迟迟没有下文。王宗弼等了许久不见消息，于是以退为进，率领前蜀文武百官列队见李继岌，请求留郭崇韬镇蜀，从而引起魏王、郭崇韬二人相互猜忌。

此时宋光嗣的弟弟宋光葆从梓州来成都，向李继岌等人控诉王宗弼诬杀宋光嗣等人。同时，郭崇韬征犒军钱数万缗于王宗弼，王宗弼惜财，不愿再献，致使唐军将士怨怒，夜间纵火喧噪。郭崇韬欲诛杀王宗弼以自明，于是在请示魏王李继岌得到批准之后，召入王宗弼及王宗勋、王宗渥，斥责他们为臣不忠之罪，族诛之，籍没其家。

3. 王审知卒，子王延翰为闽留后

后唐同光三年（925年）十二月十二日，闽王王审知卒，其子王延翰自称留后。王延翰，字子逸，王审知长子。

王潮与王审知兄弟二人生活节俭，重视恢复生产和轻徭薄赋，福建之人得以安居乐业。当时北方衣冠之士南下福建者很多，王审知礼贤下士，又兴建学校，教育当地子弟。此后，福建人才辈出。福建临海，水上交通便利，王审知又开辟商港、鼓励商业，泉州港便是在此时开辟的，后来成为宋元时期的大商港。王潮、王审知兄弟统治福建三十余年，社会稳定，经济发展，百姓安乐。当时有人劝王审知称帝，王审知说："我宁可做开门节度使，不做闭门天子。"

王审知死后，长子王延翰继位。从此以后，王氏家族祸起萧墙，内讧迭起，争权不断，互相攻伐，闽境大乱，以至于亡。

4. 南汉不复通中原

南汉乾亨九年（925 年），也即后唐同光三年二月，南汉主刘岩遣使节何词入贡于唐，至邺都（今河北大名东北），观后唐形势。何词南归复命，称唐帝骄淫无政，不足畏。刘岩大喜，从此不再与中原王朝来往。南汉乾亨九年（925 年）十二月，高祖刘岩因白龙入南宫三清殿，改名刘龑，改元白龙，以承其瑞。"龑"字上龙下天，读作"俨"，是他自己造的一个字。

5. 长和郑仁旻向南汉求婚

唐末，南诏改名大礼，后又改名长和。南汉白龙元年（925 年），长和骠信（帝）郑仁旻遣其弟郑昭淳以红鬃白马求婚于南汉。南汉以烈宗刘隐之女增城公主妻之。

6. 吴与吴越绝交

吴顺义五年、吴越宝大二年(925年)闰十二月，吴越国王钱镠派沈瑫为使，致书于吴，告以受后唐册封为吴越国王之事。之前两国息兵修好，至此，吴以吴越国名与吴同，不受书，遣还使节，与吴越绝交，禁止吴越使者及商旅过吴境。

第三节

李嗣源邺都兵变，兴教门庄宗亡身
（926 年）

公元 926 年，真是个纷纷扰扰的大乱之年。本来后唐灭蜀，诸国股栗，统一大业指日可待。但是，此后的历史进程却发生了巨大的戏剧性转折。后唐庄宗李存勖灭梁之后，自以为得天下于指间，被轻易得来的胜利冲昏了头脑。皇帝、皇后夫妇二人骄奢淫逸，整日游猎玩乐；贪财吝啬，钱财进入内库而国库空虚；任百姓流亡、军士妻离子散而不知赈济抚恤；宠信伶人、宦官，伶人轻易封官刺史，将士百战而不可得；伶人、宦官乱政，欺压军士、节度使而朝政混乱；猜忌功臣，滥杀无辜，天下为之不平。天作孽尤可恕，自作孽不可活，这对皇帝夫妇的报应也不晚了。

1. 郭崇韬之死

后唐奇迹般地灭掉了前蜀，但在灭蜀的短短七十日里，后唐将帅之间的矛盾却逐渐加剧了。后唐同光四年（926 年）正月初七，伐蜀主帅魏王李继岌据刘皇后教令杀郭崇韬及其二子于成都。郭崇韬乃是灭蜀功臣，却惨遭毒手，这又是怎么一回事呢？让我们先来详细了解一下事情的来龙去脉。

郭崇韬（约 865—926 年），字安时，代州雁门（今山西代县）人，后唐重臣。后唐庄宗袭晋王位之初，中门使孟知祥荐郭崇韬代己。郭崇韬为中门使，专典机务，深受庄宗信任。庄宗与梁夹河而战十数年，在平镇州、战德胜、保杨刘数大战役中，郭崇韬多有谋划。尤其灭梁之战前，后唐面临梁四面攻击，郭崇韬力主乘梁都空虚主捣大梁。郭崇韬虽未尝征战，但以谋议之功而居佐命第一功臣，而且位兼将相，官拜侍中兼枢密使、领成德节度使，封赵郡公，食邑二千户，赐铁券，恕十死。后唐贿赂成风，郭崇韬虽不拒绝馈赠，但并未作为私有。灭梁初期，郭崇韬收取了一些财物，亲友提醒他，郭崇韬则说："我职务显要，俸禄和赏赐巨万，这点东西根本没放在眼里。但是后梁贿赂成风，现在后梁已亡，旧将刚刚投奔过来，如果坚决拒绝，那他们心里就会不安，我本无私心，东西放在我这里，就等于公库，用时我会献出来的。"果然，同光二年（924 年）南郊祭祀，郭崇韬一次献十万缗劳军钱。后唐伐蜀，郭崇韬实际主征伐之事，指挥有度，七十日灭蜀。如此功臣，而且没有谋反的迹象，怎能说杀便杀呢？

原来灭蜀基本上是郭崇韬一人在谋划指挥，平定之后所有的政事也是郭崇韬来管理，旧将招抚、官吏设置、军队与朝廷的奏报往来都是经他之手。进入成都之后，郭崇韬每日高坐堂中，办理军政大事，将领、官吏、宾客络绎不绝。反之，魏王的都统府，除每天早上将领前来参见外，就再无人造访，门可罗雀。前蜀的王侯将相要保全自己，也争先恐后地把珍宝、财物、美女进献给郭崇韬，而魏王却所得无几。

魏王李继岌并没有什么野心，再加上年轻，所以和郭崇韬也没什么冲突。但李继岌身边的宦官们却是一帮贪财的小人，见郭崇韬门前车水马龙，送礼巴结的人络绎不绝，自己却没有机会捞到一点油水，就千方百计地在李继岌面前挑拨是非，陷害郭崇韬。宦官李从袭跟随魏王来到成都，本想捞些油水，偏偏军中一切财物，都归郭崇韬管理。李从袭根本无法染指，他便在魏王面前构陷郭崇韬说："郭公（郭崇韬）父子专横，今又使蜀人请己为帅，其志难测，王不可不为之备！"魏王李继岌逐渐对郭崇韬产生了怀疑，就对郭崇韬说道："主上把郭公作为国之栋梁，怎么好让您出镇蛮方？况且此事不是我该管的，班师回朝后，让这些人（当指蜀人）自己上奏父皇吧。"

李继岌虽然起初并无猜忌之心，但是郭崇韬本人的做法也容易引起误会。比如他毫不避讳地住进了降将王宗弼的家里。王宗弼是个钻营小人，他将宫中珍宝财物掠夺到自己家里，等郭崇韬到了后，便挑选王衍的姬妾和珍宝供奉郭崇韬，求郭崇韬任命他为西川节度使。郭崇韬假意敷衍他，其实这也是为了安抚降将，免生变乱。实际上郭崇韬并无反心，在临出兵时郭崇韬还向庄宗推荐了以后蜀中统帅的人选，以表忠心。郭崇韬向庄宗奏道："臣本无才，勉强当此重任，凭陛下在四海的威望和众将士的舍死苦战，这次肯定会得胜还师。如果以后选人治理蜀中，就用孟知祥吧，他忠信而且有谋略；朝中如果缺人辅佐，张宪、李琪和崔居俭都可以重用。"孟知祥便是后来的后蜀创建者。

王宗弼事件使李继岌和郭崇韬开始互相猜疑，随后在宦官的挑拨下，李继岌和郭崇韬的矛盾逐渐加深了。

这边的洛阳城里，庄宗急着要郭崇韬班师回朝，担心他拥兵割据；庄宗和刘皇后又急着要四川的宝货钱财，好把内库填得再满一些。但是郭崇韬回奏蜀中军民反抗不断，不敢早日撤兵，而且郭崇韬造册向庄宗上报的钱粮、金帛数字都不大，庄宗疑心越来越重，因此派宦官向延嗣到成都催促郭崇韬还朝。郭崇韬素来蔑视宦官，在向延嗣来到之时，郭崇韬没有按照礼节去郊外迎接钦差；相见之后，郭崇韬又未对向延嗣以礼相待。这些宦官固然可恨，但他们作为天子的使节到来，尊敬使节便是尊敬皇帝，郭崇韬确实也有意气用事之处，这正好给宦官们诬陷他制造了契机。

宦官向延嗣对郭崇韬没有迎接他而气愤不已。李从袭趁机对向延嗣说道：“蜀中大事都由郭公把持，他的儿子郭廷诲整日与军中将领和蜀中豪杰饮酒作乐，指天誓日，不知怀着什么鬼胎。诸军将领都是郭氏党羽，一旦有变，不仅我等死无葬身之地，恐怕就连魏王也在所难免！”说完泪如雨下。向延嗣答道：“待我回去禀告皇上，皇上定有办法。”如果郭崇韬考虑周全一些，即使做些表面文章，装装讨好宦官的样子，也不至于最后落个父子被杀的悲剧结局。

于是向延嗣从成都带回来两条消息，一条是魏王左右造的谣言，说郭崇韬要割据蜀地，魏王的处境很危险；另一条是传闻郭崇韬所得有黄金万两，白银四十万两，钱一百万缗，名马千匹，以及大量其他宝货财物。听到向延嗣带来的消息，庄宗怒形于色。在孟知祥将要去四川赴任之时，庄宗叮嘱他道：“闻郭崇韬有异志，卿到，为朕诛之。”孟知祥说：“郭崇韬乃是国之勋旧，不会有反心。待臣到了四川进行调查，如果郭崇韬没有异志就将其遣还。”庄宗许之。

之前庄宗听说蜀人请求郭崇韬为帅镇蜀，已经心生反感，此时又听了向延嗣之言，不可能没有疑虑。但是庄宗对于郭崇韬是否要反，还不敢断定。于是庄宗另派宦官马延珪到成都视察，嘱咐他如果郭崇韬奉诏班师则已，如果郭崇韬不肯立即班师还朝，就与魏王商议，杀掉郭崇韬。但是马延珪在临行前去见了刘皇后，阴险地说：“蜀中形式已经危在旦夕，如有急变，就在瞬间，我怎么会有时间在数千里之外再请求圣上降旨呢？皇上当断不断，事情当真难办。”刘皇后一听就慌了，又去找庄宗劝说。庄宗毕竟是个明白人，他说：“事情只不过是传闻，还没有了解真相，怎么能妄下论断呢？”这个误国的刘皇后见庄宗不肯下令杀郭崇韬，便自己写了一道教令，让马延珪交给魏王李继岌，让他先动手杀掉郭崇韬。郭崇韬班师稍微迟了一些，这并不是因为他有异心，而是蜀地刚刚平定，盗贼很多；而继任的孟知祥又没有到任，他怕一旦班师之后，蜀地发生祸乱。没想到这被马延珪当成了借口。孟知祥行至石壕村，马延珪深夜叩门宣诏，催促孟知祥速速赴镇。孟知祥暗暗叹息道：“乱将作矣。”于是昼夜兼行。

马延珪到达后，郭崇韬已经定下了班师的日期，而且安排妥当了留守的将领，只等待孟知祥到任。这时灾难降临了。同光四年（926 年）正月，魏王正准备从成都动身返京，收到了马延珪带来的皇后教令。魏王很不赞成，说道：“大军即刻就要开拔，郭公并无跋扈的举动，我怎么能做这种负心之事？你不要再说了！”马延珪说道：“皇后已有密令，魏王若不执行，倘若被郭崇韬知晓，我等死无葬身之地！”魏王说道：“主上并无诏书，只凭皇后手教，怎能乱杀招讨使？”宦官李从袭等人在一旁痛哭流涕地说：“大王如果不当机立断，万一中途机密泄露，我们就没命了。”魏王是个没有主见的无用之人，看左右再三苦求，于是“不得已”听从了。

第二天早晨，宦官李从袭以魏王李继岌的名义召郭崇韬前来议事，魏王则上楼躲开。待郭崇韬走进都统府后，左右伏兵齐出，出其不意地用铁檛猛击郭崇韬。可怜一代名臣郭崇韬霎时毙命。魏王见到郭崇韬已死，下楼来宣读了皇后教令，然后诛杀了郭氏后人。郭崇韬所生五子全部遇难，两个孙子幸存，家产被全部没收。后来直到后唐明宗李嗣源继位后，才下诏让郭崇韬归葬故乡，赐还太原的旧有家产。

都统推官李崧对李继岌说：“今行军三千里外，初无敕旨，擅杀大将，大王奈何行此危事？独不能忍之至洛阳邪？”李继岌说：“公言是也，但此时后悔也来不及了。”李崧只得召书吏数人，伪造圣旨，用蜡印宣之（用蜡伪造中书省印，就是萝卜章），军中粗定。

马延珪回到洛阳，庄宗不问违命擅杀之罪，反而下诏宣布郭崇韬的所谓罪状。可见庄宗也早有杀郭崇韬之心，只是对何时下手有些犹豫而已。

纵观郭崇韬的一生，可以说是个悲剧式的人物。对于李克用和李存勖父子他忠贞不贰，而且屡建奇功，其他人难以比拟。西平蜀地，更是功高盖世。但他非但没有因此而制约住和他作对的宦官，反而死于宦官之手。分析一下原因，郭崇韬方面也有不少缺点：一是没有远大而周全的谋略，虽然临机能果断行事，但这是在军事方面；而在政治和为人处世方面，特别是和那些好大喜功而且贪财的宦官们相处，郭崇韬的军人性格就显得有些不足了。再加上他说话直来直去，丝毫没有顾忌，更是得罪了许多人，尤其是宦官。例如他在进军蜀地的时候，就对魏王李继岌说："蜀地平定之后，大王就是太子了，等到将来登基后，最好全部除去宦官，优遇士族。不单单是罢黜宦官，就连骟过的马也不要骑。"宦官们因此对他恨得咬牙切齿，就算张承业这样忠贞的人还活着，也不会原谅郭崇韬说的这种不负责任而且侮辱性的话。

郭崇韬的第二个缺点就是气量狭窄，容不下人。他功高权重的时候，任意排挤他人，不知道尽量团结一些人，共同对付那些小人或者弄权的宦官，结果使自己孤立无援。在郭崇韬权倾朝野的时候，有些钻营的小人就千方百计地巴结他，郭崇韬不辨优劣，竟不由得与之同流合污。豆卢革向他献媚说："汾阳王郭子仪是代北人，后来迁移到华阴，侍中大人您世代在雁门，和汾阳王大概有些关系吧？"郭崇韬就顺水推舟地说："乱世之中家谱不幸丢失，先人们常说汾阳王是我们四世之祖。"豆卢革接着说："难怪大人如此英武多谋，原来是汾阳王的后代。"从此，郭崇韬就以郭子仪的子孙自居。郭子仪是唐朝著名的大将，也是功高盖世，为唐朝平定安史之乱立下了汗马功劳。郭崇韬这样妄自攀比祖宗，说明他的虚荣心也很大。他这样也就算了，郭崇韬却要求别人也要有高的门第才能做高官。他派人审查官员们的门第，一旦发现门第不高，轻的革职，重的还要治罪，从而得罪了一大批出身低下的官员。有旧功臣要求升职，他便酸溜溜地说："我非常了解你，知道你很有才干；但可惜门第有点低，我不敢提拔你，否则就要让名流耻笑了。"由于以门第看人，郭崇韬丧失了一些旧臣的支持；再加上气量狭小，排挤他人，更是没有人站在他这一边。

郭崇韬的第三个缺点是粗鲁而刚愎自用。他遇事沉不住气，只知凭意气用事，像对李继岌所说的轻蔑宦官的话就是很典型的例子。这样看来，郭崇韬已经是很孤立了，在宦官对他发动致命攻击的时候，没有人出来为他这个"名流"说情以化解灾难。所以史书上说，虽然李存勖晚年被小人们包围而昏庸起来，致使功臣不能善终，但郭崇韬也是自己给自己招来了祸端。郭崇韬的一生总的来说，立功有才干，但保身无良策。他的那些缺点，也使明白人不愿给他指点迷津。

郭崇韬死后，李存勖夫妇也没有得到善终，这也许又是上天对这对夫妇的惩罚吧。在冤杀郭崇韬后，李存勖并没有追究刘皇后，两人仍旧在一起贪财误国。此后李存勖又冤杀了功臣朱从谦，使得大臣和将领们人人自危。等到魏州兵变后，李嗣源最后得到皇位，而李存勖却死于乱军之中。刘皇后也没有逃脱制裁，想当尼姑也不成，李嗣源还是派人将她处死了。最后，魏王李继岌也受到连累，在事实上承担了冤杀郭崇韬的责任，他在回来的路上听说洛阳发生兵变就领兵西撤，却被阴险的宦官李从袭杀害了。此是后话。

2. 李存乂、朱友谦之死

保大军节度使睦王李存乂（yì）是李存勖的五弟，他娶了郭崇韬的女儿为妻，是郭崇韬的女婿。郭崇韬被杀后，庄宗遣宦官暗地里调查外面的舆论。宦官想斩草除根，尽除郭崇韬的亲党，于是入奏庄宗，诬陷睦王李存乂道："睦王听说郭崇韬被杀后，有一次喝醉后振臂号泣呼冤，言甚怨望。"庄宗听后大怒，派兵包围睦王李存乂的府邸而诛之。

伶官景进又诬陷李存乂与护国军节度使李继麟（即朱友谦）通谋，想借机将朱友谦也除掉。

朱友谦，初名朱简，字德光，河南许州（今河南省许昌市）人。早年归附朱温，朱温录为养子，更名友谦。朱温即位后，拜河中节度使，守中书令，封冀王。朱友珪弑父篡位后，阴附晋王李存勖，封西平郡王，守太尉。后唐庄宗灭梁入洛，赐名李继麟，守太师、尚书令，赐铁券恕死罪，恩宠之盛，无人能比。

那时宦官、伶人专权，很多人向朱友谦索要贿赂，经常被朱友谦拒绝，因此宦官和伶人都对朱友谦不满。唐兵伐蜀，朱友谦选出精兵叫儿子朱令德统率一起出征。此后郭崇韬被杀，伶人景进向庄宗进谗言说："唐兵初出时，友谦以为讨己，阅兵自备。"又说："朱友谦与郭崇韬谋反。"并且说："崇韬所以反于蜀者，以友谦为内应。友谦见崇韬死，谋与存乂为郭氏报冤。"庄宗起初还怀疑是否确有其事，可是群伶、宦官日夜不停地反复构陷。

朱友谦闻之大恐，将入朝以自明。将吏都劝他不要入朝，朱友谦说："郭公有大功于国，而以谗死，我不自明，谁为我言者！"乃单骑入朝。伶人景进派人诈写告变的信，告发朱友谦谋反。庄宗心中疑惑，于是迁朱友谦为义成军节度使，派朱守殷夜里率兵包围驿站，把朱友谦赶出徽安门杀掉，复其姓名，并下诏命魏王李继岌杀朱令德于遂州，命郑州刺史王思同杀朱令锡于许州，命河阳节度使李绍奇（夏鲁奇）族其家属于河中。

李绍奇率兵来到朱友谦家中，朱友谦的妻子张氏率其宗族二百余口见夏鲁奇说："朱氏宗族当死，愿无滥及平人。"于是把婢仆百人分出来，以家族百口就刑。张氏从房里取出皇帝所赐免死铁券给李绍奇看，说道："此皇帝去年所赐也，我妇人，不识书，不知其何等语也！"李绍奇也羞愧得抬不起头。朱友谦死，他的部下将吏史武等七人当时为刺史，都因此被族诛，天下冤之。后来后唐明宗即位，下诏为朱友谦昭雪。

魏王李继岌按照诏令杀死随军的朱友谦之子朱令德后，当时李绍琛（就是当年献计灭梁的康延孝）正率领后军，与李继岌相隔三十里。李绍琛闻知朱令德被杀，愤怒地对诸将说："国家南取汴梁，西定巴蜀，画策之谋，始于郭公崇韬。而汗马之劳，力摧强敌，即吾也。若以背伪归国，犄角而成霸业，即西平王朱友谦之功第一。现在西平王朱友谦与郭公崇韬皆以无罪赤族，我归朝之后，就该轮到我了！冤哉！天乎，奈何！"李绍琛所统领的多为河中兵，部将焦武等人曾经跟随朱友谦，听得李绍琛的一番话语，齐声哭道："西平王（朱友谦）何罪？竟然全家被杀？如果我们回去，也一定被杀，我们坚决不再东行了。"于是，他们一同簇拥着李绍琛，由剑门西还，自称西川节度、三川制置等使，移檄成都，假称奉诏代孟知祥，很快聚集了五万人马。

魏王李继岌闻变，立即派任圜与董璋率兵数万，追击李绍琛直到汉州，两军交战许久未分胜负。正在胶着之时，孟知祥赶到，率领一队人马从身后长驱直入。李绍琛腹背受敌，支持不住，仅率十余名骑兵逃往绵竹，途中被唐兵追上，只好束手就擒。孟知祥与任圜、董璋置酒高会，命令手下将囚禁李绍琛的槛车拉来。孟知祥嘲笑李绍琛说："明公自梁朝脱身归命，才平汴水，节制陕郊，近领前锋，克平剑外，归朝之后，授爵册勋，巨镇尊官，谁与为竞！公何患不富贵，而入此槛车邪？"孟知祥说完自己倒满一杯酒一饮而尽。李绍琛说："自知富贵难消，官职已足。然郭崇韬佐命元勋，辅成大业，不动干戈，收获两川，自古殊功，但恐不及，一旦获罪，阖门被诛；延孝之徒，何保首领？以此思虑，不敢归朝，天道相违，一旦至此，亦其命也，夫复何言！"孟知祥无言以对，只好令任圜将李绍琛押回洛阳。走到凤翔，宦官向延嗣带诏书来，下令将李绍琛就地处死。

3. 邺都兵变

邺都便是之前的魏州，因为李存勖在魏州即位，因此改魏州为邺都。

后唐同光四年（926 年）二月，戍守瓦桥关（今河北雄县西南）的魏州士卒换防，本应回返邺都。但是庄宗因邺都空虚，恐怕士卒为乱，于是命令魏州士兵继续屯留贝州，不许返回邺都。当时后唐因枉杀重臣郭崇韬等人，加之军粮匮乏，谣言四起，人心惶恐。邺都谣传，说郭崇韬已经杀死了魏王李继岌，自己在蜀中称王，因而导致灭族。还有人说李继岌被杀，刘皇后归咎于皇帝，已经弑杀了庄宗。当时的邺都留守兴唐尹王正言年老怕事，急召监军史彦琼商议。史彦琼本是靠讨好伶人得宠，毫无才能，却在邺都专横跋扈藐视将佐。他二人商议了一夜，也没个主意，反而使谣言愈演愈烈。

瓦桥戍卒皇甫晖等人见人心不安，于是率领乱兵劫持了都将杨仁晸。皇甫晖对杨仁晸说："唐能破梁而得天下者，以先得魏而尽有河北兵也。魏军甲不去体、马不解鞍者十余年。今天下已定，而天子不念魏军久戍之劳，去家咫尺，不得相见。今将士思归不可遏，公当与我俱行。不幸天子怒吾军，则坐据一州，足以起事。"杨仁晸说："公等何计之过也！今英主在上，天下一家，精甲锐兵，不下数十万。公等各有家属，何故出此不祥之言？"

乱兵听杨仁晸这么说，知道不能强求杨仁晸，遂斩之。推一小校为主，不从，又斩之。然后提着两颗脑袋去见效节指挥使赵在礼。赵在礼听说发生兵变，想爬墙逃走。皇甫晖拉着赵在礼的脚，把他从墙头拉下来，然后把刀架到他的脖子上，把杨仁晸的首级给他看。赵在礼知道不可抗拒，便顺从了他们，答应领导叛军。于是叛军在夜里焚掠贝州，又一路直奔邺都。

监军史彦琼仓促带兵登上北门楼据守，哪知贼众齐声大喊，守兵立刻被吓得狼狈而逃。史彦琼单骑逃奔洛阳。贼兵破城之后，大掠邺都，并推赵在礼为魏博留后，任命皇甫晖为马步军都指挥使。皇甫晖率领数百骑，在城中大肆抢掠。到一百姓家中，问姓什么，百姓说："姓国。"皇甫晖说："我就是要破国。"便杀尽百姓全家。又到一百姓家中，问姓什么，百姓说："姓万。"皇甫晖说："吾杀万家足矣。"又杀光其全家。

可笑的是邺都留守王正言，听说乱兵攻城，想把属下官吏叫来问个清楚，竟无一人前来。他拍案大喊，家人来禀报说："贼兵已经破城，正在大肆烧杀抢掠，官吏都已经逃散了，你还在这里喊谁呢？"王正言吃惊地问道："有这等事吗？"当真糊涂至极。王正言派人备马而不得，踌躇良久，步行出门去拜见赵在礼，请求恕罪。赵在礼答道："士兵们思乡心切，不得已如此，我也是不得已而为之。您千万不要这样，尽管放心，莫要害怕。"王正言哭着请求还乡，于是赵在礼送他出城而去。

庄宗以元行钦领兵三千前往抚谕，同时征发诸镇兵马。元行钦率兵抵达邺都，驻扎在南门，派人带着诏书入城。赵在礼以羊酒犒军，并对城下说道："将士思乡心切，才擅自返乡。请您代为奏明皇上，如果能够免死，我等一定改过自新。”然后将诏书宣示诸军。可此时随军而来的史彦琼偏偏来了精神，大骂道："尔等叛贼，我要将你们碎尸万段！”皇甫晖对众人说："既然史监军如此说，我等看来是得不到恩赦了！”于是撕毁诏书，列阵据守。元行钦攻城失利，退至澶州。

邺都乱兵因见不能获赦免，遂坚守不降。那时河朔邢、沧等地军将发动兵变拒城自立之事不断，庄宗得到消息，本想亲征。可是恰好从马直军士王温等五人乱杀军使，图谋作乱，虽然当天就被捕杀，庄宗仍惊疑不安（庄宗挑选精兵作为亲军，称作“从马直”）。如今亲军生变，乱生肘腋，庄宗不敢亲自出征。不得已，庄宗派蕃汉内外马步军都总管李嗣源领亲军讨伐邺都。

李嗣源骁勇善战，功高盖主，向来被庄宗所猜忌。邺都乱起，李嗣源正在洛阳城中。大臣们纷纷奏请庄宗派李嗣源率兵讨伐邺都，庄宗却说："朕偏爱李嗣源，要留他在身边宿卫，不便派他前去。”无奈众臣苦求，加之确是手上无人可用，庄宗终于派李嗣源率兵平叛。

三月初六，李嗣源驻扎于邺都城西南。初八，李嗣源下令军中，拂晓攻城。从马直军士张破败却聚众作乱，杀都将，焚营舍，兵逼中军。李嗣源率亲兵拒战，大声斥责道："你们想干什么？”乱兵纷纷道："将士们追随主上十余年，百战而得天下。魏州士兵思乡，主上却不让他们回家，而且又不予赦免，说克城之后尽坑魏博之军。近日从马直有几个士卒喧闹，主上便想把从马直全部杀死。我们本不想叛变，无奈形势所逼，不得不死里求生。现在我们决定与城中合力同心，请主上称帝河南，而由您称帝河北。”李嗣源大惊失色，哭着劝导众人，众人始终不肯听命。李嗣源无奈道："尔等不听我言，听随自便。我自己回京师去。”乱兵道："您要去哪里？如果不见机行事，恐招不测。”于是乱兵拥李嗣源入城。

这一幕我们已经无法还原历史的本来面目，究竟是时势使然，还是李嗣源自导自演，已经说不清楚了。

此时城中的皇甫晖不接纳城外之兵。皇甫晖开城出战，杀死张破败，乱兵溃散。赵在礼将李嗣源迎入城中，但不许乱兵入城。赵在礼率将校拜见李嗣源，哭着说道："将士们有负于您，赵在礼愿意听从您的命令。"他们登上南城楼，畅谈天下大势。李嗣源借机说道："邺都坚固，易守难攻，可为根基之地。但城中兵马不足，待我出城召集诸军。"于是李嗣源谎称收抚乱兵，脱身出城。

原来元行钦屯兵在城南，有一万多人，李嗣源被乱兵所逼，派牙将高行周联络元行钦，约他一同攻打乱兵。元行钦反疑有诈，待李嗣源入城后遂不战而退，率一万步骑退至卫州（治今河南卫辉），并向庄宗诬奏李嗣源与叛军合谋叛乱。

李嗣源出城后到达魏县。初抵魏县时，部下不满百人，又没有武器兵仗。后来霍彦威所部五千镇州军，听说李嗣源已经脱身出城，前来投归，这才稍微恢复了些兵力。李嗣源本欲返回成德藩镇，等待皇帝降罪。他说："吾明日当归藩，上表待罪，听主上裁断。"但部下霍彦威、安重诲反对这样做，劝说李嗣源道："此策非宜。公为元帅，不幸为凶人所劫；元行钦不战而退，归朝后必然启奏天子，说自己之所以退兵，是因为您与叛军同流合污，将罪责推卸给您。您如果归藩，就会以为您占领地盘、要挟天子，正好应了他们诬陷您的谗言。您应该马上疾驰赴京，面见天子，或许可以洗刷您的冤屈。"李嗣源曰："善！"李嗣源于是从魏县出发，率军南归，到达相州时遇到马坊使康福，获官马数千匹，有了这些官马，军队也逐渐恢复了战力。

元行钦自邺都退兵至卫州后，果然向朝廷上奏说李嗣源已经叛变，与贼合兵。李嗣源遣使辩白，一日数次上表申诉，向唐庄宗表明心迹，但皆被元行钦阻遏，未能上达。当时李嗣源长子李从审正在洛阳禁军效力，奉庄宗之命去招抚李嗣源，也被元行钦扣留在卫州。

李嗣源见没有朝廷的回音，正在踌躇，李嗣源的女婿石敬瑭（就是后晋的开创者）说道："天下大事，成功来自决断，失败源于犹豫。岂有上将在外领兵，被叛军劫持进入贼城，后来却又安然无恙的？大梁乃是天下要地，我愿领三百骑兵先去占据大梁。如果有幸得之，您随后引军疾进，以大梁为根本之地，得之则大事可成。"突骑指挥使康义诚接着说道："主上无道，军民怨怒，公从众则生，守节则死！”李嗣源想了很久，终于令安重诲传檄招兵，命石敬瑭领兵先行，自己随后跟进。

李嗣源终于举起了反旗。

4. 后唐预借夏秋税

后唐同光四年（926年）三月，后唐诏河南府预借当年夏秋税。其时连年灾荒，饥民遍地，租庸使孔谦又以仓储不足克扣军粮，以致军士家属因缺粮采野菜充饥，士卒不满，流言更盛。宰相豆卢革率百官上表，以邺都兵变、内库有余，请出内库钱帛赐将士，上表中说："今租庸已竭，内库有余，诸军家室不能相保，倘不赈救，惧有离心。俟过凶年，其财复集。"庄宗本来准备听从这个建议，出内库钱财救急，可是刘后却说："吾夫妇君临万国，虽借武功，亦由天命。命既在天，人如我何？"宰相又在便殿与庄宗商议此事，刘后在屏风后偷听。过了一会儿，刘后拿出自己的几件首饰和三个银盆，又把幼年的皇子推出来说道："人们都说宫中积蓄了许多财物，实际上四方贡献都已经赏赐出去了，剩下的就这些了，把它们卖了供养军队吧。"宰相见此再不敢言，惶恐而退。到了如此危急时刻，这个可恨的妇人还如此吝惜身外之物，真是不知死活。殊不知国家灭亡，有朝一日身首异处，她那些内库的钱财又不知归谁了。

5. 张全义卒

后梁同光四年（926年）三月十五日，后唐忠武节度使、尚书令、齐王张全义卒。

张全义（852—926 年）字国维，濮州临濮（今山东鄄城西南）人。唐末曾投身黄巢，任黄巢政权大齐的吏部尚书、水运使。黄巢被灭后，张全义投靠河阳节度使诸葛爽，为泽州（今山西晋城）刺史。唐光启二年（886 年）诸葛爽卒，孙儒、李罕之先后据河阳（今河南孟州东南），李罕之以张全义为河南尹。张全义上任后招抚军民，劝农耕桑，仓储殷积。文德元年（888 年）张全义乘李罕之出兵晋绛之际，袭取河阳，依附梁王朱全忠退晋兵。梁仍以张全义为河南尹。河南经多年兵火，城邑残破，居民流散。张全义招集流民，劝耕植，政事宽简，数年之间荒田得到开垦，编户至五六万户，唐昭宗赐名全义。后梁建国，梁太祖赐名张宗奭，以之兼河阳节度使，封魏王，先后历河南尹，兼领郑、滑等州节度使等职。后唐灭梁，复张全义原名，仍为河南尹，封齐王，后迁忠武节度使。同光四年初邺都兵乱，张全义力荐李嗣源率兵讨伐，李嗣源为邺都乱兵劫持，张全义竟忧惧而卒。史称张全义历守太师、太傅、太尉、中书令，封王，领洛、郓、陕、滑、宋诸镇，三莅河阳，再领许州，内外官历二十九任，尹正河、洛凡四十年；但性朴厚大度，敦本务实，位极王公而不衣罗绮。

6. 王衍灭族

同光四年（926 年）正月，后唐庄宗召王衍入洛阳，赐诏王衍说："固当列土而封，必不薄人于险，三辰在上，一言不欺！"王衍奉诏大喜，对母亲和妻妾说道："我可以继续做安乐公了！"王衍派人转告魏王，说愿意和魏王一同回洛阳，率其宗族、大臣及诸将佐家族数千人随魏王东行。李继岌刚要动身，正好孟知祥也到了，于是魏王李继岌留下部将李仁罕、潘仁嗣、赵廷隐、张业、武璋、李延厚等人辅佐孟知祥镇守成都，自己率大军启程，带着王衍一行向东进发。

同光四年（926年）四月，他们走到秦川驿（陕西、甘肃渭水平原一带）时，突然传来了李嗣源在魏州反叛的消息。庄宗李存勖慌忙东征平叛，大军将从洛阳出发时，伶人景进献计说："李嗣源来势凶猛，陛下应狮子搏兔，全力以赴；如今太子继岌远在成都未归，陛下跨河东征，国内必然空虚；王衍族党不少，一旦为乱，局势将不可收拾，不如将其杀掉，以免除后患。"

后唐庄宗采纳伶人景进的建议，派遣宦官向延嗣诛杀王衍及其宗族，并下诏说："王衍一行，并宜杀戮。"当时与郭崇韬同掌枢密的宦官张居翰在复查诏书时，认为王衍既已投降，现在又出尔反尔把他斩首，实在太不合天理人情，便将诏书贴在柱子上，将"行"字涂掉，改为"家"字。于是诏书中的"王衍一行，并宜杀戮"便成了"王衍一家，并宜杀戮"。擅改诏书是要杀头的，所幸宦官向延嗣根本没有想到张居翰居然有勇气偷改诏书，因而接到诏书时并未怀疑。更何况当时军书繁多，羽檄飞驰，庄宗自顾不暇，当然也无心追究此事了。这样，前蜀百官及王衍的仆役等一千余人的性命，才得以保全。这便是张居翰"一字救千人"的由来。

王衍被杀时，年仅二十八岁。王衍的母亲徐氏临刑时大叫："吾儿以一国迎降，反以为戮，信义俱弃，吾知其祸不旋踵矣！"王衍的妾室刘氏，鬓发如云，面如娇花，行刑之人打算免她一死。但刘氏慨然说道："家国丧亡，义不受辱！"从容就死。王衍的母亲，也就是前蜀前主王建的徐贤妃，和徐贤妃的妹妹徐淑妃同时遇害。徐淑妃（约883—926年）亦称小徐妃，前蜀宫中称花蕊夫人，后主即位尊为皇太妃。徐淑妃善宫辞，辞中叙前蜀宫中游宴风物，颇为可观，传世有《花蕊夫人宫词》一百多篇。后来，后唐明宗李嗣源，追封王衍为顺正公，以诸侯礼节下葬。

花蕊夫人宫词（节选）

五云楼阁凤城间，花木长新日月闲。
三十六宫连内苑，太平天子住昆山。

会真广殿约宫墙，楼阁相扶倚太阳。
净甃玉阶横水岸，御炉香气扑龙床。

龙池九曲远相通，杨柳丝牵两岸风。
长似江南好风景，画船来去碧波中。

东内斜将紫禁通，龙池凤苑夹城中。
晓钟声断严妆罢，院院纱窗海日红。

殿名新立号重光，岛上亭台尽改张。
但是一人行幸处，黄金阁子锁牙床。

7. 庄宗哀歌

李嗣源举事后，军报纷纷传到洛阳。庄宗令怀远指挥使白从晖率骑兵扼守河阳桥，并且拿出内库的金银布帛赏赐诸军。军士们背着赏赐之物说道："我们的妻子儿女都已经饿死了，还要这些财物有什么用？"庄宗听了追悔莫及，飞诏令元行钦回洛阳。元行钦到了鹨店，庄宗亲自前来慰劳。元行钦向庄宗奏道："邺都乱兵要渡河袭击郓州和汴州，请陛下急幸关东，招抚各军，免得各军为乱兵所惑。"于是庄宗返回京师，调集军队，准备亲征。

庄宗从洛阳出发，派元行钦带着骑兵沿河而行，自己率卫兵缓缓前进。这边李嗣源命三百骑兵由石敬瑭统领作为前驱，令李从珂作为后应，向大梁进军。又传檄齐州防御使李绍虔、泰宁节度使李绍钦、贝州刺史李绍英、北京右厢马军都指挥使安审通约期见面。李嗣源随即渡河到滑州，约见平卢节度使符习。符习从天平军节度使调任平卢节度使，听说梁臣多被诛杀，心中本就忐忑不安，一听李嗣源约见，立即赶来。此时安审通也带兵到达，李嗣源军势大震。

汴州知州孔循首鼠两端，一边派人去迎接庄宗，一边又和李嗣源联络。李嗣源的先锋石敬瑭此时已经星夜抵达汴州，先行占据大梁。庄宗命龙骧指挥使姚彦温率三千骑兵为前军，说："你们都是汴州人（龙骧军乃是后梁旧兵，都是汴州人），吾入汝境，不欲使他军前驱，恐扰汝室家。"厚给赏赐派龙骧军先行。不承想姚彦温率众直接叛归李嗣源，并对李嗣源说："京师危迫，主上为元行钦所惑，事势已离，不可复事矣。"李嗣源却说："你自己不忠，还说什么？"于是直接夺了他的兵权。

庄宗李存勖亲自率军东征，本欲坐镇汴州指挥平叛，但李嗣源已抢先占据汴州，而且得到大批唐军将领拥戴。李存勖走到万胜镇（属中牟县，东距大梁不过数十里），得知李嗣源已经占领大梁，诸军离叛，知道局势已不可挽回，登高叹曰："吾不济矣。"随即下令回师，仓皇返回洛阳。庄宗出发之时，扈从之兵有二万五千人，返回时亲军将士已经跑了一半。庄宗留下秦州都指挥使张唐以步骑三千驻守汜水关，自己率领剩下的军队西归。途中经过罂子谷，山路艰险狭窄，庄宗见到卫士手执兵仗者，就好言抚慰士兵，说道："魏王很快就要从蜀地回京了，载回西川金银五十万两，到时候我全部赏赐给你们！"士兵直言道："陛下时至今日才慷慨相赐，已经太迟了！恐怕受赐之人，也不会感谢圣恩。"庄宗又恨又悔，不禁失声痛哭。他向内库使张容哥索取袍带，想要赐给从臣。张容哥刚说出"颁给已尽"四个字，卫士们一拥而上，大声斥责道："国家败坏都是因为你们这些阉竖，还敢多言！"话音未落，卫士们拔刀追杀张容哥。庄宗哭着喊停，众人才算罢休。张容哥这边厢与同党窃窃私语道："明明是皇后吝啬，如今却都归罪我等。事情已经没有转机，我们一定会被碎尸万段，我不忍这样惨死！"说罢，张容哥竟把身一纵，投河自尽了。

庄宗到了石桥西（石桥在洛阳城东），置酒悲泣，凄然地对元行钦等人说："你们追随我多年，休戚与共，事到如今，你们难道没有一条计策吗？"元行钦等一百余人，都截断头发抛掷于地，发誓以死相报。但还是没有计策，只是痛哭罢了。当晚庄宗回到洛阳。

次日，庄宗接到汜水关急报，说石敬瑭的前军已到关下，李绍虔、李绍英等人已经与李嗣源合兵一处。宫中一片惊慌，众臣奏请庄宗尽快控制汜水，收抚散兵，等待魏王李继岌的军队归来。庄宗于是出上东门检阅骑兵，准备次日出征，再赴汜水。

8. 兴教门之变

同光四年（926 年）四月朔日，正是庄宗准备亲征再赴汜水的日子。士兵们整装待发，骑兵列阵于宣仁门外，步兵列阵于五凤门外，专待庄宗御驾。庄宗正在用膳，忽然皇城兴教门外喊声大震。庄宗慌忙停箸，召集近卫骑兵，亲自率军前去抵御。

庄宗行至左中门，叛军已经气势汹汹冲杀进来。叛军首领乃是从马直指挥使郭从谦。郭从谦，代州雁门人，本是伶人出身，艺名郭门高。当年庄宗李存勖在德胜（今河南濮阳）与后梁作战时，招募勇士出阵。郭从谦应募，杀敌胜利而归，受到庄宗宠爱，由军使擢升为指挥使。郭从谦与郭崇韬同籍，平时视郭崇韬为叔父；同时郭从谦又是睦王李存乂的养子，平日受郭崇韬和睦王恩惠颇多，对二人深为敬仰。郭崇韬和睦王李存乂先后被庄宗冤杀，郭从谦心中大恨，念念不忘复仇之事。此时庄宗见郭从谦率军杀来，立即率领近卫骑兵出击。郭从谦哪里是庄宗的对手，抵挡不住，率军退到门外。李存勖命人将城门关闭，派中使到宣仁门外速召蕃汉马步使朱守殷前来围剿叛军。谁知等了许久，朱守殷也没有来。此时郭从谦率领叛军放火焚烧兴教门，许多叛军甚至爬墙而入。庄宗四下环顾，近臣宿将多数已经逃跑，只有散员都指挥使李彦卿和宿卫军校何福进、王全斌等十余人还在跟随自己血战。庄宗冒险拼杀，左冲右突，杀死叛军百余人。突然一支冷箭射来，正中庄宗面颊，庄宗疼痛难忍，几乎晕倒。鹰坊人善友见庄宗中箭，慌忙上前扶着庄宗退到绛霄殿庑下。善友帮庄宗拔去箭镞，庄宗已经血染袍衫。庄宗血流过多，口渴想要喝水。有人去禀报刘皇后，刘皇后并没有前来帮助庄宗，只是冷冷说道："宫中只有酪浆，哪里有水？"于是派宦官给庄宗送来酪浆。要知道凡是受伤血闷者，喝水尚有活命的机会，饮酪浆只能促其速死。庄宗刚喝下一杯酪浆，就死去了，年仅四十二岁。李彦卿、何福进、王全斌等人见庄宗已死，大恸而去。只有伶人善友捡来四散丢弃的乐器放于庄宗尸身之上，点火焚尸，免被乱兵蹂躏。这便是历史上有名的"兴教门之变"。

后世的何去非评价庄宗说："后唐庄宗，承武皇之遗业，假大义、挟世仇，以与梁人百战而夷之，乃有天下。可谓难且劳矣。然有二臣焉：其为韩、彭者，李嗣源；为寇、邓者，郭崇韬也。嗣源居不赏之功，挟震主之威，得国兵之权，执之而不释也。庄宗无以夺之，而稍忌其逼。崇韬常有大功于国，忠而可倚，而嗣源之所畏者也。庄宗苟能挟所可倚而制所可忌，则嗣源虽怀不自安，而有顾惮，非敢辄发也。庄宗知其所忌，而不知其所倚，故崇韬以忠见疏谗疾日急。使其营自救之计，乃求将其征蜀之兵。庄宗归国中之师，属之而西。崇韬虽已举蜀，捷奏才上，而以谗死矣。庄宗知得蜀足以资其盛强，而不知崇韬之死已去嗣源之畏。故邺下之变，嗣源以一旅之众，西趋洛阳，如蹈无人之境，其迁大器易若反掌。且内有权臣窥伺间隙，乃空国之师勤于远役，固已大失计矣。而又去我之所与与彼之所畏者，则大祸之集，可胜救哉？虽得百蜀，无救其失国也。使崇韬之不死，举全蜀之众，因东归之士，拥继岌，檄方镇，以讨君父之仇，虽嗣源之强，亦何以御之？盖嗣源有韩、彭之逼而不践其祸者，庄宗无高祖之略故也。崇韬有寇、邓之烈，而不全其宗者，庄宗无光武之明故也。嗟乎！人臣之祸，起于操权，而速祸之权，莫重于制兵。崇韬谋逭祸自全，而方求执其兵，此于抱薪救火者何异也？"

附：欧阳修《伶官传序》

呜呼！盛衰之理，虽曰天命，岂非人事哉！原庄宗之所以得天下，与其所以失之者，可以知之矣。

世言晋王之将终也，以三矢赐庄宗而告之曰："梁，吾仇也；燕王，吾所立，契丹，与吾约为兄弟，而皆背晋以归梁。此三者，吾遗恨也。与尔三矢，尔其无忘乃父之志！"庄宗受而藏之于庙。其后用兵，则遣从事以一少牢告庙，请其矢，盛以锦囊，负而前驱，及凯旋而纳之。

方其系燕父子以组，函梁君臣之首，入于太庙，还矢先王，而告以成功，其意气之盛，可谓壮哉！及仇雠已灭，天下已定，一夫夜呼，乱者四应，仓皇东出，未见贼而士卒离散，君臣相顾，不知所归。至于誓天断发，泣下沾襟，何其衰也！岂得之难而失之易欤？抑本其成败之迹，而皆自于人欤？

《书》曰："满招损，谦得益。"忧劳可以兴国，逸豫可以亡身，自然之理也。故方其盛也，举天下之豪杰莫能与之争；及其衰也，数十伶人困之，而身死国灭，为天下笑。夫祸患常积于忽微，而智勇多困于所溺，岂独伶人也哉！作《伶官传》。

9. 横冲皇帝李嗣源

十三太保中出了两位皇帝，一位是三太保李存勖，为后唐庄宗，在"兴教门之变"中被杀。另一位便是大太保李嗣源。后唐明宗李嗣源（867－933年），代北沙陀人，生于应州金城（今山西应县），五代十国时期后唐第二位皇帝。他原名邈佶烈，称帝后更名李亶。李嗣源为李克用养子，并非亲生儿子，因此后唐到了李嗣源，虽国称未改，然血统已变。

李嗣源虽出身很卑微，开始连姓氏都没有，但他忠诚质朴、善于骑射，十三岁就到李克用军中效力，被李克用看中，收为养子、赐予姓名。李嗣源也非常争气，话语不多，但关键时刻总能成为中流砥柱。李嗣源率领所部骑兵叫作“横冲都”，冲锋陷阵，所向无敌，因此号称“李横冲”。

当年上源驿之战，李克用被朱温围困在汴州，危在旦夕，年仅十七岁的李嗣源拼死守护李克用，冒着枪林箭雨将其救出；任城之战，李嗣源率三百骑兵大破梁军，解除兖州之围；青山口之战，面对后梁名将葛从周，李嗣源单人单骑勇闯敌阵，身中四箭仍浴血拼杀，名动天下；面对契丹大军入侵，李嗣源巧用计谋，以少胜多，生擒契丹主帅；在与后梁争雄的最后阶段，李嗣源力排众议，长途奔袭大梁，一举攻取后梁国都，迫使梁帝朱友贞自杀，灭亡后梁。

在争雄后梁、浴血建国的路上，李嗣源和李存勖这对干兄弟志同道合、配合默契。但李存勖登基称帝后，逐渐变得昏庸无道、滥杀功臣，对李嗣源这位军功显赫、德高望重的义兄也是猜忌日深，派人严加监视。兄弟俩的感情出现裂痕。

邺都兵变，李嗣源受命率领从马直平叛，没想到两军阵前，部队哗变，劫持了李嗣源；而且邺都城内的叛军大开城门，将李嗣源敲锣打鼓迎了进去。这下李嗣源说不清道不明，虽然他随后逃出邺都，收抚散兵，向李存勖上表拼命解释事情原委，表达自己的忠心，但皇帝身边却有小人阻碍信息，误会始终没有得到澄清。最后，百口莫辩的李嗣源为了自保，采纳了女婿石敬瑭的建议，攻取汴州谋求自立。

李嗣源在军中有着极强的影响力，他这一自立，军队将领应者云集，很多人都跑到他的阵营中。庄宗李存勖率军征讨，但军心民心皆失，兵败如山倒，只能狼狈逃回洛阳。没过多久就爆发了“兴教门之变”，李存勖被郭从谦率领的叛军射杀。

后唐同光四年（926 年）四月初，后唐庄宗死，李嗣源进入洛阳为监国。李嗣源杀租庸使孔谦，凡孔谦所立苛敛之法皆罢之。废租庸使及内勾司，复盐铁、户部、度支三司，以一名宰相专判三司事。又以庄宗因宠幸宦官而亡国，于是罢诸道监军使，命诸道尽杀宦官。李嗣源入洛阳后杀尽叛臣，将郭从谦族诛，葬庄宗尸骨于雍陵。

四月二十日，年已六十的李嗣源即皇帝位，是为后唐明宗，国号仍称唐，二十八日改元天成。

后唐明宗李嗣源即位伊始，即下令禁中外献鹰犬奇玩之类；裁减皇室御用之人；撤销有名无实的冗余部门；废除夏秋二税每斗一升的省耗，只收正税；规定刺史以下不得贡奉；为省运输命诸军就食京畿。为了缓解社会矛盾，还命令凡同光二年（924 年）遭涂毁告身的选人，由三铨除诈伪，其余仍遵其旧规。

明宗在位的六七年间，革除庄宗同光之弊，惩治贪浊，废除苛敛之法，后唐曾一度出现小康时期。但李嗣源晚年也有严重过失，主要是他疑心过重，随便杀戮大臣，尤其是连续诛杀了宰相任圜和枢密使安重诲，使得君臣离心，父子猜忌，国家元气大伤。他晚年患重病之时，次子秦王李从荣发动叛乱，率兵攻打宫门，妄图夺取帝位。宫中禁卫军奋起反击，最终平定叛乱，诛杀了李从荣。但李嗣源却因惊、愧、恨交加很快驾崩，终年六十七岁。此是后话。

10. 几个人的下场

在这里，有几个人的下场还要跟各位读者朋友交代一下。那位不认亲生父亲、贪财聚敛的刘皇后，在庄宗李存勖死后，携带金银财宝与申王李存渥和元行钦率七百骑兵逃走。途中，元行钦由于想要投奔河中的永王李存霸，走到平陆县时，手下只剩数名骑兵，被人擒获，腿被打断送到洛阳。刘皇后与申王李存渥奔晋阳，路上刘皇后竟与李存渥私通。李存渥到晋阳后，晋阳守将李彦超不肯让他们进城，于是李存渥被部下所杀。刘皇后在晋阳出家为尼，想要保全性命，被李嗣源派人杀了。

再说魏王李继岌，他率领征蜀大军东归，走到兴平，听说洛阳发生变乱，于是引兵向西，准备退保凤翔。这支军队走到武功的时候，宦官李从袭说道：“祸福未可知，退不如进，请大王东行以救内难。”于是李继岌又率军返身东行，来到渭水。可是权西都留守张篯已经切断浮桥，李继岌率军循水浮渡，当天到达渭南，左右溃散。李从袭对魏王李继岌说：“大势已去，您自己看着办吧。”李继岌徘徊流涕，对仆夫李环说：“吾道尽途穷，子当杀我。”李环迟疑良久，对李继岌的乳母说：“吾不忍见王，王若无路求生，当踣面（脸面向下）以俟。”于是李继岌面对卧榻俯身趴下，李环将李继岌就这样缢杀了。任圜从后至，葬李继岌于华州之西南。李环便是当时受命亲手杀死郭崇韬的人，可见报应来得如此之快。

11. 后唐置端明殿学士

后唐天成元年（926 年）五月，置端明殿学士，以翰林学士冯道、赵凤充任。端明殿学士之职自此始。后唐之所以创置此职，系由于明宗目不识书，四方所上奏章皆由枢密使安重诲宣读；而安重诲也不能完全领会文义，于是循唐代侍读、侍讲及朱梁直崇政院、枢密院之制，选文学之臣与枢密共事，以供帝王应对。

12. 契丹灭渤海国

再让我们把目光转向北方的契丹吧，总是讲中原的故事，辽太祖阿保机已经有些意见了。

辽太祖阿保机手下有三位重臣，分别是韩延徽、韩知古、康默记。韩延徽原是燕国臣子，出使契丹求援时被辽太祖赏识留用，事迹前面已经讲过，不再赘述。韩知古原来只是述律后从嫁的奴隶，阿保机听说他善谋有识，加以启用。建国伊始，礼仪疏阔，韩知古援引旧典，并且参详契丹风俗加以改良，结合汉地仪制，使契丹人“易知而行”。康默记原来是蓟州牙校，阿保机将其俘获，爱其才而直隶麾下。当时辽国法律未备，康默记推敲律典，论决轻重，不差毫厘。

建国之初，辽太祖做了几件大事：

一是营建上京。由韩延徽和康默记主持，在潢河以北营建皇都（今内蒙古自治区巴林左旗南）。上京的营建，是北方游牧民族的空前创举，也表明了契丹民族吸收农耕文明的积极态度。

二是造契丹文字。阿保机命耶律鲁不古和耶律突吕不仿汉字偏旁造契丹文字，结束了契丹没有文字的历史。

三是制定法典。阿保机命耶律突吕不制定契丹第一部法典《决狱法》。

四是改革宰相制度。阿保机将原来的契丹八部分为南北两个宰相府管理，北府以迭剌部为中心，包括品部、乌隗部、涅剌部、突吕不部共五部，南府以乙室部为核心，连通楮特部、突举部共三部。可汗从迭剌和乙室两个部落中分别任命北、南两府宰相。此后又确立了后族担任北府宰相的定制，南府宰相则由宗室担任。这样，两府宰相就由皇帝直接任命的后族和皇族担任，家天下的皇权空前巩固，辽朝作为契丹民族建立的强大国家雄居北方。

在边境掠夺战中，大批汉人被俘北上，也时常会有汉族降将和官吏归附契丹，于是辽太祖采纳了韩延徽的建议，对掠至契丹的汉人另置州县安顿，这些州县有的还不改“中国州县之名”。例如原从澶州掳掠来的汉人就再置“澶州”（在今辽宁康平东南），原从蓟州三河县掳掠来的汉人就再置“三河县”（在今辽宁沈阳）。这种做法有点类似于东晋时期的侨置郡县，也是对历史的借鉴。

这些州县有的直属国家，有的则是由契丹贵族将掳掠、受赐的人口和原有的奴隶、部曲在自己领地上建立头下州军。规模次于州、军的还有县、城、堡各级区划。头下州军促成了大批定居点的出现，中原地区的农耕生活方式开始在游牧地区生根发展。头下州军在政治、经济和军事上具有双重性，既隶属于国家，又依附于本头下的契丹贵族领主。州军的节度使由朝廷任命，刺史则由领主向朝廷提名，由自己的部曲担任。头下州军的属户包括奴隶和部曲两部分，奴隶所占比例随着契丹封建化的推进而逐渐减少。部曲是具有依附关系的农民和牧民，既纳课于领主，又纳税于朝廷，故而称为二税户。

汉地难以轻取，而将掳掠来的汉人安置在辽河中游地区，就引起了辽国与渤海国的冲突。渤海国与辽国的东北部为邻，以靺鞨族为主体，其范围大体相当于今中国东北地区、朝鲜半岛东北及俄罗斯远东地区的一部分。辽太祖对渤海国觊觎已久，而每次兴兵南征，又常恐渤海国在背后偷袭。

契丹天赞四年（925 年）十二月，辽太祖耶律阿保机倾师亲征渤海，皇后述律氏、太子耶律倍等从征。次年正月，围渤海国西部重镇扶余府（今吉林四平），仅仅四天就攻克扶余府。然后仅过六天，辽国大军就团团围住渤海国都城忽汗城（今黑龙江宁安西南东京城），三日后渤海国王大諲（yīn）撰出降。渤海国自大祚荣于 698 年建国，至此而亡。

辽太祖将渤海国改为东丹国，即东契丹之意。忽汗城改为天福城，册封皇太子耶律倍为东丹王，亦称“人皇王”，依中原之制设百官，建元甘露。契丹天赞五年（926 年），也即后唐同光四年二月，契丹改元天显。

13. 辽太祖崩

吞并渤海国之后的六个月，辽太祖始终没有离开东丹国，一方面讨伐拒不归附或者降而复叛的渤海残余势力，另一方面就地考察如何治理这片新征服的疆土。后来辽太祖决策，东丹国保留原来渤海国的政府体制和统治秩序，“一用汉法”。征服渤海，使辽国一下子取得了今东北东部以东直至日本海的那一大片物产丰饶的领土。不仅如此，契丹取得了这一大块腹地，既占有了未来控扼女真族的据点，还彻底解决了南征汉地的后顾之忧，具有重大战略意义。

契丹天显元年（926 年）七月，阿保机见东丹国已入正轨，于是回师皇都，却在返回途中病逝扶余城。述律后称制，决军国大事，杀掉难以统驭的将领、酋长为辽太祖阿保机殉葬，之后与太子东丹人皇王耶律倍等护送太祖灵柩返回契丹皇都。

当时述律后召集一些从征渤海的大将的妻子，对她们说："我现在寡居，你们怎么可以有丈夫？"接着把这些大将找来，问他们是否想念先帝。众将说道："岂能不想？"述律后就说："如果你们真的想念先帝，就应该去见他。"于是杀死大将百余人。如果见到左右有桀骜不驯者，就说："你为我传话与先帝！"就将其杀死于太祖灵前。据说，在安葬太祖之时，她问汉军将领赵思温："你追随先帝多年，最为亲近，何不同去？"赵思温回答道："亲近莫如皇后，皇后若去，我必跟上。"述律后说了一句心里话："嗣子幼弱，国家无主，我不能去。"最后，她没有杀赵思温，但为堵住悠悠众口，述律后忍痛自断右腕，随葬墓中。实际上，此时她的长子二十八岁，次子二十五岁，早已不再年幼。她乱杀重臣，既是为了给后继者扫清威胁，也是为了报复反对者。

14. 唐征蜀财

后唐于同光三年（925 年）灭蜀之际，收得前蜀富民五百万缗钱财供军用，前蜀亡时尚余二百万缗。天成元年（926 年），原征蜀将领任圜判三司，深知蜀中富饶，派盐铁判官、太仆卿赵季良为转运使赴四川押运蜀财。十月，赵季良至成都，西川节度使孟知祥说："府库他人所聚，输之可也。州县租税，以赡镇兵十万，决不可得。”孟知祥准许赵季良发库藏，但是以需要钱财供给镇川军需为由，川中州县租税不许征发。赵季良遂不敢提转运使督运赋税之责，只取库物。十二月，运蜀中金帛十亿两到洛阳，后唐中央政权赖此渡过财政困难。此后，孟知祥逐步走向割据。

15. 闽王延翰被杀，王延钧继位

后唐天成元年（926 年）十月，闽威武节度使王延翰自称大闽国王，建宫殿，置百官皆如天子之制。王延翰在生活上一改其父勤俭节约的习惯，骄奢淫逸，兴建宫殿，游宴无度。又对兄弟们猜忌排斥，即位仅仅月余，就将弟弟王延钧排挤到泉州任刺史。他还广纳民间女子入后宫，其弟建州刺史王延禀屡次上书劝告，他非但不听忠言，反而大怒。于是王延禀与王延钧商议，合兵袭击福州。十二月，王延禀自建州（今福建建瓯）沿闽江顺流而下，先至福州，攻城，破之。王延翰藏于别室，王延禀持之，诬以弑父之罪，杀之。

王延禀认为自己是王审知的养子，担心继位后诸将不服，于是开门迎王延钧入城，推王延钧为威武留后。王延钧继续向中原称臣，于是后唐明宗任命王延钧为威武节度使、中书令，封琅琊王。

第四节

江南徐温一命呜呼，养子知诰秉政掌权
（927 年）

1. 徐温病死

让我们暂时告别中原的纷纷扰扰，看看江南吴国的局势。

前文讲到徐知诰以平定朱瑾内乱之功而得以辅政，但因为不是徐温亲生儿子，因此很难得到信任。徐温手下的严可求、徐玠等人屡次劝说徐温以次子徐知询代替徐知诰的辅政地位，但徐温因为徐知诰自幼由自己抚养长大，一时不忍动手。

杨吴顺义七年（927年），徐温请杨溥即皇帝位，杨溥开始没有同意。于是，徐温终于下定决心，打算率诸藩镇入朝，一是劝吴王称帝，二是借机除掉徐知诰。哪知人算不如天算，临行前徐温突然身患重病，只好派次子徐知询奉表劝进，并让徐知询留在朝中取代徐知诰的地位。徐知诰闻讯，心中不安，为免杀身之祸，打算主动请求外任洪州（今江西南昌）节度使。就在这时，幸运之神降临在徐知诰身上。徐知诰本来已经写好了请求外任的表章，徐温却突然病逝，一命呜呼了。徐知询得到这个消息后，慌忙返回升州（今江苏南京），被任命为副都统，接替了徐温的地位。但徐知诰却保住了辅政的地位。

徐知询虽然在升州控制了兵权，但是徐知诰却控制了中央决策权，形势对徐知诰更为有利。但是徐知询却自以为手握强兵，而且占据金陵形胜之地；徐知诰虽然在朝廷辅政，却无兵权，所以“制之甚易”。因为徐知询过高地估计了自己的实力，愈加骄横，肆无忌惮地与徐知诰争权夺利，而且对于自己的弟弟们也非常刻薄，引起了普遍不满。徐知询的弟弟徐知谏、徐知诲反而转向支持徐知诰，一起对付徐知询。徐温的谋士徐玠曾经力劝徐温早日除掉徐知诰，此时见到徐知询非人主之材，也反过来开始支持徐知诰。就连徐知询倚重的谋士周廷望，虽然表面上为徐知询出谋划策，也在暗地里与徐知诰往来，将徐知询的密谋尽数告知。徐知询实际上已经众叛亲离而不自知，生活上仍然穷奢极欲，所用马鞍、器皿都装饰龙凤图案，将僭越之罪的把柄授之与人。

徐知诰这边却按部就班，一颗新星正在冉冉升起。

2. 吴王杨溥称帝

吴顺义七年（927年）十一月，吴王杨溥于江都（今江苏扬州）即帝位，改元乾贞，吴主尊太妃王氏为皇太后，以徐知询为诸道副都统、镇海宁国节度使兼侍中，加徐知诰都督中外诸军事。次年二月，吴遣使至后唐，后唐枢密使安重诲以吴王称帝，且联结荆南，拒不受，遣还吴使。后唐遂与吴绝交。

3. 后唐讨伐无赖荆南

荆南节度使高季兴于后唐天成元年（926 年）曾求夔、忠、万三州之地（今重庆奉节、忠县、万县）为属郡，得三州后又要求由其子弟任刺史而不由后唐政府委派，又出兵袭涪州（今重庆涪陵），截取后唐沿长江运输的伐蜀所得四十万钱帛。天成二年（927 年）二月，后唐夺高季兴官爵，以山南东道节度使刘训、忠武节度使夏鲁奇领四万兵会同东川节度使董璋以及马殷的楚军，三面进攻讨伐荆南。高季兴一面坚壁不出，一面求援于吴。后唐大军不适应荆南潮湿多雨气候，刘训亦染疾病，楚国马殷虽派许德勋屯兵岳州（今湖南岳阳），却拒不奉诏馈运粮草供军。四月，后唐以枢密使孔循往江陵（今湖北）督战，仍不能克城，后唐遂撤师。六月，以征荆南无功贬刘训。后唐任命的夔州刺史西方邺却于三峡败荆南军，复取夔、忠、万三州。

4. 楚马殷建国

后唐天成二年（927 年）六月，后唐明宗封天策上将军、湖南节度使、马殷为楚国王。八月，后唐册礼使至长沙行册封之礼，马殷正式建国。《资治通鉴》记载：“册礼使至长沙，楚王殷始建国，立宫殿，置百官，皆如天子，或微更其名：翰林学士曰文苑学士，知制诰曰知辞制，枢密院曰左右机要司，群下称之曰殿下，令曰教。以姚彦章为左丞相，许德勋为右丞相，李铎为司徒，崔颖为司空，拓跋恒为仆射，张彦瑶、张迎判机要司。然管内官署皆称摄，唯朗、桂节度使先除后请命。”

5. 两川争盐，孟知祥有割据之意

蜀中出井盐，东川、西川两节度所辖境内均有盐井，东川盐利稍多于西川。两川都想专有其利，东川节度使董璋诱使商贾自东川贩盐至西川，以取其利。西川节度使孟知祥则在与东川接壤的汉州（今四川广汉）设三处盐场重征盐商税收以为对策，年获利七万缗。从此商旅不再往东川。

6. 辽太宗耶律德光即位

述律后不太喜欢深受汉族儒家文化影响的长子耶律倍，而希望次子耶律德光继位。但是长子耶律倍早已被立为皇太子，令述律后感到棘手。一次朝会上，她暗示了自己的意图，但是南院的夷离堇（军事统帅）耶律迭里却坚持认为“帝位宜先立长”。于是述律后以党附东丹王的罪名将其下狱，加以炮烙之刑，并处死抄家，杀鸡儆猴。群臣不敢再有异议。

契丹天显二年（927 年）十一月，述律后临朝称制已经一年有余，她见群臣不敢再有人违拗自己，于是命两个儿子耶律倍和耶律德光分别骑马立于帐前，对诸将说道:“两个儿子我都非常喜欢，不知立谁为好。你们各自选择，执其马辔吧！”大家心知肚明，于是争执耶律德光的马辔。于是述律后振振有词说道:“众心所欲，我又能如何？”耶律倍不得不表示愿意让位。紧接着，述律后当天就立耶律德光为帝，史称辽太宗。尊述律后为皇太后，称耶律倍为“让国皇帝”。

耶律倍让位后不久，心中始终不平，于是率领数百骑兵准备南投后唐，但被巡逻兵发现阻止。述律太后倒不怪罪，仍让他回东丹国。但此后耶律倍明显被辽太宗耶律德光猜忌了。

第五节

吴楚争雄于南，唐平王都于北（928 年）

1. 吴楚争雄

天成三年（928 年）四月，吴国对马楚的北部重镇岳州发动进攻，结果惨败。吴国右雄武军使苗璘、静江统军王彦章（与名将王铁枪同名）率领水军万人进攻马楚的岳州，行至君山，楚王马殷派右丞相许德勋率领战舰千艘抵御。许德勋对众将说道：“吴人掩吾不备，见大军，必惧而走。”于是暗暗将军队埋伏在角子湖，并命令将领王环率战舰三百艘，断吴兵归路。吴军进军到荆江口，准备会同荆南高氏的兵马进攻岳州，之后抵达道人矶。许德勋命都虞候詹信以轻舟三百艘突然进攻吴军背后，许德勋自己以大军进攻正面，前后夹击，吴军大败。楚军俘虏吴军主帅苗璘和王彦章返回。

岳州是马楚和杨吴争夺的战略要地。对于马楚而言，岳州是北上中原的必经之地，同时也是马楚与中原保持经济贸易的重要通道，正所谓“五岭、三湘水陆会合之地，委输商贾，靡不由斯”，岳州的得失关系马楚的成败。而对杨吴而言，一旦占据岳州，不但可以获得丰厚的经济利益，更重要的是扼住了马楚的咽喉，随时可以通过岳州对经济实力雄厚的马楚进行压制。因此，杨吴与马楚针对岳州反复争夺，数易其手。天成三年（928 年）四月岳州之战后，杨吴主动向马楚求和。《资治通鉴》记载：“吴遣使求和于楚，请（释放）苗璘、王彦章；楚王殷归之，使许德勋饯之。”许德勋在送行时，对苗璘和王彦章说道：“楚国虽小，旧臣宿将犹在，愿吴国不要再打楚国的主意。等到群驹争槽之时再说吧。”原来当时马殷多内宠，嫡庶无别，诸子骄奢淫逸，所以许德勋说，等到马殷死后，他的儿子们争权夺利、必有内乱，到那时杨吴再打马楚的主意吧。后来的马楚内乱果如许德勋所言。

岳州之战以后，马楚与杨吴的敌对关系得到缓和，二者进入一个相对和平的时期。

2. 后唐平王都

前文提到，后梁龙德元年（921 年）十月，义武节度使王处直的养子王都（原名刘云郎），以义武军人不愿暗结契丹与张文礼，乃率所统亲军劫持王处直，幽之于西第，自为留后。王都通告于晋，晋王以王都代王处直，封王都为义武节度使。

此后，王都又与后唐庄宗结为亲家，将女儿许配给魏王李继岌。所以在庄宗李存勖在位之时，王都多蒙眷宠。同光三年（925 年），后唐庄宗李存勖驾幸邺都，王都前来朝觐李存勖，被留宴十日，升为太尉、侍中。

后唐明宗李嗣源即位后，虽然加封王都为中书令，但是因为王都谋篡父位，加之王都所辖境内各州刺史以下官员皆由王都任命，不由中央委任，租赋所入也只供本军不输朝廷，因此后唐明宗对王都“深心恶之”。

此时正逢契丹屡次进犯，后唐调兵守边，诸军多屯驻在幽州、易州之间，大将时常往来。王都自己心虚，每次都悄悄地进行防备，逐渐地与朝廷猜忌日深,心生异志。王都的手下和昭训为王都谋划说:“主上新有四海,其势易离,可图自安之计。”于是王都暗中联系卢龙节度使赵德钧、成德节度使王建立，意欲恢复唐末河北三镇世代相袭、不输贡赋、不受征发的旧制。又离间后唐难制的平卢节度使霍彦威、武宁节度使房知温、昭义节度使毛璋、西川节度使孟知祥、东川节度使董璋、归德节度使王晏球。成德节度使王建立、归德节度使王晏球先后向朝廷密奏了王都的谋反之状。

后唐天成三年（928 年）四月,后唐削王都官爵,以王晏球为北面招讨使,以横海节度使安审通为副招讨使，以郑州防御使张虔钊为都监，发诸道兵马讨伐定州。

王晏球在未受命前已领兵至定州城下。待到朝廷颁诏后，他即刻发动进攻，攻克定州北关城。

王都遣使重赂契丹大将秃馁，向其求援。五月，秃馁率万骑南下。王晏球闻契丹发兵救定州，连忙亲自率军前往望都，以堵截契丹援军，派宣徽南院使张延朗分兵退保新乐（望都县在定州东北六十里，新乐县在定州西南五十里）。张延朗率部分兵马赴真定，留下赵州刺史朱建丰守新乐。

不承想契丹秃馁已经从其他路线突入定州，与王都合兵突袭新乐，大败张延朗留下的赵州刺史朱建丰。此后,张延朗与王晏球会合,退保曲阳。王都、秃馁乘胜追击，在嘉山（今河北曲阳西）与王晏球遭遇。面临强敌，王晏球召集诸将校说道：“王都轻慢骄狂，可以一战而擒。今日正是诸君报国之时。大家都不带弓箭，以短兵击之，敢回首者死！”

王晏球部将符彦卿以龙武左军攻王都军左翼、高行周以龙武右军攻其右翼，中军骑士则抱着战马的颈项冲入敌阵。后唐军三路进击，大败王都、秃馁联军，斩获数千人，自曲阳追击至定州城下，克西关城。王都等一路败逃，横尸弃甲六十余里，不敢出城再战。王晏球考虑到定州城坚，一时难以攻取，于是将西关城增修为招讨使行府及定州行州，收取定、祁、易三州的赋税供应军用，以做长久打算。

不久后，契丹又派惕隐（辽官名）率七千骑兵救援王都。适逢天降大雨，王晏球在七月十九日亲自领兵迎击，在唐河（今河南唐河）以北大破契丹军。乘胜追至满城，又将其击败，斩首两千级，缴获战马一千匹。二十一日，后唐军再追至易州，惕隐所部阻于暴涨的河水，遭后唐军掩杀，死伤惨重。

惕隐率残部北归，道路泥泞，人马饥疲，进入幽州境内后，又遭卢龙节度使赵德钧派兵邀击，分兵扼守险要，生擒惕隐及其部众数百人，押至京师。剩余契丹军队散入村落，被村民击杀。最终逃回契丹境内的，仅剩数十人。史称“自是契丹沮气,不敢轻犯塞”。欧阳修《新五代史》记载:“契丹又遣惕隐以七千骑益都，晏球遇之唐河，追击至满城，斩首二千级，获马千匹。契丹自中国多故，强于北方，北方诸夷无大小皆畏伏，而中国之兵遭契丹者，未尝少得志。自晏球击败秃馁，又走惕隐，其余众奔溃投村落,村落之人以锄櫌白梃所在击杀之,无复遗类。惕隐与数十骑走至幽州西,为赵德钧擒送京师。明宗下诏责诮契丹。契丹后数遣使至中国,求归惕隐等,辞甚卑逊,辄斩其使以绝之。于是时，中国之威几于大震，而契丹少衰伏矣，自晏球始也。”

王晏球知道定州防守坚固，不能急攻。但偏将朱弘昭、张虔钊却到处宣扬王晏球不敢攻城。李嗣源听说后，促令王晏球加紧攻城。王晏球只得急攻定州，但无功而返，还损失了三千将士。王晏球上奏说：“敌营坚固，一时难以攻克。只要有附近三州的租税供应，抚恤黎民，爱护军士，敌军定当不攻自破。”李嗣源答应了他的要求，不再促战。

定州城中粮尽草乏，王都几次突围都未成功。天成四年（929 年）二月三日，王都部下马让能开门出降，王都及其亲族自焚而死。秃馁及契丹部众两千人亦被擒获，押往京师。战后，王晏球升迁为天平军节度使兼侍中，成为使相。《资治通鉴》记载："王晏球在定州城下，日以私财飨士，自始攻至克城未尝戮一卒。三月，辛巳，晏球入朝，帝美其功；晏球谢久烦馈运而已。"

王晏球能与将士同甘共苦，善待士兵，所获俸禄、赏赐及私财，都分享给士卒。每天以私财备齐酒食，与军中将校宴饮。他待军士有礼，军中对其无不敬服。王晏球成大功回朝之后，后唐明宗李嗣源对其大加称赞。但王晏球并不自炫其功，仅是逊谢自己久耗朝廷馈运而已。王晏球有大功于国家却又如此谦虚恭谨，真是难得。

3. 楚攻南汉，封州之战

后唐天成三年，也即南汉白龙四年（928 年）三月，马楚大举水军攻南汉，围封州（今广西梧州）。南汉高祖刘龚以《周易》占卜，得"大有"卦，于是大赦，改元大有。命左右街使苏章率三千神弩军、战舰百艘救援封州。苏章到达贺江，命人以两条巨大的铁索沉于江中，在两岸分别设置巨轮挽住铁索，并且筑堤隐蔽，埋伏壮士于堤中。一切准备就绪，苏章轻舟逆战，假装战败逃遁，楚兵水军中计紧追不舍。等楚军到达铁索的埋伏地点，堤上的南汉士兵突然挽轮举索，将楚军的战舰困住。楚舰被锁于两根巨索之间，进不能进，退不能退。南汉军以强弩夹江发射，尽杀楚兵。楚军大败，封州围解。封州之战是马楚与南汉联姻之后唯一的一次大规模冲突，以楚军大败而告终。

4. 荆南高季兴卒，高从诲继位

后唐天成三年（928 年）十二月，荆南节度使高季兴病卒，其子行军司马、忠义节度使高从诲袭父位。高从诲（891—948 年）字遵圣，高季兴长子。杨吴封其为荆南节度使（当时荆南与后唐断绝关系，投靠杨吴）。此后，后唐长兴三年（932 年）后唐封之为渤海王，应顺元年（934 年）封南平王。

荆南地狭兵弱，四临强敌，高季兴、高从诲父子周旋于各势力集团之间以自存，常截掠南部各国途经荆南入贡给中原王朝的财物，待诸道责诘或出兵讨伐，又退还。荆南不仅向频频更迭的中原王朝称臣，还称臣于吴、南汉、闽等政权，以图赐予，诸国称之为“高赖子”或“高无赖”。但高氏政权保境息民，境内少有战事，百姓得以恢复和发展生产。

5. 闽中多僧

闽王武威节度使王延钧好神佛，后唐天成三年（928 年），王延钧度民二万为僧，闽中自此多僧。又将境内田分为三等，最肥沃的上等田给僧道为寺田，其次给土著，下等给移民。由于僧人不纳税，所以闽国的财政情况可想而知了。

第六节

马楚谋主高郁丧命，后唐康福安边有功
（929 年）

1. 高郁之死

后唐天成四年（929 年）八月，楚王马殷之子马希声矫令杀谋主高郁，诬陷高郁谋反，诛其族党。

天成二年（927 年），马殷建国时已经年过七旬，无力处理诸多繁杂的事务，于是将部分政务的处理权移交给诸子处理，“子（马）希振武顺军节度使，次子（马）希声判内外诸军事”。天成四年（929 年）四月，久病的马殷进而

将主要权力移交给次子马希声，“楚王殷命其子武安节度副使、判长沙府希声知政事，总录内外诸军事，自是国政先历希声，乃闻于殷”。马殷退居二线，马楚政权实际上进入了马希声治理时期。

马希声掌权后第一件事便是诬杀马楚重臣高郁。高郁（？—929 年），扬州人。马殷创业，以高郁为谋主。高郁是马殷开创马楚基业的重要干将，他为马殷制定了奉事中原、外抗邻国、内扩经济的国策，使得马楚国富兵强。高郁向马殷建议并帮助实施了一系列恢复经济、促进生产的措施：以帛代钱纳税，促使楚国境内百姓植桑养蚕，纺织业因此得以发展；又于京都及襄（今湖北襄阳南）、唐（今河南沁阳）、郢（今湖北钟祥）、随（今湖北随州）等州设置邸务销售湖南所产茶叶，获利几十倍；并令楚境百姓自己造茶货卖，年可收茶税万万计。高郁见到湖南为商旅集散之地，建议以楚地多产的铅铸造铅铁钱流通于境内。由于铅铁钱在楚国境外无法流通，因此凡商旅离境必以货易钱而去，因此百货流通，楚国富庶。马楚因为这些措施国富民安，势力渐强，得与诸镇抗衡，也引起邻国之忌。周边政权和后唐朝廷都想铲除高郁以削弱马楚的力量。后唐庄宗和荆南高季兴均曾离间马氏父子与高郁的关系。

早在同光元年（923 年）十月，马希范到后唐入贡，庄宗李存勖就趁机离间马氏父子和高郁的关系。马希范到了京城后，庄宗对他说：“朕闻卿部内有洞庭湖，其波无际，有之乎？”马希范回答说：“有之，陛下一旦南巡狩，则此湖不足以饮马耳。”庄宗闻之大悦，既而说：“比闻马氏之国必为高郁所图，今有子如此，高郁何能可得耶？”庄宗此言显然是为了离间马氏与高郁的关系，而马希范并未察觉。

庄宗的离间虽然未能马上发挥作用，但是也引起了马氏兄弟对高郁的猜忌。马希范回到长沙后，向马殷报告了庄宗所言，马殷笑着说：“主上战争得天下，能用机数，以郁资吾霸业，故欲间之耳！若梁朝罢王彦章兵权也。盖遭此计，必致灭。今汝诛郁，正落其彀（gòu）中，慎勿言也。”可见，马殷的智慧远在其子之上。

但是，马氏兄弟在马殷建国设置官吏之时，却对高郁进行排挤。司马光在《资治通鉴》中说:“马殷所恃以为国者高郁也,建国置官,郁不与焉,何也?岂殷诸子已有忌郁之心欤？”荆南高季兴的离间进一步加剧了马氏兄弟与高郁的紧张关系，“高季兴亦以流言间郁于殷，殷不听，乃遣使遗节度副使、知政事希声书，盛称郁功名，愿为兄弟”。高季兴的使者对马希声说：“高公常云马氏政事皆出高郁,此子孙之忧也。”马希声信之。在外部离间的情况下，内部势力对高郁的诬陷和诋毁也一起推波助澜。如行军司马杨昭遂是马希声的妻子一族，想要代替高郁的地位，于是经常在马希声处进谗。

糊涂昏庸的马希声在内外离间之下，对高郁日益反感，屡次向马殷进言，要诛杀高郁，每次都被马殷拒绝。于是马希声退而求其次，要求罢免高郁的兵权。此时马殷已经将大部分权力移交马希声，马殷当时“政非己出”“尸居而已，不复能制其子”。于是马殷被迫罢高郁为行军司马。

此时的高郁外失依托、内丧兵权，已经难逃厄运。

天成四年（929 年）八月，马希声矫马殷之命杀高郁于家中，诬高郁谋叛，并诛其族党。马殷闻知高郁死，拊膺大恸。高郁被诛给马楚政权带来巨大损失，这也是马楚内争开始的标志。

高郁虽然有才，但性贪且奢侈，认为自己喝水的井不干净，用银叶护之，名为“拓里”，因而被忌恨者弹劾。传说一次辰州百姓向氏在田间焚烧时火中升起一条龙，任凭四周刮风下雨都不能使其熄灭，龙很快烧成灰烬，但龙角没有烧化，晶莹如白玉。向氏把龙角当宝贝收藏起来，高郁却估其价强行买走。有术士说：“高司马这是要有祸事了吗？为什么用这种不祥之物来招致厄运？”

2. 康福安边

后唐天成四年（929 年）十月，后唐以磁州刺史康福为凉州（今甘肃武威）刺史，朔方、河西节度使。康福，蔚州（今河北蔚县）人，通胡语。明宗退朝之后，常将康福召入便殿，访以时事，康福便以胡语奏对，其他人都不知他们说了什么，因此为枢密使安重诲所忌。安重诲曾经当面告诫他："康福你要是敢胡乱奏事，总有一天我会斩了你。"

当时刚好朔方节度留后韩澄，因为与手下将校人情不协，害怕被手下谋害，因此上表朝廷请求派遣主帅。灵州深入胡境，为帅者多遇害。安重诲于是奏请将康福安插于边陲乱地为帅，实际上是要把康福排挤出朝廷。

康福含泪拜辞明宗。明宗就把安重诲找来，重新商量对康福的任命。安重诲说："臣多次接到皇帝的旨意，让我为康福安排官职，现在康福一下子就升为节度使，还有什么不知足的啊？而且任命已经颁布，难于更改。"明宗见安重诲这么说，也不好再说什么，只好把康福找来，说："安重诲不肯更改任命，这不是我的本意啊。"康福知道不可挽回，就向明宗辞别，明宗对他说："我会派兵援助你，你不要过于忧虑。"

康福率军行至方渠，羌胡出兵拦击，被康福击败。接着，康福的队伍走到青岗峡，正逢大雪，康福命人登山观望，见山川下边有烟火，原来是数千帐吐蕃部队驻扎在那里，敌军并未觉察唐军到来。于是康福分军三路掩杀过去。蕃众惊慌之下，丢弃帐幕逃走，结果被追杀殆尽，康福与部下获得大量玉璞、羊马，声威大振，遂进入灵州（今宁夏灵武南，朔方节度使治所）。次年，定远军使李匡宾聚众占据了保静镇发动叛乱，康福率军征讨，将李匡宾斩首。康福在镇期间，岁岁丰收，仓储丰盈，有马千匹，境内蕃夷畏服，后唐改赐康福为"耀忠匡定保节功臣"。

3. 徐知诰囚禁徐知询

徐知询自以为手握重兵，并且占据上流（金陵在广陵上游），对徐知诰非常轻视，频频与徐知诰争权。这时候，由于徐知询的狂妄自大和傲慢无理，而且对待自己的亲弟弟们也刻薄寡恩，导致他逐渐众叛亲离。徐知询的诸弟逐渐倒向徐知诰，重臣徐玠见徐知询难成大事，也转向支持徐知诰。

吴大和元年（929 年），吴国辅政徐知诰在做好准备之后，派人以吴主的名义召徐知询入朝辅政，以取代徐知诰。狂妄自大而权力欲极强的徐知询竟然信以为真，自投罗网。他不但来到广陵，而且还住在徐知诰家中，结果被徐知诰软禁。之后徐知诰又派心腹将领赴升州接掌徐知询兵权。这样吴国军政大权完全落入徐知诰手中。

十二月，吴加徐知诰兼中书令，领宁国节度使。徐知诰召徐知询饮宴，以金杯斟酒赐之，说："愿弟寿千岁。"徐知询怀疑酒中有毒，又拿了一个酒杯，将杯中之酒匀为两杯，献给徐知诰说："愿与兄各享五百岁。"徐知诰脸色大变，环顾左右，不肯饮此酒。而徐知询就捧着杯站在那里，场面一时剑拔弩张，极为尴尬。就在大家手足无措之时，伶人申渐高走上前来，打个哈哈，将两杯酒夺到手中，一饮而尽，然后怀抱金杯扬长而去。徐知诰秘密派人去给申渐高送解药，但到他家时他已经脑溃而卒。

4. 后唐置场市党项马

后唐天成四年（929 年）四月，后唐以西部党项常以进贡为名至洛阳卖马，其马不论良驽，均称上进，后唐除照给马值外，常加倍赏酬，所费每年不下五六十万贯，因此下诏："沿边置场买马，不许蕃部至阙下。"明宗虽下此诏，但认为后唐马匹不足，还常需征买，有党项诸部贡马，后唐给赐，事不可止。因此四月的诏令实际废止了，番部羊马不绝于路。直至长兴四年（933年），明宗因购买蕃部马匹竟耗后唐国力十之七，徒然消耗财赋，而马无所使，才又于十月下敕，沿边藩镇，或有蕃部卖马，可择其良壮者给券，具数以闻。以后党项贡马才大为减少。

5. 荆南向唐谢罪

荆南于后唐天成三年（928年）附于吴，后唐因之数番发兵征讨。天成四年（929年）五月，初袭父位的高从诲以唐近吴远，通过楚王马殷谢罪于唐，另通过后唐山南东道节度使安元信保奏，复修藩镇职贡。六月，高从诲上表内附于后唐，并进银三千两赎罪。七月，后唐以高从诲为荆南节度使兼侍中，罢天成二年（927年）讨荆南所置荆南招讨使。高从诲又于后唐长兴元年（930年）三月以祖先坟墓在中原为由与吴国断绝关系。

6. 吴越与后唐绝交

吴越宝正四年，也即后唐天成四年（929年）九月，后唐枢密使安重诲以吴越王钱镠怠慢唐使、言辞不敬，奏削钱镠官爵。二十七日后唐削钱镠元帅、尚父、吴越国王，以太师致仕。凡吴越进奏官及使者、纲吏，命所在系治。钱镠与子钱传瓘、将吏等屡上表称冤，均不报。吴越遂与唐绝交。至长兴二年（931 年）三月，后唐以削钱镠爵系安重诲所为，复钱镠名位。

7. 冯道进谏

后唐明宗李嗣源即位后，风调雨顺，五谷丰登。一次，明宗与冯道谈及此事，说到天下承平、四方无事，冯道说：“臣常记昔日在先皇幕府，奉命出使中山，经过井陉的险要之路。臣担心马匹失足，所以行进得非常谨慎，幸而无失。等到了平坦的大道，便放任马匹疾驰，不一会就马失前蹄了。我想治理天下也是同样的道理吧。”明宗深以为然。接着明宗又问道：“今年虽然丰收，百姓是否富足呢？”冯道说：“农家岁凶则死于流殍，岁丰则伤于谷贱，丰凶皆病者，唯农家为然。臣记得进士聂夷中有一首诗，‘二月卖新丝，五月粜新谷；医得眼下疮，剜却心头肉’。语虽鄙俚，曲尽田家之情状。在士、农、工、商四种人中，农人最苦，人主不可不知也。”明宗闻言大悦，命左右录其诗，时常提醒自己。

第七节

两川坐大割据渐成，马殷病故希声袭位
（930 年）

1. 两川坐大

后唐西川节度使孟知祥、东川节度使董璋自恃兵力强大、蜀道艰险，财政税收不输朝廷而割据一方，渐成坐大之势，后唐中央政权越来越难驾驭两川。早在天成四年(929 年)五月，后唐明宗欲行南郊礼，命西川献一百万缗钱、东川五十万缗钱，两川就以军用不足为由，西川只献五十万缗，东川则仅献十万缗。孟知祥曾于天成三年（928 年）诱使后唐所征三千戍卒自夔州（今重庆奉节）逃归。天成四年九月，董璋更是擅自截留戍守东川的鄜州（今陕西富县）兵，拣选青壮留用，只遣老弱者返归本镇，并尽收其装备。

当时，西川节度使孟知祥和东川节度使董璋都蓄志谋反，由来已久。枢密使安重诲早就想将其裁抑，适遇两川守将更戍，便委派自己的精兵良将，逐渐将其地盘分割、蚕食。孟知祥、董璋二人察觉出安重诲的意图，颇不安宁。在安重诲的主持下，后唐割阆州（今四川阆中）、梁州（今四川南充北）设置保塞军，以内客省使李仁矩为节度使；命武信节度使夏鲁奇于遂州（今四川遂宁）增兵益甲；同时又传言要割西川绵州（今四川绵阳）等州建节镇。此举显然意在削弱两川节度使，因此董璋、孟知祥均不自安。

两川节度使（孟知祥和董璋）本来争斗不断，这次却为了共同对抗朝廷，尽弃前嫌，结为儿女亲家，董璋之子娶孟知祥之女为妻，以合力对抗后唐朝廷。

长兴元年（930 年）正月，董璋于剑门修筑七座营寨，并在剑门以北设置永定关。二月，两川又一同上表询问朝廷割州建节、屯兵遂州之事，明宗只得下诏慰谕。七月，两川再次上表论奏后唐增兵遂州、阆州之事，川中形势渐趋紧张，商旅不敢入蜀贸易。

董璋之子董光业在洛阳担任宫苑使。董璋去信说："朝廷割吾支郡为节镇，屯兵三千，是必杀我矣。你面见枢要大臣为吾言，如果朝廷再派一名骑兵入斜谷，吾必反！与汝决矣。"董光业将书信拿给枢密承旨李虔徽。没过多久，朝廷又要派兵戍守阆州，董光业对李虔徽说："此兵未至，吾父必反。请朝廷停止派兵，吾父保无他。"李虔徽将这番话告诉枢密使安重诲，安重诲不从。

九月，董璋举兵反唐，攻破阆州（今四川阆中），擒杀李仁矩。孟知祥不久也举兵响应。但唐明宗当时不知孟知祥已反，于是下诏削夺董璋官爵，命天雄军节度使石敬瑭为招讨使，夏鲁奇为副招讨使，右武卫上将军王思同为先锋，率军征蜀，并任命孟知祥为供馈使。这边孟知祥却派李仁罕、张业、赵廷隐等人会合董璋，攻打遂州；并让侯弘实驻守东川；而后又命张武出兵三峡，攻打渝州（今重庆）。

十一月，石敬瑭的前军攻占剑门。董璋因剑门失守，遣使向西川孟知祥求救，孟知祥忙派赵廷隐分兵援救。当时西川诸将多为郭崇韬部下，郭崇韬冤死后诸将多认为是朝廷过错，因此愿为孟知祥效力。

石敬瑭到了剑门，才向朝廷奏称孟知祥抗命，于是后唐明宗李嗣源下诏削去孟知祥官爵，命石敬瑭即日进讨。唐军攻破剑门后，却在剑州（今四川剑阁）止步不前。孟知祥闻讯大喜："如果唐军急速赶赴东川，一定能解遂州之围，到时两川必然形势危急。如今却不再进军，不足为虑也。"

十二月，石敬瑭在剑门与赵廷隐交战，赵廷隐在牙城后面，依山列阵，派李肇和王晖出阵河桥。石敬瑭率步兵攻打赵廷隐，令骑兵攻击河桥，两路兵马都被川军用强弩射退。到了傍晚，石敬瑭收兵回营，又被赵廷隐从后追杀，损失了一千多兵马。于是石敬瑭退守剑门。

2. 楚马殷卒，马希声袭位

后唐长兴元年（930年）十月，楚王马殷病重，派遣使者到后唐朝廷，请求传位于其子马希声。十一月初十，楚王马殷薨，"遗命诸子，兄弟相继；置剑于祠堂，曰：违吾命者戮之"。二十七日，马希声袭位。继位的马希声主动将政治地位降格，"称遗命去建国之制度，复藩镇之旧"。十二月，后唐以马声希为武安、静江节度使，兼中书令。

马希声是马殷次子，后唐天成四年（929年）开始代父判楚国内外诸军事。马希声荒淫无度，为政昏庸，劣迹斑斑，在位期间几无政绩可言。《资治通鉴》记载："武安、静江节度使马希声闻梁太祖嗜食鸡，慕之，即袭位，日杀五十鸡为膳；居丧无戚容。庚申，葬武穆王（马殷）于衡阳，将发引，顿食鸡数盘，前吏部侍郎潘起讥之曰：'昔阮籍居丧食蒸豚，何代无贤！'"

马希声还十分喜爱宝货。有一位商人有犀带售卖，价值数百万钱。马希声派人杀死商人，强夺了犀带。一国之君行径居然与强盗无异。

这里我们有两个疑问：第一，我国自古以来施行的是嫡长子继承制，为何马殷传位于次子？第二，帝位应该是子孙相继，为何马楚要实行兄终弟及？

马殷的嫡长子马希振“长而贤”“工诗句，耽吟咏”，显然不是平庸之辈，与越长而立、居丧无礼、昏庸贪暴的马希声形成强烈对比。但是马希声之母袁夫人貌美有姿色，深得马殷宠爱，马希声也因此得宠。天成二年（927 年）八月，马殷开国建制，任命“子希振武顺军节度使，次子希声判内外诸军事”。身为嫡长子的马希振被派遣到朗州任武顺军节度使，扼守潭州（今湖南长沙）的北大门，位置固然重要，但是次子马希声却留守潭州，控制着中央军政大权，在地位和实际权力上高于长子马希振。不仅如此，天成四年（929 年），马殷由于年迈多病无法处理繁杂的事务，“命其子武安节度副使、判长沙府希声知政事，总录内外诸军事，自是国政先历希声，乃闻于殷”。此时的马希声已经掌握了中央的主要权力。此后，马希声又通过诛杀高郁进一步掌握了马楚的军政大权。由此，在去世之前，马殷向后唐朝廷奏请以马希声继位，实际是因为马希声已经大权在握，继位之势已经难以逆转。如果强行以长子继位，必然立即引发内乱。

还有一种说法，认为马希声乃是矫父命自立的。《册府元龟》记载：“殷初薨，长子希振次当嗣立，时希声以先为副使，方握权，私遣其大将欧宏练矫父命立为帅，乃自称留后。”

不论马希声继位是矫父命自立，还是马殷不得已而立之，总而言之，马希声掌握马楚军政大权已经是既成事实，这使得长子马希振无力反抗。为了免祸，长子马希振只得“弃官为道士，居于家”。

3. 南汉攻拔交州

南汉大有三年（930 年），也即后唐长兴元年九月，南汉高祖刘龚派梁克贞、李守鄘攻交州（今越南河内），拔之，擒静海节度使曲承美，以李进为交州刺史。曲氏自唐末据交州，至此而败。十月，南汉又攻克占城（今越南茶桥），尽取宝货而还。

4. 契丹东丹王奔唐

契丹天显三年（928 年），辽太宗耶律德光升原渤海国辽阳为南京（今辽宁辽阳），命自己的长兄耶律倍从东丹国的都城天福城徙居于此，又派卫士暗中监视耶律倍。实际上耶律德光的心思也可以理解，自己的皇位本来是哥哥的，时刻怕哥哥抢了回去，如何安心？后唐明宗李嗣源得知此事，多次派人秘密送信给耶律倍，希望他南下归唐。耶律倍感慨万千："我把天下让给了主上，反而遭到疑忌。还不如前往他国，以成全吴泰伯让国的美名。"

辽天显五年（930 年），也即后唐长兴元年十一月，契丹东丹王耶律倍率部曲四十人，乘船载书数千卷，渡海至登州（今山东蓬莱），后唐以迎接天子的仪仗接待耶律倍。长兴二年（931 年）三月，后唐赐耶律倍姓东丹，名慕华，为怀化节度使，瑞、慎等州观察使，所率部曲亦赐姓名。九月，又改赐东丹慕华为李赞华。史称耶律倍通阴阳，知音律，精医药针灸之术，工契丹、汉文章，曾译《阴符经》，善画，其所绘《猎雪骑》《千鹿图》等到宋代皆收入秘府。

耶律倍虽在异国，与契丹亲属却问安之使不绝于路，述律太后也遣使通问。耶律倍南奔后唐，后唐不以其"非我族类、其心必异"，契丹也不因其叛国而不依不饶，双方宽容的心态当真难得。

第八节

安重诲一命归西，闽王国再生内乱（931年）

1. 安重诲之死

上文说到石敬瑭退守剑门。长兴二年（931年）正月，川军李仁罕攻破遂州，夏鲁奇自刎而死，时年四十九岁。

孟知祥任命李仁罕为武信军留后，并让人拿着夏鲁奇的首级在官军阵前示众。夏鲁奇的两个儿子此时正在石敬瑭军中，哭泣着请求取夏鲁奇之首而葬之。石敬瑭说："孟知祥是长者，一定会安葬你们父亲。这样岂不是比身首异处更好吗？"此后孟知祥果然安葬了夏鲁奇。

二月，石敬瑭以遂州、阆州已陷，粮运不继，烧营北归。军前将唐军撤退的消息报告孟知祥，孟知祥将书信藏起来，问赵季良说："北军渐进，奈何？"赵季良回答说："不过绵州，必遁。"孟知祥问他为什么这样判断，赵季良答道："我逸彼劳，彼悬军千里，粮尽，能无遁乎？"孟知祥大笑，以书示之。

利州刺史李彦琦闻唐军东归，弃城而走，孟知祥以赵廷隐为昭武军留后。孟知祥又派武信留后李仁罕为峡路行营招讨使，率水军沿江向东进攻。李仁罕先下忠州，再下万州，陷云安监，又攻夔州。刺史安崇阮弃城走，孟知祥遂并有夔州、忠州、万州三州。

当时，唐军涉险，而且粮饷运输尤为艰难，自潼关以西，百姓苦于转馈，每费一石粮食不能致军前一斗。百姓怨声载道，而石敬瑭的军队撤退后，所在守将又都弃城而走。唐明宗李嗣源忧心忡忡。而此战正是由安重诲负责督输粮草，后唐明宗为此问责安重诲。

安重诲（？—931 年），河东应州（今山西应县）人，沙陀族人。安重诲年轻时即投于后唐大太保李嗣源军中，因骁勇善战、才识过人而逐渐得到李嗣源的赏识。在十几年的军旅生涯中，李嗣源引安重诲为心腹，安重诲视李嗣源为知己，二人结成莫逆。此后魏州兵变，李嗣源入洛阳称帝，安重诲因拥戴之功，益重受用，被任命为左领卫大将军、枢密使，兼领山南东道节度使，累加侍中兼中书令、护国节度使，总揽政事。

明宗李嗣源继位后，铲除弊政，政治较为清明，这与安重诲的辅佐是分不开的。安重诲作为明宗李嗣源的左膀右臂，以天下为己任，对内为治理江山社稷而出谋划策；对外为遏抑藩镇势力过强而穷尽智思。后唐明宗一朝，一时被称为"小康之局"。明宗李嗣源虽为一国之至尊，但以马上得天下，不通文墨，四方奏章均由安重诲诵读。安重诲特设端明殿，招纳冯道与赵凤，专门给明宗讲述治国安邦之经略。

当时，西川节度使的孟知祥和东川节度使的董璋蓄志谋反，由来已久。安重诲早就想将其裁抑，适遇两川守将更戍，便委派自己的精兵良将，逐渐将其地盘分割、蚕食。安重诲削藩之举虽未获得成功，但他为巩固后唐中央政权而解除藩镇军权、缩小其统治地盘，是有好处的。

而且，安重诲长期的宦海生涯，使他具有洞察事物、防患于未然的政治远见。后唐明宗养子、潞王李从珂任河中（今山西永济市）节度使，安重诲认为，李从珂非李嗣源亲生，素日手握重兵，野心勃勃，日后必为国家隐患，便以内调李从珂为名，行削夺其军权之实。李从珂闻讯，纵容部下、牙内指挥使杨彦温举兵反叛。明宗得知，派人诱降杨彦温，而安重诲则力主用兵，委派侍卫指挥使药彦稠、西京留守索自通率兵讨伐，斩杀杨彦温。安重诲以此为契机，奏请明宗罢免李从珂节度使一职，并多次暗示李从珂失职，应依法从重处置，以求拔本塞源，除恶务尽。这种做法，引起明宗不悦，君臣间发生激烈冲突，从此产生裂痕。安重诲直到被杀时，还大声疾呼："其死无恨，但恨不与官家诛得潞王，他日必为朝廷之患。"果然，如安重诲所料，明宗死后，其子李从厚继位，不久，长期觊觎帝位的潞王李从珂便取而代之了。

但是，安重诲本人确有许多缺点或者说污点，为他以后的败亡埋下伏笔。安重诲在明宗当政时因功获宠，成为权倾天下的人物。朝廷中军政要务，事无巨细，均予裁决，这些虽然使他做出了不少正确决策，但也使他滋生了专横跋扈、恣意妄行的作风。一次安重诲外出，路经御史台门口，殿直马延无意冒犯了他，他当即拔剑将马延斩杀于御史台门口。宰相任圜掌管国家财政，因政见不一与安重诲发生争执，后来便以病为由辞职，退居磁州（今河北邯郸）。任圜府中有一歌伎，能歌善舞，生得温柔俏丽，安重诲欲纳之为妾，遭到任圜拒绝，二人关系更趋恶化。后来，朱守殷谋反，安重诲派兵假传圣旨到任圜家，诬任圜与朱守殷合谋叛乱，逼他"聚族酣饮而死"。这种置政敌于死地的做法，遭到了舆论的谴责，连安重诲本人也自觉理亏。

安重诲控制朝政、威慑百官，甚至明宗本人也畏他三分。夏州（今陕西靖边县）李仁福得知明宗喜好鹰鹞，便派人送来白鹰，安重诲拒绝纳之。待他一离开，明宗心痒难挠，急忙派人将白鹰悄悄带回宫中，然后弄到京城西郊嬉戏，一边玩，一边仍心有余悸地对随从说："勿使重诲知也。"

安重诲身兼要职，独断专行，逐渐不能为明宗所容。此番伐蜀失败，明宗李嗣源就归罪于安重诲，任命安重诲为河中节度使。不久朝廷宣旨，再次启用李从珂为左卫上将军，出镇凤翔。安重诲越发不安，于是上奏请求告老还乡。朝廷命安重诲以太子太师致仕，另派皇侄李从璋为河中节度使，并派遣药彦稠率兵同行。不久李从璋、药彦稠到来，与安重诲相见。二人本无恶意，正准备与安重诲交接，此时皇城使翟光邺传来密旨，令李从璋杀死安重诲。

李从璋于是率兵围住安重诲府邸，亲自拜见安重诲。李从璋刚到庭中，便俯身下拜，安重诲赶忙降阶答礼。不承想李从璋掏出一个铁锤，趁着安重诲俯首之时，猛击过去，正中安重诲头颅，血溅庭院。安重诲的妻子张氏跑出来，抱住安重诲大呼："就算他有罪，也不应招此毒手！"李从璋又一锤过去，张氏便抱着安重诲共赴黄泉了。安重诲被杀的罪名是"离间孟知祥、董璋等人"。

2. 闽国内乱

上文说到，王延翰死后，王延禀认为自己是王审知养子，担心继位后诸将不服，于是推王延钧为王。王延钧继续向中原朝廷称臣，于是后唐明宗封他为威武节度使、中书令、琅琊王。天成三年（928 年），后唐又进封王延钧为闽王。王延钧昏庸无道，继位之后，一改王审知勤俭爱民之风，不断加重徭役赋税；又度百姓为僧二万余人，将大量上等田地划拨给寺院，闽国境内民怨沸腾。

后唐长兴二年（931 年）四月，王延禀风闻王延钧染疾，以次子王继升为建州留后，率建州刺史王继雄领水军自建州（今福建建瓯）袭福州。王延禀攻福州西门，王继雄攻东门。王延钧遣楼船指挥使王仁达率水军拒之。王仁达命甲士埋伏在舟中，假意竖起白旗请降。王继雄大喜，屏退左右登上王仁达的舟船慰抚。王继雄刚一登船，舟中甲士尽出，王仁达立斩王继雄，枭首于西门。王延禀正在纵火攻城，见到自己儿子的首级，恸哭失声。王仁达趁势纵兵击之，一举擒获王延禀。王延钧见到王延禀说："果烦老兄再下！"王延禀惭愧不能对。王延钧将王延禀囚于别室，派遣使者至建州招抚，建州王延禀的部下杀使者，奉王继升、王继伦兄弟逃奔吴越。五月，王延钧杀王延禀，复其本姓名周彦琛。

此后，王延钧令其弟王延政为建州刺史。

3. 沙州曹议金

后唐长兴二年（931年）正月，后唐以沙州（今甘肃敦煌）节度使曹议金兼中书令。当年，曹议金于沙州新开洞窟以为功德，敦煌现在的D108窟塑有金身佛本尊，壁画《维摩诘经变》，佛传、《思益梵天所问经》等；另塑有供养人尼四身，女像二十二身，男像三十身，分列于南北两壁，为曹议金夫妇像及曹元德等父子兄弟及夫人外家姐妹等。D100窟绘有《曹氏夫妇出行图》。其中《曹议金出行图》残毁较多，《夫人回鹘公主出行图》则保存完好，前有御者为先导，左道为舞蹈人、女乐、勇士；道中一朱衣人，道左有五骑，其中一人似与女乐相语；回鹘公主骑白马，左右二御者，十余骑侍女相随；公主高冠加笠，女侍后有香亭三座，后随有妇人、女童、轿车等。《曹氏夫妇出行图》为莫高窟五代壁画中巨制。洞中四壁另绘有经变图等，塑有供养人像。各位读者有兴趣可以前往观瞻。

第九节

孟知祥兼有两川，吴越王驾鹤西游
（932 年）

1. 孟知祥称霸蜀中

安重诲死后，后唐明宗李嗣源采取了安抚两川的策略：撤回石敬瑭的军队，并将西川进奏官苏愿、进奉军将杜绍本遣回西川；招抚孟知祥，称其留在洛阳的家属皆安然无恙；向孟知祥、董璋告知了已经处死安重诲的情况，把兴兵两川的责任推到了安重诲身上。孟知祥得知家属无恙，而安重诲也已被杀，便欲邀董璋一起向朝廷上表谢罪。董璋勃然大怒道："孟公的家属安然无恙,自然可以归附朝廷。而我的子孙都已经被朝廷杀了,我还谢什么罪?”孟知祥再三派遣使者劝说，都被董璋斥回。孟知祥又让观察判官李昊前去劝说，董璋更加怀疑孟知祥要出卖自己，盛怒之下出言侮辱李昊。李昊回来后劝孟知祥攻打董璋，言道："董璋不通谋议，且有窥西川之志，公宜备之。"四月，东川节度使董璋召集诸将商议进军方略，讨论是否直取成都。诸将皆曰必胜，只有前陵州刺史王晖说："剑南万里，成都为大，时方盛夏，师出无名，必无成功。"董璋不听,随即进军白杨林镇。孟知祥闻知董璋将要兴兵,派马军都指挥使潘仁嗣率三千人赴汉州防御。

董璋抢先对孟知祥动兵，先是攻破白杨林镇，擒获西川守将武弘礼，声势甚盛。孟知祥忧形于色。孟知祥手下大将赵季良分析说："董璋为人勇而无恩，士卒不附，城守则难克，野战则成擒矣。今不守巢穴，公之利也。董璋用兵精锐皆在前锋，公宜以羸兵诱之，以劲兵待之；开始时或有小败，之后必定大捷。董璋素有威名，今举兵暴至，人心危惧，公当亲自率军御之，以强众心。"孟知祥又问谁可为帅，赵廷隐自告奋勇说道："董璋轻而无谋，举兵必败，当为公擒之。"于是，孟知祥任命赵廷隐为行营马步军都部署，率军三万人迎敌。

五月一日，赵廷隐向孟知祥辞行。恰巧董璋发布的公告也送至了孟知祥手上，还附有送给赵季良、赵廷隐和李肇的书信，污蔑赵季良、赵廷隐已经与自己联络好了，正是二人召自己前来。孟知祥把书信拿给赵廷隐看，赵廷隐看也不看，将书信扔到地上，说道："这不过是反间之计，想让大人杀掉副使和我罢了。"遂叩拜而行。孟知祥说道："大事可成了！"昭武留后李肇根本不认字，打开书信后，瞪着眼看了看，说道："董璋让我谋反罢了。"于是李肇囚禁了使者，但却按兵不动，左右观望，想给自己留条退路。

五月，董璋兵至汉州，潘仁嗣与东川军队战于赤水。潘仁嗣大败，被董璋擒获，董璋遂克汉州。孟知祥闻知董璋已经攻破汉州，于是亲率赵廷隐等人迎战，与董璋对阵于鸡踪桥。董璋见到西川孟知祥兵势甚盛，于是后退列阵于武侯庙下。董璋帐下骁卒都鼓噪大喊："徒曝我于日中，何不速战？"

于是董璋上马，麾军进攻。

两军刚刚交战，董璋的右厢马步都指挥使张守进便投降了孟知祥的西川军。孟知祥向他询问军情，张守进说道："董璋只有这些士兵，没有后援，请火速进攻，莫失良机。"孟知祥登上高冢督战。两川军马杀在一起，争夺鸡踪桥，一场血战就此展开。西川赵廷隐的部下左明义指挥使毛重威、左冲山指挥使李瑭守鸡踪桥，相继阵亡。赵廷隐大怒而起，拼死力战，三进三退，三战不利。孟知祥站在高处，不禁心中忐忑，急忙令张公铎前去援应。

张公铎的部下已经养足锐气，待孟知祥一声令下，铁骑突出，大喊着向董璋的东川军猛杀过去。东川兵此时已经与赵廷隐杀得筋疲力尽，不防一支生力军杀来，顿时溃败。赵廷隐也挥军向前，擒获东川中都指挥使元瓒、牙内副指挥使董光演等八十余名将领。董璋长叹道："亲军已经全军覆没，我将何去何从？"于是董璋率领几名骑兵大败而逃，剩下的七千余名东川兵全部投降了孟知祥。潘仁嗣也得到解救。

孟知祥率军追董璋至五侯津，东川马步都指挥使元瓌降。西川兵进入汉州，寻董璋不得，士卒争相夺取军资，董璋乘机逃脱得免。

董璋逃到了金雁桥，让儿子董光嗣投降孟知祥，以保全家族。董光嗣哭道："自古岂有杀父以求生者乎，宁俱就死！"于是父子一同逃亡。孟知祥命赵廷隐继续追击。

不久，董璋逃回梓州（今四川三台），乘肩舆而入。王晖迎问道："您全军出征，现在回来的不到十人，究竟是怎么回事呢？"董璋无言以对，只有痛哭。王晖却冷笑着退下了。董璋回府，正准备吃饭，外面却突然喧哗起来。董璋停箸出来观望，只见数百乱兵已经冲来，为首的两人，一个是王晖，一个是董璋的侄儿牙内都虞候董延浩。董璋慌忙引妻子登城，其子董光嗣自杀。董璋来到北门楼，大呼指挥使潘稠讨伐乱兵。潘稠带领十名士兵赶来登上城楼，竟一刀将董璋头颅砍下，连着董光嗣的首级一起献给王晖。此时西川军赵廷隐已到城下，王晖开城门迎降。赵廷隐进入梓州，封府库以待孟知祥。

自此，孟知祥遂吞并东川，占据两川之地。

唐明宗李嗣源得知董璋败死，孟知祥据有两川之后，召集众臣商议。枢密使范延光道："知祥虽据全蜀，然士卒皆东方人，知祥恐其思归为变，亦欲倚朝廷之重以威其众。陛下不屈意抚之，彼则无从自新。"唐明宗道："知祥吾故人，为人离间至此，何屈意之有！"于是派供奉官李存瓌（孟知祥的外甥）前去安抚，并颁诏说："董璋狐狼，自贻族灭。卿丘园亲戚，朕都可以确保安全。爱卿应该成家世之美名，守君臣之大节。朕可以既往不咎，尽释前嫌，你要明白朕的苦心。"

此时，孟知祥已经据有两川，以赵季良为武泰军留后、李仁罕为武信军留后、赵廷隐为保宁军留后、张业为宁江军留后、李肇为昭武军留后。赵季良等请孟知祥称王，事情尚未议决，此时李存瓌已至成都。孟知祥拜泣受诏。

七月，孟知祥遣李存瓌返回京师，上表谢罪，自是复称藩。八月，孟知祥令李昊替赵季良等五位留后草表，奏请以孟知祥为蜀王，行墨制（自行任免官吏），仍自求旌节。李昊说道："之前诸将攻取方镇，已经有了自己的领地，现在又以诸将的名义自求节钺以及明公您的封爵，则轻重之权皆在群下矣。如果以明公您自己的名义向朝廷请求，岂不可邪？"孟知祥大悟，令李昊为自己草表，请行墨制，补两川刺史以下官职；又表请以赵季良等五留后为节度使。

当初，自从孟知祥杀死李严后，安重诲就决定对付两川，每次朝廷任命两川刺史，都用中原军队护送上任，即便是小州也不少于五百人，夏鲁奇、李仁矩、武虔裕等分别率领数千人，对外都宣称是牙兵（护卫亲军）。等孟知祥相继攻克遂州、阆州、利州、夔州、黔州、梓州六镇后，俘虏的中原军队不下三万人。孟知祥担心朝廷要征回这些士兵，遂又上表请求朝廷送来他们的家眷。

孟知祥的表文到得洛阳，奏请授赵季良、李仁罕、赵廷隐、张业、李肇五位节度留后为节度使，并索要刺史以下官职的封授权与蜀王的爵位，同时将福庆长公主已经病死的消息告知朝廷。后唐明宗为福庆长公主发丧，并以阁门使刘政恩为宣谕使，到西川宣谕。孟知祥派朱滉前去朝见后唐明宗。

到了第二年，即长兴四年（933 年），后唐明宗授孟知祥为剑南东西川节度使、成都尹，封蜀王。

为什么说孟知祥运气好呢？让咱们一起看看孟知祥的成长史吧。孟知祥（874—934 年），邢州龙冈（今河北邢台）人。唐朝末年，孟知祥在晋王李克用手下做事，得到赏识，李克用让其弟李克让把女儿嫁给孟知祥为妻。庄宗李存勖即位后，任命孟知祥为掌管机要的中门使，后来又任太原留守。后唐灭前蜀，枢密使郭崇韬推荐孟知祥为西川节度使，唐庄宗于是任命孟知祥担任此职，并加同平章事衔。灭蜀之后，郭崇韬被杀，灭蜀军队群龙无首，魏王李继岌只是名义上的统帅，根本无力控制局面，蜀中大乱。孟知祥见此，疾驰入蜀，稳定人心。

魏王李继岌引军回归途中，适逢洛阳兵变。庄宗遇弑，魏王李继岌随即自杀身亡，唐明宗李嗣源即位。孟知祥见中原混乱，于是渐生割据之心。在与董璋联合对抗中央后，又消灭董璋，占据两川。所以，有人说孟知祥是“捡来的蛟龙”。

2. 吴越王钱镠薨，钱元瓘袭位

长兴三年（932 年），钱镠病重，召集臣下托付后事，说道：“吾子皆愚懦，不足任后事，吾死，公等自择之。”诸将泣下，都说：“元瓘从王征伐最有功，诸子莫及，请立之。”钱镠召元瓘说道：“诸将许尔矣。”钱镠又嘱咐说：“子孙善事中国，勿以易姓（中原王朝改朝换代）废事大之礼。”

不久，钱镠去世，终年八十一岁，其子钱元瓘继位。

后唐明宗李嗣源废朝七日，诏曰：“天下兵马大元帅、尚书令、吴越国王钱，本朝元老，当代勋贤，位已极于人臣，名素高于简册。赠典既无其官爵，易名宜示其优崇。”即令所司定谥曰武肃。

钱镠奉行“保境安民”的国策，实施筑捍海塘、疏浚西湖、发展农桑等举措，使当时的吴越地区“富甲一方”，为江南的繁华奠定了基础。钱镠治国有略，修身治家也十分谨严。钱镠自备“起居注”，又两度订立治家“八训”“十训”。遵循钱镠的遗训，后世诸王始终贡奉中原王朝，末世钱弘俶顺应时势“纳土归宋”，使国家“不被干戈”实现和平统一。大家耳熟能详的《百家姓》中，赵钱孙李，将钱氏列为仅次于皇族赵姓的第二位。

钱氏后人秉承祖训，绍续家风，绵延文脉，造就了吴越钱氏一门世代家风谨严、人才兴盛的传奇。这个家族始终书香绵延，代有人才涌现。宋朝皇帝称“忠孝盛大唯钱氏一族”。清乾隆帝也感佩其家族教子有道，在南巡时御赐“清芬世守”匾额。到了近代更是人才“井喷”，文坛硕儒、科技巨擘云集，海内外“院士”子弟数以百计，因而吴越钱氏家族被公认为“千年名门望族，两浙第一世家”。

3. 楚马希声卒，弟马希范袭位

后唐长兴三年（932 年）七月，武安、静江节度使马希声卒。八月，湖南六军使袁诠、潘约于朗州（今湖南常德）迎镇南节度使马希范而立，马楚进入马希范统治时期。长兴四年（933 年）二月，后唐朝廷以马希范为“武安、武平节度使，兼中书令”。清泰元年（934 年）正月，后唐朝廷册封马希范为楚王。

马希范（899—947 年）字宝规，马殷第四子，与马希声同日而生。马希范好学、善诗，以廖光图、徐仲雅、拓跋常等十八人为学士。在位期间，马希范因成功平定溪州刺史彭士愁的叛乱，成功处理了溪州各民族之间的关系，而在历史上留下浓墨重彩的一笔，并立溪州铜柱以为铭记，此是后话。

4. 后唐讨党项

后唐长兴三年（932 年），后唐数度出兵讨党项。正月，后唐因党项经常劫掠灵州（今宁夏灵武西南）至邠州（今陕西彬县）一线及方渠镇（今甘肃环县）的外国使臣及入贡者，以静难节度使药彦稠、前朔方节度使康福领兵七千人讨之。二月，药彦稠等破党项十九族，俘二千七百人。七月，朔方（治灵州）又击退夏州（今内蒙古白城子）党项的袭击。

5. 卢龙护民

后唐卢龙节度使（今北京西南，领蓟、檀、顺、妫、涿等州）辖地与契丹接壤，下属州县常遭契丹寇掠，契丹骑兵竟驰骋于幽州城门之外。每当后唐自涿州（今河北涿州）运粮至幽州，契丹常在阎沟设伏截粮草而去。后唐卢龙节度使赵德钧于阎沟筑城保护粮运，为良乡县（今北京良乡）；又于城东五十里修潞县（今北京通县东），保护幽州城东居民能安然地砍柴放牧收种庄稼。长兴三年（932 年），赵德钧又修三河县城（今河北三河东），以保护幽州至蓟州（今河北蓟州区）的运路。九月，三河城修竣，边境之民多赖此三城保护。

第十节

明宗李嗣源惊怒驾崩，闵帝李从厚意外即位（933年）

1. 明宗晚年

在孟知祥与董璋在蜀中交战之际，明宗本想趁机夺回两川。但由于董璋很快便战败被杀，孟知祥占据两川，明宗只好承认既成事实，采取安抚孟知祥的策略。这种满足孟知祥各种要求的做法虽然有养痈成患之弊，但由于后唐朝廷面临内外种种危机，对孟知祥采取绥靖政策也实属无奈之举。

当时后唐朝廷的危机大致有二：一是北方契丹蠢蠢欲动，二是随着明宗年事已高，围绕后唐继承人的问题，朝廷各派明争暗斗日趋激烈。

2. 秦王之乱

后唐明宗李嗣源登基时已经年届六旬，他虽不识文字，但却饱经风霜，深知民间疾苦，登基之后勤政爱民、整顿吏治、厉行节俭，政治较为清明。明宗革除了同光时期的许多弊政，斩杀了民愤极大的孔谦，废除苛敛之法；对于盗掘唐朝皇陵的温韬，果断诛杀；罢去诸道监军使，驱逐宦官和伶人；下诏禁止各地进献鹰犬珍玩，将大量宫女遣回民间；裁汰冗员，撤销诸司有名无实者；分遣诸军就近取食于州县，减少军需运输的徭役和损耗；惩治贪官污吏，整顿政治风气。

明宗统治期间百姓负担得到减轻，而且没有发生大的战争，使得社会经济得到恢复，百姓生活也大为改善。

但是明宗晚年迟迟不立太子。群臣请求他立太子，他就以为大家是要迫使自己让位而声泪俱下，群臣不敢再提立太子之事。这就为秦王李从荣之乱埋下伏笔。

秦王李从荣，后唐明宗李嗣源嫡子。明宗李嗣源登基后，先后留守邺都和北都太原。长兴元年（930 年），为河南尹，兼判六军诸卫事，封秦王。长兴三年（932 年），兼中书令，与宰相分班而居右。长兴四年（933 年），加尚书令，食邑万户。从这些封爵和任命来看，李从荣的继承人地位已经基本确立。但是由于明宗始终未立太子，因此李从荣总是心中不安。

原本在后唐朝廷早就分出李从荣（明宗第二子，封秦王）和李从厚（宋王）两个夺嫡集团，安重诲是李从荣一党。李从厚则是横海节度使孔循的女婿。虽说安重诲已经被明宗杀掉，然而李从厚的岳父孔循也死掉了，使李从厚失去了一个强援。李从荣此时担任河南尹、判六军诸卫事，并参与朝廷决策，隐然成为后唐继承人。但是随着安重诲被杀，李从荣的地位变得微妙起来。朝廷中持中立态度的有两位宰相冯道、李愚和两位枢密使范延光、赵延寿，这四个人都是明哲保身之人，遇事无可无不可。而安重诲昔日的两个对头朱弘昭和孟汉琼则被明宗委以重任：朱弘昭被任命为宣徽南院使，孟汉琼为宣徽北院使，知内侍省事。李从荣的另外一个对立者冯赟（他认为李从荣暴躁刚愎，举动轻率），也被明宗调回了朝廷。

李从荣此人目光凶狠，性格急躁，举动轻佻，经常骄纵不法。当初，安重诲当枢密使时，明宗将国事交给安重诲全权处理，而李从荣和李从厚从幼年起就与安重诲生活在一起，对安重诲十分敬畏。待安重诲死后，王淑妃和孟汉琼负责传达明宗诏命，范延光和赵延寿担任枢密使，李从荣却把四人从未放在眼里，经常欺辱他们。李从荣还担心自己的同母弟弟李从厚声望高于自己，十分猜忌。但好在李从厚很会做人，在哥哥面前总是毕恭毕敬，所以兄弟二人在表面上还看不出裂痕。

长兴四年（933 年）八月，太仆少卿何泽上书，请立李从荣为皇太子（想要巴结李从荣以获得拥立之功）。当时明宗已病，看到何泽的奏章非常不悦，对左右说道："群臣欲立太子，朕当归老太原旧第耳。"明宗不得已，召集大臣讨论立太子之事，大臣们都不置可否。李从荣入宫自白："窃闻有奸人请立臣为太子；臣幼少，且愿学治军民，不愿当此名。"李从荣当然希望立自己为太子，此时睁眼说瞎话，主要是为了避免明宗的猜忌。明宗说道："此群臣之欲尔。"李从荣出来之后，质问枢密使范延光、赵延寿等人说："执政欲以吾为太子，是欲夺我兵柄，幽之东宫耳。"群臣无言以对，心中都恐惧不安，于是以李从荣为天下兵马大元帅，位在宰相之上。

李从荣在元帅府大摆筵席，手下诸将皆有赏赐：控鹤、奉圣、严卫指挥使，每人马一匹、绢十匹；其他诸军指挥使，每人绢十匹；都头以下，每人绢七匹至三匹不等。又以严卫、奉圣千人为牙兵，每当入朝，以数百骑前呼后拥、张弓挟矢，驰走道上，见者皆震慑不已。李从荣此人残暴擅杀、轻狂昏庸，信任谄媚之人、排挤老臣宿将，还收揽一批文人附庸风雅、吟诗弄文，因此素无人望。此时明宗病重，他不知入宫探望，侍候左右，却更加专横跋扈。李从荣素来对执政大臣不满，私下里对左右说：“吾一旦南面，必族之。”

众臣见秦王李从荣擅权，朝中暗流涌动，都怕招惹是非，枢密使范延光、赵延寿等人纷纷求外补以避其祸。明宗认为他们是见到自己病重，所以都要离开，怒道：“欲去自去，奚用表为！”明宗的女儿齐国公主嫁给了赵延寿，于是齐国公主向皇帝求情说：“赵延寿确实身体不好，不堪机要之务。”

过了几日，赵延寿、范延光二人再次一起入宫自陈：“臣等不敢拈轻怕重，愿与别人轮换着掌管枢密，免得众人议论。请皇上命我二人中的一人先出，如果继任者不称职，仍可将臣召回，臣奉诏即到。”明宗这才情绪缓和，将赵延寿外调为宣武军节度使，以山南东道节度使朱弘昭继任枢密使、同平章事。朱弘昭也不愿蹚这个浑水，上表请辞。明宗怒叱曰：“汝辈皆不欲在吾侧，吾蓄养汝辈何为！”朱弘昭乃不敢言。

范延光为了外调，也出钱上下打点，托内宫王淑妃向明宗求情。于是明宗又任命范延光为成德军节度使，三司使冯赟调补枢密使。

长兴四年（933 年）十一月，明宗病势沉重，已经昏昏沉沉，不省人事。秦王李从荣与枢密使朱弘昭、冯赟入广寿殿内请安，连叫三声，明宗李嗣源都没有应声。王淑妃坐在榻旁，在明宗耳边说道：“秦王来看您了。”李嗣源还是没有反应。李从荣等人只得退出。到了宫门外，忽闻宫中哭泣之声，李从荣以为明宗已经驾崩，于是回到家中专等消息。

哪知这边明宗昏睡到半夜，突然在榻上坐起。而此时侍疾者都已离去，只有一个守漏的宫女在旁。于是明宗问守漏的宫女：“现在几更天了？”宫女回道：“四更了。”说完，明宗呕吐出许多污秽之物，顿觉神清气爽。宫女慌忙禀报六宫嫔妃，大家纷纷赶来，都笑着说：“皇上还魂了！”明宗李嗣源还吃了一碗热粥，然后安然入睡。

这边李从荣却一夜未睡，专等明宗驾崩，哪知始终没有动静。第二日李从荣称病不复入朝，他自知明宗身边的孟汉琼等权臣不是自己一党，担心明宗驾崩后这些人会兴风作浪，阻碍自己即位。昨日入宫他见明宗已经不省人事，出宫之时又闻哭声，以为皇帝已经驾崩，怀疑是宫中秘不发丧，将要迎立他人（李从厚比李从荣贤明，始终被猜忌）。于是李从荣在府中与亲信密谋以兵入侍，先制权臣，以保自己能够嗣位。

十一月十九日，李从荣先派都押牙马处钧去征求枢密使朱弘昭和冯赟二人的意见说："吾欲率牙兵入宫宿卫侍疾，以防备非常之事，应当住在哪里？"朱、冯不敢多言，答道："宫中皆王所可居，王自择之。"并私下对马处钧说："圣上万福，秦王应该竭力忠孝，不可草率行事。"其实，这是二人在隐晦地向李从荣传达宫中消息，暗示明宗身体已经好转。可是，暴躁刚愎的李从荣并没有理解二人的真实意思。听到马处钧的报告之后，李从荣大怒，又派马处钧回来对朱、冯二人说道："公辈殊不爱家族邪？何敢拒我？"

李从荣的这番不智之言立刻把本来中立的二人推到了王淑妃和宣徽使孟汉琼一边。朱弘昭、冯赟心中不安，连忙入宫禀告王淑妃和宣徽使孟汉琼，说："此事须得侍卫兵为助，不得康义诚不可济。"于是召来侍卫指挥使康义诚，谋于竹林之下。康义诚有儿子在秦王府任职，爱子之心投鼠忌器，不敢决断，说道："臣为将校，为公所使尔。"朱弘昭、冯赟、孟汉琼等人见康义诚首鼠两端，大惧。

次日，李从荣决定采取行动了。黎明时分，李从荣又派马处钧至冯赟府邸，告诉他说："吾今日决定入宫，居于兴圣宫。公辈各有宗族，处事亦宜详允，祸福在须臾耳。"又派马处钧告知康义诚。康义诚说："王来则奉迎。"得到康义诚的答复后，李从荣很是放心，只穿上日常的衣服（未穿铠甲），自河南府率步骑千人在天津桥列阵。《唐两京城坊考》记载："皇城端门之南，渡天津桥，至定鼎门，南北大街曰定鼎街，亦曰天门街，又曰天津街，或曰天街。"端门为皇城的正南门，与天津桥相连，现天津桥石基位于洛阳市西工区西工村。

马处钧刚一离去，冯赟便急驰入宫，见到康义诚与朱弘昭、孟汉琼及三司使孙岳四人正在中兴殿门外商议。见到四人后，冯赟具道马处钧之言，并责备康义诚道："秦王说祸福在须臾，其事可知。主上所以畜养吾徒者，为今日尔！今安危之际，间不容发。怎能因为你的儿子在秦王府，就左顾右盼、不下决断？主上拔擢吾辈，自布衣至将相，如果使秦王的军队得入此门，置主上于何地？吾辈尚有遗种乎？”康义诚尚未回答，门吏已仓皇跑来，禀报道：“秦王已经带兵到端门之外！”宣徽使孟汉琼拂袖而起，大声道：“今日之事，危及君父，公犹顾望择利邪？吾何爱余生，当自率兵拒之耳！”说完急急趋入殿门，朱弘昭、冯赟紧随其后。康义诚不得已也跟在后面。

众人入见明宗。孟汉琼奏道：“从荣反，兵已攻端门。”宫中相顾号泣。明宗惊道：“从荣何苦乃尔！”又问朱弘昭等人：“实有之乎？”众人答道：“确实如此，刚才已经令守门人关闭宫门。”明宗李嗣源指天泣下，默然良久，对康义诚说道：“卿自处置，勿惊百姓。”有了明宗的命令，本来就首鼠两端的康义诚不敢再起异心。

此时，潞王李从珂的儿子控鹤指挥使李重吉正在一旁待命。明宗李嗣源对他说道：“我与你父亲披荆斩棘，身冒矢石夺得天下，你父亲数次从危难中使我脱身。李从荣之辈有何功劳，如今却被人教唆，行此悖逆之事。这种人不值得托付大事，我早该叫你父亲回来授他兵权。你快去为我守卫宫门。”李重吉应命而去，率控鹤军把守宫门。（这段记载中，明宗对李重吉说的这番话很是突兀，也有可能是后来李从珂夺位后加上去的。）

另一边宣徽使孟汉琼已经披甲乘马，以皇帝之命召来马军都指挥使朱洪实，命他率五百骑讨伐李从荣。此时，孟汉琼等人已经用明宗镇住了康义诚，等于暂时剥夺了他的军事指挥权。朱洪实，身世不详，为马军都指挥使，是一员猛将。秦王李从荣当上大元帅后，曾想拉拢朱洪实，给他送去许多财物。朱弘昭当上枢密使后，朱洪实以族兄之礼侍奉朱弘昭，二人很快结为一党。因此，当孟汉琼以皇帝之名召朱洪实时，朱洪实并没有理会自己的顶头上司康义诚，直接提兵前来。

此时的李从荣自河南府率兵千人列阵于天津桥，坐在胡床（马扎）之上，派人召唤康义诚。而此时端门已经关闭，于是李从荣的亲信叩左掖门（端门之东门称为左掖门），也已经关闭。于是此人从门缝之中向内窥探，突然见到朱洪实率领骑兵从北而来，赶忙跑回去向李从荣禀告。李从荣得知后大惊失色，急忙穿上铠甲，命人取来铁掩心穿上，坐下来整理弓弦。皇城使安从益率领三百骑兵率先向李从荣冲锋，李从荣的部队放箭射之，安从益稍稍退却。此时，朱洪实率五百骑兵从左掖门冲杀出来，后面的部队也源源不断。李从荣仓促举事，阵中多是步兵，怎能抵挡住骑兵冲击？李从荣兵马大乱，节节败退。李从荣见招架不住，慌忙逃归府邸。进入府邸后，四顾无人，只有妻子刘氏在寝室中抖作一团。李从荣夫妇二人无路可逃，藏于床下。皇城使安从益带兵闯入，将李从荣夫妇搜出，一刀一个，登时毙命。冯赟率五百兵卒入秦王府，杀死秦王二子，并满门杀绝。

明宗李嗣源听闻李从荣被杀，悲骇几堕御榻，反复几次昏厥过去又苏醒过来，由此病情更重。李从荣有一子尚幼，养于宫中，诸将请除之。明宗哭泣说："这孩子何罪！"但迫于诸将压力，不得已，只得交出此子，斩尽杀绝。

十一月二十一日，冯道率百官觐见于雍和殿，明宗泪如雨下，呜咽着说道："吾家事至此，惭见卿等！"君臣相顾，泣下沾襟。六天之后，明宗李嗣源崩，宋王李从厚继承皇位。

秦王被诛后，朱弘昭等人要尽诛秦王府的属官。冯道立即抗议道："李从荣的心腹只有高辇等三人，其他判官任事只有半月，王居敏、司徒诩因病告假已过半年，怎么会与李从荣同谋？做官应该胸怀宽大，不要株连无辜。"朱弘昭不听，而冯赟却支持冯道，与朱弘昭力争。最后只诛杀高辇一人。

后唐明宗李嗣源性不猜忌，登基之时已逾六十，经常在宫中焚香祝天曰："某胡人，因乱为众所推。愿天早生圣人，为生民主。"明宗在位期间，风调雨顺，年谷屡丰，兵戈罕用，百姓生活粗为小康，在五代之中算是太平之年了。

3. 拨开历史的迷雾

明宗李嗣源去世之前这场惨烈的政变，正史言之凿凿，是秦王李从荣谋反篡位。但却有诸多难解之处。明宗晚年虽未册立太子，但李从荣已经是实际上的储君，明宗也一直没有换掉李从荣的打算，李从荣实在没有谋反的必要。当时明宗也惊呼："从荣何必如此！"

但是，明宗晚年，李从荣与沙陀大臣之间存在很深的矛盾，确实是不争的事实。这从范延光、赵延寿等人纷纷出京避祸，就能看出当时的局势已经十分紧张。那么，李从荣与沙陀大臣的矛盾是怎样产生的呢？《五代史补》记载："秦王从荣，明宗之爱子。好为诗，判河南府，辟高辇为推官。辇尤能为诗，宾主相遇甚欢。自是出入门下者，当时名士有若张杭、高文蔚、何仲举之徒，莫不分庭抗礼。更唱迭和。时干戈之后，武夫用事，睹从荣所为，皆不悦。于是康知训等窃议曰：'秦王好文，交游者多词客，此子若一旦南面，则我等转死沟壑，不如早图之。'高辇知其谋，因劝秦王托疾：'此辈须来问候，请大王伏壮士，出其不意皆斩之，庶几免祸矣。'从荣曰：'至尊在上，一旦如此，得无危乎？'辇曰：'子弄父兵，罪当笞尔；不然，则悔无及矣。'从荣犹豫不决，未几及祸，高辇弃市。"

从这段记载能够看出李从荣与沙陀贵族产生矛盾的根本原因：李从荣亲近汉族士人，危及沙陀旧臣的地位，引起沙陀贵族普遍不满，于是极力阻挠李从荣登上帝位。并且，从整个事件的发展过程来看，如果真的是一场有预谋的叛乱，李从荣与其属下的所作所为根本不在状态，李从荣穿的还是常服而未穿甲胄，身边只带了自己的一千卫兵，等到宫中冲出骑兵后，李从荣才慌忙要来铠甲、整理弓弦，卫兵也很快被击溃。这哪像一场有预谋的兵变？因此，所谓的秦王之乱很可能就是沙陀旧臣精心设计的阴谋。

4. 后唐闵帝即位

后唐长兴四年（933年）十一月二十六日，后唐明宗经秦王之乱，病情加剧，驾崩。死前，命宣徽使孟汉琼往邺都（今河北大名东北）召宋王李从厚。明宗驾崩三日后，十一月二十九日，李从厚赶到洛阳，十二月初一即皇帝位，即后唐闵帝（亦称少帝、废帝）。

李从厚（914—934年），后唐明宗第三子，小字菩萨奴。长兴元年（930年）任镇州节度使，封宋王。登基后，他虽欲励精图治，却不懂治国之道，处事优柔寡断，且无识人之明。当时，朱弘昭、冯赟自恃有拥立之功，专擅朝政，将李从厚的亲信都排挤出朝廷，又将禁军指挥使安彦威、张从宾外调为节度使，借机掌控了禁军兵权。李从厚虽然不悦，却无可奈何。

5.《虬髯客》作者杜光庭卒

后唐长兴四年（933年），蜀中道士杜光庭卒。杜光庭（850—933年），字圣宾，一作宾圣（亦有作宾至）；处州缙云（今浙江）人，一作长安（今陕西西安）人。唐咸通年间应九经举不第，入天台山学道。僖宗入蜀，杜光庭从幸，后留于蜀中，前蜀官至谏议大夫、户部侍郎，封蔡国公，赐号“广成先生”。后归隐青城山，号登瀛（一作东瀛）子。著有《道德真经广圣义》《道门科范大全集》《广成集》《道教灵验记》等，流传千年的传奇《虬髯客》亦出自杜光庭笔下。

6. 定难李彝超拒不受代

党项的族源，一说出自羌族，一说出自鲜卑。自南北朝末年在今青海东南黄河河曲析支之地崭露头角，经隋唐时期内附迁徙，其中迁至夏州（今陕西靖边）的部族最为强大，称平夏部。唐末，平夏部首领拓拔思恭出兵帮助唐朝镇压黄巢，唐封其为定难军节度使，统辖夏、绥、银、宥、静五州之地，封夏国公，赐姓李。

后唐长兴四年（933 年）二月，定难节度使李仁福卒，军中立其子李彝超为留后。其时，契丹于北方崛起，常侵后唐北边，夏州实际独立于中原王朝。后唐恐契丹和党项二者联手吞并河右、南侵关中，于是想要借李仁福病逝之机收回夏州。后唐朝廷遂于三月以李彝超为延州（今陕西延安）彰武军留后，以原延州节度使安从进为夏州留后。

李彝超以军上百姓拥留未得赴镇，拒不奉诏，派其兄阿罗王守青岭门，并召集境内党项各部以自固。后唐以静难节度使药彦稠、宫苑使安重益等率五万兵护送安从进赴镇，药彦稠进屯芦关（约今陕西安塞北），李彝超毁掉唐军粮草及攻城器具，后唐军退保金明（今陕西延安北）。五月，安从进攻夏州，夏州城坚固难攻，四周万余党项不时骚扰袭击粮运，唐军粮草匮乏，撤军。十月，李彝超上表谢罪，后唐以其为定难节度使。这便是未来西夏的缘起。

第十一节

李从珂哭来帝位，孟知祥称帝蜀中（934 年）

1. 李从珂

后唐闵帝李从厚于长兴四年（933 年）十二月即位，次年正月初七大赦，取应天顺人之义，改元应顺。

重量级人物李从珂将要登场，让我们先来认识一下吧。

李从珂（885—937 年）本姓王，出身镇州平山的平民之家，自幼丧父，与母亲魏氏相依为命。乾宁二年（895 年），李嗣源率军攻取平山，俘虏魏氏母子，因为魏氏貌美，将魏氏纳为妾室。魏氏之子当时年已十岁，被李嗣源收为养子，取名李从珂。

李从珂身长七尺有余，端谨稳重，沉默寡言，而且相貌雄伟，勇猛刚毅，深受李嗣源喜爱。后来，李从珂随李嗣源南征北讨，以骁勇善战著称，颇得庄宗李存勖的称赞。

天祐十八年（921 年），庄宗李存勖率军和后梁军队在黄河岸边交战。在梁军退却时，李从珂竟然率领十几名骑兵混在敌人当中和他们一起后退，等到抵达敌人营寨大门之时，李从珂大喊一声，杀死几个敌兵，然后用斧头砍下敌人的瞭望杆，从容返回己方营寨。李存勖见状，大叫："壮哉，阿三！"立即让人拿酒来，亲手赐给他一大杯。李存勖本人就喜欢冒险作战，所以更加喜爱李从珂。

同光元年（923 年）七日灭梁之时，李嗣源率领先锋部队，李从珂率领精锐骑兵跟随，昼夜兼程行进，最先攻下大梁城。庄宗慰劳李嗣源说："恢复唐的天下，是你们父子的功劳。"

同光四年（926 年），魏州兵乱，李嗣源赶赴洛阳。当时李从珂在横水率领部下由曲阳、盂县直奔常山，与王建立会合，然后昼夜兼程，渡过黄河向南进军。因此，李嗣源的军队声势大振，为李嗣源夺取政权立下汗马功劳。

天成元年（926 年），后唐明宗李嗣源任命李从珂为河中节度使。第二年二月，加官检校太保、同平章事。十一月，加官检校太傅。长兴元年（930 年），加官检校太尉。长兴二年（931 年），李从珂被授予左卫大将军，行京兆府尹官职，担任西京留守。三年（932 年），晋升为太尉，调任凤翔节度使。四年（933 年）五月，封潞王。

2. 猜忌日深

长兴四年（933 年），后唐明宗李嗣源驾崩，闵帝李从厚意外即位后，对李从珂倍加猜忌。潞王李从珂与石敬瑭从少年时代起就追随李嗣源南征北讨，功名甚重，深得将士之心；而朱弘昭、冯赟两位新贵的功名和威望远在李从珂、石敬瑭二人之下，因此朱弘昭、冯赟对两位宿将也心怀忌惮。

于是，闵帝李从厚听从朱弘昭、冯赟两位枢密使的意见，先是解除李从珂之子李重吉的禁军之权，改任亳州团练使，调离京师；然后又召李从珂出家为尼的女儿惠明进宫。李从珂听到儿子被外调，女儿被内召，知道新主对他产生猜忌，终日惶惶不安。

此后，闵帝再次听从朱弘昭、冯赟等人的建议，实行“换镇”政策，诏令潞王李从珂离开凤翔，改任河东节度使，兼北都留守；徙石敬瑭为成德节度使；徙成德节度使范延光为天雄节度使。潞王李从珂与朝廷已然互相猜忌，接到诏令后，又见是派洋王李从璋来接替自己，更加疑虑不安。李从璋是后唐明宗李嗣源的侄子，为人粗率乐祸，当年亲手杀死安重诲，所以李从珂担心他对自己再下毒手。

李从珂想要抗命，但又觉得自己兵弱粮少，于是和部下商议。众将领都说：“皇上年幼，朝政都把握在朱、冯两人手里。大王您功高盖主，如果离开凤翔，一定凶多吉少，不可受也。”李从珂于是下定决心举起反旗。

3. 哭得帝位

应顺元年（934年），潞王李从珂自凤翔出发，起兵反叛。李从珂反后，让人起草了檄文散发到各地，以“清君侧除奸臣”为名，请求各节度使共同出兵攻打京师，杀掉朱弘昭、冯赟等人。檄文说道：“朱弘昭等乘先帝疾亟，杀长立少，专制朝权，别疏骨肉，动摇藩垣，惧倾覆社稷。今从珂将入朝以清君侧之恶，而力不能独办，愿乞灵邻藩以济之。”

西都留守王思同正好挡住了李从珂东进的要道，因此李从珂尤其希望与王思同结盟。于是李从珂派推官郝诩、押牙朱廷乂等相继赶赴长安，向王思同陈说利害，并且送给美女。王思同对手下将吏说："吾守明宗大恩，今日如果与凤翔一同造反，如果事成而荣，尤为一时之叛臣，何况如若事败而辱，将留千古之丑迹乎！"于是王思同扣留了李从珂的使者，并向朝廷奏报。当时潞王李从珂派往邻道的使者多被扣留，还有的节度使首鼠两端持观望态度，只有陇州防御使相里金倾心归附。

这边朝廷得到李从珂造反的消息，连忙商议如何讨伐。康义诚不欲出外，担心丢掉军权，请求以王思同为统帅，以羽林都指挥使侯益为行营马步军都虞候。侯益心知军情将变，推辞不行。于是朱弘昭和冯赟大怒，将其贬为商州刺史。

朝廷以王思同为西面行营马步军都部署，以前静难节度使药彦稠为副，前绛州刺史苌从简为马步都虞候，严卫步军左厢指挥使尹晖、羽林指挥使杨思权等为偏将，领兵讨伐李从珂。

三月，王思同集结各路兵马围攻凤翔城，一时凤翔城外战鼓喧天，旌旗蔽日。

凤翔城不是重镇，城墙较低且护城河浅，兵力也很有限，实在无法固守。王思同集合数镇兵力，与李从珂相比，占据绝对优势。在朝廷重兵的攻击下，凤翔城东关、西关的小城先后失守，守兵伤亡惨重。李从珂站在城头上，焦急万分，寝食难安。好容易熬过第一天，次日天刚放晓，朝廷军队又来攻城。李从珂情急之下，登上城楼，三下五除二将上身衣服脱掉，露出身上的一个个伤疤，大哭着对朝廷大军说："我年未二十从先帝百战，出生入死，金疮满身，才有了今天的江山社稷。军士从我登阵者多矣，你们大家跟着我，这些事都看在眼里。今日朝廷信任贼臣，残害骨肉，我有何罪而受诛乎！"在生死关头，李从珂声泪俱下，闻者皆哀之，许多攻城将士动了恻隐之心。

朝廷军这边的张虔钊性格偏急，主攻凤翔城西南，命督战队露白刃驱赶士卒登城，引起士卒大怒，大声诟骂着返身进攻张虔钊，张虔钊慌忙跃马逃走。趁此机会，朝廷军中李从珂曾经的部下羽林都指挥使杨思权仰首大呼道："大相公，吾主也！”率先带领部下投降潞王李从珂，李从珂开西门将杨思权部迎入。杨思权进城后，向李从珂呈上一张纸条，写道：“请大王攻克京城后，让臣做节度使，不要做防御使、团练使。”李从珂拿笔在纸上写道：“思权为邠宁节度使。”杨思权谢恩后，登城招降严卫都指挥使尹晖。尹晖对各军喊道:“城西军已入城受赏，我们也该为自己想想了！”各军纷纷弃甲投兵而降，其声震地。李从珂又打开东门，迎纳尹晖等部。王思同见状仓皇失措，与安彦威等六位节度使纷纷撤离。李从珂趁机一举击败朝廷军队，拿出城中财物犒赏将士。一时欢声雷动。

王思同等人走至长安，西京副留守刘遂雍闭门不纳。刘遂雍正是名将刘鄩的次子。明宗的王淑妃曾经是刘鄩的爱妾,明宗登基之后,王淑妃不忘旧恩,对刘遂雍兄弟照顾有加。王淑妃过去倾向于秦王李从荣，闵帝李从厚登基后对王淑妃很是猜忌，这大概也是刘遂雍义无反顾投靠潞王李从珂的重要原因。

李从珂随即拥兵东进，兵锋直指都城洛阳。李从珂开始时担心王思同等人据守长安，到了岐山，得知刘遂雍没有接纳王思同，大喜过望，立即派使者前去慰抚刘遂雍。刘遂雍悉出府库之财放在城外，军士先到的皆在城外给赏，令其经过。待到潞王李从珂到来，前军赏遍，皆不入城。

三月二十日，李从珂来到长安，刘遂雍迎谒潞王李从珂入长安。李从珂与刘遂雍相拥而泣。刘遂雍又以民财充赏（因为府库之财已赏前军，跟随李从珂后到的军队，以民财赏之）。

李从珂继续东行，一路上各郡县无不望风迎降，朝廷派来征讨的军马，也先后投到了李从珂麾下。旬月之间，兵至陕州，进逼洛阳。

闵帝李从厚得知诸道军马兵败凤翔的消息，不禁惊慌失措，在朝堂上对朱弘昭、冯赟等人道：“先帝辞世之时，朕本无意争夺帝位，朕之所以即位都是被诸公所拥立。朕幼年继位，将朝政委托于诸公，对诸公所定的国家大计无有不准。这次兴兵讨伐凤翔，诸公无不自夸，称平叛不足为虑。如今事已至此，诸公还有什么办法可以扭转祸局？如果没有，朕便西去迎接潞王，以帝位相让;如仍不免罪责，纵然是死也心甘情愿。”朱弘昭、冯赟惶惧不安，无言相对。

侍卫都指挥使康义诚想要以全部宿卫兵迎降李从珂，这样自己就可以得到拥立大功，于是假意欺骗闵帝李从厚说道："西师惊溃，盖主将失策耳。今侍卫诸军尚多，臣请自往扼其冲要，招集离散以图后效，幸陛下勿为过忧！"闵帝李从厚却遣使宣召成德节度使石敬瑭入朝，想让他率军抵御李从珂。康义诚坚持由自己统军前往，而马军指挥使朱洪实则主张以禁军坚守洛阳，二人争执不休，皆称对方是想趁机造反。李从厚难辨是非，竟然糊里糊涂将朱洪实斩首。闵帝李从厚倾尽府库，大肆犒赏禁军，并许诺平乱后每人再赏二百缗。禁军军士却并不感念皇帝恩德，反而更加骄纵，行军途中肆无忌惮，扬言要到凤翔再领一份赏。不久，闵帝李从厚又命人处死了李从珂的儿子李重吉和女儿李惠明。

另一边潞王李从珂走至昭应（今陕西省西安市临潼区），听闻前军俘获了王思同，潞王说道："思同虽失计，然尽心所奉，亦可嘉也。"走到灵口，前军押着王思同来见潞王。潞王责备王思同，王思同答道："我王思同起于行伍之间，先帝拔擢，位至节度使，心中常常羞愧没有功劳以报大恩。我并非不知道归附大王您就可以立即得到富贵，帮助朝廷乃是自取祸殃，但恐我死之日无面目见先帝于泉下耳。今日我是您的手下败将，固其所也。请早就死！"潞王李从珂听了王思同一番话，为之动容，说："您不要再说了。"潞王李从珂本想赦免王思同，但是投靠潞王的杨思权等人无颜再见王思同。另外，当初潞王经过长安之时，尹晖尽取王思同家财及妓妾，更是欲置王思同于死地，他屡次对李从珂的孔目官刘延朗说："若留思同，虑失士心。"必欲除王思同而后快。于是刘延朗趁着潞王有一次醉酒，没有报告潞王就擅自杀害了王思同及其妻子。潞王醒后，嗟惜者累日。

潞王李从珂行至华州，擒获药彦稠。朝廷前后所发诸军，遇西军皆迎降，无一人战者。康义诚率侍卫军从洛阳出发后，朝廷颁诏以侍卫马步指挥使安从进为京城巡检，实际上此时安从进已经秘密投靠了潞王李从珂。

潞王李从珂行至灵宝，护国节度使安彦威、匡国节度使安重霸皆降，只有保义节度使康思立谋划固守陕城（今河南陕县）以待康义诚。此时捧圣军的五百骑兵作为潞王先锋，到达陕城之下，对城上守军大呼说："禁军十万已奉新帝，尔辈数人能有何作为？还要拖累一城之人的性命吗？"于是城内的捧圣军纷纷出城相迎，康思立不能禁，不得已也出城迎降了。

潞王到达陕城，僚佐对潞王进言说："今大王将要到达京畿，传闻皇帝乘舆已经播迁。大王应该在此稍做停留，先移书慰安京城士庶。"于是李从珂传书慰抚洛阳文武士庶，称自己此番入京只诛朱弘昭、冯赟两族，其他人不要忧虑。

此时，康义诚率领禁军刚刚行至新安，所部将士已经百十成群抛弃甲兵，争相奔向陕城投降，累累不绝。康义诚到达陕城境内的乾壕镇时，麾下仅剩数十人。恰好遇到李从珂属下骑兵十余人，康义诚就解下所佩的弓和剑作为信物，请降于李从珂。

闵帝李从厚听闻李从珂已至陕城，康义诚军溃，忧骇不知所为，急遣中使召朱弘昭谋议。朱弘昭却以为皇帝是要追究罪责，竟然投井自杀了。京城巡检安从进早已暗中投降李从珂，听说朱弘昭已死，就趁机派人闯入冯赟家中，攻杀冯赟，诛灭其族；而后派人将朱弘昭、冯赟的首级送往李从珂军中。

闵帝李从厚无兵无将，见洛阳已经无法据守，决定放弃洛阳，逃奔魏州，再图谋复起。于是闵帝命孟汉琼先行到魏州安排诸项事宜。但孟汉琼一出城门，便单骑奔向陕州，也投降了李从珂。

当初闵帝李从厚在藩镇之时，对牙将慕容迁非常信爱，即位之后便以慕容迁为控鹤指挥使。闵帝准备北渡黄河逃往魏州，便命亲信慕容迁率所部控鹤禁军把守玄武门。当晚，闵帝以五十骑出玄武门，对慕容迁说："朕且幸魏州，徐图兴复，你率领控鹤军跟随我。"慕容迁信誓旦旦地说道："生死从大家。"但是当闵帝出城后，慕容迁立即关闭城门，并派人联系李从珂了。

次日，宰相冯道、刘昫（同煦）、李愚等人上朝，到了端门才得知朱、冯已死，闵帝已北走出逃。冯道和刘昫准备打道回府。李愚说："天子之出，吾辈不预谋。今太后在宫，吾辈当至中书，遣小黄门取太后进止，然后归第，人臣之义也。"

冯道说："主上失守社稷，人臣唯君是奉；无君而入宫城，恐非所宜。潞王已处处张榜，不若回家，等待教令。"众人乃归。

行至天宫寺，安从进派人来禀报说："潞王倍道而来，就要到了。诸位相公应该率领百官至谷水奉迎（谷水在洛阳城西）。"于是几位宰相就停留在天宫寺，召集百官。

当时，洛阳城中人心浮动，冯道等人等了许久百官也无人赶来。最终等来了中书舍人卢导，冯道说："我们等舍人久矣，现在着急的就是劝进文书，快快起草。"卢导答道："潞王入朝，百官班迎可也；假设要行废立之事，应当等待太后教令，岂可遽议劝进乎？"冯道说："事当务实。"卢导辩驳道："安有天子在外，人臣遽以大位劝人者邪！若潞王守节北面，以大义见责，将何辞以对？公不如率领百官诣宫门，进名问安，取太后进止，则去就善矣。"

这边还在争论不已，那边安从进屡次派人催促说："潞王到了，太后、太妃已经派遣中使前去迎接慰劳，怎么百官还没有列班？"冯道等人连忙纷纷赶去。等他们来到城外，却发现潞王并未到来，冯道、刘昫、李愚三位宰相就在上阳门外歇息。冯道见卢导从旁边经过，又喊来卢导，交代劝进文书的事，卢导仍然坚持刚才的意见。李愚说道："舍人说得在理啊，我们几个的罪恶比头发还多。"

四月三日，李从珂率军进入洛阳城。宰相冯道率领文武百官劝进，李从珂假意不从。第二天，太后下诏废李从厚为鄂王，命李从珂为监国。六日，立李从珂为帝。李从珂登基，是为后唐末帝，改元清泰。

4. 闵帝之死

闵帝李从厚逃奔魏州途中，在卫州（治今河南卫辉）城东数里遇到率军入朝的石敬瑭。闵帝大喜，问以社稷大计。石敬瑭说："闻康义诚西讨，何如？

陛下何为至此？”闵帝答道：“义诚亦叛去矣。”石敬瑭俯首长叹，说道：“卫州刺史王弘贽（zhì），为我朝宿将，很有办法，我去与他商议。”

于是石敬瑭飞马往见王弘贽，向王弘贽问道：“主上危在旦夕，我是皇亲，有何万全之策？”王弘贽说：“前代天子播迁多矣，然皆有将相、侍卫、府库、法物，使群下有所瞻仰；今皆无之，独以五十骑自随。虽有忠义之心，将若之何？”

石敬瑭回来，见闵帝于卫州驿，以王弘贽之言相告。跟随闵帝的弓箭库使沙守荣、奔洪进向前责备石敬瑭说：“主上是先帝爱子，而大人是先帝的爱婿，既然共享富贵，忧患之时也应该一起担当。今日天子播越，向你问计，以图兴复，你却找这些借口来搪塞，是直欲附贼卖天子耳！”话音未落，沙守荣抽佩刀便向石敬瑭刺去。石敬瑭的亲将陈晖眼疾手快，出剑抵挡。一番刀光剑影之后，沙守荣战死，奔洪进自刎。石敬瑭命手下牙内指挥使刘知远引兵入驿，将闵帝李从厚的随从侍卫全部杀死，而后率军赶赴洛阳。李从厚则被王弘贽软禁在州衙之中。

李从珂称帝后，命殿直王峦（王弘贽之子）前往卫州，鸩杀李从厚。李从厚死时，距离他登基仅有四个月零九天，年仅二十一岁。

5. 末帝李从珂

末帝李从珂登基后，改应顺元年（934 年）为清泰元年，大赦天下。那个首鼠两端的康义诚被诛灭九族。葬明宗李嗣源于徽陵，闵帝李从厚与秦王李从荣及李从珂之子李重吉并葬于徽陵域中。闵帝李从厚封才数尺，路人观者悲之。

末帝李从珂从凤翔出发时，答应每个士兵在进入洛阳后可得一百缗钱作为奖赏。但到了洛阳后，向三司使王玫询问并清点府库情况，金钱、布帛加起来远远不够奖赏。府库金、帛不过三万两匹；而赏军之费计应用五十万缗。千方百计搜刮民财，所得不过数万缗。昼夜督责，囚系满狱，甚至逼得贫穷百姓上吊、投井；又把所有库藏之物以及各道贡献的物品，甚至于太后、太妃所用的器皿、服饰、簪环什么的全部搜刮出来，也才凑出二十万缗，仍不够奖赏。末帝李从珂实在无法，只得下诏，凡在凤翔归命的，如杨思权、尹晖等人，各赐两匹马和一匹骆驼，普通士兵在凤翔归命者，每人赏钱二十缗，在京军人每人赏十缗。士兵们大失所望，编造歌谣说："除去菩萨，扶立生铁。"意思是闵帝李从厚仁慈软弱如菩萨，末帝李从珂严厉坚强如生铁。

6. 末帝李从珂与石敬瑭

末帝李从珂与河东节度使石敬瑭两人原本都是李嗣源手下骁将，皆以勇武著称，谁都不肯甘拜下风，彼此存有竞争之心。此时李从珂做了皇帝，不但石敬瑭勉强趋承，感到尴尬，就连末帝李从珂自己也有些底气不足。李从珂对坐镇晋阳的石敬瑭日益猜忌，将石敬瑭当成最大的威胁，想尽办法要将他调离河东。石敬瑭在京城参加完明宗李嗣源的葬礼之后，也不敢自己提出要回河东，担心李从珂起疑心。石敬瑭整天愁眉不展，再加上患病，竟瘦得皮包骨头、形同骷髅。

石敬瑭的妻子是魏国公主，本是曹太后所生。于是公主赶忙向母亲曹太后求情，让末帝李从珂放石敬瑭回河东去。李从珂虽然不是曹太后的亲生儿子，但曹太后从小对他如同亲生一样，又见石敬瑭病成这样，估计难成大事，于是顺水推舟让石敬瑭回到了河东。未承想竟是纵虎归山、铸成大错。

7. 孟知祥称帝

后唐应顺元年（934 年）正月，蜀王孟知祥于成都即皇帝位，以赵季良为宰相，国号蜀，史称后蜀高祖。四月，大赦，建元明德。后蜀明德元年（934 年）七月，后蜀高祖孟知祥病重，二十六日，立子东川节度使孟仁赞为太子，监国，以司空同平章事赵季良和李仁罕、赵廷隐、王处回、张公铎、侯洪实等受遗诏辅政。当夜孟知祥卒，秘不发丧，二十八日赵季良等宣高祖遗制，太子更名孟昶。次日，孟昶即帝位，即后蜀后主。

后蜀后主孟昶（919—965 年），字保元，孟知祥第三子。孟昶与王衍都是蜀国的亡国之君，但是孟昶虽然年幼即位、奢侈荒淫，却精明干练、致力政事，王衍与他不可同日而语。

孟昶即位之时，年仅十六岁，这个皇帝可是不大好当的。当时的将相臣子都是孟知祥的老部下，其中虽然有赵季良等忠贞之臣，但也有许多臣属不把这个年轻皇帝放在眼里。五代乱世，以下克上、将相大臣欺负孤儿寡母取而代之的事情不绝于史，而后主孟昶却处置得非常高明。

后主孟昶刚刚即位，大将李仁罕便提出掌管六军的要求。李仁罕不但派人到枢密院提出要求，还到学士院查看是否按照他的意思起草诏命。李仁罕这边咄咄逼人，后主孟昶却不动声色，先假意接受李仁罕的请求，任命李仁罕为中书令、判六军事；然后与赵季良、赵廷隐合谋，趁李仁罕入宫朝见之时，执而击杀之，并下诏声言其罪，杀其子李继宏及亲信宋从会等数人，灭李仁罕族。

另外一员大将昭武节度使李肇，到成都朝见新君，一路上拖拖拉拉，宴会亲朋，到了成都又假装脚上有病，拄着拐杖去见孟昶，不肯跪拜。李仁罕被灭族，李肇吓得魂飞天外，顿时丢掉拐杖，脚也好了，连连跪拜。

孟昶亲政之后，留心政事，放归了宫中的大批宫女，让她们自由归家。孟昶还向地方州县颁布了“戒石铭”，要求后蜀的地方官吏要爱护百姓，抚恤流亡，节约开支，善待百姓。《戒石铭》中说道：“尔俸尔禄，民膏民脂，为民父母，莫不仁慈。”这些话流传后世。

孟昶还在朝堂之上设匦（一种小匣子，相当于意见箱），鼓励臣下陈奏国事。一次有人上书论事，孟昶认为他说的并不对。左右请求将上书之人召来问罪，孟昶却援引唐太宗纳谏的故事，拒绝了左右的主张。

孟昶即位之初，生活也比较节俭，寝殿卧具都不用锦绣，日常用具，除了一点银以外，多为黑漆木器。在刑法方面，推行轻刑，在死刑方面尤为谨慎。为了节约开支，三十年不举行南郊大典，也不放灯。后蜀孟昶统治期间，百姓负担得到减轻，蜀地生产得到发展，与前蜀王衍形成鲜明对照。

但是孟昶在统治后期，因承平日久，生活逐渐奢侈，所用溺器（尿壶），也用七宝装饰。后蜀灭亡以后，宋太祖赵匡胤见到此物，立即下令毁掉，并且说：“享受到如此地步，怎能不亡？”此是后话了。

8. 闽帝王鏻

长兴四年（933 年），王延钧正式称帝，在宝皇宫受封，改年号为龙启，国号大闽，更名鏻。

王鏻性喜奢侈，任用中军使薛文杰为国计使。薛文杰投王鏻所好，以聚敛得幸。为了供王鏻挥霍，薛文杰敛财求媚，暗中陷害富民于罪，籍没财产，而且用刑严酷。

闽龙启元年（933 年），也即后唐长兴四年七月，建州（今福建建瓯）土豪吴光入朝，薛文杰图其财产，欲求吴光之罪。吴光愤而率万人奔于吴国，请求吴国出兵讨闽。吴国信州刺史蒋延徽不待朝命，领兵会同吴光攻闽建州。

王鏻求救于吴越。龙启二年（934 年），也即后唐应顺元年正月，吴兵围建州，王鏻派张彦柔率兵救之。闽军行至途中，士卒不进，称不得薛文杰不讨贼，王鏻不忍杀，命其自图。王鏻的儿子福王王继鹏囚薛文杰送至军前，一路之上，市人争持瓦砾击之。至军，士卒争食其肉。就在蒋延徽破城在即之时，吴国执政徐知诰因蒋延徽为吴太祖杨行密之婿，恐其获胜后与临川王杨濛联手，于是命人召其还师。蒋延徽撤军回吴。闽人追击蒋延徽，吴军士卒死亡甚众。徐知诰贬蒋延徽，遣使与闽求和。

第十二节

闽国狗血剧宫廷上演，后唐马全节保全金州（935 年）

1. 闽国狗血剧

闽永和元年（935 年），也即后唐清泰二年十月，闽帝王鏻患风疾病重。

王鏻妻子早亡，继室金氏贤惠但不善言辞。王鏻的父亲王审知有一位婢女名叫陈金凤，《资治通鉴》记载陈氏"陋而淫"，得到王鏻的宠爱。永和元年二月，王鏻竟然立陈金凤为皇后。王鏻不仅爱女色，而且爱娈童。有个小吏名叫归守明，面如冠玉，王鏻将他纳入宫中，称作归郎。陈金凤和归郎都不是省油的灯，二人私下里眉来眼去，背着王鏻勾搭成奸。起初二人还怕王鏻发觉，偷偷摸摸，等到王鏻重病卧床，二人愈发肆无忌惮。归郎不仅自己秽乱宫掖，还介绍百工院使李可殷给陈金凤。陈金凤本来就水性杨花，自然是多多益善。王鏻命锦工制作九龙帐，国人做歌唱道："谁谓九龙帐，唯贮一归郎！"看来宫廷八卦已经传得百姓皆知，也算是当时的娱乐新闻了。

王鏻有一个侍女，名字叫作李春燕。这李春燕也是一名美人，妖艳妩媚，不在陈金凤之下。闽帝王鏻的儿子福王王继鹏与李春燕私通。王鏻患病后，王继鹏通过陈金凤向王鏻提出以李春燕相赐，王鏻一开始不大情愿，但后来竟然也答应了。

王鏻的次子王继韬素与兄长王继鹏不和，听说王鏻将李春燕赐予王继鹏，恼羞成怒（不知是因为哥哥给爸爸戴绿帽子，还是想将李春燕据为己有？），于是伙同李可殷，密谋杀掉王继鹏。王继鹏有所耳闻，便与皇城使李仿密商，准备先下手为强。那皇城使李仿与李春燕同姓，认作兄妹。既然王继鹏与李春燕结成夫妻，李仿自然支持王继鹏了。

永和元年十月十八日，王鏻在大酺殿犒赏将士，昏昏然坐在殿中，说是看见了王延禀，精神恍惚。李仿以为王鏻已经病入膏肓，于是令壮士数人持白梃杀死了李可殷。谁知道第二天王鏻的病情好转，神志清醒了，陈金凤将此事禀告王鏻。王鏻立即视朝，问李仿因何罪杀掉李可殷，李仿无言以对，惊惶而出，与王继鹏一起率兵鼓噪入宫。王鏻听闻鼓噪之声，藏匿于九龙帐中。卫士用长矛刺入帐中，王鏻被刺重伤，却又一时不死。宫人不忍看王鏻如此痛苦，于是将王鏻杀死。紧接着李仿与王继鹏又杀陈金凤、陈守恩、陈匡胜、归守明及王继韬。王鏻在位十年，庙号惠宗。

王继鹏称以皇太后令监国，即皇帝位，更名王昶，自称权知福建节度事，奉表于后唐，大赦境内，立李春燕为贤妃。

皇城使李仿与王昶合力弑杀王鏻，王昶即位后以李仿为判六军诸卫事。李仿专制朝政，又以曾弑君内心不安，豢养死士，深为王昶所忌。于是闽主王昶与拱宸指挥使林延皓等密谋除掉李仿。十一月，王昶趁李仿上朝，命林延皓等伏卫士数百于内殿，出伏兵执斩李仿，枭首示众。李仿的部下一千余人持白梃攻应天门，不克，于是焚烧启圣门，夺李仿首级奔吴越。

2. 后唐马全节保全金州

后唐清泰二年（935 年），也即后蜀明德二年九月，蜀金州防御使全师郁攻后唐金州（今陕西安康），破水寨。后唐金州戍卒仅有一千人，都监陈知隐惊慌失措，假托有事，领三百士兵沿汉水逃往下游。后唐金州防御使马全节尽散家财供军，出奇兵决一死战，打退蜀军，后唐因此得以保全金州。后唐朝廷斩陈知隐，召马全节入朝，嘉奖其功，将议赏典。宣徽南院使兼枢密副使刘延朗向马全节求取贿赂，马全节的家财都已经散尽，哪里有钱再给刘延朗？于是刘延朗对马全节说："绛州阙人，请事行计。"准备以马全节为绛州刺史。马全节心中不快，回去向大家告知此事。朝议沸腾，众口喧然，都以为赏赐不当。当时皇子李重美为河南尹，闻知此事并上奏皇帝。十一月，后唐以马全节为横海留后。后唐末帝李从珂虽知刘延朗弄权，但不治其罪。

3. 荆南高从诲从谏如流

荆南南平王高从诲，是高季兴长子，南平的第二位国君。高从诲性情明达，亲礼贤士，对老臣梁震委以重任，以兄事之。梁震也常常称呼高从诲为"郎君"（门生故吏称主家之子为郎君，梁震侍奉高从诲的父亲高季兴，因此称高从诲为郎君）。

有一次，高从诲听人盛夸楚王马希范奢靡享乐，就羡慕地说："楚王马希范可谓大丈夫矣。”孙光宪在一旁说：“天子诸侯，礼有等差。马希范乳臭未干，骄侈僭越，取快一时，不为远虑，危亡无日，有什么可羡慕的呢？”高从诲思索良久，幡然醒悟，说道：“公言是也。”过了几日，高从诲对梁震说：“吾自念平生奉养，固已过矣。”于是摒弃各种玩好之物，以经史自娱，省刑薄赋，境内以安。

梁震说：“先王待我如布衣之交，又将嗣王高从诲托付给我。今日嗣王能够自立，不坠其业，吾老矣，不复事人矣。”于是固请退居。高从诲无法挽留，于是在土洲上为梁震修筑房屋（江陵有九十九洲，土洲为其中之一）。梁震身披鹤氅，自称荆台隐士，每次到访府衙，都骑着黄牛。高从诲经常到家中造访梁震，赐予甚厚。此后荆南政事便交给孙光宪署理。

司马光评价说：“孙光宪见微而能谏，高从诲闻善而能徙，梁震成功而能退，自古有国家者能如是，夫何亡国败家丧身之有。”

第十三节

后唐末帝丧身亡国，后晋太祖后继登场
（936 年）

1. 石敬瑭

石敬瑭（892—942 年），父亲名叫臬（niè）捩（liè）鸡。臬捩鸡本是李克用部下的一员战将。欧阳修称："其姓石氏，不知得其姓之始也。"

梁晋争雄之时，石敬瑭战功卓著，逐渐受到李存勖的器重和信任。李嗣源把女儿嫁给石敬瑭为妻，并让他统率"左射军"亲军。石敬瑭从此成为李嗣源的女婿和心腹。

邺都兵变、李嗣源起兵争夺帝位之时，李嗣源起初犹豫不决，想到洛阳觐见庄宗李存勖申述，表白自己并无反心。正是石敬瑭劝李嗣源当机立断，下定决心夺取天下。接着又是石敬瑭自告奋勇，率三百骑兵为先锋，率先抢占汴州。可以说石敬瑭对后唐明宗夺取天下起到了关键性作用。

明宗李嗣源即位之后，石敬瑭成为驸马兼功臣，一时风光无两。

此后末帝李从珂获取帝位。石敬瑭和末帝李从珂早年都是勇将，都有骁勇善战的名气，互不相服而常有争竞之心。李从珂登基称帝后，石敬瑭不得不进京朝见。当时末帝左右有人主张不能放石敬瑭回河东，但是末帝李从珂考虑赵德钧在幽州，赵延寿近在汴州，如若扣留了石敬瑭，他们势必也会疑心。而且当时朝廷处境困难，许诺给将士的赏赐都无法足额发放，所以朝廷根本不敢对藩镇惹是生非。所以末帝李从珂最终还是放石敬瑭回河东了。

此后，双方不断明争暗斗，互相较劲。石敬瑭经常以防御契丹为由，虚报边情，要兵要粮，积聚实力。石敬瑭除了牢牢掌握河东兵力之外，还利用岳母曹太后左右之人和在洛阳做官的两个儿子探听朝廷消息。当时，石敬瑭的两个儿子，一个叫石重殷，任右卫上将军，另一个叫石重裔，担任副皇城使；而曹太后就是石敬瑭的妻子晋国长公主的母亲。石敬瑭通过这些关系贿赂宫中的宫女，暗中探听末帝的密谋。因此石敬瑭对朝廷动向掌握得一清二楚。石敬瑭还常常假装自己身体不好，韬光养晦，麻痹对手，希望减轻朝廷对自己的猜忌。

朝廷方面，派张敬达驻防代州（今属山西境内），以防御契丹为名，在太原以北安插了一支防范石敬瑭的兵力。

公元 936 年正月，后唐末帝李从珂以千春节置酒，石敬瑭的妻子晋国长公主上寿毕，辞归晋阳。后唐末帝已经有了几分醉意，半真半假地说道："何不且留，这么着急回去，欲与石郎反邪？"石敬瑭闻之，心中更加恐惧。

前文说到，契丹的东丹王耶律倍流亡中原，赐名李赞华。后唐的几位大臣李崧、吕琦、张延朗等人断定石敬瑭若要谋反，必求契丹援助。因此，众臣提出一条釜底抽薪之计，利用契丹述律太后思念儿子的心理，送回耶律倍，并且每年赠契丹礼币十万缗，与契丹和亲，这样石敬瑭就找不到靠山了。这条计策既能避免与契丹的常年纷争，又能防范石敬瑭，颇有可取之处。但是末帝李从珂听信枢密直学士薛文遇的意见，认为这样是“以天子之尊，屈身奉夷狄”，而否定了这条计策。

后唐末帝又与执政大臣商议将石敬瑭移镇，从河东迁至郓州。房暠(hào)、李崧、吕琦等皆力谏不可，末帝犹豫良久。

五月，枢密直学士薛文遇独自在宫内当值，末帝李从珂与之商议如何对待河东石敬瑭。薛文遇说：“民谚说，‘当道筑室，三年不成’。这件事需要由圣上早做决断。群臣各自为自己考虑，谁肯尽言！以臣观之，石敬瑭移镇亦反，不移亦反，在旦暮耳，不若先事图之。”之前曾经有术士说国家今年应得贤人辅佐，出奇谋、定天下，末帝听了薛文遇的话，正中下怀，认为薛文遇正是此人。于是末帝李从珂当即命令拟旨，以石敬瑭为天平节度使，以马步都指挥使、河阳节度使宋审虔为河东节度使，也就是说将石敬瑭移镇。早朝之上宣布此事时，众臣相顾失色。

石敬瑭得到朝廷让自己移镇的消息后，大为疑惧，召集幕僚将领，商议对策。石敬瑭说：“吾之再来河东也，主上面许终身不除代。今日出尔反尔，命我移镇，难道正如今年千春节时与公主所言吗？我本不想兴起变乱，但是今日朝廷逼迫，我又怎能束手待毙？现在我先称病，以观察朝廷的意图，如果能宽容我，我当事之；如果发兵攻打我，我则改图耳。”都押牙刘知远、掌书记桑维翰都认为不能束手待毙，主张主动出击。都押牙刘知远说：“明公带兵日久，深得士卒之心；今据形胜之地，士马精强，若称兵传檄，帝业可成，奈何以一纸制书自投虎口乎？”掌书记桑维翰说：“主上当初即位之时，明公入朝，主上岂不知蛟龙不可纵之深渊邪？然卒以河东复授公，此乃天意假公以利器。明宗（李嗣源）遗爱在人，主上以庶孽代之（说李从珂是李嗣源的养子而非嫡子），群情不附。公明宗之爱婿，今主上以反逆见待，此非首谢可免，但力为自全之计。契丹素与明宗约为兄弟，今部落近在云、应，公诚能推心屈节事之，万一有急，朝呼夕至，何患无成。”桑维翰进一步提出乞求契丹支持的策略，正中石敬瑭下怀。于是石敬瑭制订了依附契丹、与朝廷对抗的策略。

桑维翰字国侨，河南洛阳人，他的父亲是后梁、后唐河南尹张全义的幕僚。桑维翰长得五短身材，相貌丑怪，脸庞却特别大，可他自认为“七尺之身，不如一尺之面”。然而桑维翰参加科举考试，主考官因讨厌“桑”与“丧”同音，又嫌弃他长相丑怪，因而不予录取。有人劝桑维翰不必应进士试，可以从其他途径进入仕途。桑维翰慨然作《日出扶桑赋》以见志，表明应考决心，又铸铁砚以示人曰：“砚弊则改而他仕。”这就是著名的“磨穿铁砚”的典故，比喻勤学苦读、终有所成。后来桑维翰于后唐同光三年（925年）中进士（有人说是走了张全义的关系）。《续世说》记载，桑维翰进士及第之时，同榜共有四人，秦王府的门客陈保极戏称：“今年有三个半人及第。”嘲笑桑维翰身材矮小，只能做半个人。

在得到石敬瑭的首肯后，桑维翰立刻亲笔起草一道降表，让石敬瑭向辽太宗耶律德光称臣称子，并许愿割让卢龙一道和雁门关以北给辽国。这些条件，特别是称子和割地两条，刘知远认为实在太过分，并预言将来必为中原之患。而石敬瑭和桑维翰却认为不如此不足以博得契丹欢心。

2. 石敬瑭反

清泰三年（936年）五月，末帝李从珂调石敬瑭为天平节度使，企图以此削弱石敬瑭兵权。石敬瑭素有谋反之意，当然拒绝调任。于是，石敬瑭举起反旗，并上表指责李从珂即位非法，要求他主动下台，立即将皇位让给许王（明宗第四子）。末帝李从珂将石敬瑭的上表撕碎，扔到地上，下诏答之曰：“卿于鄂王固非疏远，卫州之事，天下皆知（指石敬瑭当初尽杀闵帝随从，将闵帝软禁在卫州），许王之言，何人肯信！”朝廷派遣张敬达率兵数万进攻晋阳，并命各镇联合讨伐。以建雄节度使张敬达为太原四面兵马都部署，义武节度使杨光远为副部署，率安国节度使安审琦、保义节度使相里金等驻扎于晋阳（今山西太原南）城南的晋安乡。

为何石敬瑭不发兵直取洛阳，而只是逞口舌之快，坐在晋阳城中以笔墨挑衅呢？原因很简单，此时石敬瑭兵力不足，难以一举成功。他等待着后唐内乱和契丹的援兵。

此时，朝廷军的西北先锋马军都指挥使安审信、代北戍将安重荣、虎北口戍将张万迪等纷纷率部叛附河东石敬瑭。

刘知远谏曰："称臣可矣，以父事之太过。厚以金帛赂之，自足致其兵，不必许以土田，恐异日大为中国之患，悔之无及。"但是此时石敬瑭一心要契丹出兵相助，哪里顾得许多。表至契丹，契丹主耶律德光大喜，对母亲述律太后说："之前儿子就曾梦见石郎遣使来，今日果然应验，此天意也。"于是耶律德光给石敬瑭复信，许诺仲秋之后倾国赴援。之所以要等到仲秋，是因为那时秋高马肥，利于契丹骑兵作战。

后唐得知契丹将要出兵的消息，急命张敬达速战。张敬达修筑长围猛攻晋阳，但未奏效；又值当年秋季多雨，后唐军所修长围一直未能合龙。石敬瑭以刘知远为马步都指挥使，安重荣、张万迪等降兵都由刘知远统领。刘知远用法无私，抚之如一，所以士卒死战，人无二心。石敬瑭亲自登城指挥作战，身先士卒坐卧于矢石之下。刘知远说："我看张敬达之辈高垒深堑，欲为持久之计，并无奇谋，不足虑也。愿明公向四方派出间使，经略外围之事。守城很容易，我刘知远独能办之。"石敬瑭执刘知远之手，抚其背而赏之。

九月，耶律德光率五万铁骑，号称三十万大军南下，旌旗不绝五十余里。九月十五日到达晋阳，列阵于汾河之北的虎北口。契丹军与后唐骑将高行周、符彦卿等合战，石敬瑭派刘知远出兵助之。后唐军的张敬达、杨光远、安审琦以步兵列阵于城西北山下，契丹先以三千轻骑不披铠甲进攻唐军战阵，引诱唐军追击。唐军追至汾水，契丹骑兵涉水而去，唐军循岸而进。此时契丹从东北方向突发伏兵将唐军拦腰截断，在南边的唐军骑兵大多返回晋安寨，而北边的步兵则大败，损失近万人。张敬达等人收余众保晋安寨，契丹亦引兵归虎北口。

当晚，石敬瑭出北门，与耶律德光相见。耶律德光握着石敬瑭的手，恨相见之晚。石敬瑭问道："皇帝远来，士马疲倦，遽与唐战而大胜，何也？"耶律德光说："开始时我从北方来，以为唐军必断雁门诸路，伏兵险要，则吾不可得进矣。派人侦察，竟然无兵扼守险要，所以我能够长驱深入，知大事必济也。兵既相接，我方气锐，彼方气沮，若不乘此急击之，旷日持久，则胜负未可知矣。今吾所以亟战而胜，不可以劳逸常理论也。"石敬瑭深为叹服。

次日，河东兵与契丹兵会合围攻后唐晋安寨，于晋安寨之南设延绵百余里、厚五十里的营地，多设铃索吠犬，人跬步不能过，将后唐军围得水泄不通。

当时，后唐还没有完全丧失优势。张敬达在晋阳以南的晋安寨扎营坚守，尚有士兵五万人，马一万匹。虽然被敌军包围，实际上仍处于相持状态。后唐调天雄节度使范延光、卢龙节度使赵德钧、耀州防御使潘环分别自魏州（今河北大名东北）、幽州（今北京）、河西分三路由东、北、西三面发兵，救援晋安，阻击契丹军；另派彰圣都指挥使符彦饶领洛阳步骑兵驻守河阳（今河南孟州南）以防河东军和契丹军南下。后唐各路藩镇的兵马纷纷赶往河东，声势不弱。辽太宗耶律德光见晋安寨一时难以攻破，而后唐援军源源不断开来，又担心雁门关以北各州抄其后路，觉得好像契丹兵马已经钻进了一个大口袋，搞不好就要全军覆没。

3. 团柏之战

真正帮了耶律德光和石敬瑭大忙的，一是末帝李从珂，二是赵德钧父子。末帝李从珂久经战阵，他最应该做的就是御驾亲征，亲临前线，鼓舞士气。

但现在的李从珂不复当年之勇，只是下了个亲征诏书，做做样子——离开洛阳不远，刚到河阳就迟疑不前，几天后又往怀州（今河南沁阳）。了解李从珂心理的臣僚们迎合上意，都说契丹不会久留，皇上无须北上。李从珂便乐得接受“劝谏”，留在后方了。也有忠臣劝末帝北上亲征，末帝却说道：“卿家不必多言，石郎令我心胆落地！”皇上在心理上已经崩溃，战争怎能取胜？有人建议利用契丹的内部矛盾，派兵送耶律倍回国争位，耶律德光有后顾之忧，必然撤兵。末帝李从珂虽然认为这是高招，却犹疑不决，没有当机立断。

这边赵德钧正统率幽州军队，奉旨去救河东。朝廷命令赵德钧出飞狐口（今河北蔚州东南），截断并攻击契丹后方。而这正是耶律德光最怕的一招。

耶律德光的大军虽然驻扎在柳林，但是其老弱、辎重都在虎北口（今北京古北口），每天傍晚柳林的军队都要整顿行装，以备受到后唐军队的攻击好迅速北逃。但是赵德钧暗怀鬼胎，把军队带到晋安寨以南近百里以外的团柏谷口，逗留不前。赵德钧与契丹秘密联络，提出了立自己为皇帝、联合推翻后唐、保留石敬瑭河东地盘的计划。

耶律德光没有必胜的把握，倒有灭亡的危险，他很想就此答应赵德钧的要求。石敬瑭得知后着了慌，急忙派桑维翰去见耶律德光。桑维翰跪在耶律德光帐前，从早到晚，苦苦哀求，鼻涕眼泪流了一地。耶律德光被他磨得无可奈何，只得指着大帐前的石头对赵德钧的使者说：“我已经许诺石郎，石头烂掉，才能改变。”

原来，耶律德光已经许诺石敬瑭做自己的儿子，并立石敬瑭做了大晋皇帝。当时，石敬瑭四十五岁，耶律德光三十四岁，儿子比老子还大十一岁，真是千古奇闻。

十一月十二日，耶律德光作册书，命石敬瑭为“大晋皇帝”，亲手脱下自己的袍帽，给石敬瑭穿上，并筑坛于柳林。这个中原的“皇帝”，穿着一身契丹衣帽，演出了一场不伦不类的滑稽剧。

石敬瑭即位后，改元天福。此时他天下还没有真正到手，便许诺每年献帛三十万匹，割幽（今北京）、蓟（今天津蓟州）、瀛（今河北河间）、莫（今河北任丘)、涿(今河北涿州)、顺(今北京顺义)、新(今河北涿鹿)、妫(今河北怀来)、儒(今北京延庆)、武(今河北宣化)、云(今山西大同)、应(今山西应县)、寰(今山西朔县东北)、朔(今山西朔县)、檀(今北京密云)、蔚(今河北蔚州)十六州入契丹。

至此，晋安寨已被围数月，高行周、符彦卿虽率骑兵几次突围，但均未成功。营中粮草殆尽，将士只能分食死马。马也没有草料，互相啖咬，马尾皆秃。援军迟迟不至，杨光远、安审琦劝张敬达投降契丹，张敬达断然拒绝。张敬达慨然说："吾受明宗及今上厚恩，为元帅而败军，其罪已大，况降敌乎！今援兵旦暮将至，应该坚守等待。如果真的力尽势穷，则诸军斩我首，携之出降，自求多福，未为晚也。"

高行周知道杨光远有谋害张敬达之心，常率精壮骑兵暗中保护张敬达。十一月二十六日晨，杨光远趁例行点卯之时，高行周、符彦卿二将未至之际，斩张敬达首，率众降契丹。寨中尚有马五千匹，铠仗五万副。耶律德光赞赏张敬达之忠，命收葬而祭之，对众人说："汝曹为人臣，当效敬达也。"

耶律德光对石敬瑭说："桑维翰尽忠于汝，宜以为相。"于是，以赵莹为门下侍郎、桑维翰为中书侍郎并同平章事。桑维翰仍权知枢密使事。以杨光远为侍卫马步军都指挥使，以刘知远为保义节度使、侍卫马步军都虞候。

石敬瑭与耶律德光即将率兵南下，准备留下一个儿子镇守河东，于是咨询耶律德光的意见。耶律德光让石敬瑭尽出诸子。一番看视后，耶律德光指着石重贵说："这个大眼睛的小伙子可以。"石重贵是石敬瑭的哥哥石敬儒的儿子，其父早卒，石敬瑭养以为子。于是以石重贵为北京留守、太原尹、河东节度使。

随后，石敬瑭与契丹大军南下进逼京师洛阳。此时，后唐兵力尚强，但末帝李从珂志气消沉，昼夜饮酒悲歌，不敢领兵出战，坐等灭亡。洛阳城中人心惶惶，居民纷纷外逃。虽然末帝李从珂命人切断洛阳北面河阳浮桥，但后唐河阳守将苌从简降后晋，以船渡后晋兵过黄河。各镇将领见李从珂如此懦弱，也纷纷率军投降石敬瑭。

清泰三年（936年）闰十一月二十六日，李从珂见大势已去，于是带着传国玉玺与曹太后、刘皇后以及儿子李重美等人登上玄武楼，自焚而死，后唐灭亡。李从珂在临死之前还召耶律倍同焚，耶律倍不从，李从珂派人杀害了耶律倍。耶律倍时年三十八岁。洛阳一名僧人把耶律倍的尸体收敛起来，暂时埋在一个荒山坡上。后来，辽太宗把耶律倍改葬在他生前喜爱的医巫闾山。

当晚石敬瑭入洛阳。李从珂死后无谥号及庙号，史家称之为末帝或废帝。传国玉玺亦在此时遗失，不知所踪。

后唐灭亡之际，有几个人的作为应该交代一下。一个是李从珂的儿子李重美。刘皇后在临死之前，想要把皇宫全部烧掉。李重美劝阻道："新皇帝来了，皇宫还要用的。现在烧掉，不知又要花费多少民力重建，死了还要惹人怨恨，这是何苦！"刘皇后于是放弃了烧毁宫殿的主意。另一位是曹太后，她是石敬瑭的岳母，有人劝老太太不必去死，石敬瑭来了仍可安享荣华。曹太后却说："子孙妇女弄到这个下场，我何忍独生？"

赵德钧没有做成皇帝，现在连节度使也做不成了。石敬瑭恼恨他抢夺皇位，对他不理不睬。耶律德光对他也很不客气，把他父子二人押回契丹。赵德钧见到述律太后，把所带珍宝和幽州田地房契的清单献上，想博得述律太后的欢心。不料述律太后是个爽快性子，劈头就问："你前段时间到太原去做什么？"赵德钧只得低头答道："奉唐主之命。"太后勃然大怒，举手指天说道："你求我儿子让你做皇帝，为什么不敢说实话？"太后又以手指心，说道："要有良心，这是不能骗的！"太后接着斥责赵德钧："我儿子当初出兵之时，我反复叮嘱，如果赵大王（指赵德钧）引兵北向榆关，就要赶紧退兵，太原决不可救。你要想做皇帝，为何不先打退我儿子，然后再做打算也不为迟。汝为人臣，既负主子，不能击敌；又要浑水摸鱼，乘乱邀利，所为如此，还有何面目做人？"赵德钧被述律太后骂得抬不起头来。太后又问："你献的珍宝在此，田地房产又在何处？"赵德钧答："在幽州。"太后又问道："幽州今属谁？"赵德钧答曰："属太后。"太后说道："幽州已属我国之地，都是我们的东西，又何劳烦你来贡献？”赵德钧被奚落得郁郁不欢，不久便死掉了。赵德钧的儿子赵延寿留在契丹做官，后面还要提到他。

至此，后唐灭亡，共存续十四年。末帝李从珂仅仅在位两年半，终年五十三岁，比石敬瑭大八岁。

末帝李从珂能文能武，治国并无大的过失，又以如此惨烈的方式结束了自己的生命，令后人不禁扼腕叹息。《旧五代史》评价末帝李从珂说：“末帝负神武之才，有人君之量。由寻戈而践阼，惭德应深；及当宁以居尊，政经未失。属天命不佑，人谋匪臧，坐俟焚如，良可悲矣！稽夫衽金甲于河需之际，斧眺楼于梁垒之时，出没如神，何其勇也！及乎驻革辂于覃怀之日，绝羽书于汾晋之辰，涕泪沾襟，何其怯也！是知时之来也，雕虎可以生风；运之去也，应龙不免为醢。则项籍悲歌于帐下，信不虚矣！”

第五章

后晋十一年

后晋（936—947年），是五代第三个政权，共经两帝，十一年。

上文说到，为了得到契丹的支持，石敬瑭不惜答应割让燕云十六州给契丹，又与耶律德光约为父子，甘当“儿皇帝”。尤其是割让燕云地区的行为，对以后中原地区造成极其严重的影响，令中原长期暴露于北方游牧民族威胁之下。

石敬瑭依靠契丹夺得帝位，所以每年除了按照约定贡献大量财物之外，吉凶庆吊，从未遗忘，使者相望于道。契丹太后、太子、诸王、元帅以及重臣韩延徽等人，都有贿赂相送。每当契丹使者到来，石敬瑭必于别殿拜受诏敕。契丹使者飞扬跋扈，稍不如意便出言不逊。对于这一切，石敬瑭都忍受下来，但朝野上下咸以为耻，有的大臣甚至拒绝出使契丹。兵部尚书王权因耻于向契丹主跪拜，竟丢官不做。

后晋的将帅也大都对石敬瑭不服，比如成德节度使安重荣常对人说："天子兵强马壮者当为之，宁有种耶？"所以石敬瑭的这个皇帝，来路不正，当起来实在是不牢靠的。

第一节

后晋三镇连叛，南唐禅让代吴（937年）

石敬瑭的皇帝宝座还没坐热，就遭遇三镇连叛。

1. 三镇连叛

范延光原为后唐之臣，率本镇军马援救晋安寨，但是却是出人不出力。后唐军队溃败后，还归本镇，上表降于后晋。但范延光一直在筹划反晋。范延光曾经做过一个梦，梦见一条蛇从自己的肚脐眼钻入腹中。算命先生张生解梦说道："蛇者，龙也，这是帝王之兆啊！"范延光早有这个念想。他的军队在上年不战而退，实力得到保存，他自以为兵强马壮。于是在后晋天福二年（937年），范延光召集属下集于魏州。后晋高祖石敬瑭本欲迁都汴州，因范延光已露反晋迹象，遂采纳桑维翰之谋，假托洛阳漕运不便，东巡汴州，以防备魏州万一有变，大军可以迅雷不及掩耳之势平乱。同时为稳住范延光，后晋于五月封范延光为临清郡王。

六月，范延光正式起兵反晋，率二万步骑沿黄河西至黎阳口（今河南浚县北），后晋侍卫马军都指挥使、昭信节度使白奉进此时正以一千五百骑兵，驻于黄河南岸的白马津（今河南滑县东），以防备范延光渡黄河；侍卫都军使杨光远则率一万步骑屯于滑州（今河南浚县东），杜重威屯兵于卫州（今河南汲县），昭义节度使高行周驻兵于相州（今河南安阳），成三面包围之势。二十六日，后晋以杨光远为魏府四面都部署。

同时石敬瑭命洛阳巡检使张从宾率数千河南府兵攻范延光。可是张从宾却反被范延光策反，杀石敬瑭之子、河阳节度使石重信，又领兵入洛阳杀东都留守、皇子石重乂等，取内库钱赏军，占领河阳、洛阳，进军汜水关（今河南荥阳西北），逼近汴州。

石敬瑭两面受敌，以为大梁难保，想要逃回河东太原去。桑维翰苦苦劝谏，才没有逃跑，否则后晋政权很可能立即土崩瓦解。

接着，滑州节度使符彦饶又接着发难。滑州距离大梁不过二百里，可谓变生肘腋。范延光、张从宾、符彦饶率领魏、孟、滑三镇相继反叛，后晋朝野震动。

但是符彦饶的士兵家属都在大梁，很多人不愿意参加叛乱，于是他们反戈一击，擒获符彦饶，送到大梁斩首。于是石敬瑭以杨光远为魏府行营都招讨使兼知行府事，讨伐魏州范延光；以高行周为河南尹、东都留守；以杜重威为昭义节度使、充侍卫马军都指挥使，讨伐西面的张从宾。

范延光部下孙锐、冯晖在六明镇为杨光远所败，损失三千人。杜重威与张从宾战于汜水关，全歼张从宾所率万余人，攻克汜水。张从宾则在逃跑途中淹死于黄河，后晋族诛张从宾及其同党。

范延光见到皇帝做不成了，但是据城死守还是绰绰有余，先是归罪于劝己起兵的孙锐，上表待罪，石敬瑭未允。至天福三年（938 年）七月，杨光远围魏州已一年，城中粮尽。石敬瑭也因后晋兵老民疲，先后派朱宪、刘处让入城，准范延光不死，移大镇。九月，范延光以二子入质，开城投降后晋。后晋以范延光为天平节度使，赐铁券，并赦协从之人，以杨光远代之为天雄（魏州）节度使。

但是范延光最后还是不得善终，杨光远贪图范延光的财产，擅自把范延光杀死。石敬瑭知道后，也不追究。

2. 徐知诰建南唐

让我们暂时把目光移向南方的吴国，看看那里的形势。徐知诰已经扫除了篡吴的所有障碍，剩下的只是时间问题了。由于吴主杨溥勤勉谨慎，并无大过，骤然禅代，人心不服，徐知诰只好耐着性子，等待时机。

首先，徐知诰也学习养父徐温的样子，以长子李景通为司徒、同平章事、知中外左右诸军事，留广陵辅政，自己则出镇金陵，总揽全部军国事务。大家可能奇怪，徐知诰姓徐，为什么儿子姓李？那是因为徐知诰自称唐朝后裔，所以儿子姓李，而自己为了表示不忘徐氏养育之恩，暂不改姓。

接着，徐知诰又学习三国时的曹操，派人指使吴王加自己为尚父、太师、大丞相、天下兵马大元帅、齐王、赐九锡、备殊礼。然后徐知诰又假意推辞。这个套路大家应该都很熟悉了，再三推辞后，除了尚父、太师、殊礼之外，其余照单全收。

吴天祚元年（935 年），徐知诰又进封齐王，建天子旗号，以升、润、宣、池、歙、常、江、饶、信、海十州之地为齐国，几乎相当于吴国一半的版图。

齐国领地由徐知诰直接统治，将吴国分割得犬牙交错。这样将来无论发生什么情况，徐知诰都能立于不败之地。

为了防止吴国宗室的反抗，徐知诰又铲除了素有才能和人望的临江王杨濛。徐知诰对除了杨氏宗室以外的老臣宿将关怀备至，谦恭有加，礼贤下士，抚慰百姓，国内都称颂其德。

经过长期准备，时机逐渐成熟了，于是徐知诰指使吴国德高望重的老臣、镇南节度使、太尉兼中书令李德诚和德胜节度使兼中书令周本出面劝进。同时，南方的一些小国如南平高氏、闽国王氏也遣使劝进。

吴天祚三年（937 年）十月，徐知诰接受吴国禅让，登上皇帝宝座。由于他自称唐朝后裔，所以国号称唐，史称南唐，建元升元，定都金陵（今南京）。迁吴睿帝杨溥于润州丹阳宫软禁，后又派人将杨溥杀死。杨氏家族的其他人则被迁到泰州，囚禁于永宁宫，严加看管，且不准与外人通婚。时间久了，杨氏不得已只能本族男女自为配偶，“吴人多哀怜之”。

3. 吴越钱氏骨肉相残

钱镠生前为防止部下将领叛变，命诸子分任各地军政长官。其中，钱元球、钱元珦因为立有军功，因此钱镠授予他们兵权，掌握一定军队。

钱镠死后，钱元球任土客马步军都指挥使、静江节度使，兼中书令。钱元球愈发骄横，而且私自增加兵仗数千。即位为王的钱元瓘当然不能袖手旁观，派人劝其上交兵仗，出任温州地方长官。钱元球不从。此时有人向钱元瓘密报，说钱元球向上天祷告，求作吴越国王，并且派人携带蜡丸与元珦密谋。后晋天福二年（937 年）三月，钱元瓘命人召钱元球、钱元珦宴饮宫中，其左右称元球有利刃藏于袖内，遂将元球、元珦同时杀死。这次宫廷政变没有酿成大的动乱，也没有什么损失。

4. 段氏大理建国

看过金庸《天龙八部》的读者们，一定对大理国镇南王段正淳和六脉神剑、凌波微步的段誉不陌生吧。后晋天福元年（936 年）十二月末，大义宁通海节度使段思平会合黑爨、松爨三十七蛮部，自石城（今云南曲靖北）攻大理，大义宁皇帝杨干贞兵败出逃。天福二年（937 年），段思平建国大理，建元文德，后改元神武，以大理（今云南大理）为都城，免除东方三十七蛮部徭役。

5. 契丹改国号为辽

当年，契丹改元会同，国号大辽，公卿庶官皆仿中国，以赵延寿为枢密使，不久又兼政事令。

第二节

燕云十六州入辽，吴权掌控安南（938年）

1. 燕云十六州

后晋天福三年（938年），后晋皇帝石敬瑭派遣使臣给契丹送去十六州的图籍。从此，燕云十六州归入契丹的版图，幽州改称南京。

从地图上可以看到，这十六州都绵延分布在长城南侧，其中莫州、瀛州更是已经深入到河北平原腹地。在古代战争中，游牧民族的骑兵对于以步兵为主力的中原军队具有绝对优势；而在军事地理上，长城对于北方骑兵的南下起到重要的防御作用。而紧邻长城南侧的燕云十六州便是长城防线赖以存在的依托。石敬瑭将这十六州划给契丹，使得中原国家在防御上失去了有利的地理优势。河东方面，云州、朔州以南还有雁门关等要隘，还算有险可守。河北方面，燕山山脉向来是中原国家护卫农业地区、抵御北方骑兵的屏障，现存的明代长城就构筑在燕山山脉之上。契丹得到了燕云十六州，不仅使得今天津蓟州直到山西朔州的千余里长城成为辽国境内的摆设，而且把长城南侧的险隘之地一并拱手让给辽国。燕山山脉完全成为辽国境内之地，幽州则成为辽国重镇。辽国铁骑，在抵达黄河之前，再也没有险要之地了。

而且燕云十六州是封建农业经济较为发达的地区，这一地区的取得，对于契丹加快封建化进程和大幅提升经济实力，起到重要作用。辽国将幽州升为南京，成立了“南面朝官”系统，“以汉制待汉人”，同时并存的有“北面朝官”系统,负责契丹族和其他北方各族的管理。这两套官制分别设立枢密院，分别设置宰相、枢密使等官职。

2. 后晋建东京于汴

天福三年（938 年）十月，后晋因大梁（今河南开封）为南北水陆交通枢纽，便于漕运，遂建东京于汴州，以汴州为开封府，以原东都洛阳为西京，西都长安为晋昌军，复后梁之制。

3. 吴权掌控安南

后晋天福二年（937 年），安南（越南）节度使杨廷艺被牙将矫公羡所杀。后晋天福三年（938 年），也即南汉大有十一年，杨廷艺的故将（女婿）吴权自爱州（今越南清化）举兵，讨伐并杀死杨廷艺而占据交州（今越南河内）的皎公羡。皎公羡向南汉求援。

南汉高祖刘龑早就想取安南之地，于是以其子万王刘弘操为静海节度使，徙封交王，领兵赴交州援助皎公羡。刘龑自己领兵屯于海门以为声援。南汉与吴权之战已势难避免。

据《资治通鉴》记载，刘龑问计于崇文使萧益，萧益进言："今霖雨积旬，海道险远，吴权桀黠，未可轻也。大军当持重，多用乡导，然后可进。"意指此战因有天雨且劳师袭远，加上吴权的狡猾诡诈，南汉军的胜算不高。最终，刘龑没有听从。

在另一方，吴权已先诛杀勾结南汉的矫公羡。获悉刘弘操带兵来袭，吴权召集将士说道："弘操一痴儿耳。将兵远来，士卒疲敝，又闻公羡死无内应，气已先夺。吾众以力待疲，破之必矣。然彼利于舰，不先为之备，则胜负之形未可知也。若使人先于海门，潜植大杙，锐其首，冒之以铁，彼船随潮涨入杙内，然后我易制，无有出此者。"

两军最终在白藤江会战，史称"白藤江之战"。欧阳修《新五代史》记载，当时战况异常惨烈："（刘弘操）出兵白藤以攻之。龑以兵驻海门，权已杀公羡，逆战海口，记植铁橛海中，权兵乘潮而进，弘操逐之，潮退舟还，轹橛者皆覆，弘操战死，龑收余众而还。"吴权懂得准确把握白藤江潮水涨退的时间，乘潮涨的时候"使人以轻舟挑战"，假装战败引南汉军舰进入江心的木桩陷阱位置，到潮退时，木桩成为南汉战舰的障碍物和破坏者，戳破南汉战舰。南汉全军大溃，吴权继而挥军进攻，取得胜利。刘龑看到南汉军队败阵，儿子刘弘操战死，便唯有"恸哭，收余众而还"。

吴权击败南汉军队，除去外来威胁后，便于 939 年春称王，立杨廷艺之女为后，定都古螺。吴权又整顿国内政治，"置百官，制朝仪，定服色"。

这便是越南吴朝的开端。

4. 毋昭裔蜀中刻经

后蜀宰相毋昭裔性喜藏书，酷好古文。蜀中自唐末以来，学校废绝，毋昭裔出自己百万资财建学宫。因其贫贱之时曾借《文选》而受难，发奋如有可能当雕版印之，以赠学者。后蜀明德二年（935 年）毋昭裔为宰相，即令门人句中正、孙逢吉书写《文选》《初学记》《白氏六帖》，刻版印行。至广政元年（938 年），毋昭裔又于蜀中刻经，由平泉令张德钊书写，然后刻石，置于成都学宫，其中《孝经》《论语》《尔雅》《周易》《毛诗》《尚书》《仪礼》《礼记》《周礼》《春秋左氏传》（至十七卷）等为后蜀时期所刻。入宋后又刻有《左氏传》十八至三十卷，《谷梁》《公羊》《孟子》以及《石经考弄》等，共一百二十七万多字，称“广政石经”，或“蜀石经”，有拓本传于今世。毋昭裔致力于推广文化历史于蜀中，因此文学复盛。

第三节

南唐烈祖定名李昪，闽国王昶纵欲身亡
（939 年）

1. 南唐李昪

南唐建立后的第三年，即后晋天福四年（939 年），徐知诰正式改名李昪。这件事很有意思。因为徐知诰自称唐朝后裔，所以这年正月，徐知证、徐知谔兄弟一起上表，请求徐知诰恢复李姓，徐知诰没有同意。接着，宰相宋齐丘、张居咏、李建勋与枢密使周宗等人，也纷纷上表请求徐知诰恢复李姓，徐知诰表示不敢忘却徐氏养育之恩，也没有立即答应。此时江南流传一首童谣：

“东海鲤鱼飞上天。”东海是指徐氏家族的郡望海州，鲤鱼代指李姓，意思是说出自徐氏的人李氏成为皇帝。这件事成为徐知诰恢复李姓的吉兆，于是徐知诰正式下令百官讨论恢复李姓之事。

其实这个套路我们早已耳熟能详，早自秦末陈胜、吴广大泽乡起义之时就用过“陈胜王”的套路。群臣自然对徐知诰的意思心领神会，于是纷纷上表说应该“顺应民心”，马上恢复李姓。在朝野上下的一致呼吁和强烈请求之下，徐知诰也只能“顺应民心”，恢复李姓了。

其实这个套路李昪早年就用过了，在他代吴前夕，就有一首民谣在江南流传：

江北杨花作雪飞，江南李花玉团枝。
李花传子可怜生，不似杨花无了期。

所谓“杨花”“李花”，自然是指杨氏和李氏。所谓“江北”“江南”，当时吴国的都城在广陵，位于江北；李昪在金陵，地处江南。李花盛开，可结果实，而杨花则飞飞扬扬、四处飘散，没有结果。民谣暗示李氏兴盛，杨氏衰亡，自然是有人暗中做了不少工作。

那么，李昪又凭什么说自己是唐室后裔呢？其实，李昪的出身，当真是一个谜团。李昪小字叫作彭奴，家住彭城（今江苏徐州）。六岁李昪便失去父亲，与母亲随伯父一起流落濠州。不久，李昪的母亲也死去了（真是个苦命的孩子啊）。李昪变成了孤儿，四处流浪，后来就住在濠州的开元寺。杨行密攻下濠州时，路遇李昪，见他生得伶俐可爱，便收为养子。但是杨行密的儿子们却看不起这个流浪儿童，经常欺侮李昪。于是杨行密找来徐温，说：“此儿相貌非凡，我看杨渥兄弟终不能容他，只好请求您收养他了。”于是李昪又成为徐温养子，取名徐知诰。看来杨行密还是有识人之明的。但是又怎能料到正是这个孩子，成了将来杨氏的掘墓人？杨行密在天有灵，也是会恨得咬碎牙齿吧。

关于李昪的生父究竟是谁，真是难以弄清楚了。司马光在编撰《资治通鉴》之时，采纳了《十国纪年》的说法，说“莫知其祖系”。连李昪本人和当时的杨行密、徐温都搞不清楚的事情，后人如何考证呢？不知道就说不知道，这才是负责任的态度。

五代乱世，君王许多出自草莽，家世低微，于是很多人冒充名门贵胄。比方说南汉的刘氏，有人说是波斯商人后裔，有人说是岭南少数民族之后，但是刘氏既然国号为汉，自然要认一位皇帝当祖先，于是自认为是刘邦子孙了。实际上，在历史上刘姓政权多以汉室后裔自居，例如五胡十六国时期前赵开国皇帝刘渊，本是匈奴族，登基之时追尊蜀汉后主刘禅为孝怀皇帝。阿斗泉下有知，也应觉得好笑吧。

再如吴越钱氏，本来出身农家，但也要找一个风光祖先。可是历史上钱姓名族很少，找来找去，找到唐初功臣钱九陇做祖先，可是实际上钱九陇也是家奴出身。所以，当钱镠的儿子文穆王钱元瓘听到李昪以唐为国号、自称唐室后裔后，吃惊地说：“金陵竟然冒充巨唐后裔，这也太吓人了吧！”谋臣沈韬文答道：“这就好比乡村学舍之中有人姓孔，大家都叫他孔夫子，有什么奇怪的？”说完钱元瓘大笑，赏酒给沈韬文。

李昪既然以唐朝宗室自居，当然要排定列祖列宗的世系。李昪一开始打算认唐太宗之子吴王李恪做祖先，可是有人说李恪是被诛而死，不得善终，不如认郑王李元懿做祖先。于是李昪命人进行考证。李恪是唐太宗李世民第三子。皇长子李承乾被废去太子之位后，晋王李治被立为太子，但李治性格懦弱，不被太宗所喜爱。由于李恪的二兄楚王李宽被过继给别人，所以李恪在兄弟中排行最前；李恪之母为隋炀帝之女，出身皇室，血统高贵；而且李恪本人英武有才，唐太宗认为类已，所以打算立李恪做太子。但是宰相长孙无忌是李治的舅父，为了让自己的亲外甥保住太子之位，也为了自己的荣华富贵，长孙无忌坚决反对改立太子。李治即皇帝位后，史称唐高宗。长孙无忌为了根除后患，利用驸马房遗爱谋反之事，诬陷吴王李恪参与谋反，使李恪含冤而死。

李恪之孙李祎，在唐中宗、唐睿宗时期，历任诸州刺史，政令严明。唐玄宗开元年间，历任左金吾大将军、礼部尚书、朔方节度使，战功卓著。李祎曾率兵攻取吐蕃设防严密的军事要地石堡城，迫使吐蕃收缩防线，在河、陇一带拓地千余里。又曾率大军大破契丹、奚族，以功迁兵部尚书。李祎封信安郡王，天宝年间在家中寿终正寝，享年八十余岁。

于是，最终李昪确定李恪做自己的祖先。

2. 闽国王昶被杀，王曦袭位

上文提到闽国王继鹏即位后，改名王昶。王昶生活奢侈，建紫微宫，用水晶装饰，穷极豪侈。王昶又昏庸而迷信，宠信道教，任用道士、巫者，建三清殿于宫中，以黄金铸宝皇大帝、元始天尊、太上老君像，用去黄金数千斤，昼夜祷祀。他弑父自立，担心大家议论，于是暗中派人监视臣下和百姓言论，搞得人心惶惶。王昶喜欢长夜之饮，强令臣下陪侍，酒醉者又派人察其过失。

通文四年（939 年）四月，王昶听信巫者林兴所传“神语”，诛杀素为王昶猜忌又与林兴有怨的建州刺史王延武、户部尚书王延望及其子。闽国政事均由林兴所传“宝皇大帝”之命决定。王昶的堂弟王继隆酒醉失礼，竟被斩首。王昶的叔父左仆射、平章事王延曦为了避祸，假装疯癫，被安置于武夷山，后又幽禁家中。

王鏻在位时曾以王审知的原有军队编为拱宸、控鹤二都。王昶即位后，另招募二千人编为宸卫都，作为自己的心腹，赏赐比另外二都优厚，引起拱宸、控鹤二都的不满。王昶为防二都生变，准备将二都分别隶属于漳、泉二州，二都更加怨恨。拱宸、控鹤二都军使朱文进、连重遇还多次遭到王昶侮辱。通文四年（939 年）七月，福州发生大火，宫殿被焚烧殆尽，王昶命控鹤军使连重遇带兵灭火并捉拿纵火之人。因一时未能捕获纵火之人，王昶疑心连重遇参与了纵火之谋，于是产生诛杀连重遇之意。内学士陈郯私下告知连重遇。七月十二日夜，连重遇乘值宿之机，率拱宸、控鹤二都纵火焚烧长春宫，向宫中进攻，并与宸卫都发生激烈战斗；同时派人迎接被幽禁的王延曦。

天明，宸卫都败，败兵千余人保护王昶逃出福州。到了梧桐岭，跟随王昶的败兵也逐渐逃散。王延曦派侄子、前汀州刺史王继业率兵追击，最后到达一处村舍。王昶善射，引弓搭箭射杀追兵数人。但一会儿追兵云集，王昶心知难免一死，将弓扔在一旁，对王继业说："卿臣节安在？"王继业答道："君无君德，臣安有臣节？新君，叔父也；旧君，昆弟也，孰亲孰疏？"王昶无言以对。随后王继业携王昶一起返回，行至陀庄，将王昶灌醉后缢杀。宸卫败兵余众逃奔吴越。

连重遇迎立王延曦。王延曦遂称威武节度使、闽国王，改名王曦，改元永隆。

王曦（？—944 年），王审知第二十八子，以拱宸、控鹤二都朱文进、连重遇作乱而即闽王位。

3. 楚收诸蛮，开府置学士

后晋天福四年（939 年）八月，溪州刺史（今湖南古丈东北）彭士愁率领奖州（今湖南芷江）、锦州（今湖南麻阳西）蛮万余人寇楚辰州（今湖南沅陵）、澧州（今湖南澧县），焚掠镇戍，并派人向后蜀求援兵。后蜀以路途遥远未允。

马楚政权虽然此时已经没有马殷在世之时强大，但对溪州反叛迅速采取了军事措施。

九月，楚王马希范命刘勍（qíng）、廖匡齐率领衡山兵五千讨伐彭士愁。十一月，刘勍攻溪州，彭士愁大败，只得舍弃溪州治所逃入四面悬绝的山寨。刘勍搭梯栈登绝壁围攻，廖匡齐战死。

天福五年（940年）正月，刘勍乘大风，向彭士愁山寨发射火箭，纵火焚烧营寨。彭士愁无计可施，被迫率部逃入奖、锦的深山之中。正月十九日，穷途末路的彭士愁派儿子彭师暠率诸酋长请降于楚，纳溪、锦、奖三州之印。二月，楚军回长沙，从此诸蛮臣服于楚。

后晋天福四年（939年）四月，后晋加楚王马希范天策上将军，开府置官。十一月，马希范开天策府，效仿唐太宗开天策府文学馆置学士，以拓跋恒、李弘皋、廖匡图、徐仲雅等十八人为学士，号“十八学士”。

4. 冯晖抚党项

后唐的灵武节度使张希崇继康福之后镇守朔方。张希崇开垦屯田以足军食，省转运；安抚夷落，深受爱戴。回鹘、瓜沙皆入贡中原。后晋立国后继续任命张希崇为灵武节度使。

后晋天福四年（939年）正月，张希崇卒于任上，境内羌、胡又重新无所顾忌地寇掠汉地。于是后晋以义成节度使冯晖为朔方节度使。

冯晖到灵州（今宁夏灵武西南），乘当地最强大的党项酋长拓跋彦超入贺之际，将拓跋彦超留于城中，为其建造豪华府第、丰其服玩，实际上是扣作人质。于是党项各族不敢抄掠贡使、商旅，境内遂安。

朔方自后唐时起，为招抚部族、给赐军士、买马籴粮，每年耗资六千万缗，转运之役繁重，百姓不堪忍受。冯晖广屯田，以省转运，修仓库、亭馆，民不加赋。管内大治。党项各族又争相交易羊马，一年后即有马五千匹。

冯晖本是贤臣良将，但是却遭到后晋朝廷所忌，调冯晖移镇邠州，以王令温代之。王令温不知抚恤少数民族，以中原法律治羌胡，引起怨怒。冯晖行前释放的拓跋彦超与石存、也斯褒三族联合攻灵州，杀王令温之弟王令周。王令温于开运二年（946年）二月向后晋告急。冯晖得知徙镇的原因后，打通权要谋求再镇朔方。同年六月，后晋再次以冯晖为朔方节度使，领关西兵出羌胡，以威州刺史药元福为行营马步都指挥使。八月，冯晖等行至灵州以南，粮草已尽；拓跋彦超率领数万人据守要道，占据水源抵抗后晋军马。冯晖派人求和，拓跋彦超假意答允以拖延时间。药元福率骑兵攻击，随后会合大军大败拓跋彦超，冯晖再入灵州。但此次因未能如上次一样挟制党项首领，直至冯晖于后周广顺三年（953 年）死于任所，党项各部仍抄掠贡使、商旅不断。

5. 南汉贤相赵光裔卒

南汉大有十二年（939 年），也即后晋天福四年十二月，南汉门下侍郎、同平章事赵光裔卒。

赵光裔（？—939 年），字焕业，世居京兆奉天，后迁洛阳。唐光启三年（887 年）进士，累迁司勋郎中、弘文馆学士，改膳部郎中、知制诰，赐金紫。唐亡入梁，仍充旧职。后梁开平二年（908 年），后梁以刘隐兼静海节度使，赵光裔充官告使至岭南，刘隐留之不遣返，遂入幕府。刘岩称帝，赵光裔为兵部尚书，改门下侍郎、同平章事。赵光裔在南汉为相二十多年，力主与北边马楚和平相处，使南汉终高祖之世不复与楚战争，府库充实，辑睦四邻，号称贤相。

赵光裔子赵损继续为南汉相，其兄赵光逢为后梁相，弟赵光胤为后唐相。一家四相国，为一时盛事。

第四节

楚立溪州铜柱，闽国兄弟相争（940 年）

1. 溪州铜柱

后晋天福五年（940 年）二月，楚收服溪、锦、奖三州诸蛮，楚王马希范以铜五千斤铸柱，立于溪州（今湖南古丈东北），铜柱高一丈二尺，呈六棱形，内空，上铸铭文二千一百一十八字，由天策府学士李弘皋撰文，保存至今。目前的铜柱残高四米，直径四十七厘米。

根据铭文，楚平诸蛮后，仍以彭士愁为溪州刺史，彭氏诸子及将吏仍复旧职，赏赐有差；并发放廪粟赈贫；迁溪州城于平岸。并规定，归顺后赋税依旧制，本州赋租留州自用；诸部不许侵邻州劫掠，诱纳逃户；楚不向溪州征兵抽差。铭文中写道："尔能恭顺，我无科徭。本州税赋，自为供赡，本都兵士，亦不抽差。永无金革之虞，克保耕桑之业。皇天后土，山川鬼神，吾之推诚，可以玄鉴。"

溪州铜柱是马楚施行羁縻政策的集中体现，维持了马楚政权与境内少数民族的友好关系。彭士愁领导的溪州地区在此后没有与马楚政权发生大的冲突。

2. 闽王曦、王延政兄弟相争

闽永隆二年（940 年）正月，早有嫌隙的闽帝王曦与其弟建州刺史（今福建建瓯）王延政，终于兄弟刀兵相见了。

王曦自即位后，骄淫苛虐，猜忌宗室。其弟建州刺史王延政屡次上书劝谏，王曦非但不听，反而复信谩骂，由此兄弟之间忌恨愈深。王曦为了控制王延政，派亲信邺翘任建州监军。邺翘因与王延政议事意见不同，斥责王延政谋反。王延政不堪忍受，欲斩邺翘，邺翘逃入南镇。王延政发兵攻南镇，邺翘又逃回福州。

邺翘逃回福州后，王曦派潘师逵、吴行真率四万兵马四面攻打建州王延政，王延政只得向吴越求援。二月，吴越钱元瓘不顾宰相林鼎之谏，派仰仁铨、薛万忠领兵四万救援王延政。三月，王延政连败潘师逵，杀千余人，斩潘师逵。吴行真不战而逃，损失万余人。王延政乘胜取永平、顺昌二城，军势大盛。四月，吴越援军到建州，王延政因福州军已经败退，请吴越军回师，遭到吴越军拒绝，仰仁铨等率吴越军在建州城西北扎营。

王延政引狼入室，只得反过来向王曦求援。王曦一面派二万人增援建州，一面派兵切断吴越军粮道。五月，王延政出兵攻吴越军，吴越军因久雨粮尽，大败，伤亡数以万计。南唐李昪派人调解王氏兄弟。六月，王延政与王曦于王审知陵前盟誓，但兄弟之间相互猜忌则依然如故。

此后，王曦与王延政各自为政，兄弟二人继续相互攻杀，福州、建州之间白骨累累。

3. 后晋与南唐的安州之战

后晋天福五年（940年），也即南唐升元四年四月，后晋以前横海节度使马全节代李金全为安远节度使。五月，李金全在宠吏胡汉筠的劝说下举安州（今湖北安陆）叛后晋附南唐。后晋以马全节率汴、汝、洛等十二州兵力讨李金全，保大节度使安审晖为副。南唐则派鄂州屯营使李承裕、段处恭领三千兵迎李金全。

六月初九，李承裕等到安州，李金全率部投南唐军，安州的将吏、资财全部为南唐所夺。次日，马全节与李承裕交战，大败南唐军，李承裕等掠安州后南逃，又连续为后晋副将安审晖所败，段处恭战死，李承裕被俘。马全节斩李承裕及一千五百南唐士兵，将监军杜光业等五百余人送归大梁（今河南开封），后晋高祖石敬瑭均释而遣返。此役南唐共损兵折将四千人。

4. 南唐建庐山国学

南唐升元四年（940年），也即后晋天福五年，南唐于庐山白鹿洞建学馆，置田供给学员用度，由李善道为洞主，号“庐山国学”。至宋代，在此基础上形成四大书院之一的白鹿洞书院。

5.《花间集》

后蜀广政三年（940 年），也即后晋天福五年，赵崇祚编《花间集》十卷。赵崇祚字弘基，后蜀官至卫尉少卿。《花间集》收录了温庭筠以下晚唐、五代词十八家，其中有不少作品依靠此书保存下来，流传至今。

第五节

安重荣兵败身死，南唐国休兵养民

（941 年）

1. 吐谷浑内迁

后晋高祖石敬瑭割燕云十六州入契丹，居住于云州、蔚州的吐谷浑各部也随之入契丹。吐谷浑苦于契丹的虐政，于是希望附于后晋，于是千余帐吐谷浑部落，带车马牛羊取道五台山归后晋。契丹大怒，派使节指责石敬瑭招降纳叛。天福六年（941 年）正月，后晋派供奉官张澄领二千兵力搜索定居在并州（今山西太原）、镇州（今河北正定）、忻州（今山西忻县）、代州（今山西代县）的吐谷浑部落，驱赶其返回契丹原住地，但逐之不去，于是派刘知远到太原抚慰。

当年五月，吐谷浑大酋长白承福率麾下念虎里、赫连功德等入朝觐见。

2. 天子宁有种乎

后晋成德节度使（治镇州，今河北正定）安重荣原为后唐将领，石敬瑭与后唐交战时，安重荣自代北率千骑依附石敬瑭，后晋开国后封安重荣为成德节度使。

安重荣出身行伍，性格粗犷，他常常对人说：“天子兵强马壮者当为之，宁有种耶？”

安重荣虽然是一介赳赳武夫，但却很有些气节，对后晋高祖石敬瑭对契丹自称儿皇帝的行径深以为耻。因此安重荣每见契丹使者，必指着鼻子大声谩骂，见到契丹使节或是不加礼遇，或是派人暗杀。安重荣不服石敬瑭，于是招兵买马，囤积粮草，准备起事。他又联合吐谷浑等族为援，招纳吐谷浑首领白承福等率部内迁。

后晋天福六年（941 年）六月，安重荣捉契丹使者拽刺，上表痛斥石敬瑭父事契丹，竭尽中原财力以取媚，并将此书散发给朝中大臣和诸镇节度使，声言必与契丹决战之心，使得石敬瑭非常恼火。石敬瑭内外交困，焦虑万分，亲自跑到邺都连下诏书劝谕安重荣。但是安重荣手握重兵，石敬瑭拿他也没有办法。

此时，已经担任泰宁节度使的桑维翰秘密给石敬瑭上书说：“陛下免于晋阳之难而有天下，皆契丹之功也，不可负之。今重荣恃勇轻敌，吐谷浑假手报仇，皆非国家之利，不可听也。臣窃观契丹数年以来，士马精强，吞噬四邻，战必胜，攻必取，割中国之土地，收中国之器械；其君智勇过人，其臣上下辑睦，牛羊蕃息，国无天灾，此未可与为敌也。且中国新败，士气凋沮，以当契丹乘胜之威，其势相去甚远。又，和亲既绝，则当发兵守塞，兵少则不足以待寇，兵多则馈运无以继之。我出则彼归，我归则彼至，臣恐禁卫之士疲于奔命，镇、定之地无复遗民。今天下粗安，疮痍未复，府库虚竭，蒸民困敝，静而守之，犹惧不济，其可妄动乎！契丹与国家恩义非轻，信誓甚著，彼无间隙而自启衅端，就使克之，后患愈重；万一不克，大事去矣。议者以岁输缯帛谓之耗蠹，有所卑逊谓之屈辱。殊不知兵连而不休，祸结而不解，财力将匮，耗蠹孰甚焉！用兵则武吏功臣过求姑息，边藩远郡得以骄矜，下陵上替，屈辱孰大焉！臣愿陛下训农习战，养兵息民，俟国无内忧，民有余力，然后观衅而动，则动必有成矣。又，邺都富盛，国家藩屏，今主帅赴阙，军府无人，臣窃思慢藏诲盗之言，勇夫重闭之义，乞陛下略加巡幸，以杜奸谋。"帝谓使者曰："朕比日以来，烦满不决，今见卿奏，如醉醒矣，卿勿以为忧。"

十二月，安重荣大集境内军民，众至数万，向邺都（今河北大名东北）进发。后晋以天平节度使杜重威为招讨使击之。两军于宗城（今河北威县东）西南遭遇，安重荣列偃月阵，晋军不能破阵。杜重威想后撤，指挥使王重胤建议以精兵击对方左右翼，自己领兵击中军。晋军出击，成德军稍后撤，成德排阵使赵彦之降晋。安重荣闻讯大惧，藏身于辎重之中。晋军乘胜追击，斩首一万五千级。安重荣退保宗城，当夜为晋军所破，安重荣只与十几骑逃回镇州。当时天气寒冷，成德阵亡及冻死有二万多人。至天福七年正月，镇州牙将引晋军入城，杀二万守城百姓，捉安重荣，斩之。石敬瑭为了讨好契丹，竟然将安重荣的头颅函送契丹，表示自己的顺服之心。

3. 安从进反

先前，成德节度使安重荣执杀契丹使者，准备造反，石敬瑭准备亲往邺城劝谕，以郑王石重贵留守。宰相和凝说：“陛下且北，安从进必反，何以制之？”石敬瑭说：“卿意奈何？”和凝指出：“臣闻兵法，先入者夺人，愿为空名宣敕十数通授郑王，有急则命将以往。”安从进听说石敬瑭北上，果然立即起兵造反。

同年十一月，安从进派兵进攻邓州。郑王石重贵立即派西京留守高行周为南面行营都部署，前同州节度使宋彦筠为副，宣徽南院使张从恩为监军，在空名宣敕中填名，立即颁敕命他们讨伐安从进。安从进攻击邓州，颇不顺利，遭到威胜节度使安审晖的奋力抗击，未能攻克，只好转兵向东。进至湖阳以北，突然遭遇了张从恩等人的军队，两军大战于花山。安从进的军队被彻底击溃，安从进只与数十骑逃还襄阳，婴城自守。

十二月，石敬瑭以大将高行周为南面军前都部署、知襄州行府事，以张从恩为监军，郭金海为先锋使，率大军南下；同时命荆南与楚国出兵共讨襄州。荆南王高从诲遣都指挥使李端率水军数千至南津应援，楚王马希范亦遣天策都军使张少敌率战舰150艘入汉水东下襄州，助高行周。安从进见势不妙，急遣其弟安从贵率兵西迎属内均州刺史蔡行遇的增援，但被焦继勋邀击，大败，襄阳陷入重围。次年七月，后晋军围城，久攻不下。至八月末，城中粮尽，高行周挥军破城，安从进举族自焚。

4. 闽王曦、王延政兄弟相攻

闽国王曦与王延政兄弟虽于永隆二年（940 年）修好盟誓，但相互猜忌依旧。永隆三年（941 年）正月，王延政修建州城，周边二十里，请王曦以建州为威武军，并以其为节度使。但是王曦因威武军一向在福州，未从王延政所请，而以建州为镇安军，王延政为节度使并封为富沙王。王延政改镇安军为镇武军。

四月，王曦怀疑其弟汀州刺史王延喜与王延政相勾结，派人捉王延喜押回福州。六月，又赐泉州刺史王继业死，并族杀了与王继业友善的司徒兼门下侍郎杨沂丰。闽国宗族、勋旧相继被诛，人心惶惶。

王曦挥霍无度。国计使陈匡范每天进奉万金，王曦大喜，加陈匡范为礼部侍郎。陈匡范为保每天万金，向商人借贷，后来又借支诸省务钱。因为担心事情败露，后来陈匡范竟然忧惧而死。陈匡范死后，诸省务向王曦报告了借贷之事，王曦大怒，开棺断陈匡范之尸，弃之水中。此后以黄绍颇为国计使。黄绍颇卖官鬻爵，价格从百缗至千缗不等，除了以荫补官外，官员均纳钱即授官。七月，王曦自称大闽皇帝、领威武节度使，与王延政互相攻战，各有胜负，福州、建州之间，尸骨遍野。十月，王曦即大闽皇帝位，王延政自称兵马大元帅。

5. 南唐李昪息兵养民

自黄巢起义以来，天下血战数十年，然后诸国各分领土，兵戈稍息。南唐李昪即位后，南唐境内连年丰收，兵食有余，于是群臣纷纷上奏说："陛下中兴，今北方多难，宜出兵恢复旧疆。"南唐以唐朝的继承者自居，所以说恢复旧疆。李昪说："吾少长军旅，见兵之为民害深矣，不忍复言。使彼民安，则吾民亦安矣，又何求焉。"南汉遣使到后唐，希望与后唐联合攻取楚国，然后分割其地，李昪不许。

后晋天福六年（941 年）八月二十四日，杭州发生大火，吴越的宫室器械焚烧殆尽，吴越王钱元瓘因受惊发狂而卒，传位其子钱弘佐。九月，钱弘佐即吴越王位，十二月后晋以钱弘佐为镇海、镇东节度使兼中书令、吴越国王，年十四岁。

在这种情况下，南唐谋臣宋齐丘力请李昪出兵吴越，诸将也都摩拳擦掌。

李昪不但没有趁吴越国力衰弱出兵进攻，反而派遣使臣吊问，并厚赠财物。对此很多人不能理解，李昪解释说："钱氏父子长期以来尊奉中原朝廷为正朔，如果轻易讨伐，定会引起中原反对，必然使得连年战争，百姓遭殃，我国国力也将受损，得不偿失。不如与吴越、闽、楚三国和睦相处，将其作为我国屏障。"

南唐升元五年（941年），也即后晋天福六年十一月，南唐派使者丈量土地，分别按民田的肥沃程度核定税额，以解决赋税负担不均的问题。民间称为平允，该项政策获得了农民的拥护。从此以后，南唐调兵或劳役、赋敛，均以税钱为准。南唐还改革盐法，解决百姓吃盐困难的问题。同时对商税也进行了改革，免去过往商贾的关口之税，没有发生交易就不用交税，减轻了商人的税负，促进了南唐境内商业的繁荣。徭役向来是百姓的一项沉重负担，李昪采取了尽量不征或者少征力役的政策，尤其在农忙时节禁止征发力役。至于灾年赈济百姓，更是应有之义，甚至对邻国百姓逃荒到南唐的，也都赈济安置。

经过李昪的精心治理，南唐在经济、政治、文化、教育等诸多方面，都有了长足发展，成为南方诸国中的翘楚。南唐进可攻、退可守，财力丰厚，仅德昌宫就贮藏金帛器械七百余万件。

李昪的最终目的，是要使南唐迅速富强，为将来的统一大业奠定基础。为了达成这个宏伟目标，李昪制订了一个详细的战略，就是先北后南，将战略重点放在北方，一旦中原有变，就抓住时机出兵北上，先夺取中原，再回过头来平定南方诸国，完成统一。李昪是这样分析的，当中原有变，南唐大军北伐之时，南方诸国必然不敢轻举妄动，最起码闽、南汉、楚、南平等国不敢也无力妄动，至于吴越国虽然奉中原朝廷正朔，但是在中原大乱、靠山动摇的情况下，与南唐为敌的可能性也不大。就算吴越出兵，南唐也能够应付。这从后来后周南征江淮，南唐在北线连连失败，尚能击退吴越来犯之军的情况看，李昪的判断无疑是准确的。反过来，如果南唐先进攻南方诸国，中原王朝必定出兵讨伐，南唐两面作战，就非常不利了。在整个五代十国时期，除了后周世宗以外，极难见到有如此智慧和胆识的战略家，即使后来的宋太祖赵匡胤也未必可比。

6. 南汉刘龚改名

南汉刘龚患重病，有胡僧说他的名字不吉利，于是刘龚自己造了个字“龑”，取飞龙在天之意。

第六节

晋帝石敬瑭驾崩，出帝石重贵即位
（942 年）

1. 石敬瑭崩

后晋天福七年（942 年），后晋高祖石敬瑭因安置吐谷浑南归一事屡遭契丹斥责，忧郁成疾，六月十三日崩，享年五十一岁。石敬瑭病重之际，将幼子石重睿托付给冯道，希望冯道辅立石重睿。待石敬瑭死后，冯道与大将景延广商量，认为石敬瑭的幼子年龄太小，于是以国家多难、宜立长君为由，奉石敬瑭的侄儿广晋尹、齐王石重贵为嗣。当天，石重贵即帝位。

石重贵（914—974 年），石敬瑭之兄石敬儒之子。石敬儒早年在唐庄宗李存勖手下为部将，早卒，所以石敬瑭收养石重贵为子。石重贵随石敬瑭四处征战，后晋立国后，为太原尹、北京留守、知河东节度事。天福三年（938 年）封郑王，天福六年（941 年）徙封齐王。石敬瑭有六子，五子早死，幼子石重睿年幼，于是石重贵以长而立，史称晋出帝。

石敬瑭对契丹低三下四的政策，不得人心。晋出帝石重贵即位后，任命景延广为同平章事兼侍卫马步都指挥使，集将相于一身。景延广不赞成过分屈从契丹，他劝晋出帝对契丹称孙不称臣，表示只有亲属关系，没有君臣关系。宰相李崧说："屈身以为社稷，何耻之有？陛下如此，他日亲自上阵，与契丹交战，到那时就悔之无极了！"景延广固争，而冯道则依违其间，最后晋出帝还是听从了景延广。

景延广改变了石敬瑭对契丹的屈服政策，拘禁契丹使者，杀害契丹商人，抢夺契丹货物。加之石重贵对契丹称孙不称臣，引起契丹不满，战争一触即发。

上文提到，赵德钧死于契丹后，其子赵延寿在契丹为臣。赵延寿有一个部将，叫作乔荣，做了契丹的回图使（商务代表），常到东京贸易。景延广没收了他的货物，叫他回去传话："先帝是北朝所立，所以称臣奉表。现在的皇帝是中原人自己立的，称孙尽以足够。如果北朝发怒来战，孙儿有十万口横磨剑，足以相待。将来被孙儿打败，为天下人耻笑，切勿后悔！"乔荣已经失去了带来的货物，担心回契丹之后获罪，而且想要留下证据，便对景延广说："公所言颇多，我担心或有遗忘，请您取纸墨写下来。"景延广命书吏将所说的话记下来，交给乔荣。乔荣回契丹后，原原本本禀告给耶律德光。耶律德光闻之大怒，入寇之志始决。

2. 南唐颁行《升元删定格》

升元六年（942 年），也即后晋天福七年九月，南唐颁行《升元删定格》三十卷。李昪自即位后十分重视完善法律，命人着手删定旧法，至是始成。李昪不仅使南唐做到有法可依，而且要求官吏严格执法，废除酷刑暴政。鄂州节度使张萱，因为一个卖炭人所卖的炭不够斤两，竟然将其处死。李昪得知后，认为是轻罪重判，将张萱贬官调任，并规定凡是死刑，必用三覆奏之法。不仅如此，李昪还在金陵设立清讼院，专门负责复核已审理的案件，尽量减少冤假错案的发生。有一个豪民丢失了衣物，价值数十贯钱，诬陷是邻居偷盗。当地县令严刑拷打，屈打成招，将处死刑。李昪得知后，急命萧俨复审，终于为百姓昭雪。李昪有时还亲自审案，在巡幸广陵之时，曾经亲自复核狱囚，逾月方归。李昪的这种做法直到中主、后主之时，仍继续执行。历史上将皇帝亲自审案，称为亲录制度。这个制度并非南唐独有，但像南唐这样长期坚持执行的确实难得。

3. 南汉刘龑卒，刘玢袭位

南汉大有十五年（942 年），也即后晋天福七年三月，南汉高祖刘龑病重，准备立幼子越王刘弘昌为太子，而出秦王刘弘度、晋王刘弘熙镇外州，遭到崇文使萧益的竭力反对，遂罢此议。

四月，刘龑卒。刘弘度以长而立，即南汉帝位，改名刘玢，改元光天元年，是为南汉殇帝。史载南汉高祖刘龑为人辨察，多权术，而且颇为自大，常称中国天子为“洛阳刺史”。岭南多奇珍异宝，刘龑穷奢极丽，宫殿悉以金玉珠翠为饰。刘龑用刑残酷。晚年他猜忌群臣，认为士人多为子孙打算，于是专任宦官，南汉国中宦官大盛。

4. 闽国内争

闽永隆四年(942 年),也即后晋天福七年六月,闽富沙王王延政自建州(今福建建瓯) 攻汀州（今福建长汀），闽帝王曦发漳州和泉州五千兵力救汀州之围，又派林守亮入尤溪、黄敬忠屯尤口以便乘机攻取建州，黄绍颇领八千步兵以为声援。七月，王延政在汀州，经四十二战未能克城，回师建州，王延政手下将领包洪实、陈望等率水军抵抗福州王曦军。七月十五日，福州军与建州军在尤溪口遭遇，福州将黄敬忠听信巫者时刻未到之言，按兵不动，建州军水陆交击，杀黄敬忠，俘斩二千级。林守亮、黄绍颇逃回福州。八月，王曦派使节以手诏及九百金器、万缗钱及将吏敕告六百四十通，求和于王延政，王延政不受。

5. 闽铸大铁钱

闽永隆三年（941 年）八月，铸“永隆通宝”大铁钱，以一当铅钱一百，另有铜钱，文字相同。后来，王延政也自称皇帝，国号殷，年号天德，并于天德二年（942 年）正月铸“天德通宝”大铁钱,以一当铜钱一百,另铸有“天德重宝”，亦铁钱。

第七节

南唐李昇驾鹤西去，晋杨光远勾结契丹
（943 年）

1. 李昇之死

南唐升元七年（943 年）二月二十二日，南唐先主李昇服丹药，疽发于背而卒，秘不发丧，下制以齐王李景通为监国。三月初一，李景通即南唐帝位，更名璟，改元保大，即南唐中主。李昇终年五十六岁，谥号光文肃武孝高皇帝，庙号烈祖。

李昇临死之前对李璟再三叮嘱说："千万不可自恃富强，穷兵黩武，自取覆亡。你能按我说的话办，就是孝子，百姓也会认为你是贤君！”当时李昪咬住李璟的手指，直到咬出了血，再三强调说：“他日北方有事，勿忘吾言！”意思是要李璟一定坚决执行既定战略方针，完成统一大业。如果李璟真的能够严格执行李昪的既定方针，那么日后完成统一大业的就不一定是中原王朝了。可惜的是，中主李璟继位后，没有按照李昪的路继续走下去，而是进攻邻国、穷兵黩武，不但失去了北伐中原、统一中国的最好时机，而且还导致南唐国力的迅速衰落。这些就是后话了。

在这里，让我们回顾一下李璟即位的过程，也很有意思。

李璟（916—961 年），李昪长子，字伯玉，最初名景通，后改为瑶，又改为璟。其生母宋氏，即元敬皇后。李璟没有经历民间生活，自幼养尊处优；受过良好教育，加上他天资聪颖，风度优雅，善文学，能诗，颇具文采。李璟还是一个美男子，性格温和，待人宽厚。由于其父位高权重，李璟十岁就被授予驾部郎中的官职，以后又升为诸卫大将军。不过这些都是虚衔，并不理事，他在日常都是和文人墨客相唱和，优哉游哉。

吴大和三年（931 年），李璟十六岁时，其父李昪出镇升州，任命李璟为司徒、同平章事、知中外左右诸军事，留在广陵辅政。这副担子对于一位十六岁的少年来说，似乎太重。不过老谋深算的李昪并不想给自己年少的儿子太多负担，决策大权仍然操纵在自己手中，具体政务的处理，则由宋齐丘留下负责。这一时期李璟虽然没有什么大的建树，但也不是一个可有可无的人物。由于李璟性情恭顺、温和，与人易于相处，所以上对吴睿帝、下对群臣，他都是一个大家乐于接受的人物。这种状况有利于政治局面的稳定，从这方面来看，李璟倒是一个非常合适的辅政人选。

李璟的夫人钟氏，后来被立为皇后，即光穆皇后。李璟八岁成婚，之所以成婚如此之早，完全是政治需要。钟皇后的父亲是徐温的部将钟太章，当年徐温与张颢发生冲突，曾指示钟太章诛杀张颢。但事后徐温对钟太章极为刻薄，引起钟太章不满，经常借酒发疯，大发牢骚。徐温自知有负于钟太章，于是命李昪为李璟娶钟太章之女为妻，以安抚钟太章。这桩婚姻虽然源于政治，但是钟氏性情温良贤淑，跟李璟倒是情投意合。

南唐建国之后，李璟被任命为诸道副元帅、判六军诸卫事，封吴王，后又改封齐王。尽管李璟贵为皇长子，却一直没有被立为太子。李昪曾数次要立李璟为太子，李璟却坚辞不受，一方面是李璟性情谦和、与世无争，更深层次的原因，则是因为宫廷的内部争斗。

李昪有五个儿子，长子李璟，次子李景迁，三子李景遂，四子李景达，这四个儿子都是皇后宋氏所生，只有第五子李景逷为钟氏所生。在这些儿子中，李昪最喜爱第四子李景达。

李景达的得宠很有戏剧性。他出生于吴顺义四年（924年）。这年吴国大旱，李昪十分焦急。直到七月，仍不见降雨。这月中旬，李昪向天祈雨，居然成功了。就在下雨这一天，李景达正好出生。李昪非常高兴，给李景达取小名“雨师”，就是雨神的意思。李景达长大以后，果然与他喜爱文学的兄弟们颇不相同，气宇轩昂，办事果断，很有魄力。这种性格与才干得到李昪的赏识，因为五代乱世，干戈扰攘，治国之君也多以武略见长。在这个时期，国君确实也需要敢闯敢干、有决心魄力的人来担当。太平时期自然需要仁爱之君，但是乱世则需要英武果敢之主。李璟性格懦弱，书生气太重，缺少治国的能力，李昪担心自己毕生经营的事业毁于一旦，因此对李璟很不放心。

但是“立嫡以长”的传统又使李昪难下决断，万一将李景达立为储君，很有可能引起诸子争位，致使发生内乱，这种局面是李昪不愿看到的。由于长期不立太子，局势越来越复杂，一些大臣也卷入其中。

卷入此事的主要是元老重臣宋齐丘。宋齐丘虽然是李昪的谋主，与李昪关系密切，但却是一个事事为自己打算的人。李昪代吴之时已经年近五旬，不可能持久，为了自己的长远利益，宋齐丘早早就开始物色李昪的接班人了。李景达为人刚直，看不惯宋齐丘及其党羽所为，宋齐丘自然不会支持李景达为储君。加之晚年的李昪也改变了主意，册立李景达为太子的事情也就无疾而终。

宋齐丘准备扶持的，开始时是李昪的次子李景迁。此人美丰仪，风度翩翩，深得李昪钟爱。宋齐丘指使同党陈觉做李景迁的教授，处处为李景迁美言。

在李璟广陵辅政期间，宋齐丘有功则归于自己，有过则归于李璟，并且胜称景迁美德。他甚至反对李昪急于代吴，因为吴睿帝年轻而李昪年老，推迟禅代，至李景迁时再代吴，宋齐丘就可以成为开国元老，获得无上权威。此事引起李昪对宋齐丘的极大不满，同时对李璟也失去好感，于是把李景迁派往广陵辅政，代替了李璟的地位。同时宋齐丘也被召回金陵，作为李昪的副手，实际上是闲置起来。李昪重用李景迁，正中宋齐丘下怀，说明李昪并未看透宋齐丘的用心。但是好景不长，李景迁十九岁因病亡故，真是人算不如天算。

宋齐丘接着物色的人选是李景遂。老三李景遂轻财好客，礼贤下士，交游广泛，宴集无虚日，颇有孟尝之风。此外，李昪对李景遂也产生了兴趣，在这一点上李昪和宋齐丘不谋而合，只是二人目的不同：一个是为了实现自己统一天下的理想，一个是为了自己长期掌权、谋取富贵。

宋齐丘为了帮助李景遂上位，在暗中做了大量工作，而且为了隐蔽自己，往往指使同党四处活动，自己在背后并不出面。但是李昪在国本问题上难下决心，而且在追求长生之术，认为自己活得长久，立太子的问题并不迫切，因此直到李昪病危前一直维持现状。

天有不测风云，李昪的突然病危，使李昪本人和宋齐丘一党都措手不及。李昪发现自己病危时，秘而不宣，急忙派人前往扬州召回镇守在那里的老三李景遂。当时为李昪诊治的是医官吴廷绍，他知道李昪将不久于人世，又见李昪派人密召李景遂，于是第一时间将这个消息密报李璟。

李璟得知后，连忙派人去追，一直追到金陵城的秦淮门外，终于将诏书追回。然后李璟立即抢先入宫探视父亲。李昪见来人不是李景遂，知道事情有变，但也无可奈何，只好将后事托付给李璟。这位通风报信的医官吴廷绍后来官运亨通，便是李璟对他的回报。看来医官这个职业实在是一个天然的内线或卧底，几十年后，宋太宗赵光义抢先入宫即位，也是医官报信。

不过李璟虽然抢到先机，但是宋齐丘同党及其支持的李景遂势力颇强，不容轻视，因此遗诏迟迟不得发布。一直拖到二月二十八日，李昪死后七天才发布遗诏。直到三月一日，李璟还没有能够即皇帝位，而是哭泣着要让给诸弟，这也说明当时的斗争非常激烈。有人支持，有人坚决反对，双方相持不下，以至于先帝已经死了一旬，新皇帝还迟迟不能登位。国不可一日无君，支持李璟的大臣见情况紧急，只好采取断然措施。徐玠与周宗二人来到李昪灵柩前，取来衮冕，不由分说，为李璟穿戴完毕。然后当庭大声说："大行皇帝把江山托付给殿下，而殿下固守小节，这不是遵守遗诏、力尽孝道的行为！"李景遂和宋齐丘见事已至此，也只好暂时作罢。

不过李璟一方为了安抚对方，答应立李景遂为皇太弟，也就是说将来他可以在李璟死后继承帝位。为了使对方放心，李璟与兄弟们在父亲灵前盟誓，约定兄弟世世继立。围绕着南唐皇位的争夺终于告一段落了。但是内部不和、党争不断，使得南唐在下一步的战略上出现了重大错误，李璟的统一天下之梦也渐渐模糊了。

2. 闽王延政建立大殷国

闽永隆五年（943 年）二月，闽富沙王王延政于建州（今福建建瓯）称帝，国号大殷，改元天德。穿皇帝赭袍，上朝及接见邻国使者仍用藩镇礼节，以属内将乐县改为镛州，延平镇改为镡州，以杨思恭为仆射、录军国事。

这个所谓的"殷国"，国小民贫，军旅不息。而杨思恭以善于聚敛而得宠幸，增加田亩山泽之税，鱼盐蔬果无不加倍征税，百姓称其为"杨剥皮"。

3. 南汉刘玢死，刘晟袭位

南汉光天二年（943 年）三月，南汉晋王刘弘熙阴蓄力士杀殇帝刘玢。

刘玢自上年即位后，猜忌诸弟，凡遇宴会，为防行刺，必令群臣、宗室搜身之后才能入内。刘玢又骄奢淫逸，不理政事。刘玢喜欢看力士手搏之戏，刘弘熙投其所好，养刘思潮等五力士。刘玢与诸王观看手搏之时，刘弘熙乘刘玢大醉，命刘思潮等杀之。

越王刘弘昌率诸王迎刘弘熙为帝。刘弘熙更名刘晟，改元应乾，即南汉中宗。十一月，南汉又改当年为乾和元年。

4. 后晋搜括民谷

后晋天福八年（943 年），北方地区遭受严重的自然灾害，春夏旱、秋冬涝，蝗灾遍及整个华北、西北地区，蝗虫过处片草无存。正月，河南府有逃户五千三百八十七户。后晋命诸州以廪粟赈济灾民，百姓有存粮者均借便，以济贫民。到了六月，贝州（今河北清河西）有三千七百逃户，陕州（今河南三门峡市西）有八千一百逃户。八月，青、磁等四州共有五千八百九十逃户。九月有二十七个州郡遭蝗灾，饿死数十万人。十二月，陕府、华州有逃户一万二千三百，河南诸州一冬饿死二万六千多人。为解决蝗灾、饥民及国用不足，后晋于当年七月派六十多人分别到各道括民谷，立法严峻，使者督责严苛，如有藏匿谷物者死罪，搞得民不聊生，致使县级官吏往往因督办无方，挂印而去。

后晋朝廷因恒、定（今河北正定、定县）饥荒最为严重，虽各地括谷而唯有恒、定不括。顺国节度使（治恒州）杜重威却以军食不足为由于境内括谷，得百万斛，只上报三十万斛，其余皆入私囊；又令人借民粮百万斛，待来夏粜米又得二百万缗。杜重威大发国难财，置百姓于水火，所作所为，真是畜生不如！义武节度使（治定州）马全节手下也请求照恒州之例办理，有良知的马全节以职在养民，不许。

5. 杨光远勾结契丹

上文提到，当年杨光远本为后唐大将，后唐与后晋、契丹战于晋安寨，杨光远谋杀主帅张敬达，率后唐军降于后晋。石敬瑭进入洛阳后，加杨光远检校太尉，充宣武军节度使、同平章事，判六军诸卫事。

当时，杨光远在石敬瑭面前常常悒然不乐，石敬瑭担心是不是杨光远对所获赏赐尚有不足，于是密遣近臣询之。杨光远说："臣贵为将相，非有不足，但以张生铁（张敬达小字生铁）死得其所，臣弗如也，衷心内愧，是以不乐。"石敬瑭听他这样说，以为杨光远是忠纯之人。其实杨光远故意这样讲，是为了获得石敬瑭的信任。

后晋天福三年（938 年），范延光据邺城叛，石敬瑭命杨光远率师讨伐。将要过河之时，恰逢滑州军乱，军众欲推杨光远为主。杨光远说："自古有折臂天子乎？且天子岂公辈贩弄之物？晋阳之降，乃势所穷迫，今若为之，直反贼也。"由是军中惕然，无复言者。石敬瑭闻之，对杨光远尤加宠重。

平定范延光之时，杨光远拜魏博行府节度使，逐渐跋扈难制。杨光远兵柄在手，以为石敬瑭忌惮自己，于是开始干预朝政，有时抗奏，后晋高祖石敬瑭亦曲从之。石敬瑭又下诏以杨光远之子杨承祚尚长安公主，次子杨承信也授予美官。恩渥殊等，为当时之冠。桑维翰为枢密使，往往弹射其事，杨光远心中记恨。范延光投降之后，杨光远入朝，面奏桑维翰擅权。高祖石敬瑭以杨光远方有功于国，出桑维翰镇相州，以杨光远为西京留守，兼镇河阳，罢其兵权。杨光远由此心生怨望，潜贮异志；又多以珍玩奉献契丹，诉己之屈；又私养部曲千余人，违法犯禁，河、洛一带的百姓，防备他们如同盗贼。不久之后，杨光远又拜太尉，兼中书令。

范延光降后，石敬瑭赐给铁券、许以不死，范延光致仕之后带着财产和伎妾居于河阳。杨光远贪图范延光的财物，而且担心范延光将成为其子孙的仇敌，于是向石敬瑭上奏，要除掉范延光。后晋高祖石敬瑭以许之不死、赐给铁券，没有答应杨光远的请求。杨光远却派儿子杨承勋以甲士包围范延光府邸，逼令自裁。范延光大呼："天子在上，安得如此！"乃遣使者乞求移居洛下。行至河桥，杨光远命人溺杀之，矫奏说范延光自己投河自尽了。杨光远擅杀范延光,石敬瑭惮于杨光远的势力,也不加追究。天福五年（940 年）九月，迁杨光远为平卢节度使，晋爵东平王。

石敬瑭曾借马三百匹给杨光远，天福八年（943 年），晋出帝石重贵即位，同平章事景延广矫诏命人取马。杨光远怒曰："此马先帝赐我，何以复取？是疑我也。"十一月，杨光远秘密召回其子单州刺史杨承祚。晋出帝虽知杨光远阴怀异志，反而赐以玉带、御马、金帛加以慰抚。

杨光远暗中勾结契丹，向契丹献策，说后晋大饥之后，国用空虚，此时一举可以平定。赵延寿也劝耶律德光南侵。于是耶律德光集结山后及卢龙兵马五万人，由赵延寿率领南侵中国。耶律德光为了让赵延寿死心塌地效忠于契丹，还许诺说："若得之，当立汝为帝。"赵延寿信之不疑。

第八节

后晋大败契丹，南唐出兵伐闽（944 年）

1. 契丹入侵

后晋在这个时候与辽国交恶,实际上是很不明智的。其一,天福八年（943 年）后晋是在严重的自然灾害中度过的，旱灾、水灾、蝗灾，百姓流离失所，朝廷国库空虚。其二，后晋对藩镇大将多有姑息，大概是因为皇位来路不正而心虚,朝廷的威信和对地方的控制不断减弱。其三,石重贵被权贵大臣拥立,内部矛盾复杂，包藏祸心的阴谋暗流涌动。

在这种情况下，加上杨光远的诱引，契丹决定入侵了。

但是这次耶律德光并未倾全国之兵，先期只用了山北和幽州之兵，即燕云十六州的兵力，并未动用契丹本部兵马。这样，即使战败，也不至于伤筋动骨。

2. 大败契丹

后晋开运元年（944年）正月，耶律德光亲自率兵直逼贝州（今河北清河西）。贝州储备有后晋军队数年的军需，战略地位十分重要。当年坚守云州的吴峦刚刚调来贝州不久，他是一介书生，没有亲信的精兵猛将，哪里守得住？后晋军校邵珂以私愤引契丹军入城，吴峦投井，自尽死难。契丹破城后屠杀万人，进屯于邺都（今河北大名东北）。同时，后晋雁门关、恒州（今河北正定）、邢州（今河北邢台）、沧州（今河北沧州东南）等地也纷纷报告契丹入寇。

后晋以高行周为北面行营都部署，率符彦卿、皇甫遇、潘环等人御敌，但号令皆出自景延广。晋出帝几次派人致书契丹皇帝耶律德光修好，均遭拒绝。

契丹前锋已到黎阳（今河南滑县东北），耶律德光屯于元城（今河北大名北），赵延寿屯于南乐（今河南），晋出帝则进军澶州（今河南濮阳西）。

二月，后晋以石赟、何重建、白再荣、安彦威分守于黄河麻家口、马家口、杨刘、河阳各要津，以防备契丹过河南下，与杨光远会师。契丹将领麻答由之前的后晋博州刺史周儒为向导，自麻家口渡过黄河，东攻郓州（今山东东平西北）。杨光远率青州兵西进，企图与契丹军会合。二月中，晋将李守贞、皇甫遇等领兵万员沿黄河水陆并进至马家口，破契丹营地，契丹军大败，数千骑兵逃亡中溺死于河，另有数千人被俘斩。这一战，逼使契丹军不再东渡黄河，只限于河北作战。杨光远由此孤立无援。

三月，契丹军进逼澶州（今河南濮阳）城北，晋出帝石重贵带着景延广等众将出兵御敌。耶律德光见到后晋军容严整，不禁大吃一惊，对手下人说：“杨光远说晋兵已经饿死一半，怎么会有这样一支队伍？”契丹铁骑先向晋军两翼冲锋，晋军屹然不动，万弩齐发，射退了契丹骑兵。契丹又集中力量，猛攻晋军右翼，晋军仍然岿然不动。两军苦战到夜晚，直杀得天昏地暗，双方都伤亡惨重。契丹终于撤走，在城外三十里处扎营。耶律德光讨不到便宜，此时又听说麻答战败，于是暗传号令，悄悄地撤走了。耶律德光分为两军北归，一出沧州、德州，一出深州、冀州，所过之处焚掠殆尽。而晋军因景延广怀疑契丹后撤有诈，不敢追击，失去再败契丹军的大好机会。

契丹战败后，一改以往抚慰政策，所获百姓全部杀光，俘虏的士兵则受酷刑，因此激起后晋军民的愤怒，人人奋力抵抗契丹。契丹西路进攻太原的军队，被后晋河东节度使刘知远会同吐谷浑白承福共同击败。

3. 杨光远的结局

契丹退兵后，晋出帝石重贵命李守贞、符彦卿率师东讨。杨光远刚刚大败而回，赶忙婴城自守。李守贞以长围困之，将青州围得水泄不通。冬十一月，杨光远的儿子杨承勋与杨承信、杨承祚见城中人民相食将尽，知道已经没有希望，于是劝杨光远乞降，希望免于赤族之祸。杨光远却不同意投降，说道：“我在代北时，尝以纸钱驼马祭天池，皆沉没，人言合有天子分，宜且待时，勿轻言降也。”杨承勋见祸在朝夕，于是与诸弟同谋，杀节度判官邱涛，亲校杜延寿、杨瞻、白延祚等，枭其首，派遣杨承祚送于李守贞。并且纵火大噪，劫其父杨光远幽于私第，然后开城投降。遣即墨县令王德柔贡表待罪，杨光远亦上章自首。

晋出帝石重贵览表之后，犹豫不决，说道：“当年杨光远在太原归命，功劳不小。现在他的儿子们又都开城投降了，可否因为儿子而赦免其父？”执政桑维翰说：“岂有逆状滔天而赦之也？”于是命李守贞便宜处置。李守贞派遣客省副使何延祚杀之于其家，并诈称杨光远病死。

当年杨光远举旗造反之时，中外大震。当时百官正在给皇帝问起居，忽有朝士大声说道：“杨光远欲谋大事，吾不信也。光远素患秃疮，其妻又跛，自古岂有秃头天子、跛脚皇后耶？”于是人心顿安。不到一年，杨光远果然伏诛。

4. 府州抗契丹

府州（今陕西府谷）于后晋割地而入契丹。契丹打算将黄河以西的居民迁往辽东，府州百姓亦在迁徙之列，大为惊恐。刺史折从远为当地土人，世代为镇将，拒迁。后晋与契丹交战元城后，派人说服折从远攻契丹。折从远领人深入契丹境内，攻拔十余寨。后晋开运元年（944 年）六月，后晋以折从远为府州团练使。

5. 后晋籍乡兵括民财

后晋开运元年（944 年）三月抽点乡兵。每七户出一兵，另六户出装备，至四月共得七万多人，称武定军。次年更名为天威军。又因契丹入寇，国用匮乏，派三十六人分道括民财。授给使者剑，表示可以专断。使者往往携带刑具、刀杖闯入民户威迫取财，州县吏役又乘机为奸。河南府应括民财二十万缗，景延广增加为三十七万缗，欲中饱私囊。留守判官卢亿劝道：“公位兼将相，富贵及矣。今国家不幸，府库空竭，不得已取于民，公何忍复因而求利，为子孙之累乎？”景延广惭愧无地，乃止。

6. 闽国内乱与南唐伐闽

南唐保大二年（944 年）正月，中主李璟致书闽帝王曦和殷主王延政二人，责备他们兄弟相互征伐。王曦复书，引唐太宗诛李建成、李元吉兄弟等故事自比。王延政则复书斥责南唐篡夺杨氏吴国。南唐李璟大怒，遂与闽国、殷国交恶。

闽永隆六年（944 年）三月，当年弑杀王昶的连重遇与朱文进二人，担心追究以往之事，终日惶惶不安，于是密谋弑杀了闽帝王曦，又杀王氏宗族五十余人。朱文进自立为闽王，连重遇为总六军。在建州（今福建建瓯）的王延政当然不能甘心，闻讯后出兵讨伐朱文进和连重遇。

五月，朱文进派人到南唐，南唐囚其使者，准备发兵征讨，但因天热而且疫病流行未能成行。朱文进又自称威武留后、权知闽国事，称藩于后晋。七月，后晋封朱文进为威武节度使、知闽国事。十月，王延政以三千兵力屯于尤溪至古田，二千兵力屯长溪。到十一月，泉州散员指挥使留从效鼓动众人杀死朱文进任命的泉州刺史黄绍颇，派人送黄绍颇首级给建州王延政，自称平贼统军使。原降于朱文进的闽汀州（今福建长汀）刺史又降殷国王延政。十二月，朱文进得知黄绍颇被杀，以重赏招募二万人，派林守谅、李廷锷率军攻泉州，王延政也派出二万兵力援救泉州。留从效大破福州兵，斩林守谅、擒李廷锷。王延政派吴义成率千艘战舰攻福州，朱文进向吴越求援。此时，南唐枢密副使查文徽等乘机率兵伐殷，在建阳附近为殷军所阻。闰十二月，殷吴义成得知南唐军入境，派人到福州散布流言，称南唐助殷伐福州，福州人心恐慌，朱文进将国宝送于殷。福州南廊承旨林仁翰率三十人杀连重遇，接着又杀朱文进，迎吴义成入福州。次年正月，闽故臣迎王延政请归福州，改国号闽。王延政因南唐大军压境，仍都建州，以福州为南都，暂不迁入。

南唐的伐闽战争实际上是宋党（宋齐丘）倡导发动的。这一时期闽国动荡不已、内争不休，国力衰弱、社会动荡。宋党认为建功立业的时机到了，枢密使查文徽首倡出兵，李璟遂任命查文徽为江西安抚使。南唐保大二年（944年）十二月，查文徽率诸将出兵。南唐中主李璟开始时命查文徽见机行事，视情况而定。查文徽等至信州（今江西上饶），回报说出兵必胜，于是南唐又派边镐领兵从查文徽伐殷。查文徽等至建阳南，得知闽汀、泉、漳三州均已降殷，殷将张汉卿率兵将至，于是退保建阳。南唐臧循则被殷兵败于邵武，被送于福州处斩。

保大三年（945年）二月，查文徽请求增援，后唐又派何敬洙率数千人助战攻建州。此时王延政已统一闽地，国号仍为闽，派杨思恭、陈望等领万员兵马迎敌，双方对峙十几天不战。杨思恭轻敌，不听陈望意见，强迫陈望出击，结果为南唐军所败，陈望战死。王延政一面据建州自守，一面自泉州调兵增援，泉州援军亦为南唐所败。至七月，南唐边镐攻下镡州，王延政奉表向吴越称臣，请求吴越出兵。至八月，南唐在困城近半年后，破城，王延政投降。王氏自唐末据福建，至此而亡，共历七主，前后五十年。

南唐进兵之初，福建百姓苦于王氏乱政，连年征战不休，争相伐木开道迎接南唐军队。查文徽不知安抚百姓，反而在进入建州后，纵兵大掠，将宫殿焚烧殆尽，福建百姓大失所望。九月，闽除福州外，汀州、泉州、漳州相继降南唐，南唐于建州置永安军，迁王延政入南唐，斩敛臣杨思恭以谢闽人。

第九节

后晋军再败契丹，李仁达占据福州（945年）

1. 再败契丹

上文说到，后晋开运元年（944年），契丹曾大举南侵，无功而返。开运元年冬十二月，契丹再次南侵，以卢龙节度使赵延寿为先锋，直指邢州（今河北邢台）。后晋以天平节度使张从恩、邺都留守马全节、护国节度使安审琦会合各道兵马屯于邢州，以武宁节度使赵在礼屯邺都（今河北大名东北）。不久，耶律德光率大军而至，驻扎于元氏（今河北）。后晋惧于契丹军的声势，稍稍后撤，结果引起各部军队的动摇，丢盔弃甲，一路焚掠，至相州（今河南安阳）时已经不成行伍。这年冬天就这样过去了。

开运二年（945 年）正月，朝廷命赵在礼退守澶州、马全节守邺都、右神武统军张彦泽守黎阳、西京留守景延广扼守胡梁渡。契丹已寇邢、洺（今河北永年东）、磁（今河北磁县）三州，一路杀掠殆尽，后进入相州境内。二月，后晋数万大军驻扎于相州之北安阳水南岸。神武统军皇甫遇刚刚被加封为检校太师、义成军节度使，也闻讯赶来。皇甫遇和濮州刺史慕容彦超领数千骑兵侦察敌情，于邺县（今河北磁县南）漳河边与契丹大军数万骑兵遭遇，二人率兵边战边退。到了榆林店，但见后面尘土大起，辽兵已经追了上来。皇甫遇对慕容彦超说道："我们寡不敌众，如果逃跑一定会死于乱军之中，不如列阵待援。"于是二人率军列下方阵，严守待援。

辽军四面冲杀，皇甫遇督军力战，双方死伤惨重。皇甫遇的坐骑中箭而死，于是皇甫遇下马步战。杜知敏将战马让给皇甫遇，皇甫遇跃身上马，又去御敌。奋战多时，辽兵稍稍退去。回头寻找杜知敏，已经不知去向，料想是被辽军俘虏了。皇甫遇对慕容彦超喊道："知敏苍黄之中，以马授我，义也，安可使陷于贼中！"慕容彦超闻言，纵马冲入辽阵，皇甫遇也一起冲杀进去，在枪林箭雨之中，终于救回杜知敏。史载"敌骑壮之"，就连敌人也为他们的忠义和勇敢所震撼。

当时天色已晚，辽兵生力军不断增加，皇甫遇对慕容彦超说道："吾属势不可走，以死报国耳。"于是在原地坚守。

当时安审琦已至安阳河，对首将张从恩说道："皇甫遇等未至，必为敌骑所围，若不急救，则成擒矣。"张从恩说："敌甚盛，无以枝梧（没有外援），将军独往何益？"安审琦说："成败命也。设若不济，则与之俱死。假令失此二将，将何面目以见天子！"遂率铁骑北渡赴之。

契丹见尘起，以为后晋援军主力已到，于是连夜北撤至鼓城（今河北晋州）。皇甫遇与慕容彦超满身血迹，中数创得还。时诸军叹曰："此三人皆猛将也！"

但是后晋张从恩非但未能乘胜追击，反而以敌强我弱、城中粮少为由，引军退守黎阳仓（今河南浚县）。张从恩认为倚黄河为屏障拒敌才是万全之策，还没等安审琦等人同意，已经率军先走。各军相继南下，军中大乱。而张从恩只留五百步兵守安阳桥。相州知州符彦伦听说各军退去，吃惊地说："暮夜沉沉，人心不定，区区五百步兵如何守桥？快召他们进城，登城守御。"当下派人召回守兵。

契丹赵延寿率数万骑兵至安阳水北岸。符彦伦命将士登城，扬旗鸣鼓，虚张声势，以示军威。契丹军不知底细，不敢贸然进攻。符彦伦又派出五百甲士，列阵城北。辽兵以为守军严密，于是绕城而过。

二月，晋出帝采纳马全节的建议，乘契丹军北撤之机大举径取幽州，又命杜重威会同马全节等进军幽州，自己亦御驾亲征至澶州（今河南濮阳），并于三月重修德胜城（今河南鄄城北），与澶州、邺都成三角相倚之势，互相呼应。

契丹北还经过祁州城下，刺史沈斌出兵击之。契丹以精锐骑兵夺取城门，州兵不得还。赵延寿知道城中没有余兵，率契丹兵急攻。沈斌在城上，赵延寿说道："沈使君，我们是故人。择祸莫若轻，何不早降？"沈斌答曰："你们父子二人失计陷于虏庭，怎么忍心率犬羊以残父母之邦？自己不知道羞耻，还洋洋自得。我沈斌弓折矢尽，宁为国家死耳，终不效公所为！"次日，城陷，沈斌自杀殉国。

三月，后晋各路兵马于定州（今河北定县）会师，攻契丹，连下泰州（今河北清苑）、满城、遂城（今河北徐水东），俘虏契丹酋长没刺及其士卒二千人。契丹八万北撤大军闻讯后，卷土重来，从古北口南下，寻求决战。杜重威本无将才，连忙放弃泰州，又进而退至阳城（今河北保定西南）的白团卫村，终被契丹军追上团团围住。晋军安下营寨，插好鹿角，准备扼守。契丹一面重重包围晋军，一面派奇兵断晋军粮道。

当天晚上，东北风大起，破屋折树。晋军在营中掘井，刚见到水，井便崩塌，士卒只得取泥，用布帛绞湿泥而饮，人马俱渴。黎明时分，风势更甚，耶律德光命骑兵下马，拔掉鹿角，手执短兵，冲杀进去。又顺势放火，以壮声势。耶律德光对众军说道："晋军只有此数，消灭了这支人马，便可直取大梁！"

晋军则因营地无水源，人马俱渴。众军见到情势危急，都愤怒地喊道："都招讨使为什么不下令反攻，让弟兄们白白牺牲？"诸将也都要求出战。杜重威却只是不死不活地说："等风小一些，再慢慢看吧。"马步都监李守贞说道："敌众我寡，风沙之内，分不清多少，只要力战，便能取胜。若等风停，必定全军覆没。"李守贞随即振臂大呼："诸军齐击贼！"又苦劝杜重威说："令公善于守御，我李守贞率中军决死一战！"将领马军右厢副排阵使药元福也说："今军中饥渴已甚，若等到风回，我们已经成为俘虏了。契丹人以为我军不能逆风而战，我们正好出其不意发起反击，此所谓兵之诡道也。"马步左右厢都排阵使符彦卿说："与其束手就擒，何若以身殉国！"

于是晋军诸将，不待主将发令，出营反击。符彦卿、药元福等率骑兵在前，李守贞等率步兵在后，大举反攻，喊杀之声，震天动地。当时天色昏暗，宛如黑夜，契丹军措手不及，纷纷败退。契丹军中最为精锐的号为"铁鹞"的骑兵下了马正在拔鹿角，被晋军一阵猛冲，连马也来不及骑，丢掉马匹、铠甲、兵器，转身便逃。这一战，契丹军兵败如山倒，耶律德光原本坐一辆大车，速度很慢，逃了十多里路，见到追兵已近，连忙丢掉大车，骑上一匹骆驼，狼狈地逃回幽州。

晋军大胜，众将都主张乘胜追击。但是主将杜重威却惊魂未定，说道："遇贼被劫，幸好没有送掉性命，何必赶上去讨还包袱惹贼人发怒呢？"当然，按照当时的形势，晋军人马饥渴，要扩大战果也确有困难，但是杜重威说出这样的话，畏敌避战之心昭然若揭。

2. 杜重威

杜重威（？—948年），又名杜威（避石重贵之讳）。杜重威迎娶后晋高祖石敬瑭之妹，石敬瑭即位后，以杜重威为舒州刺史。杜重威曾随侯益讨伐张从宾有功，拜潞州节度使。又随石敬瑭打败范延光，改调忠武军节度使，加同平章事。后又被派统辖天平，提升为侍卫亲军都指挥使。安重荣叛晋后，高祖派杜重威讨伐，在宗城（今河北威县东）大败安重荣，因功拜为成德军节度使。杜重威品行不良，居功自傲，在地方大肆搜刮民财，百姓怨声载道。他常以备边为名，聚敛百姓钱帛以入私藏；富人家有珍奇宝货、名姝、骏马，皆虏取之；或者诬陷富人之罪而杀之，籍没其家。而且杜重威对契丹非常畏惧，契丹只有数十骑过境，他便闭门登城。见到契丹人掳掠百姓过城，他也视而不见，所以契丹更加肆无忌惮。杜重威属城多被契丹所屠，他竟不出一兵一卒相救，千里之间，白骨累累，村落殆尽。

白团卫村之战后，杜重威见属地残破，并且被众人怨恨，又畏惧契丹，于是屡次上表想要入朝，晋出帝不许。杜重威竟然不待朝命，带着妻子宋国长公主径直入朝，名义上是探视皇上，实际上是想改镇邺都。桑维翰对晋出帝说："杜重威违抗朝命，擅离边镇。平常他就自恃勋旧，为非作歹，如今边疆多事，他并无守御之意。应趁此时废之，以免后患。"晋出帝闻言不悦。桑维翰又说："陛下如果不忍废之，可授予近京小镇，千万不要再委以雄藩大镇。"晋出帝回答道："杜重威乃是朕之密亲，必无异志。此次入朝，只是宋国长公主想念朕，想要与朕相见罢了。公勿以为疑！"桑维翰自此不敢复言国事，以足疾辞位。

杜重威到大梁后，献部曲步骑四千人及铠仗；又献粟米十万斛，刍二十万束。杜重威又让妻子宋国长公主向晋出帝求天雄节钺，晋出帝便任命杜重威为邺都留守、天雄军节度使。调原来的邺都留守马全节为成德军节度使。杜重威欣然上任，而马全节调任不久就病逝了。

杜重威，请大家记住这个名字，后晋将来就要亡在他的手中。

3. 李仁达据福州

闽天德三年（945 年）二月，闽人李仁达杀福州都督王继昌。三月，迎雷峰寺僧人卓岩明为帝，称藩于后晋。李仁达原为闽国福州指挥使，反复于闽、殷之间。朱文进据福州后，恶其反复，将李仁达黜居福清。著作郎陈继珣也背叛王延政，来到福州。

朱文进败亡后，王延政派儿子王继昌镇守南都福州，以飞捷指挥使黄仁讽为镇遏使。

当时南唐大军压境，而王继昌又不知体恤将士，为人所怨。李仁达与陈继珣担心不能免罪，想要先发制人，于是二人劝黄仁讽说："现在唐兵乘胜南下，建州孤危，富沙王连建州都保不住，哪里还能顾及福州？昔日王潮兄弟都是农民出身，攻取福州尚且易如反掌，何况我等？不如乘此机会，自谋富贵！"黄仁讽点头同意。李仁达与陈继珣随即密召党羽，乘夜冲入府邸杀死王继昌。

李仁达开始时想要自立为王，又担心众人不服，于是迎雷峰寺僧人卓岩明为帝，说他双目重瞳，手垂过膝，有天子之相。又尊后晋为正朔，称当年为天福十年，派使者到大梁上表称藩。

王延政闻讯，将黄仁讽灭族，派统军使张汉真领五千水军会同漳州、泉州兵共讨福州。

四月，建州军到达福州东关，船只刚刚抛锚，城内突然冲出一将，正是黄仁讽。黄仁讽知道全家遇害，奋力而战，领着数千弓弩手向建州水军射箭。

张汉真被打得措手不及，帆折樯摧。张汉真正要逃跑，冷不防江中驶出许多小船，船中载着水兵来捉张汉真。张汉真被打落水中，生擒而去。建州军余众死的死逃的逃。黄仁讽将张汉真捉入城中，挥刀斩成两段。

李仁达掌管六军诸卫，黄仁讽、陈继珣分别屯于福州西门和北门。黄仁讽事后追思，忽然感觉惭愧难当，对陈继珣说道："人生在世，贵在忠信仁义，我曾经侍奉富沙王，却中道背叛，忠在哪里？富沙王将王继昌托付于我，我反而帮助乱党，将他杀死，信在何处？近日与建州兵交战，所杀士兵多数是故乡之人，仁在哪里？我抛妻弃子，使他们受人屠戮，义又在哪里？我身负数恶，死有余辜！"说到此处，泪如雨下。陈继珣劝慰他道："大丈夫建功立业，也顾不得许多，别想那么多了！"二人密探心曲，偏偏隔墙有耳，报告给了李仁达。李仁达于是以谋反之罪杀黄仁讽、陈继珣二人，集兵权于一身。

五月，李仁达又杀卓岩明自立，称威武留后，用南唐保大年号，向南唐称臣；同时也遣使入贡于后晋。南唐以李仁达为威武节度使，赐名李弘义，编入宗室属籍。李仁达又派使节与吴越修好。

第十节

契丹攻灭后晋，南唐围困福州（946年）

1. 契丹灭晋

后晋开运三年（946年），耶律德光命赵延寿向后晋传出消息，诈称赵延寿有南归之意。后晋枢密使李崧、冯玉得到契丹卢龙节度使赵延寿有意回归中原的消息，深信不疑，命天雄军节度使杜重威致书赵延寿。赵延寿复信表示思归中国，请后晋发大军接应。

八月，后晋北面行营都部署李守贞奏称在长城以北打败契丹骑兵，后晋调李守贞回澶州（今河南濮阳）。

九月，契丹以三万兵马侵入河东，刘知远败之于阳武谷，斩首七千级。彰德节度使张彦泽也相继于定州以北、泰州（今河北清泰）打败了契丹。

此时，契丹还担心一个诱饵不够，又命瀛洲（今河北河间）刺史刘延祚致书后晋乐寿（今河北献县）监军王峦，诈称愿意内附，说城中契丹不满千人，取之易如反掌，自己可作为内应。又说契丹皇帝耶律德光已北归，而莫州瓦桥关（今河北雄县）以北则因秋天多雨多积水，因此即便南部有变故，耶律德光也会因为路途遥远、积水阻隔无力救援。王峦、杜重威对赵延寿、刘延祚二人所言深信不疑，多次奏请乘此机会攻取瀛、莫（今河北雄县南）二州。于是，晋出帝石重贵和执政李崧、冯玉决定派大军接应赵延寿、刘延祚南归，用杜重威为主将。朝廷的诏书口气极大，说要“先取瀛、莫，安定关南；次复幽燕，荡平塞北”。

十月，后晋以杜重威为北面行营都招讨使，李守贞为兵马都监，率安审琦、符彦卿、皇甫遇等自广晋（今河北大名东北）向北进发。由于夏秋多雨，行军及运输困难，杜重威屡次请求增兵，后晋便倾所有禁军归杜重威指挥，致使都城防守空虚。

十一月，杜重威到达瀛州，只见城门大开，不见半个人影。杜重威心虚，反而不敢入城。他派人侦察，知道守将早已率军离城，便派梁汉璋率二千骑兵追击契丹，结果一战大败，梁汉璋败死。杜重威知道中计，连忙率军南撤。

耶律德光见晋军锐气已挫，便率大军大举南下，从易州、定州往恒州进发。后晋大军闻讯，准备取道冀州（今河北冀州）、贝州（今河北清河西）向南。彰德节度使张彦泽从恒州领兵与杜重威等会合，说明契丹的形势，以为可以取胜。杜重威等率军又往恒州，以张彦泽为前锋。待晋军到恒州之南滹沱河时，中度桥已被契丹所占，张彦泽率军与契丹军争夺此桥，三退三进。契丹焚桥而退，与晋军成夹河之势。耶律德光见晋军来到，争桥失利，担心晋军强渡滹沱河，与恒州城内外夹击，势不可挡，正打算率军北归。没想到晋军不敢交战，只是沿河筑寨，于是耶律德光也逗留不去。

杜重威虽然以裙带关系位居上将，但性格怯懦、畏惧契丹，每日只是饮酒作乐。后晋磁州刺史兼北面转运使李縠献计，说道："如今大军与恒州相距不过咫尺之遥，若将三股木（三股木就是将三根木头用绳索绑紧，下面撑开为三足）置于水中，在木头上积薪铺土，桥很快就能建成。再密约城中举火相应，渡河夹击，内外援应，胡虏必退！"众将领也都赞成此计。但主帅杜重威以为不可，反而派李縠南下督粮。

耶律德光见晋军久不出兵，料知杜重威胆怯无能，于是派部将萧翰与通事刘重进率领骑兵一百、步兵数百，潜渡滹沱河上游，绕到晋军身后，从后面切断了晋军的粮道与退路。途中遇到砍柴的晋军，就将他们抓了去。逃回的晋军回到营中，惊慌失措，说是有无数辽兵已经截断归路。萧翰等人来到栾城，如入无人之境，城中守兵千余人猝不及防，全部投降。萧翰抓到晋国百姓,在脸上刺上"奉敕不杀"四个字,然后放他们南下。运粮的役夫看到了，还以为辽兵已经深入，心想不如赶紧逃命，于是丢掉粮车，四处奔逃。

李縠得到消息，连忙上奏，密陈大军危急，请晋出帝石重贵速速驾幸滑州，召高行周、符彦卿扈从，并且发兵戍守澶州、河阳，防御辽军。这道奏章飞马送到朝廷，朝廷得报后惊恐万状。这时杜重威又奏请增兵。当时京城的兵马都已经发至军前，只剩下守卫皇宫的数百名士兵，也全部被调赴前线。朝廷还下令将河北及滑、孟、泽、潞的粮草五十万担运至前线。不久，杜重威又派张祚向朝廷告急，可是朝廷已无兵可调，只让张祚回去报告行营，令杜重威严守。可是张祚在归途上被辽兵俘虏，自此朝廷与军前消息隔绝，两不相通。

十二月初，后晋大军与朝中联系被切断。杜重威在中度桥与辽兵相持多日，毫无进展。后晋奉国都指挥使王清入帐对杜重威说："我军暴露在河滨，没有城池作为屏障，营孤粮尽，不攻也会自溃。我愿率步兵两千为先锋，夺桥开道，您率诸军随后跟进。到了恒州，有了依靠，就不必担心了。"杜重威踌躇半晌，终于答应，并派宋彦筠领兵一千人，与王清一起前去夺桥。

王清挺身而出，渡河作战，杀死辽兵百余人，辽兵气势渐弱。宋彦筠却胆小如鼠，一与辽兵接战，不到半刻便退缩回去。辽兵从后面追杀过来，宋彦筠居然凫水逃回。唯独王清率孤军奋战，多次请大军为后援，杜重威却按兵不救。王清力战至天黑，对部下说道："上将手握重兵，坐视我们受困却不肯相救,想必另有异谋。我等当为国尽忠,人迟早总有一死,不如以死报国!"部下都被王清忠义所感，死战不退。不久夜色愈浓，耶律德光派出生力军围攻王清。王清势单力孤，与部下全部殉国。

后晋各路军队士气由此丧尽，辽兵乘胜渡河，围攻晋营。

十二月初八，契丹将晋军包围，晋军与外界失去联系，粮食也已吃完。杜重威与李守贞、宋彦筠暗怀异志，派人暗中往契丹耶律德光营中请降。耶律德光说道："赵延寿威望很浅，不足以做中原的主子，你果真投降我，就让你做皇帝！"杜重威得报后大喜过望，立即命人写好降表。

十二月初十，杜重威设伏兵胁迫诸将于降表上签名，并命全军列阵。后晋士兵以为是与契丹作战，人人踊跃，摩拳擦掌，要与辽兵厮杀。待得知是投降，全军悲痛号哭，恸哭之声震天动地。这一番哭声，与阳城白团卫村的喊杀壮烈之声，真是鲜明的对比。

耶律德光派赵延寿身穿赭袍至晋军营寨抚慰士卒，对赵延寿说："汉人士兵，都归你统领。"同时也让杜重威身穿赭袍。其实耶律德光哪里会让他们来做皇帝，耶律德光是自己想要做中原的皇帝了。

杜重威降后，恒州、代州、易州先后降契丹。耶律德光率大军南下，杜重威率降兵跟从，命后晋降将张彦泽与傅住儿率二千骑兵为前锋先入京师。晋出帝石重贵得到战报后慌得面如土色，急忙召冯玉、李崧、李彦韬三人入宫议事。三人面面相觑，最后李崧开口说道："京城的禁军都已经调出去了，现在已经无兵可守。只有飞诏河东，令刘知远勤王！"其实刘知远也有自己的盘算，哪里会来勤王？

降将张彦泽倍道疾驱，十二月十七日，入大梁（今河南开封）。晋出帝石重贵点火，欲与后宫自焚。亲军将领薛超从后面赶上，抱住石重贵，请他不要自尽，慢慢再想办法。

张彦泽派人送入耶律德光与述律太后的书信，信中语气十分平和，抚慰出帝。于是晋出帝石重贵命人打开宫城门，起降表，自称孙男、臣。张彦泽囚禁晋出帝石重贵，迁于开封府。次年正月初一，耶律德光入大梁，降晋出帝石重贵为负义侯，将石重贵及其家眷迁往契丹境内的建州（今辽宁辽阳境内）居住，后晋亡国，共历二帝，十一年。石重贵后来在北宋开宝七年，即辽保宁六年（974 年）病死，终年六十一岁，葬于今辽宁朝阳。

几个人的下场，在这里还是需要交代一下。

先说说当年劝石敬瑭反叛并勾结契丹的桑维翰。桑维翰虽然有卖国之嫌，但他的政治才能还是相当不错的，也有一些值得称道的政绩。后晋建立之初，他就建议朝廷“务农桑以实仓廪，通商贾以丰货财”，重视农业生产和商品流通。他治理相州，除民弊二十余事，在兖州擒豪贼过千人。《旧五代史》称赞桑维翰：“亦寇恂、尹翁归之流也。”尤其在相州任上，革除“罪一夫而破一家”之积弊，诏天下诸州普遍实行，“自是劫盗之家皆免籍没，维翰之力也”。而且，桑维翰才望素重，其助后晋立国之才得到史家充分肯定。司马光《资治通鉴》记载：“开运元年（944 年）六月，复置枢密院，以维翰为中书令兼枢密使，事无大小，悉以委之。数月之间，朝廷差治。”八月，“时军国多事，百司及使者咨请辐辏，维翰随事裁决，初若不经思虑，人疑其疏略；退而熟议之，亦终不能易也”。可见桑维翰确具干才。桑维翰于天福三年（938 年）十月受排挤，被罢去枢密使一职，次年四月因时为枢密使的刘处让奏对多不称旨而废枢密院。一旦复置枢密院，即以桑维翰兼枢密使，其才能可见一斑。桑维翰经邦治国之才还表现在健全国家机构、选拔人才上。如复置学士院，注意选贤任能，除官公正。

天福九年（944 年），晋出帝石重贵继位后，桑维翰被调回中央，任命为侍中，但是实权在主张与契丹绝盟的大将景延广手中。桑维翰多次上奏建议与契丹请和，都被否定。天福九年（944 年）契丹大举南侵，劫掠贝州（今河北清河）等地后北返，造成后晋不少损失。桑维翰乘机让人在石重贵面前说：“制契丹而安天下，非用维翰不可。”于是石重贵就把景延广调离朝廷，出守洛阳。桑维翰得以重返宰相之位，被擢升为中书令，同时又恢复设置枢密院，以他为枢密使，再度成为后晋最有权势的人物。

桑维翰第二次掌权，充分发挥了他的政治才能，达到了“数月之间，百度浸理”的效果。可是他凭借权势，广收贿赂，“仍岁之间，积货巨万”，引起朝野非议。李彦韬、冯玉等在石重贵面前攻讦桑维翰，石重贵想立即罢黜他，后经刘昫、李崧等劝解，才采取逐步分权的做法，由冯玉先任枢密使再任相职来削夺桑维翰的实权。于是桑维翰乘石重贵生病之时,向太后建议“为皇弟石重睿置师傅”。石重贵病愈后获悉此事大怒，就罢去他的相职，出任开封府尹。此后他就称有“足疾”，很少去朝见。

此后契丹出兵将灭后晋，桑维翰四处奔走，求见当政者冯玉及出帝石重贵，但都被拒不接见。随后契丹攻入大梁灭晋，桑维翰被降将张彦泽缢杀。关于桑维翰的死因,《旧五代史·桑维翰传》的记载是石贵重为了避免耶律德光追究他背叛契丹的责任，便密令张彦泽杀桑维翰以灭口。而在《旧五代史·张彦泽传》及《新五代史·晋臣传》中的记载则是桑维翰大义凛然地斥责张彦泽，张彦泽羞愧难当，加上挟私怨，因而缢杀桑维翰，并对外宣称他是自缢的。也有说法是张彦泽贪图桑维翰家的财货而将他杀死。

总之，桑维翰不大可能是被石重贵指使杀掉，应该是张彦泽为了个人恩怨或贪图财物而将其杀死的。《新五代史》对他临死前有这样一段描述:“初，彦泽入京师,左右劝维翰避祸。维翰曰:‘吾为大臣,国家至此,安所逃死邪！’安坐府中不动。彦泽以兵入，问:‘维翰何在？’维翰厉声曰:‘吾晋大臣，自当死国，安得无礼邪！’彦泽股栗不敢仰视。”可见桑维翰还是一个相当有骨气的人。

再说说后晋降将张彦泽。后晋降将张彦泽、傅住儿入大梁后，囚晋帝，纵兵大掠，都城为之一空。张彦泽的住处积宝如山。他自称有功于北朝，日益骄横，出入时骑从多达数百人，前面举着大旗，旗帜上题“赤心为主”，以示有功于契丹。军士捉人,张彦泽不问所犯之罪,只竖起中指,即推出腰斩,士民不寒而栗。合门使高勋外出未归，张彦泽乘醉来到高勋家，高勋的叔父和弟弟出来酬应，几句话不和就被杀死，陈尸门前。

张彦泽在大梁胡作非为，甚至把皇子石延煦的母亲、楚国夫人丁氏也抢来作乐，把与自己有仇的人尽行杀死。张彦泽曾任彰义军节度使，擅自杀死掌书记张式，甚至将他剖腹挖心、截断四肢。后来又抓住逃将杨洪，先截断手足，再行处斩。河阳节度使王周曾弹劾张彦泽二十六条罪状，刑部郎中李涛也上奏处死张彦泽，张彦泽后来被贬为龙武将军。后来御辽有功，张彦泽才又被提拔。李涛这时是中书舍人，他对亲信说："我如果躲起来，也不会幸免，何不亲自去见张彦泽？"李涛来到张彦泽府邸，直接走进去，朗声呼道："上书请杀太尉的人李涛，谨来请死！"张彦泽欣然接见，笑着说："舍人今天可是害怕了？"李涛朗声答道："李涛今日害怕足下，仿如前日足下害怕李涛。如果当初朝廷听了李涛之言，也不至于弄到今天这个地步。"张彦泽狂笑，命手下斟酒给李涛，李涛接过一口喝光，然后大踏步从容走了出去。最后，张彦泽倒也没把李涛如何。

次年正月，耶律德光入大梁，合门使高勋上报辽太宗耶律德光，说张彦泽妄杀自己的家人，文武百官与百姓也都纷纷告状申述。耶律德光命人将张彦泽带来，宣示百官，问百官张彦者是否当斩。百官都说当斩。于是耶律德光杀张彦泽、傅住儿，市人争食其肉。

再说那位自命不凡的景延广。当时耶律德光南下时，派兵往河阳去捉景延广。景延广无处可逃，只得到封丘（大梁北六十里）来见耶律德光。耶律德光问道："致两主失欢，皆汝所为也。十万横磨剑安在？"又召来乔荣对质。景延广开始时还不服气，乔荣取出当年留下的字据给他看，景延广这才无言以对。契丹将景延广锁住，将要押他北行赴契丹。走到陈桥地方，宿于民家。夜半时分，景延广趁守卫不备，自己扼喉自杀了，时年五十六岁。

那个祸国殃民的杜重威也没有好下场，放到后面再说。

2. 南唐围攻福州

南唐保大四年（946 年）三月，南唐泉州刺史王继勋致书福州威武节度使李弘义（李仁达）以示修好。李弘义因泉州旧属威武军，而王继勋居然与己抗礼，于四月派万人伐泉州。泉州都指挥使留从效废王继勋，代领军府，大败福州兵，并通报南唐。南唐以留从效为泉州刺史，召王继勋回金陵，并派兵助守泉州。

南唐中主李璟本来打算就此罢兵，但是查文徽、陈觉却主张乘胜进击福州。尤其是陈觉自告奋勇，表示不费一兵一卒，就可劝说李弘义入朝。但至福州后却因李弘义声色倨傲，未敢提入朝之事。陈觉感到就这样回去有失颜面，于是陈觉回程行到剑州（今福建南平），矫诏派人召李弘义入朝，自称权福州军府事，私自调汀州（今福建长汀）、建州（今福建建瓯）、抚州（今江西抚州）、信州（今江西上饶）兵马戍卒往福州，由冯延鲁率领。李璟见事已至此，也增调军队，命王崇文为统帅，冯延鲁为监军，包围福州。

李弘义派杨崇保拒敌，为陈觉、冯延鲁击败。南唐军乘胜攻福州西关，李弘义大败南唐军。南唐又派王崇文、魏岑增援，攻克福州外郭；李弘义坚守第二城。李弘义更名李弘达，奉表于后晋，后晋以其为威武节度使、知闽国事。

九月，福州排阵使马捷引南唐军入善化门桥，福州将丁彦贞据桥御敌。李弘达退保善化门，福州两重外城均已被南唐军占据。李弘达又更名李达，向吴越奉表称臣求援。

十月，吴越出兵三万分水陆两路援救福州，十一月潜行入城。南唐军进据东武门，李达与吴越军共同拒敌不利，从此内外隔绝。福州城虽然危急，但因南唐将帅不和，各自争功，相互不配合，始终未能克城。直至保大五年（947

年）三月，吴越又派水军到福州，与城中军内外夹击，大败南唐军。此战南唐死伤数万人马，丧失军资器械数十万。李达归附吴越，从此吴越领有福州。

泉州降将留从效见南唐兵败，知其无力再战，遂占据了泉州。留从效其兄又杀死漳州守将，具有漳州。李璟无奈，只好在泉州、漳州设置清源军，以留从效为节度使。留从效在名义上仍归属南唐，但实际上却处于独立状态，不听南唐调遣。保大八年（950 年），镇守建州的查文徽又擅自发兵进攻福州，中了埋伏，本人被俘，南唐军再次大败。此是后话了。

此战虽然使南唐得到了建、汀二州，但却将先主李昪积蓄的巨额财富消耗殆尽，可谓得不偿失，国力受到极大削弱。陈觉擅自调发军队，冯延鲁轻敌浪战，本应严惩。但因为他们是宋齐丘一党，经宋齐丘出面解救，仅仅是贬官迁居外州而已。李璟的懦弱，正是这种局面的根源。

由于李璟生性软弱，虽贵为皇帝，不少臣下却对他不加礼遇，尤其以宋齐丘一党为甚，对他毫无君臣之礼。在李璟即位之初，冯延巳公然在李璟面前谩骂先主李昪，将其战略贬得一文不值，说道："先帝龊龊无大略，安陆之役，损兵不过数千，而痛惜旬日，甚至吃不下饭。此乃田舍翁也，如何能成大事！"又一次，李璟在宫中举行宴会，宋齐丘当着李璟的面，居然对宫女动手动脚，视皇帝如无物。

信州刺史王建封居然公开向李璟提出要做宰相，当庭吵闹，弄得李璟没有办法，说道："你不要再惹闹了。"事情传开后，王建封得到一个"王惹闹"的绰号，真是可笑。

保大末年，南唐国势愈加衰弱，李璟常常叹息不止，暗暗垂泪。李徽古见状，不加宽慰，却大加嘲讽，说道："陛下应当训练军队，扬我国威，为何只知哭泣？难道是饮酒过量了？还是想吃奶而乳母不至？"李璟闻言，气得脸色惨白，而李徽古神色自若，根本不当一回事。

一国之君，须得雄才大略，整武经文，更要有控御臣下的能力。李璟之才，实在不适合做皇帝。不适合做皇帝，却又非要争着去做，这又是何苦。

3. 吐谷浑白承福被杀

天福五年（940 年），吐谷浑自契丹境内南迁，居于河北、山西交界的山谷之中。酋长白承福等于天福六年（941 年）率众归后晋河东节度使刘知远，被置于太原东山及岚州（今山西岚县北）、石州（今山西离石）之间。刘知远收白承福的精骑于自己麾下，表白承福为大同节度使。

开运元年（944 年），白承福曾协助刘知远击退契丹。开运三年（946 年）夏季暑热，白承福属下的白可久率领本帐北返契丹，白承福等也颇有北归之意。刘知远请求后晋将吐谷浑部内迁，以免骚扰境内，后晋遂准备将吐谷浑部落一千九百人分别置于河阳（今河南孟州南）及各州。

刘知远贪图白承福等人的财产，于八月派部将郭威诱白承福等入太原，以谋叛罪杀白承福及吐谷浑酋长白铁匮、赫连海龙等五部落之人共四百多口，籍没财产。吐谷浑部落经此事件后逐渐衰微。

第六章

后汉四年

契丹会同九年（946 年），也即后晋开运三年十二月，契丹前锋入大梁（今河南开封），后晋亡国。次年正月初一，耶律德光入大梁，废东京，降开封府为汴州。以诏书赐名藩镇，后晋藩镇争相上表称臣，泾州的彰义节度使史匡威不受命，雄武节度使何重建杀契丹使者以秦、阶、成（今甘肃秦安西北、陇南武都区东南、成县）三州降后蜀。后晋密州刺史皇甫晖、棣州刺史王建则率众逃奔南唐。二月初一，契丹建国号辽，改元大同，以镇州（今河北正定）为中京。

辽大同元年（947 年）正月，契丹灭后晋后，降后晋皇帝石重贵为负义侯，正月十七日，契丹以三百骑兵押送晋出帝及太后等北迁，原后晋权臣中书令赵莹、枢密使冯玉等随行。一路上缺衣少食，后晋旧臣或不敢进见或为契丹所阻，与后晋帝后隔绝。出塞之后，契丹不再供给，并强迫晋帝、太后拜辽太祖耶律阿保机之墓，备受屈辱。晋帝、太后欲自杀，未果。辽永康王耶律阮（即后之辽世宗）想将晋帝留于辽阳。辽大同二年（948 年），晋太后被迁往建州（今辽宁朝阳西南），次年晋帝亦被迁至建州。辽国将建州划出五十多顷土地给晋帝一行耕种，直至后周显德（955—959 年）初，晋帝等尚生活于北方。

契丹三十万铁骑直入中原后，为保证辽军供给，辽太宗耶律德光采用北方游牧民族的习惯，令骑兵四出以牧马为名剽掠，称“打草谷”。大梁、洛阳及周围州县数百里之内财产牲畜为之一空，晋朝百姓惨遭杀戮。为赏赐南下辽军，耶律德光又命三司筹措赏赐之物，括都城士民钱帛，自将相以下均不能免；又分派数十人往诸州搜括，民不聊生。而所括得的钱财，均收入内库，准备运回北方。中原百姓怨声载道，苦于契丹暴政，纷纷揭竿而起，奋起抗争。后来耶律德光在总结中原失败的原因时，自认打草谷和诸道括钱是失败的重要原因。

当时也有一些辽国大臣提出治理中原的办法。契丹翰林承旨、礼部尚书张砺提出：“得了天下，中原将相应用中原人，不可用北方各族人。如果政令失当，人心不服，已经得到的天下，仍有丧失的危险。”耶律德光虽然非常器重张砺，但此刻刚刚得到天下，是听不进逆耳忠言的。他对后晋的大臣们说道：“中原的事情，我统统知道；我国的事情，你们就不懂了。”

中原百姓无法忍受契丹的残暴掠夺，纷纷举起义旗，义兵少则数百人，多的有数万人，攻破州县，杀死契丹委派的官吏。一时间，中原大地上风雷滚动。淮北的义军向南唐请求援助，这本来是南唐进入中原，进而统一天下的大好时机，可是南唐正陷入福建战争的泥沼，无暇他顾。南唐先主李昪若泉下有知，怕是要恨得咬碎牙根吧。

后晋时曾建有乡兵，号“天威军”，不久即罢，未能用以御敌。此时纷纷相聚起义。辽大同元年（947 年）二月，滏阳（今河北磁县）梁晖率数百人投河东称帝的刘知远，刘知远命其取相州（今河南安阳），梁晖乘辽相州无防备，夜袭成功，杀辽兵数百人，逐辽军守将。辽镇守节度使耶律郎伍残虐，澶州（今河南濮阳南）义军首领王琼率千余人攻州牙城，后兵败为辽所杀。当时东部人民义军蜂起，攻陷了宋州（今河南商丘）、亳州（今安徽亳县）、密州（今山东诸城），辽太宗耶律德光不禁叹息："不知中国人如此难制！"继而自叹道："我有三处过失，使得中原背叛于我。我令各道搜刮钱财，为一失；纵容部队烧杀抢掠打草谷，为二失；没有早派诸节度使还镇，是三失。如今追悔莫及！"

辽朝在中原的统治动荡不安；加之连年征战，契丹民族亦不堪其苦。大同元年（947 年）四月，耶律德光不得不罢兵北还，途中病逝于栾城（今河北省栾城县），终年四十六岁，庙号太宗，谥号孝武惠文皇帝。

随行官员担心辽太宗尸身腐臭，于是剖腹填盐，载着尸体回国。回到辽国后，述律太后并没有哭，只是咬牙切齿地说道："你违背我的命令，谋夺中原，令内外不安，等各个部落安定下来，再埋葬你吧。"

赵德钧的儿子赵延寿的结局，这里要交代一下。耶律德光死后，赵延寿不愿继续北行，引兵进入恒州。辽国的永康王兀欲（兀欲是耶律德光的侄子、东丹王让皇帝耶律倍的长子）也相继进城。赵延寿还想圆他的皇帝梦，要以"权知南朝军国事"的名义，于五月初一受随辽军北行的晋臣朝贺，因晋臣谏阻而止。但是兀欲已经知道此事，随即将赵延寿逮捕。第二年，赵延寿在辽国病死，这个皇帝迷终于没能圆他的皇帝梦。

第一节

刘知远河东称帝，契丹人横渡之约（947年）

1. 刘知远称帝

辽大同元年（947年）二月，原后晋河东节度使刘知远以辽灭后晋、中原无主，于太原即皇帝位，不改晋国号，以当年为天福十二年。六月，改国号为汉，史称后汉。

刘知远（895—948年），即位后改名为暠，沙陀部人，家世贫寒，冒姓刘氏。早年间，刘知远和石敬瑭都在唐明宗李嗣源手下做偏将，因为在战场上救过石敬瑭的性命（事见前述），而被石敬瑭引为亲信。后唐时，石敬瑭做河东节度使，刘知远在石敬瑭手下为节度押衙。石敬瑭勾结契丹密谋称帝，刘知远也参与其中。但刘知远不赞成石敬瑭对契丹称儿、称臣、割地、输财的做法，以为父事契丹太过，岁输金帛邀契丹发兵即可，不必割地，否则以后为中原大患，但是这个建议没有被石敬瑭采纳。后晋建国，刘知远先后为陕州、许州、宋州节度使，邺都、北都留守，天福七年（942 年）封北平王。

石敬瑭死后，刘知远预感天下将要大乱，于是着意经营太原。为了加强自己的实力，刘知远在河东杀吐谷浑部白承福等，收其精兵财产，河东富强冠于诸镇。契丹军进犯汴梁时，刘知远在河东自保，既不出兵救援后晋朝廷，也不抗击契丹，采取了冷眼旁观、隔岸观火的态度。契丹灭晋后，刘知远曾派使上表奉贺。耶律德光呼其为儿，并赐予木拐，相当于中原王朝赐予重臣的几杖。在中原百姓纷纷揭竿而起的时候，诸将劝刘知远发兵攻取汴梁，但刘知远却不愿与契丹硬碰，以免损伤自己的实力。

待到契丹军队无法在中原立足而北撤之时，刘知远看准时机在太原称帝。为了掩人耳目，他仍用天福年号而不改元。当晋出帝一行被押北上时，刘知远假装悲愤，率亲兵以迎晋帝，实际上仅仅走到寿阳便返回太原。辽军撤走后，刘知远不费吹灰之力，于六月中亲率大军乘虚挥兵入大梁，改国号为汉。到第二年（948 年）正月，才改元为乾祐元年。

刘知远因为冒姓刘氏，因此以汉为国号，史称后汉，刘知远就是后汉高祖。后汉的都城仍在汴梁，刘知远的旧日僚佐成为朝廷重臣。杨邠、郭威分别任正副枢密使，苏逢吉、苏禹珪任宰相，王章任三司使，史弘肇任侍卫亲军马步军都指挥使兼平章事。在这些人中，除了郭威以外，其余都是蛮横无知、贪暴残酷之徒。

比如宰相苏逢吉，早在河东为幕僚之时，刘知远命他静狱以祈福，实际上就是要他释放囚犯。可是苏逢吉却把囚犯无论罪行轻重，统统处死，号曰“净狱”。当了宰相以后，仍然旧习不改，曾经草诏要将为盗者的本家和四邻、保人全族处斩。有人驳斥说：“为盗者族诛，已不合王法，何况邻居和保人，这样做不是太过分了吗？”苏逢吉不得已，才勉强删去“全族”二字，改为“为盗者的本家和四邻、保人处斩”。苏逢吉不仅卖官鬻爵，甚至于妻子去世时，还迫使百官和地方献绫绢做丧服，敲了一大笔竹杠。这些官员当然又会将这些负担转嫁到百姓身上。做宰相有两项必须的条件，一是学问，二是气量，苏逢吉二者俱缺，如何能将后汉治理好呢。

后汉时，原来后晋的大臣冯道、李崧、和凝都不受重用，只做些太傅、太师之类的冷官。刘知远进入大梁之时，后晋宰相都随辽军北去，刘知远于是把李崧的府邸给了苏逢吉。李崧另外还有田地房产在洛阳，苏逢吉也都据为己有。李崧回到大梁后，官授太子太傅，对于后汉的新贵们，谦虚谨慎，小心翼翼，一个也不敢得罪。不过李崧做了一件画蛇添足的事情，他亲自去把房契献给苏逢吉。他本来是献殷勤，苏逢吉却以为李崧暗示自己要讨还财产，大为光火。李家子弟又常有怨言，苏逢吉便命人诬告李崧和子弟们谋反。李氏全族，除了个别人侥幸逃脱，全部都被残杀。

至于史弘肇更是残暴绝伦，他掌握禁军兵权，警卫京师，只要稍有违法犯纪，不问罪之轻重，便处以极刑。甚至于太白星白昼出现，因为有人仰视，就被处以腰斩之刑。有一个百姓因为醉酒和一名军士发生冲突，也被诬以妖言惑众而斩首。至于断舌、决口、抽筋、折足等酷刑，几乎每日不断。史弘肇兼任归德节度使,他的亲信杨乙每月守“公利”一万缗给史弘肇。百姓痛苦，却无处可诉。

王章任三司使负责财政，只知横征暴敛，百姓破身亡家的比比皆是。按照旧制，两税征粮之时，每一斛加收二升，称之为“鼠雀耗”；而王章命令改为加收二斗，相当于以往的十倍。旧制，官库出纳钱物，每贯只给八百文，百姓交税亦是如此，每百文只交八十文，称之为“短陌钱”。而王章规定官府给钱每贯只给七十七文，但是百姓交税每百文仍交八十文。后汉还规定私贩盐、矾、酒曲者，不论数量多少，都是死罪。

中央如此，地方官员上行下效，更加残暴。青州节度使刘铢执法残酷，行刑时，双杖齐下，称作“合欢杖”；他还根据犯人年龄的大小决定杖数，而不问罪之轻重，称作“随年杖”。卫州刺史叶仁鲁在捕盗之时，往往将平民百姓当作盗贼杀戮，或挑断脚筋，弃之山谷，致使这些人“宛转号呼，累日而死”。西京留守王守恩为了聚敛钱财，胡乱收税，就连上厕所、上街乞讨都要交税。甚至连死人的灵柩，如果不交税，也不准出城埋葬。王守恩还放纵部下强抢或偷盗百姓钱财。因此，在五代各朝之中，后汉统治最为残暴，百姓困苦，卖儿贴妇，仍无法度日。不过俗话说物极必反，太平岁月也离得不远了。

2. 汉奸杜重威的下场

刘知远一向与杜重威不睦，刘知远做了皇帝，杜重威自然害怕。天雄军是战略要地，刘知远自然也不肯让杜重威占据，所以刘知远对其他藩镇一概不动，单把杜重威调任归德（今河南商丘南）。杜重威不肯接受调动，便请求契丹大将麻荅（dá）发兵援助。麻荅派将领杨衮率一千五百名契丹兵和幽州兵去魏州支援杜重威，于是恒州城里只剩下八百契丹兵了。

麻荅贪猾残暴，民间有珍货、美女，必夺取之。又抓捕村民，诬以为盗，披面、抉目、断腕、焚炙而杀之。将人的肝、胆、手、足悬于起居之所，竟然谈笑自若。契丹所留兵不满两千，麻荅令有司按照一万四千人的数量供给，其余钱粮全部中饱私囊。因此众心怨愤，听说刘知远进入大梁，汉兵皆有南归之志。

晋兵恨麻荅残暴，早就想反抗了，此时见他兵少，留在恒州的只有八百人，便于闰七月底，以打佛寺钟为号，发动起义。不仅士兵，就连百姓也纷纷参加。但是，起义部队由于没有人统一指挥，非常混乱，当天没有取得决定性胜利。次日（八月初一），麻荅组织反扑，杀死汉民两千余人。后晋前磁州刺史李穀见形势危急，请原后晋宰相李崧、冯道、和凝到前线鼓励士兵。这一招果然见效，义军士气大振，愈战愈勇。这时候，几千农民也闻讯赶来，抢夺契丹人的财物。麻荅不敢恋战，逃往定州。麻荅到了定州，又被定州当地的土豪赶跑。杨衮此时还没有到达魏州，听说麻荅逃走的消息，便带着本部契丹兵回国去了。只有两千多幽州兵来到魏州，帮助杜重威守城。经过这次事变，冯道等人也不用北上契丹了，不久都回到大梁，仍在朝中做后汉的大臣。

刘知远围攻魏州，答应杜重威，如肯投降，可以不死。天福十二年（947年）十一月，魏州粮尽，杜重威被迫出降。刘知远封杜重威为楚国公，任太傅兼中书令。杜重威胁迫后晋军队投降契丹，引狼入室，大梁百姓对他恨之入骨。杜重威出门，百姓都投掷瓦砾，破口痛骂。次年刘知远改元乾祐之后，不满一个月便病死了。他临死之前嘱咐道："对杜重威要多加防范。"宰相苏逢吉等立即诛杀了杜重威和他的三个儿子。市人争相扑向示众的尸体，都要咬上一口，争食其肉，可见百姓对这个汉奸的怨恨之深。

3. 辽国横渡之约

大同元年（947年）十月，辽太宗耶律德光在攻打后晋撤兵途中病死。得知耶律德光的死讯，述律太后神色平静，并无悲伤之色，说："等到契丹诸部平复之后，我再为皇帝举行葬礼。"正当盛年的耶律德光死了，辽国高官贵族们都心怀恐惧。述律太后在听到儿子死讯后的反应更令他们联想起当年她停葬阿保机的往事。他们既恐惧远在都城的皇太后述律平向他们发泄丧子之痛，更恐惧她把所偏爱的幼子、杀人狂耶律李胡推上辽国皇帝之位——焉知朝中的官员将领们是不是又要被这位太后成批地送去殉葬呢！这样的恐惧尤以随耶律德光南征的显贵们为重，因为他们之中的很多人就是述律太后残杀的勋戚之后。不甘坐以待毙的他们决定另奉新主。奉谁为新辽帝呢？所有的人都不约而同地选中了一个人：述律太后的长子耶律倍（东丹王、让皇帝）之子永康王耶律阮。

耶律阮是人皇王耶律倍与契丹妻子所生，因此当耶律倍投奔后唐时，耶律阮母子并没有跟从。而此时他恰好就在耶律德光攻打中原的队伍里。耶律阮之立，是东丹王失位后辽国宗室权力斗争的继续。辽太宗耶律德光在述律太后的支持下当了皇帝，而东丹王耶律倍本为太子却无端失掉了继承权，契丹贵族自然大多数同情耶律倍一方。当年辽太宗即位时，述律太后又曾杀害了一批持不同意见的契丹贵族，军中诸将担心悲剧重演，也希望拥立东丹王之后，并欲借此机会为先人复仇申冤。耶律阮同其父一样仰慕中原文化，能任用晋朝降臣，因此得到汉臣的拥戴，在军中和朝中都有众多的拥护者。

耶律德光病死的第二天，耶律阮便在众人的拥戴下，在镇阳（河北正定）于耶律德光灵柩前正式即辽国皇帝之位，随即又册立从后晋宫中得到的汉族宫女甄氏为皇后。甄氏是辽朝唯一打破了萧氏为后族传统的女人，也是辽国唯一的汉族皇后，比耶律阮大整整十岁，生下儿子叫作只没，封宁王。

耶律阮即皇帝位的消息很快就传到述律太后耳中。述律太后一心想要立耶律李胡为皇帝，闻讯后勃然大怒，立即派耶律李胡率兵“讨逆”。在述律太后的支持下，李胡率军从上京（今内蒙古昭乌达盟巴林左旗南波罗城）南下，与兀欲（耶律阮）军战于南京（今北京市）附近。兀欲所带军兵是辽军主力，李胡不敌败走。兀欲率军追击。

听闻李胡战败，述律平怒火更盛，亲自整顿兵马，和李胡一起率部来到上京城外的潢河（今西拉木伦河）岸边，准备和孙子决战。闰七月，两军在潢河的横渡之地隔河对峙。李胡拘押兀欲臣僚家属，扬言：“我战不克，先殪（杀死）此曹！”众人相顾曰：“若果战，则是父子兄弟相夷矣！”

此时耶律屋质正在跟从太后。耶律屋质是契丹皇族和重臣，他性格简约沉静，富有器量与见识，性重然诺，辽国两度王位更替他都立下了汗马功劳，挽回了国家气运，后来被封为“北院大王”，称“于越”（有辽一朝，于越仅有三人得封）。看到一场血腥的残杀即将在辽朝皇室内部展开，形势异常危急，耶律屋质置自身安危于不顾，挺身而出。

在开战之前，耶律阮给述律太后写了一封书信，以试探太后。太后得书，以示耶律屋质。屋质读毕，对太后说道：“太后佐太祖定天下，故臣愿竭死力。

若太后见疑，臣虽欲尽忠，得乎？为今之计，莫若以言和解，事必有成；否即宜速战，以决胜负。然人心一摇，国祸不浅，惟太后裁察。”

太后说：“我若疑卿，安肯以书示汝？”屋质对曰：“李胡、永康王皆太祖子孙，神器非移他族，何不可之有？太后宜思长策，与永康王和议。”太后曰：“谁可遣者？”对曰：“太后不疑臣，臣请往。万一永康王见听，庙社之福。”于是述律太后派遣耶律屋质给耶律阮送信。

耶律屋质来到耶律阮营中，耶律阮遣宣徽使耶律海思复书，辞多不逊。耶律屋质进谏说：“书意如此，国家之忧未艾也。能释怨以安社稷，则臣以为莫若和好。”耶律阮答道：“彼众乌合，安能敌我？”耶律屋质说：“一旦兴兵，即使大王您打赢了，却也难免骨肉相残。何况如今胜负还未定？就算大王您胜了，被太后和李胡扣押的人质岂不是先要送命？还是请您和太后讲和吧。”耶律阮左右这才知道家眷尽数成了述律平的人质，不禁大惊失色，纷纷附议。耶律阮沉思良久，问曰：“若何而和？”屋质对曰：“与太后相见，各纾忿恚，和之不难；不然，决战非晚。”耶律阮深以为然，遂遣海思诣太后约和。往返数日，议乃定。

耶律阮和祖母述律太后终于在几天后见面了。一见面，祖孙俩就大吵起来，彼此都没有一句好话。史载：“始相见，怨言交让，殊无和意。”太后对屋质说：“你来为我主持公道。”屋质进曰：“太后与大王彼此释怨，臣才敢开口。”述律太后应允道：“你尽管说。”

屋质借来身旁谒者的算筹拿在手中，向述律太后发问道：“当初人皇王封为太子，为什么太后却要改立太宗呢？”太后曰：“立嗣圣者，太祖遗旨。”屋质转而又向耶律阮发问:“大王你为何擅自即位,不禀尊亲？”耶律阮怒气冲冲地说:“我父亲当初本应立为国主，却因为这个尊长而不得立，所以我如今不愿禀报。”

屋质听了祖孙双方的言辞之后，正色道：“人皇王舍父母之国而奔唐，世上有这样做儿子的？大王对此却没有一丝愧意，反倒唯怨是寻！至于太后，你为了自己的私心偏爱，就假托先帝遗命，妄授神器，还至今不肯承认。你们这样还想讲和？赶紧开战是正经！”屋质说着就丢下手里的算筹拂袖而去。

这恐怕是述律平第一次听见别人明明白白地指责自己的重大过失。眼看着四面楚歌，她虽然凶残，却也不禁又急又愧，流着眼泪说："当初太祖遭诸弟之乱，天下荼毒，疮痍未复，我怎敢因为自家争夺帝位而使国家再遭兵乱？"于是索取一支算筹拿在手中。眼看祖母态度软了下来，耶律阮也表态道："我父亲以太子身份而失去国主地位，尚且不曾兴兵征战，如今我怎么能做他不肯做的事情？"亦取筹而执。左右感激，大恸。

迫在眉睫的一场内战总算是在剑拔弩张的关头平息了。不过，虽然放弃了兵戎相见，述律平仍然不甘心将帝位传给长孙。回到自己的营帐后，她又对屋质说："议既定，神器竟谁归？"屋质的态度非常明确："帝位授给永康王，则能顺天意得人心，复何疑？"

述律平身边的李胡一听立即变了脸色，厉声喝道："有我在，他休想称帝！"屋质平静地回答："按照礼法，传嫡不传弟。当年太宗取代人皇王称帝，尽管他文武兼备，人们仍然纷纷非议，惹出偌大事端。何况你暴戾残忍不得人心，强求帝位的话，人们何止是怨言呢！如今众望所归，都愿意拥立永康王，已是定局不可扭转。"述律平权衡利弊，不得不面对现实，她看着李胡叹息道："汝亦闻此言乎？汝实自为之！"

随后，述律平又和耶律阮达成了正式的"横渡之约"，承认耶律阮称帝，罢兵同返上京。耶律阮谓屋质曰："汝与朕属尤近，为何反助太后？"屋质对曰："臣以社稷至重，不可轻付，故如是耳。"这一年的耶律屋质，刚刚三十二岁。

耶律屋质真乃社稷之臣。几年之后，到了公元 951 年，辽国又起耶律察割之乱，耶律屋质再一次力挽狂澜，咱们后面再说。

4. 后蜀复前蜀疆土

后蜀广政十年（947 年），也即后汉天福十二年、辽大同元年正月，辽灭后晋后，原来后晋的雄武节度使何重建杀辽使，以秦（今甘肃秦安西北）、阶（今甘肃武都东南）、成（今甘肃成县）三州降后蜀。二月，后蜀秦州宣慰使李继勋、兴州刺史刘景攻拔固镇（今甘肃徽县）。何重建请求后蜀军与成、阶兵共同拒守散关（今陕西宝鸡西南）以取凤州（今陕西凤县），后蜀调三万七千山南兵援助，何重建等攻凤州，不克。三月，后蜀又诏山南西道节度使孙汉韶往凤州行营，以防失去固镇，而切断通兴州（今陕西略阳）的道路。孙汉韶率二万军队屯于固镇，攻凤州。四月，后晋凤州防御使以州降后蜀，于是后蜀尽有秦、凤、阶、成之地，复前蜀疆土。

5. 南唐痛失良机

上文提到，契丹大军灭亡后晋之后，在中原地区烧杀抢掠，激起中原人民的反抗。契丹无力控制中原，于是北撤而去。在这之前，一些原来后晋的将士不甘心受契丹统治，相继率军南下投奔南唐。淮北抵抗契丹的诸部义军也纷纷归顺南唐，请求南唐发兵北上，恢复中原。这种局面正是南唐先主李昪苦苦等待的北伐中原的绝好时机。可是此时的南唐正陷入伐闽战争的泥潭之中，无力北顾，从而坐失了千载难逢的时机。中主李璟自己也叹息道："伐闽之役使军力疲惫，财用全无，安能抗衡中原乎！"

次年五月，李璟得知契丹已经弃中原而北撤，连忙下诏任命忠武节度使李金全为北面行营招讨使，准备进军中原。次月，得知原后晋的河东节度使刘知远已经率军进入汴梁，建立后汉王朝，只得又放弃了北上的计划。可见此时的南唐只想乘虚而入，一旦中原有主，便不敢与之争锋了。

第二节

后汉高祖刘知远崩，陕西山西三镇连叛（948 年）

1. 刘知远崩

后汉乾祐元年（948 年）正月，后汉高祖刘知远病重，顾命于苏逢吉、杨邠、史弘肇、郭威等人，并嘱谨防杜重威。二十七日，刘知远崩，年五十四岁。苏逢吉等秘不发丧，以诏杀杜重威。二月初一，立皇子刘承佑为周王、同平章事。不久，发丧，宣遗制，周王刘承佑即皇帝位，即后汉隐帝。

隐帝即位之时，年仅十八岁，年幼无知，在朝中重臣眼中更是无足轻重。

这些武夫悍将，个个专横跋扈，议论朝政时大呼小叫，根本不把皇帝放在眼里。这是这位少年皇帝所难以忍受的。

2. 后汉三镇连叛

乾祐元年（948 年）真是个多事之秋。陕西凤翔的王景崇、永兴（在今西安）的赵思绾、河中（今山西永济蒲州镇）的李守贞几乎同时举兵反汉。其中，李守贞是后晋宿将，势力最强；赵思绾是赵延寿旧部，奉调进京，路经永兴，发动兵变；王景崇原本是刘知远的亲信，因朝廷听信谗言而图谋割据。这次战争，南唐和后蜀也卷了进来。这段历史实在很乱，我试着给大家说说清楚。

先说蜀主孟昶，他在继承孟知祥之位以后，除去权臣李仁罕、张业，国内太平，十年无事。辽国灭晋之后，后晋雄武节度使何重建不愿做胡虏之臣，于是举秦、成、阶三州之地降蜀。孟昶于是想要并吞关中，便派山南西道节度使孙汉韶等人攻下凤州。此时，晋昌军节度使赵匡赞（治长安，今陕西西安）本是赵延寿之子，担心自己也不能保全，于是秘密派遣亲吏赵仙奉表归蜀。蜀主孟昶大喜过望，又派遣枢密使王处回招降后汉凤翔节度使侯益，并遣侯益在秦州时的旧部、绵州刺史吴崇恽厚赠礼币，于是侯益也应允归降后蜀。

蜀主孟昶派中书令张虔为北面行营招讨安抚使，宣徽使韩保贞为都虞候，率兵五万，取道散关，支援赵匡赞。孟昶又令何重建为副使，取道陇州，与张虔等人会师，一同赶往陕西凤翔。又令都虞候李廷珪统兵两万，出子午谷，声援长安。

但是事情很快起了变化。先说赵匡赞这边。赵匡赞的节度判官名叫李恕，原本是赵延寿的幕僚，深受赵延寿信任，就连赵延寿的家事也多有参与。后来赵匡赞出镇，赵延寿就让李恕辅佐赵匡赞。到了此时，李恕劝说赵匡赞说："燕王（赵延寿被辽封为燕王）入辽，非所愿也。如今后汉刚刚建国，必定对藩镇采取怀柔政策，您若泥首归朝，必保富贵。如果狼狈入蜀，理难万全。如果将来不为后蜀所容，后悔无及。您如果能采纳我的忠言，请让我先入朝，为您申理。”赵匡赞于是遣李恕诣阙。当时刘知远尚未去世，刘知远见到李恕，问赵匡赞何以附蜀。李恕答道：“赵匡赞家在燕蓟，身受契丹之命，自怀忧恐，谓陛下终不能容，招引西军，盖图苟免。臣意国家甫定，务安臣民，所以令臣乞哀求觐。”刘知远说道：“赵匡赞父子本是朕的故交，事契丹出于不幸。今闻延寿落于契丹陷阱，我怎么会忍心不容赵匡赞呢？”这边赵匡赞担心蜀兵来到，自己反而难以脱身，于是不待李恕返回，就离开长安去往大梁。后汉即命赵匡赞为左骁卫上将军，徙李恕为邠州判官。

再说这边的侯益。刘知远得知侯益降蜀，立即派遣客省使王景崇率禁军数千，倍道兼程到凤翔召侯益入朝。当时刘知远已经病危，将王景崇召至卧内，对他说：“侯益表面上顺从朝廷，实则早有二心。你去岐州召他入朝，如侯益来朝，即置勿问；如其迟疑不决，即可便宜行事。”于是王景崇至长安，合岐、雍、邠、泾之师，大破蜀军。

在这期间，后汉晋昌节度使赵匡赞、凤翔节度使侯益反复于后汉、后蜀之间。到了乾祐元年（948年）正月，赵、侯二人复降后汉。也就是在这一月，刘知远驾崩，隐帝刘承佑即位。

王景崇告捷之后，朝廷下诏以王景崇兼凤翔巡检使。王景崇立即率兵赶往凤翔，侯益开城门将王景崇迎入。此时刚好刘知远的死讯传来。王景崇本来打算诛杀侯益，忽闻刘知远驾崩，担心继位的汉隐帝刘承佑不知道刘知远有诛杀侯益的密旨，因此在处置侯益的问题上犹疑不定。有人劝王景崇杀侯益，王景崇叹道：“先帝之前叫我便宜行事，此事只有我和先帝知道，而嗣皇帝（指隐帝刘承佑）并不知情。我若杀死侯益，反而会有擅权之嫌。我也只能先密奏朝廷，再作打算。”

另一边，侯益心中不宁，于是派王景崇的同乡、从事程渥去游说王景崇。见面之后，程渥说：“您已经官至高位，应该知足了，何必怀害人之心，做过分之事？何况侯益亲戚爪牙十分众多，惹是闹出事情，你的灾祸也不远了。”王景崇闻言大怒，道：“你赶快滚开，别为侯益游说，再胡说，吾将族尔。”侯益听说王景崇根本不听程渥的游说，心中甚为恐惧，当日即率数十骑奔入朝中。后汉隐帝刘承佑派侍臣问侯益暗中联结蜀军之由，侯益道：“臣欲诱之出关，掩杀之耳。”史载，隐帝笑之。看来刘承佑的谎言实在幼稚可笑，连隐帝这样的少年也不相信侯益这种自欺欺人的说法吧。

侯益见到皇帝那神秘的笑容，当然感觉危险正在向自己逼近。于是侯益拿出金银财宝贿赂朝廷重臣。朝中大臣接受了侯益的钱财，纷纷为侯益辩解说情，侯益不但没有获罪，反而被封为开封尹，兼中书令，不久又封为鲁国公。侯益又买通史弘肇等人，四处散播谣言，于朝廷之上极力诋毁王景崇，说王景崇骄横跋扈。王景崇听到消息后心中难以自安。

三月，后汉派供奉官王益到凤翔，征调当初随王景崇西征的赵匡赞牙兵入朝。牙兵军校赵思绾很不安，又被王景崇激了几句，心中愈加发慌。赵思绾率军随供奉官王益出发后，对手下大将常彦卿说：“赵公（赵匡赞）已入人手，吾属至，并死矣，奈何？”常彦卿答道：“事至而变，勿预言也。”

王益和赵思绾一行人走到长安（当时长安已经称作永兴军），节度副使安友规和巡检使乔守温出城迎接王益，并摆好酒席。赵思绾道：“将士们驻扎在城东，然而将士家属却皆居城中。请允许将士们暂时入城，携家眷一起到城东住宿。”安友规等人不知是计，又见赵思绾等将士没有铠甲兵器，于是就乐得卖个人情，爽快地答应了。

赵思绾率领手下驰入西门，见到州校坐守门旁，腰剑下悬，于是瞅准机会，突然向前伸手夺下州校腰剑，挥剑一斩，杀死守门州校。随即号令党羽一起动手，没有武器就从附近随手抄起木棍，一时间杀死十几个守门士兵。然后关上城门，进入府署，打开兵器库，取出铠甲兵器分发给部众，分派把守各城门。安友规等人尚在城外，听说城中事变，人人惊慌失措，纷纷逃之夭夭。王益也连忙逃走，不知去向。于是赵思绾占据长安城，招募城中壮士修缮城池。

这边王景崇不去讨伐赵思绾，反而暗示凤翔军民上表，请求让自己掌管凤翔军府之事。刘承佑与众臣商议，拒绝了凤翔的请求，另外调任邠州节度使王守恩为永兴节度使，陕州节度使赵晖为凤翔节度使，调王景崇为邠州留后（代理节度使），并命令王景崇即日赴镇。

王景崇迁延观望，不肯启程。正在这时，李守贞也蠢蠢欲动了。后汉护国军节度使（治今山西永济东）李守贞曾与杜重威一起于军前降契丹，杜重威被诛，李守贞因惧而怀异志。李守贞偷偷招纳亡命之徒，整治城池，修缮甲兵，昼夜不息。赵思绾占据长安后，向李守贞奉劝进表文，并献上御衣。李守贞遂自称秦王，派兵守潼关，以赵思绾为晋昌节度使（将长安的永兴军改成晋昌军）。

后汉朝廷得知军报后，四月，以澶州节度使郭从义为永兴军行营都部署，领兵讨伐赵思绾；削李守贞官爵，以邠州节度使白文珂为河中行营都部署，率军讨伐李守贞。

六月，王景崇降于后蜀，同时又接受李守贞的官爵。侯益在城中的亲属七十余口都被王景崇诛杀。七月，新授凤翔节度使赵晖向后汉奏明王景崇反状，请兵讨伐。

河中、凤翔与永兴（长安）三镇相继而叛，后汉发兵分别征讨。但讨河中与讨长安的将帅不相容，自春至秋不肯攻战。八月，后汉命郭威为西面军前招慰安抚使，节度诸军。

3. 高保融知荆南

后汉乾祐元年（948 年）十月，荆南节度使、南平王高从诲卒，其子高保融知荆南留后。

4. 南汉刘弘熙攻楚

南汉乾和六年（948 年），也即后汉乾祐元年八月，南汉中宗刘弘熙派人求婚于楚，楚王马希广不许。十二月，南汉以内常侍吴怀恩为西北面招讨使，与巨象指挥使吴珣领兵攻楚贺州（今广西贺州八步区南），入城。楚派徐知新、任廷晖率五千兵救援。楚军未至之时，南汉已经攻下了贺州。南汉军在城外凿陷阱以待，陷阱之上覆盖薄薄的竹片，再铺土于上；陷阱内设有机括，自壕堑内穿穴通于井中。楚军到来后开始攻城，南汉引发机括，楚军悉数落入陷阱。趁楚军大乱之际，南汉出兵猛攻，楚军死伤数千人，损失惨重。徐知新等人逃回，被马希广处斩。南汉军又掠昭州（今广西平乐西）而回。

第三节

雄主郭威领兵平叛，闽留从效节度二州（949 年）

1. 雄主郭威

上文讲到，后汉三镇连叛，天下扰动。后汉命郭威为西面军前招慰安抚使，节度诸军，统一指挥平叛战争。郭威（904—954 年），未来的后周太祖，此时官拜后汉的枢密使，掌管全国兵权。为了各位读者有个整体连续的概念，请允许我在这里，先把郭威的以往事迹简要说说。

《新五代史》记载说，周太祖少贱，黥其颈上为飞雀，世谓之郭雀儿。

看来郭威先生在一千年前就已经引领时代风尚，在脖子上做了一个别致的飞雀文身，被当今的少男少女所效仿。

郭威的父亲郭简，早年间担任晋王李克用的顺州（今北京顺义）刺史，后来被割据幽州的刘仁恭所杀。郭威此时刚刚几岁，随母亲王氏前往潞州。可怜王氏在路途中又不幸辞世，于是郭威依靠姨母常氏提携抚育，始得成人。

郭威十八岁时，泽潞节度使李继韬招募兵士，郭威前去应招，被李继韬留在身边做牙兵。郭威身材魁梧，勇力过人，李继韬很欣赏他，有些小的过失也时常迁就。郭威好斗，喜欢赌博，又好喝酒，但有时也喜欢打抱不平。

一天，郭威又到街上闲逛，有一个屠户凭借勇力欺行霸市，无人敢惹。此时的郭威刚刚喝了点小酒，径直走到屠户跟前，让他割肉。屠户也知道郭威不好惹，就耐着性子按照郭威的要求割起肉来。郭威随后又说这个屠户肉割得不对，故意找碴。屠户终于忍不住了，就扯开衣服用手指着肚子说："有胆量你就照这儿捅一刀！"郭威抄起刀子就捅了进去,结果屠户一命呜呼。（难道是《水浒传》里面鲁提辖拳打镇关西的原型？）史载"一市皆惊"。

郭威被抓进了监狱，李继韬佩服他的勇气和胆量，又将他放了。后来，李继韬被李存勖派兵攻灭，郭威被收编进了后唐军队，进入了庄宗李存勖的亲军"从马直"，此后郭威因为通书算而补为军吏。郭威好读《阃外春秋》，略知兵法，逐渐升任为侍卫军使。后汉高祖刘知远当时担任侍卫亲军都虞候，对郭威颇为喜爱。此后刘知远担任节度使，就将郭威作为心腹。

天福十二年（947 年），刘知远在山西称帝，建立后汉。不久，攻下大梁，定为都城。郭威帮助刘知远称帝有功，升为枢密副使、检校司徒，成为统率大军的将相。不久，后汉高祖刘知远病逝，郭威和苏逢吉同受顾命，拥立后汉隐帝刘承祐。郭威官拜枢密使，掌管全国的兵权。

此时后汉朝廷派郭威出马，去平定叛乱。大军到了华州（今陕西省渭南市华州区境内），郭威与诸将商议军情，当时诸将大多数主张先讨伐永兴赵思绾、凤翔王景崇为好。郭威一时难以决断。此时，镇国节度使扈彦珂进言道："三叛连衡，推李守贞为主，宜先击河中；河中平，则永兴、凤翔失势，两镇自破。如果舍近而攻远，万一王景崇、赵思绾逆战于前，李守贞出兵其后，腹背受敌，为之奈何？”郭威对扈彦珂的话深以为然。于是，郭威听取镇国节度使扈从珂的建议，以李守贞为首要征讨对象。李守贞一旦灭亡，另两镇自然可破。

郭威兵分三路，从陕州（今河南陕县）、同州（今陕西大荔）、潼关分道进攻河中李守贞。兵到河中后，诸将想要马上攻城，郭威说：“李守贞乃是前朝宿将，屡立战功，非等闲之辈。而且此城紧邻大河，楼堞顽固，易守难攻。现在攻城，就是将士兵投于汤火之中。勇有盛衰，攻有缓急，我们不如设长围而守之，将其与外界隔绝。我们洗兵牧马，温饱有余。待到城中粮尽，然后再发起猛攻以逼之，同时飞羽檄招降。他的将士必定脱身自保，土崩瓦解。赵思绾、王景崇，只需分兵牵制，不足虑也。”

于是郭威发诸州民夫二万余人，挖长壕筑连城，将河中紧紧包围，自己则以逸待劳，只沿河设哨卡火铺，连延数十里，以步卒守之。又遣水军乘舟巡逻，有潜水渡河者，全部擒获。郭威又与士卒同甘共苦，稍微有功的立即赏赐，稍微有伤的亲自探视，而且对待士兵宽厚仁慈，史载“违忤不怒，小过不责”。

李守贞自以为朝廷禁军曾经在其麾下统领，自己对士卒有恩，而且刘知远的后汉施行严刑峻法，因此到了阵前，朝廷的军队一定会倒向自己一边。可是郭威已经收服了士卒之心，到了城下摇旗呐喊，踊跃向前，李守贞再一次失算了。

面对郭威的进攻，李守贞虽几次想突围，均被挫败。相持日久，城中粮草俱尽，李守贞派人求救于南唐、后蜀、辽，信使也均被后汉巡逻兵捉获。城中粮尽，饿死的越来越多。李守贞手下有两个奇人，一个是狂士舒元，一个是嵩山道士杨讷。他们二人乔装改扮，居然混出重围，来到金陵向南唐求救。中主李璟起初犹豫不决，但是在大臣们的怂恿之下最终还是出兵了。但是此次出兵劳而无功，南唐军队走到沂州之时，见到后汉阵法严密，无隙可乘，就班师回去了。

为了突围，李守贞又出奇招。他派人悄悄潜出城，在村中卖酒。碰到后汉巡逻的骑兵，就低价卖酒，有的甚至直接赠送。后汉的巡逻兵贪酒，在巡逻时都醉醺醺的，所以李守贞的河中兵能够潜行到后汉营寨附近，有几次后汉营寨险些失守。郭威于是下令："将士非犒宴，不得私自饮酒。"郭威麾下有爱将李审，一天早晨忍不住喝了少量的酒，被郭威得知。郭威怒道："你是我的帐下亲军，首违军令，我又如何约束众人！"于是立斩李审。从此军中肃然。

到了乾祐二年（949 年）四月，李守贞城中食尽，已经饿死一半人口。李守贞几次突围均为郭威所败，手下将士投降后汉者相继于道。至七月，郭威猛攻河中，百道俱进，克其外城，李守贞退守子城，与妻、子自焚而死。自此河中李守贞被平定。平定李守贞后，郭威在城内翻阅李守贞的往来文书，见朝廷权臣与部分藩镇与李守贞交通往来的书信，本想上奏朝廷。秘书郎王溥进谏道："魍魉鬼怪都是乘夜而出，太阳出来自然消散。请您将这些书信一律焚之，以安众心。"郭威从之。王溥建议与三国曹操灭袁绍时，焚其书信略同。此后王溥也成为郭威的主要谋臣。

再看长安赵思绾这边。赵思绾长安城中自五月已断粮。赵思绾无计可施，于是招募死士挖掘地道，准备投奔后蜀。手下判官陈让能劝道："您与朝廷本来没有冲突，不过因为惧罪而困守于此。今国家用兵三方，劳敝不已，如果您诚能幡然效顺，率先自归，以功补过，庶几有生；若坐守穷城，待死而已。"赵思绾也深以为然，于是命教练使刘珪前往郭从义营中乞降，并派牙将刘筠奉表于朝廷。于是，后汉任命赵思绾为检校太保、华州留后，让其尽快赴任。七月，赵思绾释甲出城受诏，却迟留不行，三次更改行期。

郭从义与王峻商议说："狼子野心，终不可信，不如尽早除去，以绝后患。"王峻认为应当禀报郭威再做定夺。于是郭从义派人到河中行营请示郭威，郭威表示同意。于是郭从义杀赵思绾及其父兄、部曲三百多人。可怜长安城中，原有十余万人，此时只剩下一万多人。

再说凤翔方向。后蜀的援军被后汉赵晖击退。十月，王景崇两度出兵均被赵晖击败，从此退守城中不出战。蜀主孟昶派山南西道节度使安思谦领兵救凤翔，在宝鸡与后汉军交战，宝鸡城二度易手。后汉派兵增援，安思谦遂退屯凤州（今陕西凤县）。十二月在王景崇的一再催促下，后蜀命安思谦再度出兵救援，后来中途因军粮食尽而退兵。后汉先后平河中李守贞、长安赵思绾二镇，赵晖遂猛攻凤翔。十二月，王景崇举族自焚，其部下公孙辇、张思谏等以州降。后汉经近两年时间平定三叛。

这里有段奇闻，请允许我多啰唆几句。郭威攻破河中，入城之后进行查验，发现少了李守贞的儿子李崇训。于是再次命军士入府搜捕。李崇训没有找到，却见一个夫人安然端坐于堂上。军士上前要一看究竟，那妇人说道："郭公与我父亲是故交，尔等莫要冒犯于我。"于是众人报告郭威，并将妇人带到郭威面前。郭威见得此人好生面熟，却一时想不起来。原来那妇人正是名将兖州节度使魏国公符彦卿之女。符彦卿勇而有谋，善于用兵，于戚城、阳城、定州诸战役中多次与契丹交战，名震敌国。他待下有恩，谦恭礼士，此后三个女儿分别做了周世宗和宋太宗的皇后。郭威听那妇人道来家世，大喜道："原来是世侄女，让你受惊了。我这就送你回家。"那么符彦卿的女儿又为何会在此处呢？原来之前符彦卿的女儿嫁给了李守贞的儿子李崇训为妻，李守贞造反之前，曾经找来术士算命。李守贞叫出家眷，让她们每人说几句话。轮到李崇训的妻子符氏发言，术士不禁叹道："真是大福大贵，日后一定母仪天下。"李守贞听说自己的儿媳妇能够母仪天下，那么自己当然能够做皇帝了，于是决心造反。殊不知那符氏后来做了周世宗柴荣的皇后，术士算得不错，是李守贞理解错了。当然，这也可能是后人传说的戏言。

2. 郭威以"头子"易帅

五代枢密使权重，由枢密使直接下达的文书称"宣"，犹如中书所下之敕；

小事则发“头子”，如后世的堂帖。枢密使郭威统军平定河中李守贞之叛后，于乾祐二年（949 年）八月回师经过洛阳。洛阳两京留守王守恩为人贪财好聚敛，又自恃位兼将相，对郭威颇为失礼，居然乘坐肩舆出迎。郭威大怒，当即以头子任命随征的保义节度使白文珂代王守恩为留守。郭威以一枢密使头子更易大臣，有如更戍卒。而后汉朝廷亦不问，以白文珂兼任侍中，充西京留守。

3. 留从效节度泉、南二州

南唐保大七年，也即后汉乾祐二年（949 年），南唐南州（原名漳州，今属福建）副使留从愿鸩杀刺史，据南州附弟留从效。南唐不能制，开泉州为清源军，以留从效为节度使。留从效遂据有泉、南二州。

第四节

周太祖郭威灭汉，楚王国群驹争槽

（950 年）

1. 宴会上的争斗

后汉的新贵将相大多出身低微，而且苏逢吉、史弘肇、杨邠等人相互忌恨，钩心斗角，甚至到了势同水火的地步。

史弘肇行伍出身，性格刚烈勇猛。杨邠和三司使王章都是魏州小吏出身，杨邠还做过专门盘剥百姓的后唐租庸使孔谦的属员，这两个人都有些才干，可是不识大体。史弘肇、杨邠和王章三个人有一个共同的特点，就是不喜欢文官。史弘肇认为文人看不起他，成见很深。杨邠认为除了兵、财之外，其他都没什么用处。王章嫌弃文人不会算账（三司使主管财政），觉得对国家没什么用处。当时，苏逢吉、杨邠、史弘肇虽然同时掌权，苏逢吉总算是个文人，于是杨邠和史弘肇就与他互相排挤。史弘肇和王章也有矛盾。

乾祐三年（950年）初夏，边疆奏报辽军入境，横行河北。隐帝召集群臣商议，决定派枢密使郭威出镇邺都，督率各道抵御辽军。史弘肇提出一个建议，说郭威虽然出镇邺都，仍可兼任枢密使。苏逢吉认为没有先例，辩驳反对。史弘肇愤然道:"想要成事,必掌其权,为何非要依旧例？况且兼领枢密，才能使诸军畏服。你一个文臣，怎会晓得战场上的事情？"苏逢吉不敢再与史弘肇争辩，退朝之后对身边人说道："以内制外，诸事才能顺利进行。现在反而用外制内，我看离祸乱不远了。"第二日，朝廷颁诏，授郭威邺都留守、天雄军节度使，仍兼任枢密使，有权支配河北一切钱粮兵马。

次日，宰相窦贞固为郭威设宴饯行，并邀集当朝权贵。大家各敬郭威一杯酒，然后回到座位。史弘肇见苏逢吉正好坐在自己身旁，就斟满酒杯，对郭威大声说道："昨日朝堂之上各有争议，小弟为郭兄满饮此杯！"说罢，一饮而尽。苏逢吉也举杯道："彼此都是为了国事，请不要介意！"杨邠也举杯附和。此时史弘肇又大声说道："安朝廷，定祸乱，全靠长枪大剑，毛锥子安足用？""毛锥子"是毛笔的别名，三司使算账也要用笔，这句话说得实在不合适，打击面太广。因此掌管财政的三司使王章在一旁冷冷地说道："无毛锥，则财赋从何处出？"噎得史弘肇无言以对，彼此心中自然不快。

后汉隐帝即位时，朝政由几位顾命大臣分掌，同平章事杨邠总机政，枢密使郭威主征伐，中书令史弘肇典宿卫，三司使、同平章事王章掌财赋。隐帝所宠幸的近侍聂文进、郭允明、阎晋卿、后匡赞等人久不迁官，颇怀怨望。太后的亲戚干预朝政，也屡为杨邠等人所抑。太后的一个故人的儿子，请求补任一个军职，史弘肇非但不答应，还找个缘故将其斩首示众。还有太后的弟弟李业，原来担任武德使，掌管内帑（皇家内库）。后来宣徽使出缺，李业私下找到姐姐李太后，请求升补。李太后转托隐帝，隐帝向杨邠和史弘肇提出要求。杨邠和史弘肇异口同声地反对说："内使升迁应该依次进行，不可超拔外戚，扰乱朝纲！"隐帝和太后只好作罢。隐帝的宠臣客省使阎晋卿依次应当升任宣徽使，很久也没有补任。枢密承旨聂文进、飞龙使后匡赞、茶酒使郭允明，都是隐帝宠臣，也始终得不到提拔。这些人心中怨恨，渐起杀机。

一次，隐帝赏赐伶人锦袍玉带，史弘肇得知后，当面斥责这些伶人道："士兵守边苦战，也未曾得到这等赏赐，你们有何功劳，也配享用这些东西？"隐帝宠爱一位耿氏女子，想要立她为后，便与杨邠商议此事。杨邠认为立后尚早。可是耿氏不久便病故了，隐帝伤心不已，想以皇后之礼安葬耿氏。杨邠也从中阻挠，使隐帝未能如愿。于是君臣积怨越来越深。

随着隐帝年纪渐大，越来越不愿受制于大臣，而杨邠、史弘肇等在与隐帝商议国事时，却称"陛下但禁声，有臣等在"。这哪里还有一点君臣之礼？隐帝心中更加不平，嘴上不说，但是杀机已起。

宰相苏逢吉与史弘肇不合，多次对不满史弘肇的李太后之弟李业以言语相激，挑拨太后的弟弟李业铲除史弘肇。于是，李业与聂文进、后匡赞、郭允明等人定好密计，上奏隐帝计划诛杀杨邠等人。议定后，他们又将此事入白太后。太后还是个明白人，反对道："兹事体大，何可轻发！应该与宰相商议。"李业当时在旁，说道："先帝曾经说过，朝廷大事不可与书生谋议，书生怯懦误人。"太后仍不同意。隐帝怒道："国家之事，非闺门所知。"言罢拂衣而出。

李业等人将此事告知阎晋卿，阎晋卿得知此事后，担心谋事不成，反会招来大祸，急忙去史弘肇的府邸求见，想要通告史弘肇。史弘肇却以事忙为由，命门吏谢绝了阎晋卿，阎晋卿无奈，只得回去了。

乾祐三年（950年）十一月，隐帝乘上朝之际，在殿上埋伏甲士。杨邠、史弘肇、王章入朝，刚到广政殿东庑，便被甲士所杀。隐帝以谋反罪杀杨邠、史弘肇、王章，并收捕三人亲戚、同党、仆从，尽杀之。隐帝又派遣供奉官孟业携密诏赴澶州和邺都（今河北大名东北），令镇宁军节度李洪义诛杀侍卫步军指挥使王殷（王殷与史弘肇相厚），令邺都行营马军都指挥使郭崇威、步军都指挥使曹威诛杀宣徽使王峻、郭威及监军等人。又急征天平节度使（治郓州，今山东东平西北）高行周、平卢节度使（治青州，今山东益都）符彦卿、永兴节度使（治长安，今陕西西安）郭从义、泰宁节度使（治兖州，今山东）慕容彦超、匡国节度使（治同州，今陕西大荔）薛怀让、郑州防御使吴虔裕、陈州刺史李榖等镇诸帅入朝。一时中外人情忧骇。

隐帝又以苏逢吉权知枢密院事，前平卢节度使刘铢权知开封府，侍卫马军都指挥使李洪建权判侍卫司事，内侍省使阎晋卿权侍卫马军都指挥使。

苏逢吉虽然厌恶史肇弘，但并未参与李业等人的密谋，闻变惊愕不已，私下对人说："此事太为仓促，主上倘或有一言问我，必当不至于此。"李业又命刘铢诛灭郭威、王峻之家。刘铢极其惨毒，满门杀光，婴儿不免。郭威在大梁的家属被全部杀死，也包括郭威尚在襁褓中的儿子。《新五代史》载："婴孺无免者。"

隐帝的使者到达澶州后，命李洪义诛杀王殷。不料李洪义反以诏书密示王殷，王殷当即派人向郭威告急。

隐帝把"党羽"的范围定得太宽，大将郭威很难说和史弘肇有什么特殊关系，却也被列于党羽之内。隐帝又不顾郭威领兵在外，把郭威在大梁的家属全部杀死，还发密诏让郭威的部下谋害主帅。密诏事泄，郭威的部将都认为这是天子的"左右群小所为"，于是引发郭威举兵。

2. 郭威举兵

后汉乾祐三年（950 年）十一月，后汉隐帝诛杀大臣杨邠、史弘肇、王章，又命人密往邺都，令邺都行营马军都指挥使郭崇威、步军都指挥使曹威杀邺都留守、天雄节度使郭威及监军王峻。

郭威闻讯后，召入郭崇威、曹威及大小三军将校，朗声说道："我与诸公披荆斩棘，跟随先帝夺得天下。先帝弥留之际，我亲受顾命，与杨、史诸公苦心经营，废寝忘食，国家才有今日。如今杨、史诸公无故惨遭屠戮，现在密诏又到，要取我与监军首级。故人都已经死去了，我也不愿独生，尔等可以奉行诏书，砍下我的头颅以报天子。这样也不会连累你们！"

郭崇威等人听了，不禁大惊失色，哭着答道："天子年少，一定是左右群小挑唆。末将等愿意随您入朝，铲除鼠辈，以安朝廷。"郭威于是举兵南下"清君侧"，留下养子郭荣镇守邺都。（郭荣本姓柴，是郭威夫人柴氏的侄子，被郭威收为义子。这便是后来名震天下的周世宗柴荣了。）

郭威举兵南下，澶州（今河南濮阳）、滑州（今河南滑县东）迎降。后汉隐帝亦派军往澶州。乾祐三年（950 年）十一月十四日，郭威率兵渡河，后汉隐帝刘承祐派开封尹侯益、保大军节度使张彦超、客省使阎晋卿等率兵抗拒郭威，又派宦官鸗（lóng，姓）脱侦察郭威的动向。鸗脱被郭威军抓住，郭威将表章置于鸗脱衣领之内，命他回去奏告隐帝，如果隐帝把李业等佞臣缚送军中，则郭威自将退回邺都。

鸗脱回到大梁后，隐帝拿着郭威奏章给李业等人看，李业等请求倾府库之财以赐诸军。于是赐禁军每人钱二十缗，下军每人十缗。

南北两军在开封北郊刘子陂相遇。后汉大将慕容彦超轻敌，对隐帝说："陛下来日宫中无事，可来观看臣下破贼。臣不必与之战，大喝几声就可让他们四散奔逃。"两军列阵后，郭威告诫手下说："吾此来是清君侧、诛群小，不是冲着天子来的，你们慎勿先动。"过了许久，慕容彦超引轻骑来战，郭崇威与前博州刺史李荣率骑兵拒之。慕容彦超马倒，几乎被擒获，后汉军连忙撤退，士气大降。南军士气受挫，侯益、吴虔裕、张彦超等率军诸将纷纷暗中联络郭威，士兵也多归顺了郭威北军。慕容彦超与十几名部下逃归本镇兖州。

南军之威，全靠慕容彦超，慕容彦超败归，南军士气大落。汉隐帝与苏逢吉等亲临阵前，所统之众均四处逃散。隐帝等人返回开封，走到玄化门外，城门紧闭，城头上站着开封府尹刘铢。刘铢厉声问道："陛下回来，兵马何在？"隐帝无言以对。忽然弓弦声响，隐帝急忙闪避，身边从吏已应声倒地。隐帝等人急忙掉转马头，向西北驰去。隐帝等人行至赵村，忽然背后尘土大起。隐帝料有追兵，慌忙下马，想躲到百姓家避祸。不料有人背后一刀，隐帝顿时倒地身亡。原来痛下杀手的人正是那茶酒使郭允明，他见追兵来到，本想弑主报功，不承想兵马来到眼前，仔细一看，不是郭威的北军，乃是隐帝的亲军。郭允明见已铸成大错，拔刀一横，自刎而死。事到如此，随行的苏逢吉、阎晋卿等人也绝望自杀。

郭威入汴，纵诸军大掠。后汉太师冯道率百官迎郭威入城。郭威以后汉太后之命，立后汉高祖之侄、河东太守刘崇之子、武宁节度使刘赟为帝，太后临朝听政。

郭威入城后，几个人的下场需要交代一下。

前义成节度使白再荣，在真定之时凌虐百姓，家富于财，如今钱财全部被乱兵所掠。而且士兵们说："某等之前曾经在您麾下，今日无礼至此，有何面目再次相见！"于是斩其首而去。

吏部侍郎张允，家财数以万计，而性格贪吝。他家的财产妻子都不能干预，自己将一串钥匙系于衣下，走路时叮当作响，行如环佩。当晚，张允藏在佛殿藻井之上，乱兵纷纷登上房屋去捉他，人数太多，竟然把屋顶压坏。张允掉了下来，军士掠其衣，张允最后竟被冻死了。

比较牛的是右千牛卫大将军赵凤，他说："郭侍中举兵，是为了诛杀君侧之恶以安国家，这些乱兵鼠辈如同盗贼，并非侍中的本意。"于是赵将军手执弓矢，坐于胡床之上，守在巷口。乱兵有敢上前者，就地射杀。他所居住的里巷赖以得全。

再说那个杀光郭威全家的刘铢，理所应当地被枭首于市。临死之前他对妻子说："我死，汝将为人奴婢乎？"其妻答曰："以你的所作所为，这也是当然的事情了。"但是郭威只杀刘铢而赦免其家，郭威对诸位公卿说："刘铢屠吾家，吾复屠其家，冤冤相报，何时可止。"道理很清楚，但是又有几人能够做到呢？这也是郭威的过人之处。

3. 黄袍加身

后汉乾祐三年（950年）十一月，朝廷接到镇、邢二州急报，辽军南侵，乞求朝廷调兵援救。后汉李太后以自邺入汴的郭威统军对敌。郭威行至澶州（今河南濮阳），将士数千鼓噪，裂黄旗加郭威身，拥立为帝，呼万岁之声动地。（看来郭威早就玩过黄袍加身的套路，此后宋太祖陈桥兵变不过是依样画葫芦罢了。）

郭威全军返回东京（今河南开封），后汉百官出迎，劝进。废刘赟为湘阴公，郭威以后汉太后诰为监国。次年正月，后汉太后下诰，授郭威符宝，郭威即皇帝位，国号周，改元广顺。郭威就是后周太祖。

五代诸朝，以后汉最短，仅有两主四年。

4. 马楚内乱

马楚政权在马希范统治后期开始走向衰落，这与马希范排斥异己、生活奢靡有关。掌权之初，马希范就开始排斥异己，将斗争矛头指向兄弟，首先逼死了马希旺。马希声与马希范本是同日而生，马希声的母亲是袁德妃，马希范的母亲是陈氏。马希范怨恨马希声先立不让，待他掌权之后，便不再礼遇马希声的母亲袁德妃。当时马希声的同母弟弟马希旺做亲从都指挥使，马希范经常找碴刁难马希旺。袁德妃请求马希范让马希旺出家做道士，马希范不许，解除了马希旺的军职，令马希旺居于竹屋草门，不得参加兄弟燕集。

后来袁德妃去世，马希旺忧愤而死。

马希声虽然与马希范同日而生，但是长于马希范，按照马殷兄终弟及的遗命，虽然马希声排挤了“长而贤”的大哥马希振，但是对于马希范而言，马希声的先立并没有违反长幼之序。因此南宋的胡三省说：“楚王殷有子十余人，嫡子希振长而贤，其次希声与希范同日生，希声以母袁夫人有色而宠盛得立，而希振弃官为道士。希声以长幼之序当让希振，未当让希范也。”那么，马希范为什么还要将马希声的同母弟弟马希旺置于死地呢？表面原因好像是马希范对马希声先己而立的怨恨，更深层次的原因可能是马希范担心马希旺对自己构成威胁。

后来，马希范又杀死了自己的兄弟马希杲。马希杲乃是马希范之弟，身兼静江节度使、同平章事，在桂州颇有政绩，引起了马希范的忌惮，后被马希范调到朗州，架空实权。开运二年（945年），“楚王希范疑静江节度使兼侍中、知朗州希杲得人心，遣人伺之。希杲惧，称疾求归，不许；遣医往视疾，因毒杀之”。

马希范的统治还给马楚带来了严重的经济危机。马希范当政初期，由于受顺贤夫人彭氏的约束，奢靡之风还受到一定程度的约束。史载：“彭夫人貌陋而治家有法，楚王希范惮之。”天福三年，顺贤夫人病逝，失去约束的马希范开始纵情声色，这点和后梁太祖朱温有些相似。有个好妻子是多么幸福和重要的事情啊！从此马希范纵情声色，为长夜之饮，内外无别。有商人妻美，马希范杀其夫而夺之，商人之妻誓不受辱，自缢而死。《十国春秋》记载，马希范曾说：“吾闻轩辕御五百女以升天，吾其庶几乎？”

除了纵情声色，马希范还大兴土木、大肆挥霍。他以金饰长枪，只可作摆设而不能使用，又招募八千名富家子弟为银枪都。宫殿、园林以及日常用具均极尽奢华。建九龙殿，用沉香木刻八条龙，饰以金宝，长十几丈，自己坐在中间为第九条龙。虽然楚地金银产量颇丰，又有茶叶贸易之利，但仍感用度不足。为补充用度，马希范重征赋敛，百姓见赋重弃田而逃。于是马希范便命人籍没逃田，募民耕种收租，百姓弃旧田而就新田，仅能自存。马希范又卖官鬻爵，以纳财多少定官位高下。老百姓犯法，有钱人交钱抵罪，强壮者充为士兵，只有贫弱者受刑法的惩治。又设丞，鼓励人们投匿名信相互告发，有人竟因此而遭族诛。后晋天福八年（943 年），马希范采纳孔目官周陟的建议，于常规之外，又定大县贡米二千斛、中县一千斛、小县七百斛米，无米之县输布帛。由于赋敛太重，天策府学士拓跋恒上书进谏，请罢输米之议，并杀周陟以谢郡县，去不急之务，减六作之役。马希范大怒，从此不见拓跋恒。

马希范在位时穷极奢侈，导致了马楚经济的崩溃，动摇了马楚政权的经济基础。而且，马希范在诛杀骨肉兄弟的同时，再次将兄终弟及的长幼次序打乱，以致引发了马希广、马希萼的兄弟争权和战争，使马楚政权又出现了严重的政治危机，最终导致了马楚政权的分裂和灭亡。

天福十二年（947 年）五月，马希范卒，马希广与马希萼的矛盾迅速激化，兄弟二人围绕继承权展开激烈争夺。马楚政权分为支持马希广和马希萼的两派，这两派为了各自的利益对继承人问题展开激烈争论。《资治通鉴》记载，都指挥使张少敌、都押牙袁友恭，以武平节度使知永州事希萼，与希范诸弟为最长，请立之；长直都指挥使刘彦瑫、天策府学士李弘皋、邓懿文、小门使杨涤皆欲立希广。张少敌曰："永州齿长而性刚，必不为都尉之下明矣。必立都尉，当思长策以制永州，使帖然不动则可；不然，社稷危矣。"彦瑫等皆曰："今日军政在手，天与不取，使他人得之，异日吾辈安所自容乎？"

无疑，就兄终弟及的法统而言，马希萼长于马希广，是继马希范之后名正言顺的法理继承人。但是由于马希范对其同母弟弟马希广的偏爱，本来居于次位的马希广实际上掌握了马楚中央政权的实权。但是马希广为人软弱且能力有限，另一边马希萼准备充足、实力强大，而且具有法理上的优势。因此，继承问题在大臣之中引起巨大分歧。

《五代史补》记载，马希范卒，判官李（弘）皋以希范同母弟希广为天策府都尉，抚御尤非所长。大校张少敌忧之，建议请立希广庶兄武陵帅希萼，且曰："希萼处长负气，观其所为，必不为都尉之下，加之在武陵，九溪蛮通好，往来甚欢，若不得立，必引蛮军为乱，幸为思之。"李（弘）皋忽怒曰："汝辈何知，且先大王为都尉，俱为嫡嗣，不立之，却用老婢儿可乎？”少敌曰：“国家大事，不可拘以一途，变而能通，所以国长久也，和嫡庶之云乎。若明公必立都尉，当妙设方略以制武陵，使帖然不动乃可，不然，则社稷去矣。”皋愈怒，竟不从少敌之谋，少敌度无可奈何，遂辞不出。

而马希广本人对于继承问题也犹豫不决，一方面原因是马希广生性懦弱，另一方面马希萼的实力确实强大。但是企图借此机会谋取拥戴之功的刘彦瑫等人假称马希范遗命，于天福十二年（947 年）五月十一日将马希广推上宝座。从此，马希广与马希萼展开长期的军事角逐。

此时中原正处于后汉时期。后汉的政权是“投机”得来的，内部叛乱接连不断，对于孤悬江南的马楚政权无力施加实质性影响，于是对马楚采取了认可既定事实的办法。天福十二年（947 年）七月，后汉朝廷册封马希广为“天策上将军、武安节度使、江南诸道都统，兼中书令，封楚王”。

尽管马希广已经正式继承了马楚的统治权并得到中原王朝的确认，但马希萼并未因此放弃争夺。马希萼以奔丧为名，率领朗州将士进逼潭州（今湖南长沙）。马希广采纳刘彦瑫的建议，命令侍从都指挥使周廷诲率领水军迎击，把马希萼和朗州将士阻拦在砆石，命令朗州将士释甲而入。随后刘彦瑫等人又将马希萼幽禁在碧湘宫，不准他与马希广相见。马希萼本来想借此次奔丧之机逼迫懦弱的马希广让位，却因刘彦瑫等人的阻拦而未能奏效，于是要求返回朗州。对于马希萼回朗州的请求，刘彦瑫等人认为是放虎归山、后患无穷，周廷诲等甚至要求杀掉马希萼以绝后患。但是马希广却说：“吾何忍杀兄，宁分潭、朗而治之。”随即厚赠马希萼，遣还朗州。

马希广念及手足之情，坐失良机，不忍加害马希萼，给自己此后带来杀身之祸。

后汉乾祐元年（948 年）八月，马希萼请求与楚王马希广分别修职贡，并请后汉另加其官爵。后汉不从其请，并诏其兄弟和解，马希萼不从。乾祐二年（949 年）八月，马希萼调朗州的全体丁壮为乡兵，号称静江军，造七百艘战舰，大举攻长沙。马希广本想让位给哥哥马希萼，说道：“朗州，吾兄也，不可与争，当以国让之而已。”但是刘彦瑫、李弘皋等人害怕马希萼掌权后一定会追究自己当初立马希广的责任，坚决反对马希广让位于兄。乾祐二年（949 年）八月十八日，双方在仆射洲发生遭遇战，马希广手下的岳州刺史王赟大败马希萼，获战舰三百艘但正当王赟准备乘胜追击时，马希广又以不能伤兄长而召其回师。楚国静江节度使马希瞻因二兄相争，忧惧而卒。

马希萼败归后，认为单靠自己的力量不足以打败潭州，于是在乾祐三年（950 年）六月，以长沙宝货为诱饵，邀辰州（今湖南沅陵）、溆州（今湖南怀化）及梅山蛮共击长沙，连续于益阳、迪田打败楚王马希广的军队。马希萼又请求后汉朝廷于大梁（今河南开封）另置进奏务如藩镇之制。九月，后汉不许其请，并赐诏楚王劝其兄弟和睦。马希萼请于后汉不准，遂怒而称藩于南唐，请南唐出师相助。南唐加马希萼同平章事，赐其鄂州当年租税，并派楚州刺史何敬洙率兵相助。

马希萼弃汉投唐以及南唐的出兵使马楚内争的规模进一步扩大。马希广陷入十分困难的境地，同时要面对来自朗州、诸蛮和南唐的进攻。

乾祐三年（950 年）十月，马希广遣使向后汉朝廷告急：“荆南、岭南、江南连谋，欲分湖南之地，乞发兵屯澧州，以扼江南、荆南援朗州之路。”后汉朝廷内部政局动荡，叛乱不断，无暇他顾。对于马希广的请兵，虽然后汉决定发兵相助，但是兵尚未出征就发生了郭威灭汉的事情，因此救援马希广的计划也就化为泡影。

乾祐三年（950 年）十一月，马希萼命其子马光赞留守朗州，自称顺天王，悉发朗州兵进攻长沙。十一月二十八日，马希萼军抵达湘阴，大肆焚掠之后，进逼长沙，与朗州将领朱进忠所率军队及七千蛮兵会师。

马希广的水军指挥使许可琼为马希萼收买，马希广却浑然不察。马希广命诸将皆受许可琼节度，每日赏赐给许可琼银五百两。马希广曾多次到许可琼营中视察，许可琼常常闭垒，不使士卒知朗军进退。马希广还赞叹地说：“真将军也，吾何忧哉。”许可琼在夜里诈称巡江，乘坐小船与马希萼密会，约为内应。一次，彭师暠见到许可琼，瞋目叱之。拂衣入见马希广说道："许可琼将叛国，人皆知之。请速除之，无贻后患。"马希广却说："可琼，许侍中之子，岂有是邪？"彭师暠出来后，叹息说："王仁而不断，败亡可翘足俟也！"

十二月，潭州大雪，潭、朗两军久不得战。马希广于江上塑鬼，举手以却朗兵。又作大像于高楼，手指水西，怒目视之，命众僧日夜诵经，马希广自己也穿上僧衣膜拜求福。马希广寄希望于神鬼之事，离败亡也就不远了。

乾祐三年（950 年）十二月，朗军水陆猛攻长沙，吴宏、杨涤、彭师暠等浴血奋战，而刘彦瑫、许可琼等按军不救。许可琼以全军降马希萼，长沙城陷。朗人及蛮兵大掠三日。马希崇迎马希萼入军府视事，捉马希广、李弘皋等人，赐马希广死，杀李弘皋、唐昭胤、杨涤等人。自称天策上将军、武安等军节度使、楚王；以马希崇为节度副使，判军府事。

至此，马希广、马希萼兄弟对马楚继承权的争夺终于以马希萼的胜利告终。这场内乱使马楚元气大伤，南汉、南唐乃至荆南乘机对湖南发动进攻，马楚政权实际上已经走到尽头。

5. 南唐查文徽被俘

南唐保大八年（950 年）二月，吴越的福州有人到南唐的建州（今福建建瓯），告诉南唐永安留后查文徽，说吴越戍守福州的士卒作乱，已弃城而去。查文徽深信不疑，派剑州刺史陈诲率水军，自己统领步骑同袭福州。陈诲于福州城下大败福州军，俘获吴越城将马先进、叶仁安、郑彦华等人。查文徽到福州，吴越威武军节度使吴程诈使人出迎，设伏于两门以待。查文徽不听陈诲劝告，入城，吴程领兵击之，南唐军大败，死万人，查文徽被俘。陈诲率水军返回，吴程送查文徽回吴越。七月，南唐释吴越俘将以易查文徽。十月，吴越送还查文徽于南唐。

6. 南汉宦官当道

南汉乾和八年（950 年），也即后汉乾祐三年，南汉中宗刘弘熙以宫人卢琼仙、黄琼芝为女侍中，着朝服出面参决政事。宦官林延遇等用事。林延遇、卢琼仙等暗地命巨舰指挥使暨彦赟以兵入海，掠夺商人金帛。而诸臣皆被猜疑，宗室勋旧诛戮殆尽。

第七章

后周十年

后周（951—960年）是五代中的最后一个中原王朝，从951年正月后周太祖郭威灭后汉建国，定都东京开封府（今河南开封），至960年赵匡胤陈桥兵变建立北宋，共计历经三帝，享国十年。

郭威是刘知远临死时指定的顾命大臣之一，他奉汉隐帝刘承祐之命，多次平定藩镇叛乱。后汉乾祐三年（950年）十一月，邺都留守、天雄军节度使郭威进入大梁，天下实际上已经易姓为郭。但郭威也要走走过场，来一套掩人耳目的把戏。郭威先请李太后临朝听政，迎立刘知远的侄子刘赟为帝。紧接着，北方传来契丹入侵的边报。十二月，郭威引兵北上。兵至澶州，将士们忽然鼓噪起来，扯下一面黄旗，披在郭威身上，拥戴郭威做皇帝。于是郭威回师南下，“不得已”夺得后汉天下。刘赟本来在徐州，还没走到大梁，就被废被杀了。

郭威登基后开始进行一系列的改革。减轻和免除了许多徭役，同时整顿军纪、惩治腐败。后周的两位皇帝，郭威和柴荣，特别是柴荣，在统一天下的过程中大有作为。

后周开国时，后汉的河东节度使刘旻（刘知远之弟）在太原称帝，据有今山西中部和陕西的一小块地方，史称北汉。因此后周立国时，所拥有的土地，比后晋和后汉都小，北起白沟（与辽国的界河），南至长淮，共有九十八州。南方各国，后蜀五十二州，南唐三十六州，南汉六十二州，后周的优势并不十分明显。此后，后周世宗柴荣从后蜀取得秦、凤、阶、成四州，从南唐取得淮南十四州，从契丹取得瀛洲、莫州，共有一百一十八州，在南方推进到长江一线，发展尤为可观。

郭威和柴荣，比起五代之中前四代的皇帝，全然不同。他们来自社会较低的阶层，了解民间疾苦，因此对内能为百姓着想，对外发动统一战争，成为一代雄主。

郭威字文仲，邢州尧山（今河北隆尧西）人，相传原本姓常。父亲死后，母亲改嫁给郭简。郭简曾经做过刺史，在战乱中被杀，郭威的母亲不久后也去世了，郭威从小由姨母抚养长大。十八岁郭威应募做军卒，仗着一身勇力，加上会书算，一步步从底层升迁上去。郭威虽然没有在脸上刺字，却在颈上刺了飞雀，被人叫作“郭雀儿”。后来他自已说：“自古岂有雕青天子！”郭威称帝时已经四十八岁，三十年的军旅生涯给他以丰富的社会阅历，登基以后，常常以前代史事为鉴。

柴荣是郭威的内侄（就是郭威夫人柴氏的侄子），后来被郭威认作义子。郭威的亲生儿子都被后汉隐帝杀光了，柴荣因此成为郭威的继承人。柴家是邢州龙冈的小地主家庭，柴荣的姑母嫁给郭威之时，郭威还只是一个小小的马铺卒使。柴荣长大了，就替郭威管家，那时郭威家不富裕，靠柴荣经营得法，才逐渐发达起来。柴荣不仅仅管理田庄，他还远涉江湖，到江陵去贩茶叶。后来郭威的地位不断提高，柴荣才开始担任军职。后周建国之时，柴荣三十一岁，从管家经商到开国前担任的天雄军牙内都指挥使，已经积累了丰富的阅历。柴荣还精于骑射，并涉猎书史，可以称得上才兼文武、见多识广了。

让我们一起展开历史的画卷，看看这恢宏大气的后周十年吧。

第一节

郭威改革万象更新，辽国骤发察割之乱
（951年）

1. 郭威改革

公元951年，郭威正式登上皇帝宝座，改元广顺，国号周，史称后周，郭威即后周太祖皇帝。

郭威的改革主要分为六个方面：

第一是提倡节俭。

古语说得好，上行下效。皇帝奢靡，臣下自然是上梁不正下梁歪；皇帝

提倡节俭，俭约之风自然渐兴。郭威即位后，马上下令：乘舆服饰，不得过于华丽；宫中一应器物，力求朴素；各地禁止贡献珍巧纤华之物以及奇禽异兽鹰犬之类。他把宫中原有的玉器和用金银珠宝装饰的饮食起居之具数十件，在朝堂之上当众打碎，告诫群臣说："听说汉隐帝天天和嬖宠游戏，珍玩不离左右，此事不远，应为前车之鉴！"

郭威当年在关中地区征战时，见到唐朝先帝陵墓，多遭盗掘，深知厚葬有害无益。称帝之后，郭威叮嘱柴荣，百年之后只要薄葬，陵前不用石羊、石虎、石人、石马，只需在碑上刻一行文字："周天子平生好俭约，遗令用纸衣、瓦棺，嗣天子不敢违也。"

第二是减轻人民负担。

郭威即位后，下令废除后汉盗一钱以上处死的苛法，依照后晋天福元年（936年）以前的法律办事；规定除谋反叛逆以外，不得屠戮亲族。乾祐三年（950年）夏税残欠和前两年夏秋两税残欠一律豁免，不再追征。后汉掌管仓库的官吏，照例要收取高额的"斗余""称耗"，使人民的实际负担比正税规定的超出许多，郭威下令禁止征收。后周以前，各地每年依例进贡的特产名目繁多，郭威规定今后都不准再收。

郭威还取消了牛租税。牛租税是朱温统治时期开始征收的。当初朱温在淮南抢到了大量耕牛，他把牛发给河南一带的农民使用，每年缴纳牛租。事情已经过了几十年，牛早就死了，牛租税却每年照交不误。郭威称帝后，立即取消了牛租税。

在后周以前，各州府有分派民户当"散从亲事官"的制度。这个名号听起来蛮好，可实际上就是责令当差的民户无偿提供政府和官员索取的物资。郭威认为这种制度使"贫乏者困于供须"；反之，如果让豪富之人充当了，倒可以逃避赋役，并把负担转嫁到穷人身上去。因此，郭威命令禁止这种制度，并规定从节度副使以下官吏"差定当值"（为官吏当差）的百姓人数，从七人至十五人不等，不得逾制。

盐和牛皮是五代统治者控制极严的两种物资。从唐代中期以来，盐税一直是政府收入的重要来源。官煮官卖，禁令森严。后晋以前，犯盐禁的是以斤两多少定罪。后晋改为不分贩卖私盐多少，一律死罪。郭威恢复了按斤两多少定罪的办法，减轻了刑罚。

自唐末战乱，为缮治甲胄，皮革之禁尤严。牛皮禁止民间私自买卖，悉数卖官。开始时是由政府收买；到了后唐明宗年间，官方收购牛皮只给盐以偿皮价，而不给现钱；到了后晋天福年间，连盐也不给了，直接将百姓的牛皮没收；到了后汉，法律更加严峻，私自买卖牛皮一寸即死罪。但是实际上民间所用牛皮又不可或缺。后周广顺元年（951 年）三月，朝廷颁诏牛皮私贩一张，本犯人徒三年，刺配重处色役，本管节级所由杖九十；两张以上，本人处死，本管节级所由徒二年半，刺配重处色役，告发人赏钱五十千等。至广顺二年（952 年）十一月，后周再次颁诏，将历年所纳牛皮数减收三分之二，剩下的三分之一，摊入田亩，每十顷田地捐纳连角牛皮一张。皮由该户自送至本州，所司不得邀难。其余牛皮听民自用及买卖，但不准卖与敌国。州县原来专门负责牛皮事务的巡检牛皮节级撤销，自此公私便之。

唐末以来，有一种“营田务”的制度，即把官有的土地交给佃户耕种。这种佃户的户籍不属州县，由户部另外设置官员管辖。这些佃户的身份实际上是国家的农奴。郭威取消了营田务，把户籍划归州县管辖，房屋、田地、农具、耕牛归佃户所有。实施当年，划归地方州县的农民有三万多户。这些农奴变成了自耕农，生产积极性大大提高，勤于耕种、修缮房屋、种植树木，收成也比以前好了许多。

第三是惩治贪官污吏。

郭威和后继者柴荣都能毫不留情地惩治贪官污吏。莱州刺史叶仁鲁是郭威的老部下，因为贪赃一万五千匹绢、一千缗钱，被处以死刑。郭威派人告诉叶仁鲁：“你触犯国法，我没有办法救你，只能抚恤你的母亲。”

第四是招抚流散农民，发展农业生产。

后周初年，幽州饥荒，难民纷纷流入后周的沧州等地。南唐发生旱灾，饥民纷纷涉过淮河，也来到后周境内。郭威命令各地官吏，妥善安置难民，分发口粮、分配荒地，一下子得到了几十万人的劳动力。柴荣继位后，也注意招抚从南唐、后蜀、北汉等国流入的难民。这对于发展后周农业生产有极大的益处。

五代之时，由于战乱和暴政，使得民户逃亡而出现大量的无主荒地。怎样使这些土地充分利用起来而不至于荒芜？怎样使原来的主人归乡而不至于无地耕种而失业？这是一个很难处理的问题。这个问题到了后周世宗柴荣时期得到很好的解决。显德二年（955 年），柴荣做出两面兼顾的规定。首先，准许农民向政府承佃耕种、缴纳租税，这样田地就不至于荒芜，政府的收入也有了着落。其次，设法照顾逃户的利益，凡是在三周年以内归来的逃户，归还其一半的土地；五周年以内回来的逃户，可以归还三分之一的土地；五周年以上归来的，除了坟地以外，一律不再归还。这个规定，兼顾了逃户与承佃户的利益，体现了后周世宗从实际出发解决问题的智慧：办法总比困难多。同时，后周世宗还对于因为被契丹掳去而离开土地的农户特别放宽年限，五年内归来的可以收回三分之二的土地，十年以内可收回一半，十五年以内归来的还可以收回三分之一。

此外，后周世宗柴荣还准许年老或患病的军士退伍还乡。这样，一方面国家节约了军费开支，另一方面农村增加了劳动力（或半劳动力），也有利于国家的恢复与发展。

第五是治理河患，兴修水利。

自从当年后梁君臣采用决河作为防御手段后，黄河溃决的次数越来越多，滑州、澶州在后晋、后汉、后周三朝二十余年间，决口六次；怀州决口两次，郑州决口五次。

显德元年（954 年）周世宗柴荣即位后，便派李穀到澶州、郓州、齐州一代，征发民工六万余人堵塞决口。显德六年（959 年），黄河在原武（今河南原阳）决口，又派吴廷祚前去修堤，征发民工两万余人，将决口堵住。这些工程虽然不能彻底解决问题，但是毕竟减轻了灾害。柴荣是五代期间唯一认真治理黄河的皇帝。

修治以汴水为主的航道，是柴荣在我国水利史上的巨大贡献。显德四年（957 年），柴荣下令修浚汴水，向北流入五丈河。显德六年（959 年），再次进行疏通。这条航道，河宽五丈，从大梁向东，渐折向东北，注入梁山泊，下接济水。入济水之后的这一段，大体上与今天的黄河相仿，这是从汴梁到今天山东省各地的航运路线。

黄河和淮河之间的水路交通线，本来是唐朝中央政府取得东南地区财赋的生命线。后来年久不经疏浚，这条航路从安徽宿州以下的部分完全淤塞，成为一片沼泽。柴荣有统一天下的决心，要用兵东南，因此从显德二年（955 年）起，便命武宁节度使武行德初步加以疏通。显德五年（958 年），又疏浚汴口，黄河、淮河之间的航线全面贯通。显德六年（959 年），又在大梁城外，引汴水通蔡水，沟通京城与陈州（今河南淮阳）、颍州（今安徽阜阳）之间的水道交通，这是汴水以西、大体上与汴水平行的一条水道。以后的北宋靠汴水为立国之本，每年从东南地区运来大量粮食，靠的就是周世宗柴荣兴修的水路。

此外，柴荣还派何幼冲疏通泾水，灌溉农田。关中地区经过战乱破坏以后，几乎无人做基础设施的建设工作。周世宗在恢复生产方面的努力令人称道。

第六是开封城市建设。

开封本来城郭不大，街道狭隘，完全配不上首都的称谓。五代时，开封成为后梁、后晋、后汉、后周四代的都城（后唐都城在洛阳），官衙和商旅日益增多，原有的城市规模愈显局促。显德二年（955 年），柴荣决定建筑外城，先做好规划，立下标志物，等冬季农闲之时修筑，农忙之时停工，秋后农闲时再继续进行。政府先划定了官衙、仓库、街道的范围，其余的由人民自由建造房屋。改建工程历经三年，完工后开封的面貌焕然一新。

这里要说到一位叫作周景的官员，他非常有心计和商业头脑。他看到朝廷改造京城、疏通汴水等大工程，就想到日后这里必定会航运畅通、商货云集。于是周景奏请世宗准许人民沿汴水种植榆树和柳树，兴建楼阁，以壮观瞻。周世宗觉得这是好事，便答应了。周景首先在河渠口岸等要冲之地，造起十二座高楼。后来汴梁繁荣发达，各地商船络绎不绝，而周家的楼阁正好在停泊之地，客商留宿、堆放货物，都极为方便，周景因此大获其利，成为巨富。

后周兴建的开封城与隋唐的长安城有很大不同。隋唐的长安城中，坊市衙署都有固定位置，商业局限于东西两市，坊和市都是封闭性的。然而后周的开封，对于开店造屋的行为，除了特定的宫殿和官衙等地区外，不加限制。五代以后封建社会的城市面貌，与五代以前显著不同。

2. 北汉的割据

后汉河东节度使刘崇，是后汉高祖刘知远之弟，刘知远称帝创建后汉政权，任命刘崇为太原尹、北京留守、同中书门下平章事，留守北都太原。后汉乾祐三年（950 年）十一月，汉隐帝遇弑，刘崇本欲起兵南下，不久听到郭威立自己的儿子刘赟为帝，遂不复议出兵。后周广顺元年（951 年）正月，郭威篡汉自立，并杀死了刘崇之子刘赟。于是，刘崇于太原即皇帝位，仍用后汉乾祐年号，史称北汉。刘崇称帝后改名为刘旻（mín）。

北汉在诸国之中领土较小，所辖之地仅并、忻、代、岚、宪、隆、沁、辽、麟、石等十州之地，相当于今山西中部与北部。北汉土地贫瘠，物产不丰，刘旻称帝后又设置了朝廷机构，官员众多，财赋不足以供给，宰相月俸仅仅百缗，节度使不过三十缗，其余官吏俸禄更少，所以北汉鲜有廉洁的官吏。北汉与后周为世仇，而北汉又国小力弱，所以只好投靠契丹，依靠契丹的力量与后周对峙。

后周广顺元年（951 年）正月，刘崇致书辽求援，并以刘承钧为招讨使，领兵千人袭后周晋州（今山西临汾东北）。二月，刘承钧败于晋州，转而攻隰州（今山西隰县），复败，伤亡颇重，回师晋阳。四月，刘崇对辽自称侄皇帝，并请辽行册礼。辽于六月册刘崇为大汉神武皇帝，刘崇更名刘旻。九月，北汉李存环从团柏攻后周，辽世宗耶律阮亲率诸部南下援北汉。途中耶律阮遇弑。至十月，辽派萧禹统兵五万、刘旻自率兵二万合师攻晋州。辽与北汉军三面包围晋州，日夜攻城。后周以王峻统兵救晋州。后周军首先占据了晋州以南的险要之地蒙阬。十二月北汉及辽军因城坚难克，又值天寒大雪，军中缺粮，加之后周援军已至，烧营夜遁。后周派骑兵追击，北汉兵坠入山谷死者甚众。后周将药元福主张乘胜灭北汉，诸将不愿追击，王峻也下令回军，而未能破北汉。北汉与辽经此一役，损兵折将，刘旻从此偏居一隅。

3. 辽国察割之乱

耶律察割，字欧辛，辽国明王耶律安端之子，辽太祖耶律阿保机之侄（耶律安端为耶律阿保机之弟）。耶律察割善骑射，貌似恭顺而内心狡诈。人们都以为耶律察割是懦弱之人，但是辽太祖耶律阿保机却有识人之明，阿保机曾说："此凶顽，非懦也。"耶律安端曾经命察割奏事，太祖对近侍说："此子目若风驼，面有反相。朕若独居，无令入门。"

上文说到大同元年（947 年）四月，辽世宗耶律阮称帝，耶律安端得知，想保持中立观望态度。耶律察割却说："皇太弟耶律李胡为人猜忌刻薄，若果立，岂容我辈！永康王宽厚，且与耶律刘哥相善，宜往与计。"耶律安端便与耶律刘哥商议归附于辽世宗。后来横渡议成，以耶律安端为东丹国之主，封明王；耶律察割封泰宁王；耶律刘哥为惕隐，高勋为南院枢密使。

耶律察割假装被其父厌恶而不相容，偷偷派人向世宗耶律阮告白，于是耶律阮召见了耶律察割。耶律察割到了皇帝面前，泣诉不胜哀，皇帝悯之，使领女石烈军。耶律察割出入禁中，深得世宗的宠信恩遇。耶律阮每次出猎，耶律察割都推托手疾，不操弓矢，但执炼锤驰走。屡以家之细事闻于上，上以为诫。

耶律察割以诸族属杂处，对他的谋反计划不利，于是渐渐迁徙自己的庐帐，紧挨着行宫。耶律屋质觉察到察割的奸邪，表列其状。耶律阮不信，将耶律屋质的奏表拿给察割看。察割称屋质疾己，哽咽流涕。帝曰："朕固知无此，何至泣耶！"察割时出怨言，屋质曰："汝虽无是心，因我过疑汝，勿为非义可也。"他日屋质又请于帝，帝曰："察割舍父事我，可保无他。"屋质曰："察割于父既不孝，于君安能忠！"帝不纳。

天禄五年（951 年），北汉向辽求援。辽世宗耶律阮亲率大军南下。七月，辽世宗临幸太液谷，留居饮酒三日，耶律察割的反叛计划未能实现。九月初四日，辽世宗攻打后周，到达详古山，辽世宗与太后一同在行宫祭祀父亲文献皇帝耶律倍，群臣都喝醉了。

耶律察割回来去见寿安王耶律璟，邀与语，耶律璟不从。耶律察割又以谋告耶律盆都，耶律盆都从之。是夕，耶律察割与耶律盆都一同率兵入弑太后和皇帝，僭称帝号。百官不从者，拘执其家属。到夜里，耶律察割查看内府物品，见到玛瑙碗，说："此乃稀世之宝，如今为我所有！"拿去在妻子面前夸耀。耶律察割的妻子还算清醒，说道："耶律璟、耶律屋质还在，我们一个人都没有活路，这东西有什么用！"耶律察割说："耶律璟年幼，耶律屋质不过统领几个奴仆而已，明天就会前来朝见，固不足忧。"

当时太宗长子寿安王耶律璟（耶律德光之子）随行在军，和耶律屋质整兵出战，讨伐察割。耶律察割的同党矧斯报告察割说耶律璟、耶律屋质率兵在外围困。耶律察割先派人在辽世宗灵柩前杀害了皇后萧撒葛只，然后仓皇出外对阵。

寿安王耶律璟派人对耶律察割说："汝等既行弑逆，复将若何？"恰逢有位夷离堇（辽国官名）谋划率兵归附寿安王耶律璟，余众望之，也都徐徐而往。察割知其不济，乃系群官家属，执弓矢胁曰："无过杀此曹尔！"喝令立即推出斩首。当时林牙耶律敌猎也在被囚众人之中，进言说："不有所废，寿安王何以兴？借此为辞，犹可以免。"察割问道："诚如公言，谁当使者？"

耶律敌猎于是请求让自己与耶律罨撒葛一同前往劝说耶律璟，察割从其计。

寿安王耶律璟回过头来让耶律敌猎诱骗耶律察割前来。敌猎按照寿安王的计谋，把察割骗出帐，辽世宗之弟耶律娄国亲手杀死察割，史载“脔杀之”（割肉碎杀）。察割诸子皆伏诛。

平乱后，寿安王耶律璟继皇帝位，即穆宗，改年号为应历。耶律璟年少不理朝政，每夜酣饮，直到天亮才睡觉，直至日中方起。国人称之为“睡王”。

4. 南唐天马楚

马希萼攻入长沙，掌握湖南军政后，任命马希崇为武安节度副使，总判湖南军府事，马希崇掌握了湖南的军政实权。对于起家的朗州（今湖南常德）基地，马希萼任命其子马光赞为武平留后，任命何静真为朗州牙内都指挥使，领兵戍守朗州。对外，马希萼中断了对中原王朝的事大政策，转而臣附于南唐。广顺元年（951 年）二月，马希萼遣掌书记刘光辅至南唐入贡，对马楚早怀窥图之心的南唐乘机打听马楚的虚实。《资治通鉴》记载：“刘光辅之入贡于唐也，唐主待之厚。光辅密言：‘湖南民疲主骄，可取也。’唐主乃以营屯都虞候边镐为信州刺史，将兵屯袁州，潜谋进取。”为了麻痹马希萼，三月，唐主李璟又以右仆射孙忌、客省使姚凤为册礼使，至潭州册封马希萼，以马希萼为天策上将军，武安、武平、静江、宁远节度使兼中书令，楚王。马希萼接掌湖南后，内部大权旁落，外部强邻虎视眈眈，已经处于岌岌可危的境地。

虽然已经危机四伏，可是马希萼浑然不知，每日只是纵情享乐，掠取民财以赏赐士卒，委政于马希崇，朝政混乱。马希萼的荒淫和朝政混乱导致部下离心、民心不附，进而引发了朗州土著势力的兵变。

马希萼攻陷长沙后，由于蛮兵的劫掠破坏，长沙府舍大多被毁，长沙城被洗劫一空。主政后，马希萼命令朗州静江指挥使王逵、副使周行逢等出身朗州的将领率所部千余人修治。马希萼只顾自己享受而不恤下情，对朗州将士督促甚急，士兵们劳作繁重而无赏赐，士卒们怨声载道。将士们说道："囚免死则役作之。我辈从大王出万死取湖南，何罪而囚役之？且大王终日酣歌，岂知我辈之劳苦乎？"王逵、周行逢得知士卒怨愤，于是密谋兵变。两个人商议说："众怨深矣，不早为计，祸及吾曹！"

广顺元年（951 年）三月十一日夜，王逵、周行逢等率部下执长柯斧、白梃等工具兵变，连夜逃归朗州。

马希萼派湖南指挥使唐师翥率兵追之。在朗州城下，王逵、周行逢趁唐师翥追兵疲乏的有利时机，伏兵袭之，大败唐师翥，追兵死伤殆尽。唐师翥狼狈逃归长沙。

王逵、周行逢废掉马希萼留守在朗州的武平留后马光赞，令立马希萼兄马希振之子马光惠为知州事、节度使，而实权实际掌握在王逵等人手中。至此，在马氏兄弟内争中崛起的朗州土著势力终于摆脱了潭州政权的控制，建立了与潭州并立的朗州政权。马希萼"具以状言于唐"，试图依靠南唐的力量来压制朗州。唐主虽然对朗州"遣使以厚赏诏谕之"，但是王逵等人"纳其赏，纵其使，不答其诏"。六月，王逵、周行逢、何敬真等人又废马光惠，迎辰州（今湖南沅陵）刺史刘言为武平留后，并向南唐求节钺。南唐未许，于是朗州转而称藩于后周。

广顺元年（951 年）九月，潭州又爆发了第二次兵变。马希萼在第一次兵变后，丝毫没有吸取教训，依旧为政无信、不恤士卒，由此使得"将卒皆怨怒，谋作乱"。每日享乐荒淫的马希萼根本毫无察觉，实际处理军政事务的马希崇虽然对目前的政局心知肚明，却故意对马希萼隐瞒实情，终于酿成第二次潭州兵变。九月，马希萼宴请将吏，徐威等将领没有来，马希崇也借口有疾不至。徐威等派人先驱使十多匹马冲入府中，然后亲自率领徒党手持斧斤、白梃，声称捉马，奔入宴席之中，见人就打，颠踣满地。马希萼狼狈地翻墙逃走，徐威等人将马希萼捉回，囚禁起来。乱兵立马希崇为武安留后，纵兵大掠，后来将马希萼幽禁在衡山县。于是马希崇成为马楚政权的继任者。

后来被放逐到衡山的马希萼在彭师暠等人的扶持下建立了衡山政权。当初，马希萼刚入长沙之时，将马希广手下大将彭师暠杖背黜为民。阴险的马希崇认为彭师暠必然对马希萼怨恨于心，于是故意派彭师暠押送马希萼去衡山，实际上是想借彭师暠之手除掉马希萼。彭师暠说：“欲使我为弑君之人乎？”于是对马希萼奉事更加恭谨。到了衡山之后，衡山指挥使廖偃率庄户和乡人为兵，与彭师暠共立马希萼为衡山王，以县为行府，断江为栅，编竹为战舰，以彭师暠为武清节度使，招募徒众，数日之内达到万余人，附近州县大多响应。

于是，湖南境内形成了朗州、潭州、衡山三大势力并立的局面。以刘言、王逵、周行逢为首的朗州趁潭州内乱之机，打出了声讨马希崇篡夺之罪的旗号，发兵进攻长沙。广顺元年（951 年）九月二十三日，朗军抵达益阳西部，马希崇一面派兵防御，一面与朗州求和，请求与朗州以邻藩相处。但朗州集团的目的是占有整个湖南，自然对马希崇的求和不予理睬。面对朗州军的步步紧逼，马希崇为了表明自己的诚心，居然委过于臣下，杀死了都军判官杨仲敏、掌书记刘光辅、牙内指挥使魏师进、都押牙刘勍等十余人，并将首级送给朗州。在马希崇夺位过程中出力最多的马步都指挥使徐威，见到马希崇的所作所为，知道他必不能成事，又担心朗州、衡山之逼，恐一朝丧败，祸及自身，于是密谋杀死马希崇来洗脱自己的罪名。马希崇外有朗州、衡山之逼，内有徐威叛乱之虞，于是马希崇“密遣客将范守牧奉表请兵于唐”，由此引起了南唐入湘灭楚之祸。

广顺元年（951 年）十月，后唐中主李璟命边镐自袁州出发，率兵万人西进长沙，武昌节度使刘仁瞻率兵攻岳州，对潭州形成东西夹击之势。边镐率军自江西进入湖南，挺进醴陵，进逼长沙。十月初五，马希崇遣使至边镐营中犒军。十月二十四日，马希崇被迫遣天策府学士拓拔恒奉笺至边镐营中请降。二十五日，马希崇率领弟侄等亲自迎接边镐，望尘而拜。二十六日，边镐率军进入潭州城，对潭州将士进行赏赐。在边镐顺利进军的同时，刘仁瞻率领水军攻取了岳州。至此，潭州势力所控制的地区全部被南唐占领，边镐任武安节度使。马希崇引唐入境导致马楚迅速败亡，却仍然想留居潭州。边镐不允，十一月将马希崇举族迁至南唐。当时马希崇想通过重重贿赂边镐乞求留居潭州，边镐讥笑说："国家与公家世为仇敌，殆六十年，然未尝敢有意窥公之国。今公兄弟斗阋，困穷自归，若复二三，恐有不测之忧。"马希崇无以应答。马希崇与宗族及将佐千余人号恸登舟，送者皆哭，响振川谷。

在马希崇率众入唐之际，边镐又派先锋都指挥使李承戬率兵到衡山，督促马希萼入朝。衡山的势力本就弱小，在南唐的军事逼迫下，马希萼于十一月也率领将士万余人东下入朝南唐。马氏家族在湖南的统治彻底结束。

马希萼、马希崇兄弟入朝南唐后，湖南暂时落入南唐之手，但南唐并未控制湖南全境。首先，朗州势力并未听命于南唐，仍然独据一方；其次，在南唐觊觎马楚的同时，南汉乘机对马楚的岭南诸州进行攻掠，并占领了原属马楚的岭南各州。

后周广顺元年（951 年）十月，南唐灭楚，南汉以内侍使吴怀恩为西北招讨使，屯于边境之上，伺机而动。楚静江节度副使、知桂州事马希隐厌恶楚王马希萼所遣州都监彭彦晖，暗中联络楚蒙州（今广西蒙山）刺史许可琼。许可琼正惧南汉大军压境，弃州引军往桂州（今广西桂林），驱逐彭彦晖。南汉吴怀恩乘机占领蒙州，乘胜掠桂州。南汉中宗刘弘熙致书马希隐。马希隐议降，支使潘玄珪以为不可。吴怀恩率军至桂州城下，马希隐、许可琼弃城逃奔全州（今广西全州西）。南汉军乘胜取宜（今广西宜山）、连（今广东连州）、梧（今广西梧州）、严（今广西来宾东南）、富（今广西昭平）、昭（今广西平东西）、柳（今广西）、象（今广西象县）、龚（今广西平南）八州之地，南汉始尽占岭南之地。

第二节

南唐败于湖南，后周连平内乱（952年）

1. 南唐在湖南的失败

由于朗州的势力拒不屈服，南汉又趁南唐在湖南立足不稳之机大肆北扩，此时，南唐在湖南的统治策略也发生了变化。

刚刚进入湖南之时，南唐将领十分注意收揽民心。边镐攻克潭州之际，正逢湖南大饥，边镐大发马氏仓粟赈济饥民，湖南百姓感恩戴德。刘仁瞻攻克岳州之后，也抚纳降附，以致“人忘其亡”。但是南唐在湖南施行的惠民之政并没有坚持下去，很快就被相反的暴掠政策所取代。胜利滋长了南唐朝廷的自大情绪，中主李璟统一天下的心情更加迫切，司马光在《资治通鉴》中描述说："唐主（李璟）自即位以来，未尝亲祠郊庙，礼官以为请，唐主曰，俟天下一家，然后告谢。及一举取楚，谓诸国指麾可定。魏岑侍宴言：'臣少游元城，乐其风土，俟陛下定中原，乞魏博节度使。'唐主许之，岑趋下拜谢。其主骄臣佞如此。"

事实上，南唐时湖南的统治形势正在被逆转。武安节度使边镐在潭州统治不力，昏懦无断，政出多门，不合众心。边镐崇佛，每日盛修佛事，潭人失望。不仅如此，南唐还一改出入湖南时的恤民作风，大肆掠夺湖南财富。《资治通鉴》记载："唐悉收湖南金帛、珍玩、仓粟乃至舟舰、亭馆、花果之美者，皆徙于金陵。"在掠夺财货的同时，南唐在湖南又横征暴敛。在此背景下，南唐在湖南的军队内部爆发了奉节都叛乱。

早在后汉乾祐二年（949 年），后汉蒙城镇将咸师朗率部投奔南唐，被南唐编为奉节都。南唐征楚，奉节都随边镐出征。攻克潭州后，开始时边镐为了收揽人心，对原来马楚手下的湖南将士大加封赏。但是在攻克湖南的过程中出力甚多的奉节都将士不仅未能得到封赏，反而还被克扣军饷。这导致奉节都将士的强烈不满，于是密谋兵变。行营粮料使王绍颜见士卒粮赐，奉节指挥使孙朗、曹进怒曰："昔吾从咸公（咸师朗）降唐，唐待我岂如今日湖南将士之厚哉？今有功不增禄赐，又减之，不如杀绍颜及镐，据湖南，归中原，富贵可图也！"

广顺二年（952 年）正月初三夜，奉节都将士在孙朗、曹进的带领下，束藁潜烧府门，但"火不燃"。边镐随之率兵镇压，并且假鸣鼓角打乱奉节都的部署，奉节都计划落空，逃离潭州，到朗州投奔王逵。孙朗极力鼓动王逵进攻潭州，于是朗州王逵开始蠢蠢欲动。

边镐控制下的湖南已经处在风雨飘摇之中，但他对此并无警觉。南唐虽然有人提出"边镐非将帅才，必丧湖南，宜别择良帅，益兵以救其败"。但是中主李璟却依然令边镐在控制潭州的同时继续经略朗州。

后周广顺二年（952 年）十月，刘言遣指挥使王逵、周行逢、何敬真等人分道进攻长沙，边镐遣指挥使郭再诚等领兵屯驻益阳，阻挡朗州的进攻。但南唐在湖南的统治基础薄弱，在朗州的强大攻势下，边镐所率诸部节节败退。王逵攻克沅江后，以小船掩蔽直抵益阳，攻城，杀南唐二千戍兵，继之又连克桥口、湘阴，到长沙。边镐据城自守，南唐援军未至，城中兵少，边镐弃城而逃，吏民俱溃，醴陵门桥断，死者万余人。王逵入城，自称武平节度副使、权知军府事，以何敬真为行军司马。南唐驻守湖南诸州的将吏，听说长沙陷落，相继遁去。刘言尽复马氏楚国旧地（除郴、连二州）。南唐削边镐官爵，流饶州。

边镐曾随查文徽平建州（今福建建瓯），保全俘虏，建人称之“边佛子”；平长沙后市不易肆，潭人称之“边菩萨”；但政无纲纪，唯设斋供，盛事礼佛，又称为“边和尚”；最终南唐以其得湖南，又以其失湖南。

南唐攻楚的结果，比灭闽更糟糕。灭闽尽管得不偿失，却还得到数州之地；而攻楚的结果，非但未获尺寸之地，反而损兵折将，劳民伤财，使国力更加衰弱。

刘言等收复马氏旧地后，恢复了对中原的事大政策，向后周朝廷奉表说：“湖南世事朝廷，不幸为邻寇所陷，臣虽不奉诏，辄纠合义兵，削平旧国。”随后，刘言又上表说潭州残破，请求将节度使府治移到朗州，贡献、卖茶悉如马氏故事。后周答允了刘言的请求，并于次年正月确认了刘言等人的地位，以刘言为武平节度使，制置武安、静江等军事，同平章事；以王逵为武安节度使，何敬真为静江节度使，周行逢为武安行军司马。至此，湖南重新臣附于中原王朝。

2. 南唐混乱的政局

伐楚战争的失败，与李璟的治国无能有直接关系。当初边镐攻入长沙之时，李璟曾打算与南汉罢兵言和，授刘言为节度使，从而结束这场战争，宰相孙晟也支持这一决策。可是另一宰相冯延巳却坚决主张继续用兵。李璟耳朵软，又改变了主意，任命边镐为楚帅。对此南唐内部是有不同声音的。起居郎高远就认为："乘楚乱，取之易，观诸将之才，守之难。"老臣李建勋也认为："祸事将就此始矣。"值得注意的是，当时的布衣欧阳广也上书李璟，指出："节度使边镐并非将才，御下无方，政出多门，又与监军使昌延恭关系不睦，互相扯肘，号令朝出夕改，民心丧尽。如不及时采取措施，失败将不可避免。"然而，此时的李璟正陶醉在胜利的喜悦之中，对这些忠言充耳不闻。

国无明君，是南唐的不幸。对于如此不肖之子，不知李昪在九泉之下做何感想！

在军事、外交上如此，在内政方面，李璟同样搞得混乱不堪。伐闽和攻楚两次战争使得南唐国力耗尽、国库空虚，为了支付战争费用，只好加重赋税，几乎到了无物不税的程度。除了传统的两税之外，什么曲引钱、盐米钱、鞋钱、勾栏地钱、水场钱、供军税茶，名目繁多，至于橘园、水磨、莲藕、鹅鸭、螺蚌、薪柴、水利、地铺等，无不征钱。南唐税重，李璟自己也十分清楚。有一次，弄臣李家明跟随李璟在后苑游玩，李璟登高望远，遥望钟山，说道："大雨将要来了。"李家明说："雨虽来，必然不敢入城。"李璟怪而问其故，李家明说："惧怕陛下征税。"南唐赋税徭役的加重，根本上是因为穷兵黩武、盲目开疆拓土导致的，后唐先主李昪升元时期百姓安居乐业的美好时光一去不返了。

与此同时，南唐的社会经济也出现了许多问题。由于战争的消耗，军粮缺乏，为解决这个问题，李璟决定开辟屯田。我国历代常有屯田的设置，但通常是在人烟稀少、荒地较多的地区。而南唐所处的江淮一带人口密度大、荒地极少，并不适合施行屯田。李璟派近臣车延规主持此事，此人将许多民田强夺为屯田，又征伐楚州、常州百姓兴建白水塘，以供屯田灌溉，同时还调发洪、饶、吉、筠等州百姓之牛助役。结果搞得江淮百姓怨声载道、社会动荡、盗贼蜂起。徐铉上奏李璟，陈述利害，李璟遂命徐铉前往巡视处置。徐铉到楚州后，重责车延规，把所夺百姓之田悉数退还。此举又引起朝中宋党的不满，他们攻击徐铉擅作威福。结果徐铉被召回朝，差一点被扔到长江淹死。为了缓和社会矛盾，李璟不得不罢废白水塘之役，但是屯田却硬性推行下去了。

南唐的货币也出现了严重问题。在先主李昇统治时期，币值稳定，所铸造的“大齐通宝”和中主李璟前期铸造的“保大元宝”“开元通宝”等钱币，轻重适宜，钱法甚好，因此货币流通正常，国用充足。李璟后来大兴兵端、国用困竭，于是改铸“唐国通宝”“大唐通宝”等钱币。数年之后，流弊丛生，百姓盗铸，每贯钱仅重一斤。这种钱放在水面之上竟然不沉，虽然屡次查禁，却屡禁不止。于是钟谟又建议改铸大钱，以一当十，称为“永通泉货”，每枚重十八铢。“永通泉货”的使币制更加混乱，几个月之后只得罢去。劣币的流行导致物价飞涨，民不聊生。在李璟统治时期，南唐货币紊乱的问题始终没有得到解决。

南唐的币制紊乱对整个社会经济影响极大。首先，导致商业、手工业衰退。物价飞涨导致社会购买力下降、商品滞销，从而使商业衰退；而商业衰退又使手工业直接受到冲击，致使生产萎缩。其实，币制紊乱影响了南唐境外贸易的发展。中原王朝和一些小国采取了禁止南唐劣质钱入境的政策，实际上等于限制了南唐的境外贸易，从而影响了各地之间的经济交流。再次，币制紊乱严重影响了农民的生产生活。物价上涨，使农民生产成本倍增，从而导致农业生产萎缩，大批农民破产，进一步激化了社会矛盾。

与此同时，南唐朝廷的内斗仍在不断激化。南唐对外发动的战争基本上都是由宋齐丘及其同党主导，从倡议、出兵到具体主持军事，无一不是宋党中人。宋齐丘既然树党，自然会激起一些正直人士的反对。于是双方围绕立嫡、拓疆、争权等许多问题展开激烈斗争。宋党既然要施行自己的主张，就势必对政敌进行打击；南唐军队的屡战屡败又给了政敌攻击宋党的口实，双方你来我往，斗得你死我活、不可开交。李璟又软弱无能，无法控御局面，致使南唐朝政更加混乱。

3. 后周平慕容彦超叛乱

泰宁节度使慕容彦超乃后汉高祖刘知远同母弟。郭威自邺都起兵，慕容彦超率后汉军拒之于开封城郊，轻敌冒进，兵败逃归兖州。后周立国，慕容彦超也遣使入贡称臣，后周太祖虽然心中疑惧，但仍加安慰招抚，还加其为中书令。但慕容彦超内心仍不自安。后周平徐州后，慕容彦超招纳亡命，积聚薪粮，北联北汉，南结南唐，做起事准备；还屡屡试探周朝之意。

广顺二年（952 年）正月，慕容彦超发乡兵入城，并引泗水注于城壕之中，进行作战准备。后周割沂（今山东临沂）、密（今山东诸城）不再属泰宁军，以曹英（威）为都部署，率军讨伐。南唐出兵五千，救援慕容彦超，被后周军大败于沭阳（今江苏），损失千余人；而北汉其时亦败于晋州（今山西临汾东北），无力南顾，慕容彦超援军希望破灭。后周军到兖州，设长围，慕容彦超出战，均败。四月，后周太祖郭威亲征兖州。五月至兖州，招降，被拒，于是诸军攻城，克城，慕容彦超与妻投井而亡。后周军大掠兖州，城中死者近万人。杀慕容彦超子。降泰宁军为防御州。兖州平，从此诸镇未有据镇而叛者。

4. 后周平庆州党项叛乱

庆州（今甘肃庆阳）之北盐州（今陕西定边）有青、白盐地。旧例青盐一石抽税八百文，盐一斗；白盐一石抽钱五百文，盐五升。后来青盐一石抽钱一千、盐一斗。庆、盐二州党项、汉户多贩之入中原求生。后周庆州刺史郭彦钦性贪，私自增加税钱。当地党项野鸡族多羊马，郭彦钦故意扰之以求其贿赂。后周广顺二年（952 年）十月，野鸡族反，后周命宁（今甘肃宁县）、环（今甘肃环县）二州合兵讨之。十一月，后周徙保义节度使折从阮（远）为静难节度使（治邠州，今陕西彬县），与宁州刺史张建武、环州刺史皇甫进等共讨野鸡族。广顺三年（953 年）正月，后周诏折从阮，野鸡族有能改过者，拜官赐金帛，否则进兵讨之。折从阮招谕之下，有野鸡族等七门酋长李万全等二十一族愿受诏立誓，其余则不服。庆州杀牛族与野鸡族素有矛盾，闻后周讨野鸡族，馈饷后周军，后周军竟利其财富而掠之，杀牛族遂反。三月，杀牛族与野鸡族等共败后周张建武于包山。后周黜废郭彦钦，又诌定青白盐税，并禁绝私自抽税。庆州党项始平。

5. 契丹袭冀州

后周广顺二年（952 年），也即辽应历二年九月，辽将高谟翰以苇为筏渡胡卢河南侵，至冀州（今河北冀州）。后周成德节度使何福进派兵屯于贝州（今河北南宫东南）拒之，辽军仓促北撤。被辽军所掠数百名冀州丁壮，见后周军，呼喊，想与周军共攻辽兵，后周军竟不能响应。数百人皆为辽所杀。哀哉！

第三节

后周铲除权臣，王逵割据湖南（953 年）

1. 铲除权臣

后周枢密使、门下侍郎、平章事王峻，于邺都兵变时为兵马都监，后周太祖郭威自邺入汴直至登基称帝，王峻佐命之功最多。王峻虽以天下为己任，但恃功骄矜，对太祖言事多出语不逊。郭威虽然一再迁就，但是免不了心存芥蒂。王峻在枢密院中建造了一个厅舍，极尽华丽，特邀郭威临幸。郭威崇尚俭约，又不便当面诘责王峻，只好敷衍几句就回宫了。没过多久，郭威要在宫中建一座小殿，王峻上奏说："宫中已经有很多宫室了，为何还要建小殿？”郭威闻言不悦，说道：“枢密院的房子也不少，你为何还要添筑厅舍呢？”王峻无言以对，尴尬退下。

王峻又忌惮镇宁节度使郭荣（即后来的周世宗柴荣）英烈，屡此阻挠郭荣入朝觐见。王峻虽已典枢机、兼宰相，又固请领节镇。太祖郭威不得已，以其为平卢节度使。

广顺三年（953年），寒食节那天，郭威不用上朝，百官也都放假。早上郭威起得比较晚，还没有用早膳，王峻便已进入内殿，说有重要的事情上奏。郭威还以为有什么特别重要的紧急之事，于是便召王峻入见。王峻行过礼，奏道：“臣看李榖、范质两个宰相实在不称职，不如改用他人。”郭威问道：“你看何人合适，能够替代此二人？”王峻回道：“端明殿学士颜衎（kàn）、秘书监陈观都有才华，陛下为何不予重用？”郭威很不高兴地说：“废立宰相应当慎重，不可仓促行事，让朕好好想想再说。”这已经很给王峻面子了，可是王峻不依不饶，硬要郭威答应。郭威当时已经饥肠辘辘，自然心情不好，恨不得立刻将他斥退。但仍然强忍怒气，含糊说道：“等寒食节过后，为你改任二人便是。”王峻这才退出。

王峻虽然是佐命功臣，但是如此跋扈，郭威岂能容他？太祖郭威以王峻欺凌太甚，不堪其无君，到了第二日上朝之时，喝令左右将王峻拿下，关入狱中。接着将王峻贬为商州司马，勒令即日赴任。王峻狼狈离开都城，到了商州，忧愤成疾，不久就死掉了。

在这里，我忽然想起了三国时周公瑾事孙权之事。当初小霸王孙策起兵江东之时，多得周瑜之助，二人名虽君臣，实为挚友，太妃命孙权以兄奉周瑜。当时孙权的职位只是将军，诸将和宾客对待孙权为礼尚简，而周瑜对孙权独先尽敬，便执臣节。孙策死后，孙权即位，周瑜虽手握大权，但始终对孙权恭谨有礼，不愧为周郎周公瑾！以王峻观之，难望恭谨之项背，王峻之败，其宜矣！

邺都留守王殷，与王峻共同佐命立下大功。王峻获罪，王殷心中也十分不安。先前，王殷出镇邺都，仍统领亲军，兼任同平章事，黄河以北诸镇皆受王殷统率。但是王殷横征暴敛，百姓十分怨恨。郭威曾派人告诫王殷说："朕在邺都起事，所有的积蓄足以维持好几年，你只要按照配额征税即可，千万不要额外增加赋税，失去民心！"王殷却不以为然，仍我行我素，还任意调动河北戍兵，并不上奏朝廷。郭威对王殷很反感，王殷几次奏请入朝，均不获准。广顺三年（953 年）冬十一月，王殷擅自入朝，麾下带有许多骑兵。当时太祖郭威正好病重，得知王殷带兵入朝，心中惊疑。郭威拖着病体登殿，召见王殷。王殷刚刚走上大殿的台阶，就被侍卫拿下。太祖郭威斥责他擅离职守，罪在不赦，将王殷削夺官爵，流登州，出城杀之。罢邺都为天雄军、大名府，位在京兆府之下。

太祖郭威除掉二王，没有了后顾之忧，命皇子晋王郭荣掌管内外诸军事；改邺都为天雄军，调天平节度使符彦卿镇守，加符彦卿为卫王；调镇州节度使何福进镇守天平军，加封同平章事；镇州节度使由侍卫步军都指挥使曹英出任。

2. 王逵割据湖南

后周广顺三年（953 年）二月，湖南武安节度使（治潭州，今湖南长沙）王逵杀静江节度副使何敬真、武安节度副使朱全琇。四月，又杀武平节度副使张倣。六月，王逵以武安行军司马周行逢知潭州，自己领兵攻朗州（今湖南常德），执武平节度使、同平章事刘言。上表于后周，诬刘言谋降南唐，请复将军府自朗州移潭州，后周从其请。八月，王逵还长沙，以周行逢知朗州事。不久王逵派将领潘叔嗣杀害刘言，后周随即任命王逵为武平节度使。

3. 后周罢营田、牛课

广顺三年（953 年）正月，后周罢营田务。唐末以来，中原宿兵，因此设置营田，不隶州县，由户部别置官司总领，或丁多无役（有很多丁壮不服劳役），或容庇奸盗（庇护作奸犯科之人），而州县不能诘。至是，罢户部营田务，以其民隶州县，其田、庐、牛、农器，赐给现佃者为永业。又以后梁太祖朱全忠以来东南各州百姓岁输牛租、牛死而租不除，民甚苦之，亦悉除牛课。当年，户部增三万多户。

4. 彰武更换节度使

后周广顺三年（953 年）正月，彰武节度使（治延州，今陕西延安北）高允权卒，其子高绍基谋袭父位，诈称父疾病，上表求以己为知军府事。又屡奏杂虏犯边，希望能承袭父职。后周以六宅使张仁谦往延州巡检，高绍基始发父丧。二月，后周又命静难节度使（治邠州，今陕西彬县）折从阮分兵屯于延州，又命供奉宫张怀贞率禁军屯于鄜、延，高绍基惧，将军府事付副使张匡图。后周以向训权知延州。如此，后周中央对地方控制力增强。

5. 南唐大旱

南唐保大十二年（953 年）也即后周广顺三年六月至七月，南唐不雨，大旱，井泉干涸，淮河可涉水而过。饥民相继渡淮入后周之境。南唐濠（今江苏蚌埠东）、寿（今江苏寿县）发兵拦阻。

后周准许南唐饥民籴米过淮，于是南唐筑仓，籴北米以供军需。八月，后周诏南唐百姓以人畜负籴者听之，以舟车运载者不予，以防止南唐政府籴米以供军用。

第四节

太祖郭威驾崩，世宗柴荣即位（954 年）

1. 郭威驾崩

后周太祖郭威自广顺末年已经病重。显德元年（954 年）正月，太祖鉴于前朝帝王多以金玉陪葬，陵墓无不被发掘，屡嘱晋王柴荣于其身后薄葬，衣纸衣，殓以瓦棺；工役均用私雇，以免烦民；募近陵民三十户，蠲其徭役以守陵。不修地下宫殿，不设守陵宫人，不竖石人、石马、石羊、石虎，只于陵前刻石，题“周天子平生好俭约，遗令用纸衣、瓦棺，嗣天子不敢违也”。

广政十七年（954 年）正月初一，后周大赦，改元显德。初五，加晋王柴荣兼侍中，判内外兵马事。

显德元年（954 年）正月，后周太祖郭威病逝，养子柴荣即位，柴荣即后周世宗。

柴荣是郭威的皇后柴氏之侄，郭威收为养子。关于郭威与柴氏的结合，还有一段佳话。根据宋人所撰写的《东都事略》记载，柴氏本来是唐庄宗李存勖的嫔御，庄宗死后，明宗李嗣源将大批宫人遣散归家，柴氏也在其中。行至黄河岸边，柴氏父母来迎。说来也巧，恰逢大风雨，于是只得暂住于旅舍。有一天，见到一位身躯伟岸的男子从其门前经过，衣服破旧，甚至不能蔽体。柴氏问道："此是何人？"旅店主人答道："此乃马步军吏郭雀儿也。"柴氏见其形貌不凡，动了爱怜之心，想要嫁给郭雀儿。柴氏父母却坚决反对，说道："你是皇帝左右之人，归家后当嫁给节度使，为何要嫁给此人呢？"柴氏说："此乃贵人，前途不可限量。"于是柴氏将所带行李分一半给父母，另一半作为嫁妆。柴氏父母见女儿心意已决，知道不可改变，也就只好同意了。于是柴氏就在旅舍之中与郭威成亲，并且以金帛资助，使郭威的生活状况得到很大改善。他们夫妇结合于患难之中，所以感情一直很好，郭威称帝时，柴氏已经亡故，于是追册柴氏为皇后，谥号圣穆。此后郭威虽有嫔妃，却再也没有册立皇后，并且立柴氏之侄柴荣为嗣君。可见郭威与柴氏感情之深。

柴荣广顺三年（953 年）封晋王。郭威死前，黜退一批恃功倨傲之臣，又任命一批新官吏，将朝政委归柴荣，因此权力移交顺利。柴荣继承郭威重农恤民的政策和统一中国的大志，任命王朴等能臣，浚通漕运，发展文教，虽然柴荣在位仅有六年，便以三十九岁的英年病逝，但不失为一位有作为的皇帝。柴荣重用王朴。王朴献"平边策"，提出先攻南唐，取江北而控制南方各国，再取后蜀和幽州，最后解决契丹边患的战略思想；又提出争取民心和避实击虚等建议。柴荣大多均予采纳，成功地发动了一系列统一兼并战争。

2. 高平之战

周世宗柴荣即位后，遇到的头等大事，便是如何抵御北汉的进攻。北汉主刘旻利用周太祖新丧，世宗刚刚即位人心不稳之际，联合契丹发兵，妄图一举灭亡后周。二月，辽国遣武定节度使、政事令杨衮率一万契丹骑兵到晋阳（今山西太原南）。刘旻自己出兵三万，与杨衮合兵后，进逼潞州（今山西长治）。

周世宗得到北汉入犯的军报，决定亲自领兵前去抵御。这个决定受到许多朝臣的反对，其中反对最强烈的是有名的长乐老冯道。此人是五代时期不倒翁式的人物，后面还要专门介绍他，这里只讲他与世宗柴荣关于亲征问题的争论。世宗说道："从前唐太宗定天下，经常亲自出征，朕岂可偷安？"柴荣即位之时三十四岁，正当壮年，话语中都透露出一股英气。老朽的冯道答道："不知陛下做得成唐太宗否？"世宗又说："以我兵力之强，破汉好比以山压卵，怎么不会得胜？"冯道又冷冰冰地说："不知道陛下做得成山否？"当时只有宰相王溥一人支持世宗，世宗力排众议，亲率禁军出征。

两军在高平（今属山西）以南遭遇，发生激战，这就是历史上著名的高平之战。北汉和契丹的联军士气很高，他们先前打败了后周的地方部队，到了潞州，并不攻城，只大踏步南下，可见其志在不小。三月十九日，周军前锋与北汉军遭遇，北汉军稍一接触就向北退走。周世宗怕敌人逃跑，命令全速进军。

其实，北汉军并没有撤走，周军前锋碰到的不过是敌军的游骑，而北汉的主力正在严阵以待。刘旻亲领中军，大将张元徽领左军，契丹大将杨衮为右军，阵容严整。周世宗走得太快，到达阵前时，后续部队尚未赶到，周军在数量上处于劣势，一部分将士有了畏惧之心。但是周世宗却是勇气百倍，命白重赞、李重进为左翼，樊爱能、何徽为右翼，向训、史彦超领精骑在中央，张永德率领禁军跟着世宗。世宗本人也披挂上马，在阵中督战。

刘旻见周军人少，先存轻敌之心，后悔要求契丹出兵，对众将说道："我用汉兵就可以打败敌军，今日不但破周，也可以使契丹人佩服我们。"众将纷纷附和。契丹大将杨衮纵马上前，观察周军阵形后，告诉刘旻："周兵确是劲敌，不可轻视。"刘旻听了很不高兴，抚摸着自己的大胡子狂傲地说："机会不可错过，请将军不必多言，看我破敌！"杨衮听了心中不悦，就此按兵不动，袖手旁观。

这一天原本刮的是东北风，对汉军有利，这时忽然风向转为南风。北汉枢密直学士王德中劝刘旻说："风势不利，不宜进军。"刘旻大怒说："我计已决，老书生不得胡说，再说即斩！"刘旻随即下令进攻，东面的左翼军先向周军的右军冲击。交锋不久，樊爱能、何徽的右军便溃退了，向南逃跑，一路杀掠百姓、抢劫辎重，并散播谣言说："官军大败，余众已降。"右军剩下的千余名步兵，都放下武器，解甲投降。这一情况的出现，使得周军的形势异常严峻。但周世宗屹然不动，领亲兵身冒矢石督战。

赵匡胤此时是禁军将官，慨然说道："主上危急如此，吾等当死战报之！"并对另外一位将官张永德说道："贼气已骄，力战可破也！您请率军攻敌左翼，我引兵攻右翼。国家安危，在此一举！"于是赵匡胤和张永德各率两千人出战。赵匡胤向右翼冲杀过去，填补了阵线的漏洞。后周将士拼死决战，北汉大将张元徽在激战中身先士卒，因战马倒地，死于乱军之中。北汉兵见张元徽阵亡，士气受挫，支持不住，纷纷后退。刘旻举旗收兵，也约束不住。契丹大将杨衮不敢去救，又对刘旻心怀不满，只是保全实力，自行撤走。

樊爱能、何徽引兵南逃，一路上抢劫辎重，令运输辎重的民夫四散奔逃，损失很重。世宗派几批人前去劝阻，都不起作用。后周大将刘词率领后续部队，在路上遇见樊爱能、何徽等人。樊爱能、何徽劝刘词停止前进。好在刘词根本不听樊爱能、何徽之言，加快进军，在黄昏时赶到前线。当时，刘旻的残部还有一万余人，利用一条山涧与周军对峙。世宗兵少，一时打不过去。刘词这支生力军赶到后，世宗立即挥师进攻，大获全胜。北汉万余人被赶至山涧边，死伤惨重，死尸和丢弃的盔甲填满山涧。后周掳获北汉大批辎重、武器、甲胄，连刘旻的乘舆法物，也变成周军的战利品。刘旻骑着一匹契丹人送的黄马，仅率亲骑百余仓皇逃走。

刘旻等人又在夜间迷失路径，抓了个农民做向导。不知道是这位农民兄弟心慌走错了路，还是痛恨北汉残暴，一直领着刘旻等人向西走了百余里，才发现走错了路，走向了晋州。刘旻大怒，杀了向导，然后不分昼夜向北疾驰。一路上又冻又饿，到达沁州之时，当地官吏前来献食，尚未举筷，忽然听到周兵追到，连忙丢掉碗筷，上马再逃。刘旻最后狼狈不堪地回到晋阳，气衰力竭，伏在马背上，连头也抬不起来了。此战之后，北汉再也不敢轻言伐周。

周世宗获得大胜，打破了北汉要做“第二石敬瑭”的迷梦，也阻止了契丹再次蹂躏中原。从此以后，周世宗就有了南征北伐、进行统一大业的条件。所以高平之战的意义，实在不可低估。

高平之战虽然周世宗取得了胜利，但是也暴露了骄兵悍将难以驾驭的情况。为了解决这一问题，周世宗决心改变五代诸朝对骄兵悍将纵容姑息的政策。樊爱能、何徽听到高平大捷的消息，觍着脸皮，居然回到高平宿营。这脸皮真是比牛皮还厚。怎么处理呢？世宗开始时有些犹豫，张永德劝世宗执行军法，说：“陛下要削平四海，如若军法不立，虽有熊罴之士、百万之众，又有何用？”世宗接受了张永德的建议，当众宣布樊爱能等将校七十余人的罪状，立即斩首。同时重赏有功将士。赵匡胤因此战升为殿前都虞候，开始崭露头角。其余将校升迁的还有几十人，兵卒有升任军主、厢主，一跃而成为军官的。

周世宗深知仅靠杀若干人是不能从根本上解决问题的，要想改变五代军队的积习，提高战斗力，必须从整顿禁军入手。五代时的禁军历代相承，不加淘汰，老弱很多，纪律不严，一旦遇见劲敌，往往非逃即降。反之，各地藩镇却多有骁勇之士，实力每在禁军之上。返回汴梁后，周世宗任用年轻将领，裁汰禁军中的老弱病残，招募天下豪杰，精选骁勇，将藩镇军队中的善战之士选入禁军。周世宗甚至亲自试阅武艺，选拔人才。其中，殿前诸班的选拔工作，主要由赵匡胤负责，这也是赵匡胤未来黄袍加身的本钱。经过这次整顿，史书记载说："诸军士伍无不精当，由是兵甲之盛，近代无比，且减冗食之费焉。"

3. 后周攻北汉晋阳受挫

后周显德元年（954 年）三月，后周高平之捷后，发兵进攻北汉都城晋阳（今山西太原南）。以符彦卿为河东行营都部署知太原行府事，率二万步骑从潞州（今山西长治）趋晋阳；王彦超、韩通自阴地关（今山西霍邑北）北上，与符彦卿合军而进。四月，后周大军抵晋阳城下。王彦超军至汾州（今山西汾阳），北汉守将降。但后周攻辽州（今山西左权）、沁州（今山西沁源）则受挫，后来北汉辽州刺史被后周劝降。

后周十万大军聚于太原城下，军士剽掠，北汉百姓失望，逃入山谷自保。世宗下诏禁止剽掠，安抚农民，止征当年租税，募民入粟拜官。又发泽、潞、晋、绛、慈、隰及山东诸州民运粮馈军。北汉宪州（今山西静乐南）、岚州（今山西岚县北）、石州（今山西离石）、沁州、忻州（今山西忻县）、代州（今山西代县）先后归后周。五月，后周军在晋阳城下，旗帜环城四十里。辽派骑兵屯于忻、代之间，以为北汉之援。符彦卿率万余步骑击之，与辽兵交战，获得小胜。

当时契丹骑兵时常来到忻州城下，符彦卿与诸将列阵待之。后周大将史彦超率二千骑兵为先锋，与契丹交战，李筠率兵继之，杀契丹二千人。但是史彦超恃勇轻进，逐渐离主力部队越来越远，后来寡不敌众，为辽军所杀。李筠仅以身免，后周军伤亡甚众，于是符彦卿退保忻州，后又引兵还晋阳。

后周军倾河南兵力攻晋阳，久攻不克，又值久雨，士卒疲病。六月初，周世宗自晋阳撤军，焚军粮草数千万于城下。后周所得北汉州县设置的刺史均弃城而逃。

4. 北汉刘旻卒，刘承钧袭位

北汉乾祐七年（954 年），也即后周显德元年十一月，北汉刘旻病重，以子刘承钧监国。不久刘旻卒，告哀于辽，辽册命刘承钧为帝，更名钧。是为北汉孝和帝。上表于辽称男，辽赐诏称其为“儿皇帝”。

5. 后周治河患

后周显德元年（954 年）十一月，因黄河杨刘（今山东东阿北）至博州（今山东聊城东）一百二十里河段连年泛滥，向东分为两条支流，汇为大泽，弥漫数百里；又向东北冲毁堤坝，淹齐（今山东济南）、棣州（今山东惠民东南）、淄州（今山东淄博南）直至入海处，漂没民田农舍不可胜计。派李穀往澶（今河南濮阳）、郓（今山东东平西北）、齐州按视堤坝沿河，发役徒六万，三十日完工，堪称高效。

6. 长乐老冯道

后周显德元年（954 年）四月十七日，后周太师、中书令冯道卒，终年七十三岁。

冯道曾经撰写过一篇文章叫作《长乐老自叙》，叙述其在历朝所获得的各种官职、爵禄、封赏等情况，自称在家为孝、在国为忠，既是人子、人弟、人臣、丈夫、父亲，又有儿子、孙子，食有味、饮有酒、读有书，目睹美色、耳听乐声，安于当代，老而自乐，人世间还有什么能比这更快乐的呢？这篇文章撰写于后汉隐帝乾祐三年（950 年），流传颇广。

冯道其人，是五代时期最有影响的人物之一。他一生历任四朝十君，三次拜相，在相位前后二十余年，以持重著称，平生廉明节俭，声望甚高，在当时被人们认为是当世之孔夫子，只是到了晚年稍稍有所奢侈。对于此人，历来争议甚大，赞誉者有之，指斥者亦有之。

冯道（882—954 年），字所道，瀛州景城（今河北沧州西）人。其先世以农为业，没有做过官。冯道年轻时生活艰苦，但能够立志苦学，虽大雪拥门、灰尘满席，仍然诵读不辍。唐朝末年，刘守光任幽州节度使时，任他为幽州参军。刘守光败亡后，冯道流落太原，河东监军张承业任命他为巡官。当时的河东记事参军卢质对张承业说：“我曾经看到过司空杜黄裳的画像，冯道的面貌与他颇像，将来前途无量，希望予以重用。”于是张承业又推荐冯道做了使府掌书记。唐庄宗李存勖与后梁大战期间，冯道也在军中，居一茅庵，卧于草上，与仆人吃同样的饭食。军中将校掠得美女，曾赠给冯道一名，冯道无法拒绝，遂安置于别室，访得其家而送还。后唐建立后，冯道历任翰林学士、中书舍人、户部侍郎等官职。曾因父亡而回乡守丧时，正逢灾年，冯道拿出自己全部积蓄救济乡邻，自己却下田耕作、砍柴负薪。凡遇有荒芜的田地，而田主无力耕作时，冯道往往乘夜帮助耕种，并拒绝酬谢。当地官员赠送的粟米绢帛，冯道一无所受。契丹人闻听冯道的大名，打算派兵入境掠走，幸亏后唐边军有所防备而未能得逞。

冯道守丧期满后，回朝仍任翰林学士。后唐明宗李嗣源即位后，素闻冯道大名，升任冯道为端明殿学士，不久又升任中书侍郎，并拜为宰相。明宗天成、长兴年间，天下无事，连年丰收，百姓安居乐业。冯道劝明宗居安思危，关心百姓疾苦，并为明宗诵读唐代诗人聂夷中的《伤田家诗》："二月卖新丝，五月粜新谷。医得眼前疮，剜却心头肉。我愿君王心，化作光明烛。不照绮罗筵，只照逃亡屋。"明宗听后倍加赞赏。冯道还主持了《九经》的刊印，这是我国雕版印刷术自发明以来，首次大规模使用这项技术印刷典籍，对文化事业的发展意义重大。冯道曾经随契丹主至常山，见到被掳去的中原士女甚多，遂拿出钱财赎回，暂寄住于佛寺尼庵，然后寻访其家，一一送还。

冯道心胸开阔，能容天下难容之事。有一个小吏名叫胡饶，生性粗犷，因一时不满，在冯道府门前大骂。冯道说："此人一定是醉了。"命人将其引入府中，设席款待，尽欢而散，竟无一丝恼怒之色。冯道任同州节度使时，有一名酒务吏上书请求以家财修缮孔子庙，冯道批复判官处理此事。这位判官在状后批道："荆棘森森绕杏坛，儒官高贵心偷安。若教酒务修夫子，觉我惭惶也大难。"批评文士儒臣不重视儒学，反倒不如一个管酒的小吏。冯道看到后，非但没有生气，反而感到非常惭愧，于是拿出自己的俸禄重修了当地的孔庙。冯道对待下属如此，对待朝中大臣不论其与自己的政见是否相同，也都能平和相处，绝不因私愤而责难他人，更谈不上陷害同僚了。

正因为冯道名望甚高，不少皇帝都对他十分尊重，称其官职而不称其名。跋扈专横的节度使们，见了冯道皆行大礼，不敢有丝毫怠慢。冯道出使契丹时，契丹主敬重冯道，打算亲自到郊外迎接，经人劝说才作罢。士无贤愚，皆视冯道为国之元老，倍加尊崇。

但是冯道却很少对皇帝的无道行为进行劝谏，只是一味顺从。冯道一生中经历了四次改朝换代，至于皇帝的更换就更多了。每一次改朝换代，冯道都会加官晋爵，获得封赏。

冯道一生官运亨通，除了三次拜相以外，还多次任太师、太尉、太傅、司徒、司空等官衔，封开国男至开国公、鲁国公、秦国公、梁国公、齐国公，食邑自三百户至一万一千户，食实封自一百户至一千八百户，勋官至上柱国。冯道的曾祖母、祖母、母亲都被追封为国太夫人，曾祖父、祖父、父亲分别获赠太傅、太师、尚书令，其夫人受封蜀国夫人，诸子皆得任各种官职，诸女都嫁给高官。所有这一切都被冯道在《长乐老自叙》中一一开列清楚，连其乡里因冯道而数次改名的事，也不厌其烦记录清楚，甚至连契丹侵入中原后，冯道所获得的契丹封赏与官爵，也无一遗漏。

对于冯道所撰写的《长乐老自叙》，宋代大文豪欧阳修批评说："当是时，天下大乱，戎夷交侵，生民之命，急于倒悬，（冯）道方自号长乐老，著书数百言，陈已更事四姓及契丹所得阶勋官爵以为荣。……其可谓无廉耻者矣，则天下国家可从而知也。"我国古代士大夫历来讲求忠臣不事二姓，并将这一点作为立身之大节，冯道自称忠于国，却历事四朝十君，因此受到后世的指责也是理所当然的。

欧阳修甚至认为以冯道为首的五代士大夫的这种行径连妇人也不如。他记载说：五代时有一人叫作王凝，任虢州司户参军，因病死在任所。其家贫，有一子尚幼，其妻李氏携其子、背负遗骨，返回青州故乡。途经开封时，欲住旅舍，其主人见一个妇女独携一子，遂生疑心，不允许李氏住宿。李氏见天色已晚，不肯离去，被旅舍主人牵其臂强行拉出。李氏仰天恸哭说道："我为妇人，不能守节，而此手为他人所牵，不能因一手而污吾身！"于是用斧头自断其臂，路人见者为之泣下。开封府尹得知此事后，奏报朝廷，厚恤李氏，并为其治伤，而对旅舍主人进行了严厉惩罚。欧阳修最后说："士大夫自爱其身，而忍辱偷生者，听到李氏的这种事迹，难道不感到羞愧吗？"

欧阳修在《新五代史》中进一步说道："礼义，治人之大法；廉耻，立人之大节。盖不廉，则无所不取；不耻，则无所不为。人而如此，则祸乱败亡，亦无所不至，况为大臣而无所不取不为，则天下其有不乱，国家其有不亡者乎？"

《旧五代史》在肯定冯道的一些作为时，也指出："然而事四朝，相六帝，可得为忠乎？夫一女二夫，人之不幸，况于再三者哉！"而且冯道死后只得到"文懿"的谥号，而不能获得"文贞""文忠"等谥号，原因也在于此。

7. 王虔朗说服溆州蛮

楚马希萼与马希广相争时，曾以长沙宝货为诱饵使诸蛮出兵助其下长沙。后汉乾祐三年（950 年）马希萼破长沙，诸蛮大掠，长沙马氏历代府库之积，均被溆州（今湖南怀化）蛮酋长符彦通所掠，符彦通因此称王于溪洞之间。王逵占据湖南，以王虔朗前往招抚。王虔朗以礼责之，以情动之，以溪洞之地在隋唐之时皆为州县，说服符彦通去王号，归顺王逵。符彦通将铜鼓数枚献予王逵，王逵承制以符彦通为黔中节度使。王虔朗因一言胜数万兵，升为指挥使，预闻府政。

第五节

《平边策》（955年）

1.《平边策》

显德二年(955年),周世宗向朝臣征求统一天下的方略。王朴献《平边策》,提出“先易后难”的原则，主张把南唐作为第一个兼并对象。他认为南唐与后周以淮河为界，边界长达两千里，可以先用少数兵力做扰乱性攻击，引南唐来救，消耗南唐的力量；几次之后，对方兵疲力竭，我方就可以一举而下江北各州；江北既然到手，江南自不难取。南唐亡后，岭南、巴蜀必然惊慌失措，可以传檄而定。南方解决了，燕地必望风内附，即使不来，攻取也不困难。只有河东刘氏，是周朝的死敌，非用强兵猛攻不可。好在高平之战以后，刘氏已经丧失进攻的力量，不妨放到最后解决。

王朴《平边策》原文："凡攻取之道，必先其易者。唐与吾接境几二千里，其势易扰也。扰之当以无备之处为始，备东则扰西，备西则扰东，彼必奔走而救之。奔走之间，可以知其虚实强弱，然后避实击虚，避强击弱。未须大举，且以轻兵扰之。南人懦怯，闻小有警，必悉师以救之。师数动则民疲而财竭，不悉师则我可以乘虚取之。如此，江北诸州将悉为我有。既得江北，则用彼之民，行我之法，江南亦易取也。得江南则岭南、巴蜀可传檄而定。南方既定，则燕地必望风内附；若其不至，移兵攻之，席卷可平矣。惟河东必死之寇，不可以恩信诱，当以强兵制之；然彼自高平之败，力竭气沮，必未能为边患，宜且以为后图；俟天下既平，然后伺间，一举可擒也。今士卒精练，甲兵有备，群下畏法，诸将效力，期年之后可以出师，宜自夏秋蓄积实边矣。"

周世宗看到这篇奏折，十分赏识。王朴（906—959年），字文伯，东平（今属山东）人。后汉时做过枢密使杨邠的属员，见到朝中将相大臣纷争不止，就辞官回乡了。后来杨邠、史弘肇、王章被杀，门客属员纷纷受到株连，王朴独能置身事外。周世宗柴荣做节度使镇守澶州时，王朴做了柴荣的掌书记。上奏平边策时，王朴正任比部郎中。献《平边策》后，王朴几次升迁，一直做到枢密使，是周世宗的心腹谋士。他足智多谋，知识广博，还曾经主持修订历法，扩建开封城的规划也是由他制订。可惜天妒英才，王朴寿命不长，于显德六年（959年）去世，年仅五十四岁。

王朴的《平边策》对后来的北宋影响很大，周世宗采纳王朴之言，并根据实际情况对王朴的《平边策》做了修正，制定了统一大计。周世宗柴荣的雄才大略，非后来的宋太祖赵匡胤可比。

2. 后周伐蜀

周世宗首先对后蜀用兵。显德二年（955 年）五月，周世宗发动了夺取后蜀秦州（今甘肃秦安西北）、凤州（今陕西凤县东北）、阶州（今甘肃武都东）、成州（今甘肃成县）四州的战争。这四州向来归中原朝廷管辖，契丹兵侵入中原时才归后蜀。后蜀这边得知周世宗有收复关右秦、凤等州之意，也加紧备边。三月，后蜀以赵季札为雄武监军使，四月，又命知枢密院王昭远按行北边城寨及甲兵。

后周以宣徽南院使、镇安节度使向训及凤翔节度使王景等取秦州（今甘肃秦安北）、凤州（今陕西凤县东北）。五月初，王景自散关（今陕西宝鸡南）往秦州，拔后蜀黄牛等十八寨；后蜀以李廷珪挂帅，率高彦俦、吕彦珂等迎敌。先期请命戍边的赵季札离成都不远，闻周师入境，上书求解边职，弃辎重等单骑逃回成都，后蜀后主斩之。由此可见，后蜀后主孟昶果断敢为，并非一无是处，此处当为其正名。

秦州、凤州一带地形复杂，运粮困难，进军较缓慢。后周许多文官本来不愿用兵，此时振振有词地要求撤兵。幸亏周世宗有主见，坚决不打退堂鼓，派赵匡胤到前线视察。赵匡胤也认为有把握取胜，这样才没有半途而废。九月，秦州、成州、阶州三州投降；十一月，周军攻克凤州。这一次用兵取得全胜。此战并不在于灭亡后蜀，而是夺取战略要地，将后蜀封锁于两川范围之内，使其不敢妄动兵端，骚扰后周西部边境。后周世宗诏赦秦、凤、阶、成四州两税征科，及后蜀所立诸色科徭。所俘后蜀将士，自愿遣返。

3. 后周伐南唐

紧接着，周世宗开始征伐南唐，目的在于夺取淮南的富庶之地。周世宗先命人疏通汴水进入淮水的航道，以便运输。显德二年（955 年）十一月，周世宗任命宰相李穀为淮南道前军行营都部署兼管庐、寿等州行府之事，许州节度使王彦超为副，都指挥使韩令坤等十二将一起出征，向南方进发。

周军在寿州（今属安徽）以西的正阳架起浮桥，渡过淮水南进。

寿州是淮河南岸的重要战略要地，是周军进攻的首要目标。再看南唐这边，每年冬季，淮水涸浅，南唐本来每年都派兵戍守，称作"把浅兵"。寿州监军吴廷绍认为平安无事，奏请撤掉"把浅兵"，李璟竟然同意了。清淮节度使刘仁瞻拼命劝阻，李璟也听不进去。此时听说周军将到，正值天寒水干之时，淮水附近上下恐慌。刘仁瞻却镇定自若，分部防御，一如平时。淮上众人才稍稍安定。

4. 后周规划大梁城

后周显德二年（955 年）四月，周世宗柴荣以大梁（今河南开封）城中迫隘，诏拓展外城。先立标志，其中由县官区划街道、仓场、公廨，其余空地由百姓随便建屋，有葬者埋于标志七里之外。至十一月，又命将城中街衢取直拓宽，道宽三十步。景德三年（1956 年）正月，发开封府及近畿的曹、滑、郑州之民十余万筑大梁外城。

5. 后周世宗抑佛

显德二年（955 年），后周世宗敕命天下寺院，未经朝廷敕赐匾额的全部废除。禁私度僧尼，凡欲出家者必须得到祖父母、父母亲、伯伯叔叔的同意。唯两京、大名府、京兆府、青州准许设立受戒的佛坛。禁止僧侣舍身自杀、断手足、炼指、挂灯、带钳之类惑乱、破坏社会风俗的行为。命令东京、西京以及各州每年编制僧侣名册，如有死亡、返俗，都随时注销。是岁，天下寺院存者二千六百九十四，废者三万三百三十六，现有和尚四万二千四百四十四人，尼姑一万八千七百五十六人。

当时朝廷长久没有铸造铜钱，而民间许多人销毁钱币做成器皿以及佛像，铜钱越来越少。九月，敕令开始设立机构采铜铸钱。除了朝廷的礼器、兵器以及寺庙道观的钟磬、钹镲、铃铎之类准许保留外，其余民间的铜器、佛像，五十日内悉令输官，给其直；过期隐匿不输，五斤以上其罪死，不到五斤的论刑有差。世宗对侍从大臣说："卿辈勿以毁佛为疑。夫佛以善道化人，苟志于善，斯奉佛矣。彼铜像岂所谓佛邪？且吾闻佛在利人，虽头目犹舍以布施，若朕身可以济民，亦非所惜也。"

宋代的司马光评价周世宗说："若周世宗，可谓仁矣，不爱其身而爱民；若周世宗，可谓明矣，不以无益废有益。"

第六节

后周大战南唐，湖南王逵败死（956 年）

1. 后周大战南唐

上文说到，周世宗柴荣自高平之役后，有统一天下之志，他采纳了王朴之言，先取南唐。汴水埇桥（今安徽宿县）至泗州（今江苏盱眙河对岸）已壅塞，周世宗命武宁节度使武行德征发民夫疏浚河道，打通东京（今河南开封）至东南的水路，以备平唐之后漕运之利。

后周显德二年（955 年）也即南唐保大十三年十一月，后周以李穀为淮南道前军行营都部署兼知庐、寿等行府事，王彦超为副，率韩令坤等十二员大将伐南唐。南唐闻讯，以刘彦贞为北面行营都部署，领兵二万赴寿州（今安徽寿县），由皇甫晖、姚凤领兵三万屯定远（今安徽定远东南）以为应援。十二月，后周师自正阳（今安徽寿县西南）搭浮桥过淮河。

显德三年（956年）正月，周世宗以王朴、向训等留守东京，自己亲征淮南。此时周军攻寿州不下，南唐刘彦贞率军至来远镇，距寿州仅二百里，又派数百战舰往正阳。李穀为防浮桥不守导致军心动摇，抢先撤军。周世宗此时正走到固镇，接到李穀奏报，急忙派人飞驰军前阻止撤军，但周军已由寿州撤至正阳。周世宗命李重进领兵赴淮上与李穀会师，并要求其尽快进攻，不可错失良机。

南唐刘彦贞到了寿州，见周军退去，便想追击。刘彦贞及其部将均有勇无谋，不顾清淮节度使刘仁赡等人劝阻，引军直抵正阳。后周李重进见南唐兵到，便渡淮东进，二话不说就身先士卒，直冲入唐军。李重进一鼓作气，大败南唐军，斩刘彦贞，擒其部将，斩首万余级，伏尸三十里，缴获军械三十万。

正月下旬，周世宗到达寿州城下，以李重进代李穀为招讨使，驻军于寿州城下，再围寿州。周世宗将浮桥迁至寿州以北的下蔡镇，下令诸军攻寿州，又征发宋、亳、陈、颍、徐、宿、许等州数十万丁夫，使用云梯、洞屋等器械，日夜攻城不息，擂鼓鸣角之声响彻天地，连城中墙壁都被震动。这边刘仁赡不愧是当世名将，防守严密，每日里射箭抛石，鸣炮扬灰，使周军不能靠近。周军虽然人数众多，却也无可奈何。

周世宗一边攻城，一边分兵越点进攻，先拿下江北各州。

显德三年（956年）二月，赵匡胤奇袭滁州（今属安徽）清流关。南唐将领皇甫晖、姚凤在山下列阵，不料赵匡胤出奇兵，将部队分作两队，前队直奔关下，自己带着后队走小路从山后绕出。南唐二将正在山前列阵，猛然间从山后冷不防杀出一队雄师，当真是一个大大的“惊喜”！失去地利，二将只得弃关入城。

赵匡胤来到城下。皇甫晖勉强整队出战，但是锐气已失。赵匡胤直接发动猛攻，据说当时赵匡胤纵马一跃，竟然直接跳过城外的大渠！看来赵匡胤的武功也真是名不虚传。赵匡胤一马当先，亲手打伤皇甫晖并将其生擒，又擒获姚凤，一举攻克滁州。

这里还有一段故事需要交代。周世宗命马军副指挥使赵弘殷攻取扬州，这位赵弘殷正是赵匡胤的父亲。话说赵弘殷路过滁州之时，已是夜半时分，他本打算入城休息，就到城下叩门。赵匡胤在城上问明来意，说道："父子虽是至亲，只是当前是国家之事，按照军令深夜不得开城。请父亲在城外住宿一晚，天明之后儿子立即前去接您！"

周世宗在淮上作战，同时命湖南王逵攻南唐鄂州（今湖北武汉）。南唐因屡败，遣使赍金银器、缯锦、酒、牛请和于周，周世宗不允。另一位后周大将韩令坤也袭取扬州，打破泰州。西面的光州（今河南潢川）、蕲州（今湖北蕲春）、舒州（今安徽潜山）、黄州（今湖北黄冈）等州也相继被周军攻破。南唐天长制置使耿谦降周，后周获二十多万粮草。

三月，南唐再次求和。其时南唐江北之地，一半已为后周所据。南唐中主李璟请去帝号，割江北寿、濠、泗、楚、光、海六州之地，岁输金帛百万求罢兵。周世宗欲尽得江北，不允。与此同时，周世宗利用吴越，在江南开辟了第二战场。显德三年（956 年）二月，吴越王钱弘俶也奉周命攻南唐常州、宣州。当时南唐精兵都在江北，南唐柴克弘奉命救常州，所部只有几千人。三月，柴克弘利用吴越兵懈怠无备之机，一举大破吴越兵。吴越攻打宣州的军队攻城不下，得到常州兵败的消息，也自行退去。

四月，南唐陆孟俊自常州领一万多人赴泰州，周兵遁去。陆孟俊复泰州，继而转攻扬州。后周命赵匡胤屯六合，以防南唐扬州军逃遁。后周韩令坤坚守扬州，败南唐陆孟俊。南唐齐王李景达率二万兵马过江攻六合，赵匡胤以不足二千兵力大败南唐军，杀获近五千人，南唐军渡江争舟溺死甚众。此役，南唐精华丧失殆尽。赵匡胤以少胜多，再次展现了英雄本色。

五月，周世宗因久攻寿州不克，又值大雨，攻城士卒伤亡颇多，留李重进军围寿州，自返大梁。接着，周世宗决定缩短战线，放弃滁、扬等州，把主力集结于寿州城下，后周军队则依旧攻寿州不停。

七月，南唐收复了大部分后周所占州县，援军驻扎于紫金山，与寿州城烽火相应。宋齐丘欲以德怀柔周师，命南唐诸将各自严守，不得擅击周兵。南唐齐王李景达拥兵五万屯于濠州（今安徽凤阳东北），但军政均决于枢密使陈觉。陈觉毫无出战之意，将吏畏陈觉，不敢言战，因此寿州形势愈加危急。

后周方面，殿前都指挥使张永德于下蔡（今安徽凤台）击退南唐林仁肇所率水陆援军，以铁丝系大木锁江，阻止南唐军前进。周世宗自前线返大梁后，有鉴于南唐水军强大，于大梁城西汴水旁造数百艘战船，由南唐降卒教练水师。十二月，后周征发陈、蔡、宋、亳、颍、兖、曹、单等州丁夫数万人筑下蔡城。

一时间，战争似乎很快就可以结束了。然而事情并没有这么简单。

淮南人民本来痛恨南唐的横征暴敛，见到周军入境，都很欢迎，有的还备了酒肉犒劳周军。不料后周将领根本没有吊民伐罪的意思，而是到处掳掠财物，暴虐百姓。淮南人民大失所望，纷纷避入山岭湖泊之中，建立堡垒，以农具作为兵器，将白纸叠起来做铠甲，披在身上，与周军对抗。这种自发的农民武装，当时号为“白甲军”，力量积聚起来相当雄厚。周军屡屡受到“白甲军”的打击，有些已经到手的州县，又得而复失，被南唐夺了回去。

除了丧失了“人和”这个基本因素，“天时”和“地利”也对周军不利。周军从冬季开始进攻，一直拖到了来年夏天。南方的气候炎热潮湿，周军来自北方很不适应。进攻寿州的周军因连日大雨，营中积水数尺，士兵和攻城器械漂没的都不少。南唐虽然在陆战上屡战屡败，水军却远非周军所及。南唐凭借水军，仍然纵横于河泽湖泊之中，扼守江淮。

2. 杨行密绝后

后周显德三年（956 年），周世宗柴荣征伐淮南，并下诏安抚杨氏子孙。李璟听说后，大惊失色，急忙派园苑使尹廷范，将杨氏族人由泰州迁往镇江。但在过江时，尹廷范担心杨氏作乱，便将杨氏族人全部杀害。从此，南吴杨氏宗族绝嗣。李璟假装大怒，为平民愤，杀尹廷范并灭其族。然而这一切不过是做给世人看的，谁都知道这一切幕后主使是他。杨行密英雄一世，不承想落得个绝后的下场。李璟不仅无能，而且假仁假义，南唐最终灭亡，也是天道轮回。

3.《韩熙载夜宴图卷》

韩熙载是出生于豪族的北方人，到南唐当了大臣。因后主李煜猜疑北方人，韩熙载便沉湎于声色，以避免引起别人的猜忌而遭不测。李煜派画家顾闳中（南唐画院待诏，善画人物，尤长于刻画人物神情意态）到韩熙载家窥探，回来后凭“目识心记”，作了这幅反映韩熙载家中夜宴情况的长卷上呈。全画分五段：第一段“听乐”，描绘韩熙载与宾客们听歌伎弹琵琶，每个人的视线和精神都集中在弹琵琶女子的手上；第二段“观舞”，表现韩熙载亲自为跳“六幺舞”的家伎王屋山击鼓，众人边观赏边拍手、击板助兴；第三段“歇息”，画韩熙载在中间休息时坐在床上一边洗手，一边与几个女子谈话；第四段“清吹”，画韩熙载袒腹坐在椅上听众姬合奏管乐的场面，韩似与一近身侍女闲谈；第五段“散宴”，画韩熙载手执鼓槌送别宾客，还有未离去的宾客与歌女们调笑。在这些歌舞欢宴场面中，头戴高纱帽、身材魁伟、长脸美髯的韩熙载流露出既纵情声色又沉郁寡欢的矛盾心理。如他为舞者击鼓的神态刻画便深刻地揭示出人物复杂的内心世界。每段之间以屏风巧妙相隔，显得很自然。线条工整精细，设色绚丽清雅而又沉着，表现出高超的艺术水平。

4. 湖南王逵败死

后周显德三年（956年）正月，后周伐南唐，同时命湖南武平节度使王逵出兵攻南唐鄂州（今湖北武汉），王逵依令出兵。王逵领兵行至岳州（今湖南岳阳），岳州团练使潘叔嗣奉事甚谨，准备了丰厚的物资犒军。但是王逵的身边之人向潘叔嗣索求无厌、无法满足，便向王逵进谗言说潘叔嗣谋反。王逵怒形于色，导致潘叔嗣心中疑惧。

潘叔嗣曾受王逵之命处死刘言，照理说无疑是王逵的心腹之人。因此王逵对心怀怨愤并伺机反叛的潘叔嗣并无防备，继续配合后周攻打南唐，并拔鄂州长山寨，擒获南唐将领陈泽等人献给后周。就在王逵全力进攻南唐之际，潘叔嗣对王逵的大本营朗州发起进攻，王逵后方大乱。潘叔嗣对属下将士说道："吾事令公（指王逵）久矣，今乃信谗疑怒，军还，必击我。吾不能坐而待死，汝辈能与吾俱西乎？"将士们怒发冲冠，潘叔嗣于是率领属下将士西袭朗州。王逵得知岳州将士攻打朗州，连忙率兵回援，但是潘叔嗣等人已经占据武陵，王逵攻打不下，兵败而死。于是王逵在湖南的统治结束了。

潘叔嗣攻下朗州并袭杀王逵之后，由于力量和声望都无法与潭州（今湖南长沙）节度使周行逢相比，加之与周行逢友善，为了免遭周行逢讨伐，在占领朗州后并未据为己有，而是将朗州拱手让给了周行逢。潘叔嗣的如意算盘是这样的，他说："吾救死耳，安敢自尊，宜以督府归潭州太尉，岂不以武安见处乎？"他认为自己把朗州让给周行逢，周行逢自然会任命自己做武安节度使。于是潘叔嗣返回岳州，派团练判官李简率朗州将吏迎武安节度使周行逢，以为周行逢必然投桃报李、以潭州相授。

但是周行逢却有自己的打算。尽管潘叔嗣主动放弃了朗州，并把周行逢推到湖南最高统治者的地位，但是周行逢对于先杀刘言后弑王逵的潘叔嗣很不放心，并没有将潭州的统治权交给他，而仅仅授予其行军司马之职。

周行逢说道："叔嗣贼杀主帅，罪当族。所可恕者，得武陵而不有，以授吾耳。若遽用为节度使，天下谓我与之同谋，何以自明？宜且以为行军司马，俟踰年，授以节钺可也。"于是以衡州刺史莫弘万权知潭州。周行逢率众入朗州，自称武平、武安留后，告于朝廷，而以潘叔嗣为行军司马。潘叔嗣的如意算盘落空，并没有得到武安节度使的职务，自然对周行逢十分不满，于是以患病为借口拒不从命。于是有人向周行逢献计说："授叔嗣武安节钺以诱之,令至都府受命,此乃机上肉耳！"周行逢依计行事。潘叔嗣临行之前，亲信劝说他不要前往。但是潘叔嗣自恃素来以兄事周行逢、彼此亲善，遂行不疑。周行逢以隆重的规格迎接潘叔嗣，遣使迎候，道路相望。潘叔嗣抵达后，周行逢亲自来到郊外迎接，相见甚欢。潘叔嗣入城后，前去拜谒周行逢，刚刚进门，便被周行逢命人拿下，立于庭下。周行逢责备潘叔嗣说道："汝为小校无大功,王逵用汝为团练使,一旦反杀主帅。吾以畴昔之情,未忍斩汝,以为行军司马，乃敢违拒吾命而不受乎？"潘叔嗣心知难逃此劫，请求不要祸及宗族。于是周行逢命人将潘叔嗣斩首。

潘叔嗣被杀，湖南军政尽入周行逢之手。由于周行逢个人能力很强，也很有手段，治理湖南比较得力，因此周行逢执政时期的湖南比较平稳。但是周行逢死后，内部矛盾很快爆发，后来张文表掀起反叛，周宝权纳土归宋，此是后话了。

周行逢还是一个很有个性的人，他少年时曾因事被黥面（以刀刻凿人面再用墨涂在创口上），有人请其用药除之，以免朝廷使节嗤笑。周行逢却以秦末汉初的名将黥布（英布）自喻，始终没有听从。

5. 赵匡胤为节帅

后周显德三年（956 年）十月，后周以赵匡胤为定国节度使兼殿前都指挥使。赵匡胤以渭州军事判官赵普为节度推官，这也是此二位北宋开国君臣风云际会的开端。

第七节

周世宗再征南唐（957 年）

1. 再征南唐

后周显德四年（957 年），也即南唐保大十五年正月，南唐寿州城中粮食已尽，南唐齐王李景达派遣许文稹、边镐、朱元等统兵数万救援，驻扎于紫金山（今安徽凤台东南）；又筑甬道数十里，准备运粮进城。后周大将李重进截击并大破南唐军，杀五千人，夺两寨。三月，周世宗柴荣再次亲临淮南，直抵寿州城下，命后周军破紫金山南唐军，断其甬道，使南唐军首尾不能相顾。后周水师也自闵河沿颍入淮。南唐北面招讨使朱元与陈觉不和，率万余人降后周。

周世宗为防止南唐军一旦溃败向东沿河而逃，命水师数千沿淮而下，军于赵步（今安徽凤台东北淮河北岸）。后周诸将击紫金山南唐军，杀获万余人，擒许文稹、边镐、杨守忠。南唐败军果然如周世宗所料沿河东逃，被后周水陆夹击，战、溺死及降者近四万人，后周获战舰粮仗以十万计。

后周又夹淮水筑两城，切断南唐驻濠州的大军与寿州之间的应援之路。南唐齐王李景达、陈觉奔回金陵，南唐清淮节度使刘仁赡坚守寿州。此前刘仁赡曾建议主动出击，齐王李景达未准，刘仁赡于是愤郁成疾。此时刘仁赡病重，已经不省人事，监军使周廷构、营田副使孙羽等以刘仁赡名义作表投降。后周历时一年多时间，下寿州，徙寿州治所于下蔡。赦境内死罪以下，百姓响应南唐号召入山林者，招复业，不问罪；开寿州仓赈饥民。周世宗返回大梁，分南唐降卒为六军、三十指挥，号怀德军。

根据实战得到的经验教训，周世宗采取了两项积极措施。第一是宣布赦免淮南各州的囚犯，取消南唐政府的各项苛捐杂税和不合理的赋役。这是解决“人和”问题的办法。从后面的事实来看，这项措施对于收揽人心确是有效的。打破寿州之后，下令免缴租税，不追究附近人民反抗周军的罪过，还准许家属认领被掳的人口。攻泗州之时，禁止兵士损坏庄稼，破城后也注意禁止掳掠。这样白甲军的抵抗就逐渐停止了。第二是前面提到了，利用降兵中的水军，让他们教习周军水战，于是后周在几个月之间，建立了一支水军。这是后周取得胜利的重要因素。

进入寿州城后，周世宗非常赞赏刘仁赡的忠贞品格，以刘仁赡为天平节度使兼中书令，诏书中写道:“尽忠所事，抗节无亏，前代名臣，几人堪比！”诏书颁下的当日，刘仁赡去世，世宗追封刘仁赡彭城郡王的爵位。

刘仁赡（900—957 年）字守惠，终年五十八岁，在南唐累官武昌节度使，徙清淮军节度使，镇寿州。刘仁赡在极端困难的情况下，把寿州攻防战打得有声有色，从周世宗再围寿州算起，足足一年零两个月。后来，后周以其子刘崇赞为怀州刺史。史载，刘仁赡轻财重士、法令严肃，重围之中，其子刘崇谏犯军禁，即令斩之，故能以一城之众连年拒守。迨其来降，而其下未敢窃议者，保其后嗣，亦有由焉。

2. 三征南唐

夏季和秋季不利于后周的军事行动，因此周世宗在攻取寿州之后，就返回了开封，暂时按兵不动。十月中，周世宗第三次南下。当年十一月，周军发动了强大攻势。周世宗在濠州（今安徽凤台东北）亲自率军攻拔州东北的南唐营寨，周将李重进破濠州南关城。周世宗又亲自攻濠州城，后周大将王审琦拔南唐水寨，后周水师拔掉南唐植于淮水中的巨木，焚毁南唐战舰七十余艘。守濠州的郭廷谓请求先遣使至南唐朝廷禀命，然后出降，周世宗许之。周世宗得知南唐有数百战船在涣水以东准备救援濠州，亲自带兵连夜水陆夹击，大破南唐军于濠州以东的洞口，斩首五千余级，降两千余人。又乘胜至泗州（城今入洪泽湖），督军攻城。十二月，南唐泗州守将举城降，周世宗下令军中勿犯民田，克城之后，无一士卒敢擅入城中。这次后周的军纪大有改观，知错能改，善莫大焉。

攻下泗州后，周世宗又亲自率亲兵沿淮河北岸前进，赵匡胤统步骑自淮河南岸进军，诸将以水师自河中进军，水陆三路兵马共追击南唐军。当时淮河之滨葭苇如织、道路泥泞，多泥沼沟堑，但是后周士卒人人奋勇争先，不知疲惫。到了楚州（今江苏淮安）西北追上南唐军队，又大破南唐军，烧沉之余，还获战船三百余艘，南唐士卒杀溺之后俘七千余人。经此一役，南唐在淮上的战船丧失殆尽。

郭廷谓知不能守，以濠州降后周。后周得兵万人，粮数万斛。后周移师攻南唐楚州（今江苏淮安），又分兵攻天长，派数百骑往扬州。南唐焚扬州官府、民舍，驱百姓南渡，待后周军至扬州，已是一座空城。周世宗又乘泰州（今江苏泰州）无备，袭取泰州；海州（今江苏连云港西南）亦为后周将所克。

第八节

南唐割地求和（958年）

1. 南唐割地求和

后周显德五年（958年）正月，周世宗为引战舰由淮河入长江，亲自规划，征发楚州百姓，十天即疏浚了楚州西北的鹳水，用工甚省。由此也可以见到周世宗柴荣的精明干练和管理有方。紧接着后周数百战舰直抵长江。之后，又攻克南唐的静海军（今江苏南通），打通了通往吴越的道路。后周大军压境，南唐楚州防御使张彦卿坚守城池，后周攻城四十多日不能克。周世宗宿于城下，亲自督战，破城后，张彦卿仍与一千多部下拒降，全部战死。荆南高保融派百艘战船袭鄂州（今湖北武汉）以配合后周军队。

二月，周世宗自楚州至扬州，发万余民夫，于扬州城东南另筑小城。

三月，南唐中宗李璟害怕周军渡江，只得割地、输帛，去国号求和，把周军还没有攻下的庐州（今安徽合肥）、舒州、蕲州（今湖北蕲春南）、黄州等四州之地也献给后周。这一次南征，后周共得到光、寿、庐、舒、蕲、黄、滁、和（今安徽和县）、濠（今安徽凤阳东）、泗（今江苏盱眙对岸）、楚（今江苏淮安）、扬、泰、通（今南通，南唐称作静海军）等十四州、六十县。后周完全占有长江以北的土地，而且从通州的狼山渡江，就可以到达吴越所辖的苏州常熟县福山镇。此后，后周与吴越的使节往来，不必再走海路。

后周对荆南、吴越的配合也给予了回报，诏遥为相应的荆南、吴越军各归本道，赏赐吴越王钱弘俶犒军帛三万匹，高保融一万匹。四月，周世宗北还大梁。

经此一战，中原王朝的版图得到扩大，威信也大大提高，为统一全国奠定了坚实的基础。

2. 南唐失败的教训

南唐的失败，固然有其伐楚失败、经济凋敝、中原王朝崛起等客观因素，但是南唐内部的互相猜忌与党争不断，也加速了自身的失败。中主李璟本来命其弟李景达为诸道兵马元帅，却以陈觉为监军使，率大军抵御周军。南唐大臣韩熙载素知陈觉志大才疏、嫉贤妒能，前次统兵攻取福州损兵折将，致使南唐国力遭到很大削弱，所以上书坚决反对任命陈觉为监军。韩熙载说：“亲莫过亲王，重莫过元帅，何必再任命监军使？”但由于先主李昪在世时，曾一度有意立李景达为太子，此事虽然未能实施，但在李璟心中已经形成了阴影，因此让他把兵权完全交给李景达他并不完全放心，所以派陈觉进行牵制。战场上瞬息万变，如果统帅没有决策权，处处受人掣肘，如何能打胜仗？后来事情的发展印证了这一愚蠢的决定。南唐军队虽然屡战屡败，但是由于后周军纪败坏，激起了淮南人民的激烈反抗（白甲军的事情前面已经说过），民众自动拿起武器，四处袭击周军，加之周世宗一度返回汴梁，南唐失去的州县不少相继被收复。南唐的寿州守将刘仁瞻出兵攻击围城的周军得手，杀伤数万，焚毁的器械无数。当时在形势有利的情况下，刘仁瞻派人到李景达驻扎的濠州，请求派大将边镐来守寿州，自己乘胜率军出城与周军决战。由于陈觉的干扰，刘仁瞻的请求没有被批准，致使刘仁瞻忧愤成疾。这时各地周军纷纷撤退，准备集中兵力攻打寿州。南唐诸将请求乘机据险邀击周军，而朝中权要又担心事态扩大，不许行动，结果周军安然退至正阳，使寿州成为一座死城，更加难以解救。李景达虽然是大元帅，却处处受到陈觉牵制，军政大权实际控制在陈觉手中。而陈觉拥兵五万，无意决战，将吏畏其权势，无人敢言。正在双方相持不下时，却发生了南唐大将朱元临阵降周的事件，使得局面一发不可收拾。

事情是这样的。朱元奉命担任淮南西北面应接都监，他连下舒、和二州，驻军紫金山。朱元善抚士卒，能与之同甘共苦，每战誓师，慷慨陈词，流涕被面，士卒皆有效死之意。但是陈觉因与朱元不和，向李璟密奏朱元不可信，不可付以兵权。中主李璟听信陈觉之言，命杨守忠前往代替朱元统军。杨守忠到达前线后，陈觉以李景达的名义召朱元来濠州议事，谋夺其兵权。朱元闻知，心中悲愤不已，直欲自杀。此时朱元的门客劝他投降后周，朱元于是率本部万余人马投降后周。朱元的投降引发了南唐诸军崩溃，纷纷沿淮河东逃，被事先埋伏的周军截击，死伤及投降四万余众，抛弃的船舰器械不计其数。李景达、陈觉逃回金陵，大将边镐、许文稹、杨守忠被俘。寿州援兵断绝，一代名将刘仁瞻忧愤而死，寿州失守，最终导致了南唐的溃败。

3. 关于南唐与后周的名分问题

名分，是一个很重要的东西，他确定了人与人、国与国之间的名分和地位。

司马光在《资治通鉴》中切中要害地阐释了名分的重要性，他在论述三家分晋的时候说："或者以为当是之时，周室微弱，三晋强盛，虽欲勿许，其可得乎？是大不然。夫三晋虽强，苟不顾天下之诛而犯义侵礼，则不请于天子而自立矣。不请于天子而自立，则为悖逆之臣，天下苟有桓、文之君，必奉礼义而征之。今请于天子而天子许之，是受天子之命而为诸侯也，谁得而讨之？故三晋之列于诸侯，非三晋之坏礼，乃天子自坏之也。呜呼！君臣之礼既坏矣，则天下以智力相雄长，遂使圣贤之后为诸侯者，社稷无不泯绝，生民之类糜灭几尽，岂不哀哉！"

咱们再看当时的南唐中主李璟。李璟要跟后周求和，但又耻于向后周称藩，于是派兵部侍郎陈觉奉表于后周，请求传位于太子，由继君听命于后周。周世宗赐李璟书称"皇帝恭问江南国主"，称呼李璟为"江南国主"。李璟又派刘承遇上表，称唐国王，割长江以北之地入后周，每岁输土贡数十万。于是后周罢兵，允李璟割地，但止其传位于子。五月，南唐中主李璟下令去帝号，称国主，去交泰年号，称显德五年，并避后周庙讳改名为景，原所用天子之制皆降损。后周遣使赐南唐御衣、锦帛、羊马及犒军帛十万及后周所行《钦天历》，遣返所俘南唐士卒五千多人；又因江南无盐场，每岁支盐三十万斛给江南。八月，南唐于后周都城大梁（今河南开封）设置进奏院，相当于正式向后周称臣。

4. 北汉与辽的进攻

后周显德五年（958年）二月，周世宗柴荣第三次亲征，伐南唐。北汉乘机攻打后周隰（xí）州（今山西隰县）。后周隰州权州事李谦溥早已做好防备，隰州城坚将良，北汉久攻不下。后周建雄节度使杨廷璋自晋州（今山西临汾）率军救援，乘北汉军疲困无备，与城内李谦溥相定，内外夹攻袭北汉营。北汉军惊溃，死千余人，遂解围而去。

辽国也趁后周大军南下、后方空虚之际，侵入后周。四月，周世宗平江北后返大梁（今河南开封），即命张永德领兵御北边；成德节度使郭崇（即郭崇威）攻拔辽国的束城（今河北河间东北）。八月，后周昭义节度使李筠奏击北汉石会关（今山西榆社西），拔北汉六寨；晋州李谦溥击破北汉孝义县。

5. 南汉刘晟卒，刘鋹袭位

南汉乾和十六年（958 年），也即后周显德五年八月，南汉中宗刘晟卒，子刘继兴即位，更名鋹，改元大宝，是为南汉后主。

南汉后主刘鋹，为刘晟长子，继位时年仅十六，不理朝政，只知游乐。国政均由宦官龚澄枢、陈延寿以及女宠卢琼仙等人把持。刘鋹的奢侈程度超过了他的父亲和祖父，达到了一个新的高度。他新建的万政殿仅仅装饰一根柱子就花费了白金三千锭，又用白银和云母作为地面，奢华程度令人难以置信。刘鋹还认为群臣都有家室，故不能为国尽忠，只有宦官最可亲近。因此，凡是他所欲重用之人，往往都要先阉割而后再用。南汉在诸国之中宦官人数最多，至刘鋹时更是急剧膨胀，总数达到七千多人（也有记载说达到两万余人），宦官之中加三公、三师等名号者不计其数。刘鋹还宠爱一名波斯女子，号曰“媚猪”，日夜淫乐。又宠信女巫樊胡子，此人自称“玉皇大帝”，呼刘鋹曰“太子皇帝”；又宣称卢琼仙、龚澄枢、陈延寿等人都是上天派来辅佐刘鋹的，不可轻加其罪。南汉的国事完全被这一帮人控制，哪里还有好？

6. 天下渐定，后周均赋税

后周显德五年（958 年）七月，周世宗赐诸道节度使、刺史《均田图》（唐代元稹所作）各一面，准备均定天下赋税。十月，后周派遣左散骑常侍艾颖等三十四人分别均定六十州赋税。又诏诸州并乡村，以百户为团，每团设置耆长三人。

唐代初期各司有公廨本钱，用以贸易取息，计员多少为月料；后罢公廨本钱，以七千上户为胥士，收取其课，计宦多少给之，谓课户。唐又簿一岁之税，以高户主之，每月收息给俸，称俸户。后周显德五年（958 年）十二月，后周以诸色课户、俸户归州县，其幕职、州县官自今以后支俸钱及米麦。自此，后周进一步规范了税收与财政。

7. 后周新编礼、乐

后周显德五年（958 年）十一月，因中书舍人窦俨上年之请，敕窦俨编《大周通礼》《大周正乐》。

礼乐，内容包括礼仪、音乐。中国的文化，非常重视礼乐。礼就是指各种礼节规范，乐则包括音乐和舞蹈。

西周时期，周天子分封天下，所分封的诸侯国林立，为维护以周天子为中心的有秩序的统治，周文王的第四个儿子、周武王之弟——周公旦开始制礼作乐。周礼作为各级贵族的政治和生活准则，成为维护宗法制度必不可少的工具。礼乐制度在西周时期得到非常完善的发展，奠定了中国传统文化的基调。

东周时期，周王室衰弱，诸侯争霸，礼乐制度受到严重冲击，正所谓“礼崩乐坏”。因此儒家创始人孔子，将致力恢复西周时期的礼乐制度作为毕生追求。

这里有个小故事，可以看出礼乐的重要性。刘邦平定天下之后，诸侯共尊汉王为皇帝于定陶。在一次宴会上，群臣饮酒争功，喝醉之后有的胡言乱语、大声呼喊，有的拔剑击柱，无奇不有、混乱不堪。刘邦看到这种情形，非常担忧，心生厌恶。叔孙通看出了刘邦的心理，于是劝说刘邦道：“儒生们虽然不能帮着你攻城略地，却可以帮着你来守天下。请你让我去找一些鲁地的儒生，让他们来和我的弟子们一道给您制定一套朝廷上使用的礼仪。”刘邦问道：“这样是不是很困难、很复杂呢？”叔孙通说：“五帝异乐，三王不同礼。礼者，因时事人情为之节文者也。故夏、殷、周之礼所因损益可知者，谓不相复也。臣原颇采古礼与秦仪杂就之。”上曰：“可试为之，令易知，度吾所能行为之。”

于是叔孙通就到曲阜一带找了三十多个儒生。不料其中有两个拒绝参加，他们骂叔孙通说：“您所侍奉过的主子差不多有十个了，您都是靠着拍马屁博得您主子的宠爱。现在天下才刚刚安宁，死的还没有埋葬，伤的还没有恢复，您就又闹着制订什么礼乐。礼乐制度的建立那是行善积德百年以后才能考虑的事情。我们没办法去干您今天要干的那些事儿。您的行为不合于古人，我们不去，您自己去吧，别玷污了我们！”叔孙通笑道：“若真鄙儒也，不知时变。”

叔孙通带着他所找的三十多个人回了长安，把他们和刘邦身旁旧有的书生以及自己的弟子合在一起，共一百多人，在野外拉起绳子，立上草人，前后演习一个多月。尔后叔孙通对刘邦说：“您可以去看看了。”刘邦到那里看着他们演习了一遍，放心地说：“这个我能做到。”于是下令群臣们排练、演习，准备十月岁首朝会正式使用。

汉高祖七年（前200年），长乐宫建成了，各地的诸侯和朝廷里的大臣们都来参加十月的朝会。当时的仪式是这样的：天亮之前，首先是谒者执行礼仪，他领着诸侯大臣们按次进入殿门；院子里排列着保卫宫廷的骑兵、步兵，陈列着各种兵器，插着各种旗帜。这时有人喊了一声“趋”，于是殿下的郎中们就站到了台阶的两旁，每个台阶上都站着几百人。功臣、列侯、将军，以及其他军官们都依次站在西边，面朝东；丞相以下的各种文官都依次站在东边，面朝西。九行人设立了九个傧相，专门负责上下传呼。最后皇帝的车子从后宫出来了，他贴身的人员拿着旗子，传话叫大家注意，然后领着诸侯王以下直到六百石的官吏们依次向皇帝朝贺。诸侯王以下，所有的人都诚惶诚恐，肃然起敬。群臣行礼过后，又按照严格的礼法摆出酒宴。那些有资格陪刘邦坐在大殿上头的人们也都叩伏在席上，一个个按照爵位的高低依次起身给刘邦祝酒。等到酒过九巡，谒者传出命令说："停止。"哪一个稍有不合礼法，负责纠察的御史便立即把他们拉出去。整个朝会从始至终，没有一个敢喧哗失礼。这时刘邦才心满意足地说："吾乃今日知为皇帝之贵也！"于是立即提升叔孙通做了太常，赐给他黄金五百斤。

礼乐，不仅仅是一个仪式，而是通过礼乐确定和调整人们之间的关系，使之和谐统一。在五代十国那个混乱不堪的年代，以下克上、弑杀主君、武将跋扈，不一而足。周世宗重视礼乐，无疑是明智的。

8. 周谋伐蜀

后周显德五年（958 年），也即后蜀广政二十一年三月，南唐向后周称藩。六月，荆南高保融遣使劝后蜀后主孟昶称藩于周，孟昶避而不答。九月，周世宗谋伐蜀。十月，以高防为西南面水陆制置使，李玉为判官。高保融再次上书孟昶，劝其向周称臣，为后蜀严词拒绝。后周以武胜节度使宋延渥以水军巡长江，高保融知道后周将要伐蜀，请以水军赴三峡。十二月，周将李玉为人所惑，攻蜀归安镇（今陕西安康县北），蜀将李承勋据险截击，斩李玉，李玉所率部队全军覆没。后蜀以赵崇韬为北面招讨使，孟贻业为昭武、文州都招讨使，赵思进为东面招讨使，韩保贞为北面都招讨使，以六万兵力，分别屯于要害以备后周。

第九节

壮哉伐辽（959 年）

在征伐南唐之后，雄才大略的周世宗，也许是看准了当时的辽国正处于衰弱时期，下一步准备收复幽州了，提前北伐。

1. 辽穆宗“睡王”耶律璟

先让我们看一看辽国当时的形势。上文说到，辽天禄五年（951 年）九月，耶律察割发动火神淀之乱，弑杀辽世宗耶律阮。耶律璟随征军中，诛杀耶律察割后正式即位，尊号天顺皇帝，年号应历，使得帝位再次回归辽太宗耶律德光一脉。耶律璟能够当上皇帝，完全是情急之下耶律屋质采取的非常措施。然而辽穆宗耶律璟却是个十足的昏君，他一生有两大嗜好：一是饮酒，二是行猎。耶律璟携着美酒，带着近侍，足迹踏遍了秀美的山川和草原。这分明是神仙的生活。如果他只是一个自在王爷，倒也罢了，可是他是辽国的一国之君。耶律璟有一个外号叫作“睡王”，也就是说他无日不饮酒，常常大醉不醒，甚至有过八九日酩酊不醒的记录。

光是睡觉也还罢了，他还爱耍酒疯，酒后不是杀人就是乱加封赏。有的人因此一下就从平民成为权贵，最多的一次酒后封赏了上百人，令朝中官员们哭笑不得。耶律璟滥杀无辜，视杀人如同儿戏。《辽史》中有关他的内容除了狩猎、饮酒，就是杀人。近侍东儿侍候耶律璟用膳，只因递汤箸稍慢了一点，便被他一刀戳死；管理狩猎的虞人沙剌，因没有准确报告天鹅到来，影响了他射天鹅，便被用炮烙等酷刑折磨而死。耶律璟杀人最多的一次多达四十六人。辽穆宗偶尔清醒的时候，也对自己的所作所为懊悔，人模狗样地说：“朕在喝多了时，说的话、办的事有违制度，卿等不必当真，待朕醒酒再重新处理。”

辽穆宗由于身体欠佳，近侍就给他推荐了一个女巫叫肖古，肖古进献了壮阳强体的药方。这药方必须用青壮男子的胆汁调和有效，所以经常杀死一名青壮男人，调制御药。耶律璟深信不疑，把肖古当神仙供着，先后赏赐了大量的金银珠宝与牛羊，允许她可以随时出入皇宫。耶律璟服用了一段时间，并没有达到预期效果，就下令夷离毕院将肖古打入大牢，然后令宫卫骑兵乱箭射死，又纵马踏为肉泥。可见其残暴。

一位是雄才大略的周世宗柴荣，一位是契丹“睡王”耶律璟，无论是武力值、智力值还是民心值，高下立见。所以这也是中原王朝北伐的绝佳时机。

2. 周世宗北伐

后周显德六年（959 年），周世宗柴荣决意伐辽。后周显德六年（959 年）三月，周世宗亲自领兵北伐，以吴延祚、张美权留守东京（今河南开封），下令诸将各领马步诸军及水师赴沧州（今河北沧县东南），韩通为陆路都部署，赵匡胤为水路都部署。

四月，辽国益津关（今河北霸州境内）、瓦桥关（今河北雄县西南）兵不血刃，守将先后降后周。至五月初，辽国莫州（今河北任丘北）、瀛州（今河北河间）降后周，瓦桥关以南为后周所有，周得三州、十七县、一万八千三百六十户，而此时数万周师尚未发一矢。

周世宗与诸将商议收幽州（今北京西南），诸将上奏道："陛下出师四十二天，兵不血刃得到关南各州，这全靠陛下威名，所以建此奇功。只是幽州是辽南要隘，必有重兵把守；且辽国骑兵皆聚于幽州之北，不宜深入，将来如果久攻不下，反受其累，还请陛下三思。"但是周世宗决心已下，决定继续北伐。周世宗召见李重进，对他说："我军前来，势如劈竹，兵不血刃拿下关南州县。此时正是灭辽良机，为何要中道还师、半途而废？朕要统一天下，平定南北，机不可失！朕决定继续进军，你率领一万士兵，明日出发，朕统军随后就到。不捣辽都，誓不回军！"

李重进率军来到固安，城门大开，守将已经逃离。李重进命将士稍事休息，另派哨骑去前面探路。哨骑回报说，固安县北有一条河叫作安阳水，既无桥梁，也无舟楫，可能是辽兵故意拆桥藏舟，阻断我军去路。李重进听了，正在想办法，忽然闻知周世宗驾到，立即开城迎接，并奏明情形。周世宗立即下令造桥，限期完工。然后周世宗率亲军回到了瓦桥关。与此同时，后周将领孙行友又率军攻下易州（今河北易县），擒获辽国易州刺史。

于是后周以瓦桥关为雄州，以益津关为霸州（今属河北省廊坊市），发滨、棣二州丁夫筑霸州城。辽国为了抵御周军北伐，命北汉出兵骚扰后周边境。后周李重进出土门击北汉，于百井（今山西阳曲东北）击败北汉兵，斩首二千多级。

正所谓天有不测风云，人有旦夕祸福。就在后周屡败辽师、兵不血刃而取燕南之地时，周世宗柴荣却忽然生病了，并迟迟没有康复。赵匡胤前去劝说周世宗回朝，周世宗不得已同意了。

五月底，周世宗返回大梁。六月，后周昭义节度使李筠拔北汉辽州（今山西左权），擒获辽州刺史。

壮哉世宗，异哉世宗！

3. 出师未捷身先死，后周世宗崩

后周显德六年（959年）六月十九日，周世宗柴荣病崩。二十日，宣遗诏，以子柴宗训即皇帝位，年仅六岁，是为周恭帝。周世宗柴荣最终未能完成一统大业，当真是“出师未捷身先死，长使英雄泪满襟”。柴荣在位六年，多有仁政惠民，不仅减免苛政，而且在大兵过后、淮南大饥时，还命贷米与淮南饥民。而他最大的功劳还在于谋策统一大业，其未竟之志，在他死后将由赵匡胤继续完成了。

4. 南唐铸大钱，建南都

后周显德六年（959年）七月，南唐因连年与北周战于淮上，又割地输币，府藏空竭，物价腾贵，从礼部侍郎钟谟之请铸大钱“永通泉货”以一当十，又铸当二钱“唐国通宝”。至十月，废永通泉货。

南唐自将江北十四州割让给后周之后，都城金陵（今江苏南京）与后周只隔一条长江；而洪州（今江西南昌）居金陵上游、据要会之地，于是决定迁都。后周显德六年（959 年）十一月，南唐改洪州为南昌府，建南都于南昌。

5. 王朴

后周显德六年（959 年）三月，后周枢密使王朴卒。

王朴（915—959 年），字文伯，山东东平（今东平西北）人。后汉乾祐三年（950 年）状元，授校书郎，成为后汉枢密使杨邠的属官。后汉将相交恶，王朴知其必乱，于是辞归。后周世宗柴荣为澶州节度使时，王朴为节度掌书记；柴荣为开封尹，王朴为右拾遗，推官。周世宗嗣位后王朴为比部郎中。显德二年（955 年），王朴奉诏撰《平边策》，建议先取江淮，平定南方，然后遂辽，平北汉进而一统天下。周世宗以及宋代统一中国均按照这一先南后北、先易后难、各个击破的方针。

王朴性格刚直，处事果断，深得柴荣信赖。但他处事太刚，锋芒毕露，于“稠人广座之中，正色高谈，无敢触其锋者，故时人虽服其机变而无恭懿之誉”。

可惜天不假年，显德六年（959 年），王朴奉旨视察汴口。三月十五日，王朴在归朝后拜访前任宰相李穀。两人正在交谈时，王朴突然昏倒，猝然离世，享年五十四岁。下葬之日，柴荣亲临祭奠，以王钺叩地，多次大哭，赏赐大量财物以助治丧；并召见王朴的几个儿子，授予其官职，以其子王侁为东头供奉官。之后周世宗又追赠王朴为侍中，将其画像与李稹、郑仁海等同祀于宫中功臣阁。

王朴在任开封知府和东京留守期间，为拓广京城匠心独运，“凡通衢委巷，广袤之间，靡不由其心匠”。在拓展的过程中，雷厉风行，连有权势的大臣藩镇都怕他三分，使开封街道畅通、壮阔宏伟。故宋人说：“今京师之制，多其所规为。”显德六年（959 年）三月，又奉诏在汴口设斗门，控制汴河水量，大大改善了漕运。

王朴不仅勤于政事，而且精明机敏，多才多艺，精通阴阳律历。他受命校定大历，考证诸历法之失，与司天监共撰显德钦天历，在唐崇玄历的基础上多有改进，并且构造了九服晷影函数（正切函数）。王朴还通晓音律，考证雅乐，得八十一调，并造“律准”，诏有司依调制曲。定七声立新法，使七均、十二律、八十四调再现并留传，有《律准》行世。

甚至于宋太祖赵匡胤在做了皇帝以后，还提到王朴说：“此人在，朕不得此袍著。”意思是说如果王朴尚在辅佐后周柴氏，他是不可能通过陈桥兵变当上皇帝的。

6. 南唐贬死宋齐丘

后周显德五年（958 年）十一月，南唐贬太傅宋齐丘及枢密副使陈觉、李徵左，不久赐陈、李二人死。宋齐丘自放归九华山，被幽于私第。显德六年（959 年）正月，宋齐丘因不堪其辱，自缢死，年七十三，谥丑缪。

宋齐丘（887—959 年），字子嵩，庐陵（今江西吉安）人。南唐元老、谋主。初以谋见用于徐温养子徐知诰，其明赏罚、礼贤能、宽征赋等议多为徐知诰所纳。但其为人深为徐温所恶，以致十年为殿直军判官。徐温卒，始擢为右司员外郎，累迁右谏议、兵部侍郎，居中用事。及为相，以资望浅难以服众，告归九华山，徐知诰强征之。

南唐代吴，宋齐丘非但未能以谋主首倡其议，反以言阻之，初受冷落，仅为司徒，后为丞相同平章事。宋齐丘曾建议离间后晋与契丹关系。因其亲吏贪污，称疾求罢省事，许之，复召还。后以怨望出为镇南节度使。

李璟即位，召拜中书令，与陈觉、魏岑等相附结，保大元年（943 年）罢为镇海节度使，宋齐丘求归九华山，赐号九华先生，封青阳公。四年复为太傅兼中书令，封卫国公，与冯延巳兄弟、陈觉、李徵左、魏岑、查文徽等为一党，与孙晟、韩熙载、常梦弼、江文蔚、李德明等另一党党争不已。五年复罢为镇南节度使。后周伐唐，任为太傅。后周失江北之地后，众将欲扼险邀击，宋齐丘却纵其归以为德，致使失寿州，最终失淮南。

7. 留从效求附后周

南唐清源节度使（治泉州，领漳州）留从效据泉漳，实自据一方。南唐交泰元年（958 年），也即后周显德五年，后周割南唐江北十四州之地，南唐复称藩于周。闰七月，留从效遣牙将蔡仲斌穿商人服装，将绢表藏于衣带之中，间道称藩于后周。至后周显德六年（959 年）六月，留从效又遣使入贡于后周，并请于东京（今河南开封）依藩镇之例设进奏院。周世宗以南唐新附，清源久属南唐，不可改图等为由，不许。

第十节

陈桥兵变（960年）

1. 赵匡胤

清人查慎初有诗云："千秋疑案陈桥驿，一著黄袍便罢兵。"在说陈桥兵变之前，有必要带着大家一起回望一下宋太祖赵匡胤的往事。

赵匡胤（927—976年）祖籍涿州，出身将门，出生在洛阳夹马营。尽管赵匡胤家境还算优裕，但他从少年时期就独自走南闯北。后汉乾祐元年（948年），赵匡胤投到枢密使郭威帐下做了一名普通士兵，开始了他的戎马生涯。郭威建立后周，赵匡胤受到郭威养子柴荣的赏识。显德元年（954年），周世宗柴荣继位后，赵匡胤因为战功卓著，两年后就晋升为殿前都指挥使。

赵匡胤跻身于禁军高级将领行列后，也开始发展自己的势力了。当时的禁军分为殿前司和侍卫司两个系统，赵匡胤任职的殿前司系统，虽然兵员人数少于侍卫司，却是禁军的精锐所在。而赵匡胤的父亲赵弘殷位至侍卫马军副都指挥使，因此赵匡胤在侍卫司里也有着盘根错节的关系。赵匡胤以结为异性兄弟的方式，团结了一批生死与共的铁哥们，号称“义社十兄弟”。

这十位兄弟分别是杨光义、石守信、李继勋、王审琦、刘庆义、刘守忠、刘廷让、韩重赟、王政忠和赵匡胤。这些人大多是后汉初年投奔到郭威麾下的，现在都已是禁军中手握兵权的中高级将领，而赵匡胤正是这十兄弟的领袖。除了义社十兄弟，赵匡胤还有不少身为禁军将领的好友，例如慕容延钊、韩令坤、高怀德、赵彦徽、赵晁等。由此可见，在代周前夕，赵匡胤已经在后周禁军中形成了自己的势力集团。

与此同时，赵匡胤也在着意构筑自己的智囊班底，首席人物就是那位自称“半部论语治天下”的赵普，其他还有赵匡胤之弟赵光义、吕余庆、刘熙古、沈义伦、李处耘、王仁赡、楚昭辅等人。

除了赵匡胤以外，当时觊觎皇位的还有两个人。一个是张永德，周太祖郭威的女婿；一个是李重进，周太祖郭威的外甥。郭威在去世前，任命张永德为殿前都指挥使，任命李重进为马步军都虞候。在高平之战以后，赵匡胤奉周世宗柴荣之命整顿禁军，把武艺超群者选入殿前司，殿前司的实力和地位进一步上升。张永德的官职却没有变化，因此对于李重进升任马步军都指挥使大为不服，向周世宗进谗言，说李重进有“奸谋”，明摆着是在跟李重进钩心斗角。周世宗为了缓和矛盾，专门特设殿前都点检让张永德担任，这样他可以在地位上与李重进平起平坐。而张永德的殿前都指挥使正好就由赵匡胤接任了。

显德六年（959 年），周世宗在北伐契丹途中忽然从地上拾到一块木牌，上面书写着“点检做”三个字，联系到京师流传的“点检做天子”的谣言，这很显然是中伤张永德的。这块木牌出自谁手？有两种可能，一种可能是李重进一派所为，另一种可能就是赵匡胤一派所为。后一种可能性更大。因为赵匡胤的殿前司属于张永德派系，赵匡胤要想彻底摆脱张永德自立门户，就必须把张永德从殿前司最高领导的位置上拉下来，然后由自己取而代之。而且赵匡胤在北伐契丹期间一直拱卫在周世宗左右，也最有机会做手脚。

周世宗在北征途中染病回到京师后，病情逐渐加重，于是开始着手安排后事了。他命宰相范质、王溥参知枢密院事，魏仁浦兼枢密使，三相并掌军政大权，以辅佐年仅七岁的幼主。武臣方面，周世宗命李重进率部防御河东，罢免了张永德殿前都点检的职务，命他出镇澶州，而改命赵匡胤为殿前都点检。以周世宗的才智和经验，他对张永德、李重进固然不信任，但是对赵匡胤自然也会提防。周世宗下令军务由侍卫马步军副都指挥使、同平章事韩通裁决。世宗托孤的文武大臣很明确，张永德、李重进、赵匡胤都不在其列。

六月，周世宗驾崩，恭帝即位。不久，李重进移守扬州，张永德改镇许州。这时，殿前司前四位实力将领依次是都点检赵匡胤、副都点检慕容延钊、都指挥使石守信、都虞候王审琦；侍卫司前五位实力将领依次是侍卫马步军都指挥使李重进（此时在扬州）、副都指挥使韩通、都虞候韩令坤、马军都指挥使高怀德、步军都指挥使张令铎。可见，当时在京城的禁军两司将领，除了韩通，基本上都是赵匡胤的结义兄弟或好友。

五代仅仅五十三年，先后竟然出了十四位皇帝，而禁军将领在政权更迭的过程中起到决定性作用，也获得了巨大的好处。五代皇帝多由军将拥立，已成惯例。原因就像赵翼在《廿二史札记》中所说："王政不纲，权反在下，下凌上替，祸乱相寻，藩镇既蔑视朝廷，军士亦胁制主帅，古来僭乱之极，未有如五代者。"周世宗死后，正所谓主幼国疑，一场新的政变正在酝酿着。

2. 陈桥兵变，黄袍加身

后周显德六年（959 年）十一月，镇州（今河北正定）、定州（今河北定县）上奏说，契丹与北汉联合进攻边境。显德七年（960 年）正月初一，后周朝廷派殿前都点检赵匡胤率兵北上抵御。

后世一般都认为这个军情是假报的，也有人认为不可能谎报军情。因为镇、定二州的节度使郭崇和孙行友不属于赵匡胤集团，不可能合谋谎报军情；即使是合谋谎报军情，后周也未必就派赵匡胤出征。实际上，这个军情是否是谎报的，并不重要；这只不过是给赵匡胤发动政变提供了一次机会，而机会就算这次没有，未来也总是可以寻找的。

大军开拔前夕，都城就已经传开了谣言："将在出征之日，册立点检为天子。"一名号称谙知天文的军校名叫苗训，也说有"日下复有一日"的天象，宣传改朝换代的"天命"。这是不是赵匡胤做的舆论宣传呢？现在已经不得而知了。

初三晚上，大军抵达了距离开封东北四十里的陈桥驿，将士们相聚议论道："主上幼弱，我们出死力破敌，有谁知晓？不如先册立点检为天子，然后北征，为时未晚。"都押衙李处耘把将士的意图报告给赵匡胤之弟、时任供奉官都知的赵光义和赵匡胤的掌书记赵普——此二人就是这次政变的直接指挥者。

见到军心已经被煽动起来，赵光义和赵普立即派快骑入京，通知赵匡胤的死党殿前都指挥使石守信和殿前都虞候王审琦，让他们做好应变准备；同时部署诸将，环列待旦，准备拥立劝进。

次日黎明，诸将校拔刀露刃环立于赵匡胤帐前，赵光义与赵普入内。赵匡胤刚刚醒来，伸着懒腰做乍醒欠伸状，大将高怀德便将一件黄袍披在他的身上。赵匡胤说："你们贪图富贵立我，必须听我命令。不然，我不能做你们的主上。"紧接着，他颁布了入京以后的约束，率大军返回开封。

城门早已在石守信的控制之下，大军没有经过战斗，顺利入城。当时正是早朝时间。韩通闻赵匡胤陈桥兵变、兵逼京师，慌忙归家，适逢入城前锋散员都指挥使王彦升。王彦升令韩通迎驾，韩通不听，急驰回府。王彦升策马追至，将其全家斩杀。赵匡胤即位后，追赠韩通中书令，以礼收葬。这是后周将相中唯一的反抗行动。韩通，并州太原人，弱冠从军，仕后汉，累迁至奉国指挥使。仕后周，累迁至检校太殿、同平章事，充侍卫亲军马步军副都指挥使。

当宰相范质、王溥被军士挟持来见时，赵匡胤还辩解说自己是被六军所迫，惭负天地。列校罗彦瓌不等二位宰相回答，就扬剑道："我辈无主，今日必得天子。"于是当日就进行了禅代之礼。可是事已至此，禅让的文书却还没有草拟。正在众人犯愁之际，原后周翰林承旨陶穀从袖中取出事先拟好的禅位诏书。赵匡胤完成了禅让大礼，当日即位称帝，他就是宋太祖。

在宋代的官方文献中，把陈桥兵变说成是赵匡胤事先完全不知道内情，在众将士逼迫下不得已登基称帝。显而易见，这是为了政治宣传的需要，以帮助赵氏洗刷夺权篡位的千古骂名。实际上，赵匡胤完全预知政变，或者说，他就是政变的幕后总策划和总指挥，这一点从一些蛛丝马迹就可以看到。例如大军将要开拔之际，为何京城会有"点检做天子"的谣传？为何将领高怀德敢于事先预备足以招来杀身之祸的黄袍？为何陶穀胆敢预先拟好禅位诏书？另外，赵匡胤的两件家庭轶闻也泄露了天机。

北征前夕，"点检做天子"的谣传令京师人心惶惶，有的富人为了避乱甚至举家逃奔外州。赵匡胤密告家人："外间汹汹，将若之何？"赵匡胤的姐姐操起擀面杖就要揍他，说道："大丈夫临大事，可否应自作主张。到家里来吓唬妇女干什么？"赵匡胤兵变成功后回到京师，有人报告其母杜氏，杜氏说道："我儿素有大志，今天果然。"这两件事都证明了赵匡胤就是幕后谋主。实际上哪个王朝的皇位又是正当取得的呢？赵匡胤建立宋朝之后，结束了五代时期的混乱局面，使百姓安居乐业，有功于人民，有功于历史，后人已经不在意他皇位得来的手段和细枝末节了。

赵匡胤登基的次日，因为他曾经担任后周的归德军节度使，归德军的治所在宋州（今河南商丘），因此定国号为宋，改元建隆，定都开封。五代时期除了后唐定都洛阳，其余四代都以开封为都城。开封所处的地理位置易攻难守，从军事上看属于四战之地，对守军非常不利，因此需要大量军队进行防御，故而直到宋太祖晚年，还有迁都的考虑。后来到了开宝九年（976 年），太祖准备迁都洛阳，群臣力谏不便。太祖表示将来还要迁都长安，“欲据山河之胜而去冗兵”。当然还有另外一个不好明说的潜在原因，是为了避开太祖之弟赵光义在开封已经形成的势力集团。赵光义说道：“在德不在险。”太祖默然良久，最终放弃了迁都的打算，但是说道：“不出百年，天下民力殚矣。”

确实，从军事上看，定都开封显然是先天不足的。定都开封，势必要求重兵拱卫京师，造成守内虚外的结果。而此后的澶渊之盟、靖康之变，莫不与开封四战之地的地理条件息息相关。但从经济上看，定都开封确实难以逆转。这是因为晚唐以来国家财政主要仰赖江南，而江南漕运能够顺利抵达开封，却难以到达洛阳。有一次吴越国向宋太祖敬献犀带，太祖说：“我有三条宝带，一是汴河，二是惠民河，三是五丈河。”首位的汴河就是连通大运河以专门运输江南漕粮的。因此，太祖最终放弃迁都洛阳、再迁长安的计划，自有不得已的苦衷。

3. 后周将领的反抗

宋太祖取代后周，有两个手握重兵在外的将领并不买账。一位是驻守潞州（今山西长治）的后周昭义军节度使李筠，另一位就是以侍卫马步军都指挥使驻守扬州的李重进。宋太祖即位后，立即遣使加二人中书令的荣衔，试图稳住二人。

李筠先是拒绝接见使者，经左右反复劝说，方才备席招待。酒行数巡，李筠突然令人将周太祖郭威的画像挂在墙上，痛哭流涕。陪臣惊恐，忙向使者解释道:“令公被酒失其常性，幸勿为讶。”李筠不服赵匡胤，但却犹豫不决，不敢立即起兵。北汉主刘钧暗约李筠同时起兵攻宋，李筠长子李守节认为不可，但李筠却暗图举事。为牵制李筠，赵匡胤下诏授予李守节皇城使。李筠也想窥伺朝中形势，即让李守节入朝。及见，赵匡胤单刀直入地对李守节说：“太子，汝何故来？”李守节惊慌失措，连连叩头说：“陛下何言？此必有谗人间臣父也。”赵匡胤说：“吾闻汝数谏，汝父不听，故遣汝来，欲吾杀汝耳。汝归语汝父：我未为天子时，任自为之；我既为天子，汝独不能小让我邪？”李守节回去后以实情相告。但是李筠还是联络北汉，发布檄文。四月，李筠正式起兵反宋，首夺泽州。他乐观地认为自己是周朝宿将，与世宗情同手足，京师禁旅也多为其旧人，一旦闻其起兵，必将倒戈相向，一举成功。赵匡胤遣石守信、高怀德、慕容延钊等率兵分道迎击。五月，石守信大败李筠于长平（今山西高平东北）。六月，赵匡胤亲自出征，泽州城破，李筠投火自焚。李守节见大势已去，以潞州城降。李筠心念故主、效忠故国，在明知不可为的情况下，以孤军对抗整个宋朝，虽然失败是命中注定之事，但其行为却堪称忠烈。所以后世有人为李筠赋诗道：“拼将一死效孤忠，臣力穷时恨不穷。厝火积薪甘烬骨，满城烟雾可怜红。”令人读来感慨不已。

再说李重进这边。在李筠举兵之后，李重进派亲信翟守珣前往联络，不承想这位翟守珣先生与太祖赵匡胤素来相识，他跑到开封去，通过枢密承旨李处耘引荐，拜见了宋太祖。太祖问道：“我欲赐重进铁券，彼信我乎？”翟守珣答道：“重进终无归顺之志。”于是宋太祖厚赐翟守珣，许以爵位，令其回去后说服李重进暂缓发兵，以免二李南北呼应，以分兵势。翟守珣归来后，劝李重进养威持重，未可轻发，李重进深信不疑。宋太祖赐给李重进铁券，李重进竟然准备治装入朝，被左右劝阻才没有成行。一直到了九月，李重进才拘留宋使，修城缮兵，据扬州叛。李重进又求援于南唐，南唐不敢救。此时李筠之乱早已平定，李重进举起反旗，正好给了宋太祖一个出兵平叛的理由。宋削李重进官爵，以石守信、王审琦等讨之。不久，宋太祖赵匡胤亲征扬州。十一月十一日，赵匡胤到扬州城下，当日破城，李重进举族自焚。李重进之兄自杀，弟及侄并遭屠戮。太祖平扬州后，赈济扬州城中百姓，每人一斛米，十岁以下减半。

《宋史》把二李和韩通一起并列为周三臣，实际上三人不能一概而论。韩通死于赵氏代周之际，可谓后周的忠臣，此后宋太祖对韩通赠官礼葬，也是表彰其气节。据说，后来宋太祖到开宝寺进香礼佛，看到开宝寺壁画中有韩通的画像，赶紧命人涂掉。可见在韩通面前，宋太祖自知是有愧于后周的。但是二李不在宋太祖代周之时起兵，已经有愧于忠义臣节，在局面安定之后起兵，对于天下大势更是看不清楚。尤其是李重进，完全出于一己之私，进退踌躇，举措乖张，结局自然可以想见。

宋太祖削平二李，使其他心怀不满而实力不足的藩镇不敢再萌反志，标志着宋朝代周的最终完成。

4. 柴氏之后

在如何处置先朝之君这个问题上，赵匡胤改变了之前历代君主必杀之以绝后患的做法。也许是觉得自己夺了孤儿寡母的江山而心中有愧，也许是为了彰显自己仁德之君的形象，赵匡胤决定善待柴氏子孙。后周世宗柴荣一生共育有七子，其中越王柴宗谊、吴王柴宗诚、韩王柴宗諴三人在幼年时即被后汉隐帝刘承祐所杀。另外得以成人的四子是恭帝柴宗训、曹王柴熙让、纪王柴熙谨和蕲王柴熙诲。

恭帝柴宗训是柴荣第四子，即位之时才刚满六岁，柴宗训被迫禅位后被赵匡胤降封为郑王并迁往房州（今湖北省房县）居住。房州以纵横千里、山林四塞而得名。在迁往房州十三年后的北宋开宝六年（973 年），柴宗训逝世，时年仅二十岁。共育有五子，由长子柴永崎袭封郑国公爵位。

再说柴宗训的其他三个兄弟，曹王柴熙让在赵匡胤登基后，因害怕被杀，遂改名而逃，后不知所踪。蕲王柴熙诲在北宋建立后，被自己的岳父、荣禄大夫、开国将军卢琰收养为义子，把原名柴熙诲改换成姓卢名璇，为其第三子，他随义父卢琰在浙江永康隐居多年。宋真宗时，卢璇任殿前防御使并晋封为武烈侯。尔后子孙繁衍甚速，成为“九支卢”之中人数最多的一支，后裔广泛散布于浙江省各县。

纪王柴熙谨在被大将潘美收为义子并改名潘惟吉，乾德二年（964 年）十月，柴熙谨卒于家。

柴氏的封爵之后一直由柴宗训的子孙承袭。柴宗训长子柴永崎袭封郑国公爵位，之后柴氏后裔改封崇义公（1059 年改封），柴氏崇义公的爵位一直延续到 1279 年宋朝彻底灭亡（共传十三世）。

5. 废除坐论之礼

唐五代旧制，每逢国家大事，皇帝必召宰臣坐议，赐茶之后方退殿。建隆元年（960 年），赵匡胤代周建宋，宰相范质、王溥、魏仁浦等自认后周旧臣，难免受猜忌，加上太祖素有英名，于是请改旧制：遇有国事，宰相具札进呈，立听圣旨。此后，坐论之礼废。

6. 杯酒释兵权

建隆元年（960 年），赵匡胤黄袍加身后，大封功臣，以后周义成节度使、殿前都指挥使石守信为归德节度使、侍卫马步军副都指挥使，以宁江节度使、马步军都指挥使高怀德为义成节度使、殿前副都点检，以武信节度使、步军都指挥使张令铎为镇安节度使、马步军都虞候，以殿前都虞候、睦州防御使王审琦为泰宁节度使、殿前都指挥使，以虎捷左厢都指挥使、嘉州防御使张岩翰为宁江节度使，以岳州防御使赵彦徽为武信节度使、步军都指挥使，以侍卫马步军都虞候韩令坤为侍卫马步军都指挥使、天平节度使、同平章事，以慕容延钊为殿前都点检、昭仕军节度使、同中书门下二品，以赵普为右谏议大夫、枢密直学士，以刘熙古为左谏议大夫，吕余庆为给事中、端明殿学士，沈义伦为户部郎中。赵匡义加睦州防御使，赐名光义；宰相范质、王溥、魏仁浦分别加侍中、司空、右仆射。

做完上面的工作之后，赵匡胤要考虑如何长治久安了。五代乱世，以下克上、兵变频发，所以太祖首先要考虑的是如何收回兵权。太祖收兵权可以分为两个部分，一是内罢典领禁军的宿将，二是外罢拥兵自重的藩镇。我们这里说的杯酒释兵权主要是关于收回禁军兵权的故事，至于藩镇问题的解决放到后面再说。

五代后期，发动兵变篡夺皇位的，主要已经不是在外拥有兵权的藩镇节度使，而是在中央典领禁兵的宿将。太祖赵匡胤自己就是以殿前都点检发动兵变取代后周的。他何尝不明白这一点。因而陈桥兵变后不久，他就对典领禁军的宿将着手进行了调整。

韩令坤和慕容延钊分别出任侍卫亲军司和殿前司的最高将领，不过，太祖有意派他们领兵在外，使他们难有作为。石守信和高怀德成为实际上侍卫亲军司和殿前司的最高长官；石守信是太祖的结义兄弟，高怀德则在这一年成为太祖的妹夫。太祖还把另外一位义社兄弟王审琦提拔为殿前都指挥使，让自己的弟弟赵光义顶替了王审琦出缺的殿前都虞候。这样，除了马军都指挥使张光翰和步军都指挥使赵彦徽外，禁军两司都控制在太祖亲信手中。到了建隆元年的年底。太祖又以义社兄弟韩重赟和心腹将领罗彦瓌取代了上述二人。对于后周时在禁军中资历和声望不在自己之下的韩令坤和慕容延钊，太祖仍然放心不下。在建隆二年（961 年）闰三月，他决定不再任命自己出任过的殿前都点检，同时以石守信替代了韩令坤，从而使禁军高级将领成为太祖清一色的嫡系亲信。

太祖认为，由亲朋故友执掌禁军，就不会再发生兵变。开国宰相赵普却不以为然。这时君臣之间有一段对话。太祖说："他们肯定不会背叛我的，你又何必那么担忧呢？"赵普说："我倒不是担心他们反叛，只恐怕他们不能控驭部下，军伍之间万一有作孽者，到那时就由不得他们了。"太祖自己就是黄袍加身得来的帝位，经赵普这样一说，太祖立刻就省悟了。

建隆二年（961 年）七月，一天晚朝结束，太祖与石守信、王审琦等故人饮宴。待酒酣耳热之后，太祖屏去侍从，对这些禁军宿将说道："我没有你们，就没有今天。但是做天子也太艰难了，倒不如当节度使来得快活。我现在是长年累月不敢睡上一个安稳觉啊！"石守信等人忙问何故。太祖说："这个不难明白。天子这个位置，谁不想坐坐呢？"石守信等人大惊失色，连忙叩头道："陛下何出此言！如今天命已定，谁敢再怀异心！"太祖说："你们没有异心，但你们麾下的人要贪图富贵怎么办？一旦把黄袍加在你身上，你要不干，也办不到啊！"宿将们知道受到猜忌，弄不好就有杀身之祸，便一边叩首，一边流泪，请求太祖指示生路。

太祖开导道："人生在世，如白驹过隙。所以企求富贵的人，不过多积攒些金银，自个好好享乐，让子孙也不再贫乏。你们放弃兵权，出守大藩，选择好的田宅买下来，为子孙置下永久的基业；再多收些歌儿舞女，每天饮酒作乐，以终天年；我与你们互结婚姻，君臣之间，两无猜疑，上下相安。这样岂不很好？"

将领们见太祖交代得如此明白具体，次日，石守信、高怀德、王审琦、张令铎、罗彦瓌等都上疏称病，求解兵权。太祖一概允许他们出镇地方为节度使，除天平节度使石守信还名义上保留侍卫亲军马步军都指挥使的空名外，其他宿将的禁军职务都被撸去了。到了建隆三年（962 年），石守信的虚名也被剥夺了。从此，侍卫亲军马步军都指挥使这一职位不再任命。

为了履行互结婚姻的诺言，太祖将自己的两个女儿分别许配给石守信和王审琦的儿子，又让其弟赵光义做了张令铎的女婿。太祖通过政治联姻，让这些高级将领消弭离心倾向，共保富贵。这就是历史上著名的“杯酒释兵权”。

7. 南唐五鬼，冯延巳卒

宋建隆元年（960 年）五月，南唐词人冯延巳卒。冯延巳（903—960 年），字正中，一名延嗣，广陵（今江苏扬州）人。仕于南唐，中主时历官谏议大夫、户部侍郎、翰林学士承旨、中书侍郎、同平章事、集贤殿大学士。与弟冯延鲁、陈觉、魏岑、查文徽相交结，侵损朝政，人称“五鬼”。冯延巳工书法，善辩说，尤工诗词，以文见用于中主。其词约有百首流传至今。

8. 荆南高保融卒

宋建隆元年（960 年）八月，荆南节度使、太傅兼中书令、南平王高保融病卒，年四十一。因子幼弱，以弟高保勖总判府事。赠太尉，谥员懿。高保融性情迂缓，御军治民皆无法，荆南高氏始衰。

9. 清源称藩于宋

宋建隆元年（960 年）十二月，南唐清源节度使（治泉州，领漳州）留从效称藩于宋。

第八章

后记

随着陈桥兵变，北宋取代了后周，梁、唐、晋、汉、周的五代已经结束了。但是，在当时的中华大地上，仍有若干割据政权。宋太祖初得天下之时，北面是辽国，盘踞山西的北汉与辽国结盟，成掎角之势，与北宋相抗。南方还有七个割据政权：占有今四川和重庆地区的后蜀，控制岭南两广地区的南汉，据有长江下游以南今苏皖南部和江西、福建西部的南唐，占领今浙江和上海以及福建东北地区的吴越，局促在荆南三州的南平，占据湖南的武平节度使周行逢，占据福建东南地区的清源节度使陈洪进。

下面，就让我们一起来看看宋朝统一天下的经过吧。

第一节

太祖雪夜访赵普

隆庆元年（960 年）十一月，一个大雪弥漫的夜晚，太祖赵匡胤与弟弟赵光义冒着风雪，密访宰相赵普家。

赵普跟随太祖多年，深知皇上有夜访朝臣的习惯。同往常一样，这天晚上赵普没有一回家就脱朝服，以防皇上忽然来访，不能及时面圣。看着雪越下越大，天色也越来越晚，赵普觉得皇上今晚不会来了。过了许久，忽然听闻叩门声，赵普急忙迎出，太祖正立于风雪之中。赵普惶惧迎拜。太祖说："已约晋王矣。"不一会儿赵光义也来了，于是在厅堂铺上双层垫褥，三人就席地而坐，炽炭烧肉。赵普之妻在旁斟酒，太祖以嫂呼之。太祖与赵普就是在此时定下计划攻打太原。赵普说："太原当西、北二面，太原既下，则我独当之。不如姑俟削平诸国，则弹丸黑子之地，将安逃乎？”太祖笑曰："吾意正如此，特试卿尔。"

这便是历史上著名的“雪夜访普”。当时定下的统一方略,后人概括为“先南后北、先易后难”八字。

对于这一方略，后人曾有非议，认为宋朝坐失攻打契丹、收复燕云的良机。因为当时辽国正处于辽穆宗在位的最为腐败的时期；而等到北宋统一南方之后，宋太宗北伐契丹时，辽国已经在辽景宗统治时期，经过十年休养生息,社会政治经济发生巨大变化,在军事上涌现了耶律休哥、耶律斜轸等名将,攻守之势已向相反方向转化，收复燕云终成一梦。

这种论点似乎有些道理，但只是从辽国一方着眼。周世宗临死前夺取北边三关，号为“不世之功”。周世宗本人也认为燕云唾手可得，但其后不久，周世宗便撒手归天，而令后人扼腕叹息。

但实际上我们所看到的，只是周世宗收复燕云的可能性，如果真打起来，结果确实难以预料。

由于周世宗攻取三关时并未与辽国主力部队交战，因此认为契丹兵马不堪一击是没有依据的。实际上，辽穆宗虽然腐败，但契丹军队的战斗力仍然很强。例如高平之战后，周世宗进攻北汉，辽国派耶律挞烈率军驰援，大败后周大将符彦卿，阵斩勇将史彦超，周世宗不得不遗弃太原城下数十万粮草狼狈撤军。因此认为如果周世宗不死燕云可复,只能说是一种比较乐观的假设。

而且最关键的是经济因素。自中唐以后，东南地区在全国经济中的比重显著上升。北宋建立之初，淮河流域虽然已经被纳入版图，但是最富庶的长江三角洲、浙江和号称天府之国的四川仍然在南唐、吴越和后蜀的控制之下。宋人常说“国家根本、仰给东南”，宋太祖当然深知，仅靠中原地区的人力和物力，是难以支撑旷日持久的伐辽战争的。这也是太祖先北后南统一战略的经济动因。

统一的方略已经确定，太祖就开始付诸实施了。

第二节

旗开得胜，荆南与湖南（963 年）

建隆三年（962 年）九月，割据湖南的武平节度使周行逢病亡，十一岁幼子周保权嗣位。周行逢临死之前叮嘱周保权说道："吾起垄亩为团兵，同时十人，皆以诛死，唯衡州刺史张文表独存，常怏怏不得行军司马。吾死，文表必叛，当以杨师璠讨之。如不能，则婴城勿战，自归朝廷可也。"

果然不出所料，周行逢死后，衡州张文表闻周保权立，怒曰："我与行逢俱起微贱，立功名，今日安能北面事小儿乎？"立即发动叛乱。

于是周保权遣使向宋求援。当时在宋朝与周保权的湖南之间，割据江陵的高氏南平（又称荆南）正好夹在中间。建隆元年（960 年），荆南节度使高保融去世，其弟高保勖继位；两年以后，高保勖也死去了，高保勖的儿子高继冲继位。太祖派遣卢怀忠前往打探荆南的人心向背和兵甲虚实，得到的情报是：荆南甲兵虽整而不过三万，谷物虽登而失于暴敛，四分五裂，日不暇给。于是太祖欲伺机取之。恰好此时周保权遣使向宋求援,赵匡胤便准备一箭双雕了。

建隆四年（963 年）正月，太祖命慕容延钊为都部署，枢密副使李处耘为都监，集十一州兵力，借道荆南，讨伐湖南张文表。二月，大军到达湖北襄樊。此时张文表之乱已经被湖南内部解决平定了，但宋朝仍要借道。高继冲派叔父高保寅到边境犒劳宋军，以探强弱。慕容延钊热情款待，欢饮帐中。与此同时李处耘密派数千轻骑兼程挺进，直指南平的都城江陵（今属湖北）。高继冲听说宋军奄然而至，仓皇出迎，在江陵以北十五里处相遇。李处耘一边让高继冲就地等候慕容延钊，一边率亲军抢先入城。高继冲回到都城，见到宋军已经分据要冲，知道大势已去，只得将其控制的三州十七县的版籍奉表呈纳给宋太祖。宋军兵不血刃，即得三州十七县。

此时湖南叛将张文表早已被斩首，逻辑上宋朝已经没有援助湖南的必要。但慕容延钊、李处耘不但没有就此退军，反而继续向南挺进。

三月，慕容延钊率宋朝大军进克潭州。周保权知道来者不善，便准备臣服宋朝以保富贵，但是遭到部将张从富的竭力抵制。慕容延钊兵分两路，水陆并进，水路攻取了岳州（今湖南岳阳），陆路占领了澧州（今湖南澧县）。张从富退守朗州（今湖南常德）。李处耘选择数十名俘虏，下令残忍处死，然后选些年轻的俘虏黥面后放归朗州。宋军的恐怖行径经生还的俘虏传播，朗州军民精神崩溃，无复守志，奔窜山谷。慕容延钊率军入城，擒杀张从富，俘虏周保权。湖南十四州一监六十六县纳入了宋朝版图。

平定荆湖是太祖统一战争的第一场战役，初战告捷，意义重大。首先，验证了先易后难这一方略的可行性，鼓舞了宋军士气，坚定了宋朝的统一信心。其次，宋朝控扼荆湖，不仅在经济上夺得了中部粮仓，而且在军事上掌握了西上、东进、南下的主动权，使后蜀、南唐和南汉随时处于宋朝可以直接打击的范围之内。尤其是后蜀，宋军可以从东面的水路和北面的陆路实施攻击。

第三节

后蜀的灭亡（965 年）

后蜀到了后主孟昶晚年上下腐败，奢侈之风日甚一日，国将不国，人民也怨声载道。宋师下荆、湖之后，蜀相李昊曾主张向宋朝通使奉贡，以保平安。但掌管军政机要的王昭远则主张抗宋，他一方面在通往四川的长江水路上增设水军，以作防备；另一方面又与蜀山南节度判官张延伟策划，劝说蜀主孟昶结好北汉，约期让北汉发兵南下，后蜀也派兵北上，使宋朝腹背受敌。孟昶派赵彦韬携带蜡书出使北汉，约北汉一同举兵，夹攻宋朝。不料赵彦韬拐到汴梁，偷偷将蜡书献给了宋太祖。太祖正苦于没有借口，见此笑道："这下可师出有名了。"

宋乾德二年（964 年）十一月，太祖命王全斌为西川行营都部署，刘廷让、崔彦进为副都部署，王仁赡、曹彬为都监，率领步兵、骑兵共六万人，分道西进伐蜀。出师以前，太祖对王全斌说:“凡攻下城寨，财帛都分给将士，朝廷只要土地。”王全斌与崔彦进率北路军由凤州（今陕西凤县东北）进军，刘光义及曹彬率东路军由归州（今湖北秭归）入川。

后主孟昶得知军情后，匆匆以王昭远为都统、赵崇韬为都监、韩保正为招讨使，率兵拒宋。行前，蜀主命左仆射李昊在郊外饯行，王昭远振臂大言道：“我此行不只克敌，还当轻取中原。”他手执铁如意指挥军事，以诸葛亮自比。

十二月，王全斌等率宋军克万仞、燕子二砦，遂取兴州（今陕西略阳），连拔石圌等二十余砦，获粮四十万。王全斌的先锋史延德与蜀将韩保正、李进等战于三泉砦，史延德生擒二将，大获全胜，夺粮三十万。宋师南至罗川，蜀师依江列阵以待。崔彦进遣张万友夺其桥，蜀兵退保大漫天砦。崔彦进、张万友与康延泽分三道击之，蜀人悉其精锐逆战，大败而溃。王昭远等复引兵迎敌，三战皆败。王昭远退保剑门（今四川剑门关）。

乾德三年（965年）春正月，王全斌由降卒指点，经小道以浮桥渡过嘉陵江，绕过剑门，突然出现在关南二十里的官道上。王昭远猝不及防，领兵退屯汉源坡（今四川剑门北）。赵崇韬布阵出战，王昭远吓得软瘫在胡床上起不来。王全斌挥师进击，王昭远逃匿在仓舍下，痛哭流涕，双目尽肿，与赵崇韬一起被俘。

与此同时，刘廷让、曹彬率领的东路军溯江而上，进抵夔州（今重庆奉节）。见蜀军在江上以浮梁为障碍，上设敌棚三重，夹岸列炮封锁，于是舍舟步战，先夺浮梁，然后又乘舟西上，攻取了夔州城，夺得了水路入川的锁钥。

孟昶听说王昭远战败，慌忙命太子孟玄喆统领大军前去迎战。这位太子本来养尊处优，根本不识兵革，携着姬妾、带着伶人上道，日夜嬉戏。半路上听说剑门已失，不战自溃，逃往东川。孟昶哀叹道：“我丰衣美食养兵四十年，遇敌竟没人为我东向发一箭。”于是便命上表请降。王全斌受降入城，东路军也来会师。灭蜀战役从出师到受降仅仅六十六日，得州四十五，县一百九十八。当时奉孟昶之命草拟降表的是后蜀宰相赵国公李昊。当初，李昊为前蜀皇帝王衍的翰林学士，王衍败亡时，李昊为他写降表，现在又为孟昶写降表，蜀人夜间在他门上写“世修降表李家”，传为一时笑话。

孟昶投降北宋后，被从成都押往北宋京师汴梁的途中，成都有数万百姓冒着生命危险为他送行。人们哭着，男女老少沿江护送，其中哭得恸绝者数百人，孟昶也掩面痛哭。老百姓一直从成都送到犍为县，达数百公里，其场面十分感人。

孟昶到达汴京，被授为检校太师兼中书令，封秦国公。七天后，乾德三年（965 年）六月十一日，孟昶去世，时年四十七岁。追赠尚书令、楚王，谥“恭孝”。孟昶亡后，太祖召孟昶的贵妃花蕊夫人，责备她红颜误国。花蕊夫人当场作诗一首：“君王城上竖降旗，妾在深宫那得知。十四万人齐解甲，宁无一个是男儿。”太祖听后默然不语。

平蜀以后，王全斌、崔彦进和王仁赡在成都昼夜酗酒，纵容部下抢掠妇女，强夺财物，蜀地百姓深恶痛绝。曹彬屡次请求还师，王全斌都置之不理。不久，太祖命令对蜀兵优给着装费后出川赴汴，王全斌对此也雁过拔毛，克扣费用。蜀兵于是怨愤思乱，行至绵州（今四川绵阳），发难起事，众至十万，号称“兴国军”，推文州刺史全师雄为帅。王全斌派朱光绪前去招抚，不想朱光绪竟然灭了全师雄全族，还霸占了全师雄的女儿。这彻底激怒了全师雄，他自称兴蜀大王，川蜀十六州和成都属县的百姓也纷纷起兵响应。王全斌遣将讨伐，屡战不利，只得退保成都。当时城中尚有后蜀两万七千降兵，王全斌担心他们里应外合，就把这些降兵诱骗到夹城之中，全部射杀。十二月，太祖得知川蜀降兵起事，随即增派兵马入川镇压。不久，王全斌在灌口（今四川灌县）大败全师雄。全师雄旋即病故，蜀兵的反抗才渐渐平息。

乾德五年（967 年）正月，王全斌、崔彦进和王仁赡被召回京城，令中书门下审讯，尽得黩货、杀降兵、克扣兵士着装钱诸罪。御史台召集百官，审议三人罪状，百官认为应诛三人，以谢蜀民。然太祖以三人平蜀有功，赦其罪，责授王全斌为崇义留后，崔彦进为昭化留后，王仁赡为右卫大将军。曹彬、刘廷让二人严守军律，秋毫无犯，特加厚赏，曹彬擢为宣徽南院使，领义成节度使，刘廷让改领镇安节度使。曹彬便是电视剧《清平乐》中曹皇后的先祖。

其实，王全斌等人的所作所为是五代时期骄兵悍将的一贯做派。由于王全斌的倒行逆施，宋初四川地区对中央朝廷的归附感十分勉强，一有风吹草动，就有兵变或起义随之而起，这都是王全斌等人留下的后遗症。

第四节

宋平南汉（971年）

南汉主刘鋹昏庸无能，权力由宦官及宫女分掌。乾德二年（964年）九月，赵匡胤令潘美、尹崇珂率师攻克南汉的郴州。因当时正准备西取后蜀，故未对其大举用兵。

开宝三年（970年）九月，赵匡胤让南唐主李煜出面，劝刘鋹臣服，刘鋹出言不逊。于是，太祖赵匡胤命潘美为贺州道行营都部署，尹崇珂为副都部署，出兵南汉。

开宝四年（971年）二月，潘美攻克英州（今广东英德）、雄州（今广东南雄），进兵至距广州城仅十里之遥的双女山下。刘鋹征集了十余艘船舶，载上珍宝、嫔妃，准备下海逃命，却被一批宦官和卫兵捷足先登，把船盗走了。穷途末路的刘鋹便以竹木为栅，负隅顽抗。入夜后，潘美派大批丁夫，潜至栅前，放火焚烧。一时间，大火熊熊，风助火势，烈焰腾空，南汉军队不战自败。刘鋹出降，南汉平，宋得六十州二百四十县。南汉自公元 905 年刘隐取得岭南节度使算起，至公元 971 年灭亡，历时六十七年，共五主。

有趣的是，刘鋹作为皇帝，竟然不知自己的国土有多大。他被解送汴梁的途中时越过骑田岭，进入郴州境内，原南汉旧吏前来迎接。刘鋹惊讶地说："你怎么在这么近的地方呢？"回答说："陛下之国，边境至此已极，并非万里之遥。"原来刘鋹还以为郴州至广州遥远得很呢，可见他昏庸到何种程度。

刘鋹被送至开封，把罪名都推到龚澄枢等人身上，对太祖说："在国时，我是臣下，澄枢才是国主。"刘鋹性机巧、口善辩，曾用珍珠编织鞍勒，酷肖戏龙之状，献给太祖。太祖对群臣说："倘若把这些心思用于治国，岂会亡国呢？"有一次，太祖单独召见刘鋹，赐给他一杯酒。刘鋹想起自己曾以毒酒鸩杀臣下，战战兢兢地说："我愿为大梁布衣，观太平盛世。不敢饮这杯酒。"太祖大笑，说道："我以赤心待人，岂有此事！"边说边将这杯酒一饮而尽，再酌一杯酒赐给刘鋹，刘鋹惭愧谢罪。后来宋太宗将攻北汉，设宴宫中，刘鋹进言道："四方僭伪之主，今日尽在座中。今晚平了北汉，刘继元还要来。我来朝最早，那时让我执梃当个诸国降王的头儿吧！"

南汉后主刘鋹曾在海门镇招募二千士兵，下海采珍珠，号"媚川都"。采珠者脚坠石头，腰系缆绳，沉入五百尺深的海底，溺死了很多人。刘鋹所居的宫殿，均饰玳瑁珠翠，穷极侈靡。宋师破南汉时，宫殿为宋师焚烧，潘美等将珍珠宝石献给太祖，且说采珠危险艰苦。开宝五年（972 年），太祖立即命人告诉宰相，速降诏罢媚川都，少壮者为军，老弱者听其自便。

第五节

无可奈何花落去，宋平南唐
（975年）

春花秋月何时了？往事知多少。小楼昨夜又东风，故国不堪回首月明中。　雕栏玉砌应犹在，只是朱颜改。问君能有几多愁？恰似一江春水向东流。

这首词唤作《虞美人》，为南唐后主李煜所作，传诵千载。我们就先从南唐后主李煜说起吧。

1. 后主李煜

李煜出生于南唐升元元年（937 年），据说他出生时正值七夕，佳节生佳儿，为刚刚建国成为皇室的李氏家族增添了喜庆的气氛。李煜是李璟第五子，初名李从嘉，即位后改名李煜。李璟共有十个儿子，其中长子李弘冀、五子李煜、七子李从善、九子李从谦，都是皇后钟氏所生，即所谓嫡子。

李璟在其弟李景遂让出皇太弟之位后，按照立嫡以长的制度，立长子李弘冀为太子，时在交泰元年（958 年）三月。李弘冀为人猜忌严苛，他刚入主东宫之时，李景遂的左右尚来不及出宫，他立即命人将他们赶出。虽然如愿以偿当上太子，但李弘冀并不放心，对诸弟十分戒备，尤其对李煜猜忌尤甚。李弘冀猜忌李煜主要有两方面原因：其一，李煜也是嫡子，而且在嫡子中排行仅在其次，故而对其地位构成一定威胁；其二，李煜的相貌非同一般。据史书记载，李煜广额丰颊（额头宽而且面颊丰满）。骈齿（牙齿重叠，其实就是一种比较整齐的龅牙，自古以来被认为是圣人之像），一目重瞳（一个眼睛里有两个瞳孔，在上古神话里记载有重瞳的人一般都是圣人），颇似上古时期传说中圣君舜的相貌，时人称为“奇表”。但是这个“奇表”却令李弘冀十分讨厌，百般防范，唯恐李煜会取代自己。

李煜对这位兄长十分畏惧，同时也厌恶皇室内部的争权夺利，尤其是当李煜年纪长大以后，面对南唐屡开兵衅，国事日非，百姓涂炭，更是心灰意冷，从不过问朝政。除了读书作诗之外，李煜对佛教也产生了浓厚的兴趣。为了明确表示自己无意于帝位，以躲避可能的灾祸，李煜采取了隐逸全身的策略，自号钟隐，又别称钟山隐士、钟峰隐士、莲峰居士，以凸显自己与世无争的态度。

当真是造化弄人，做梦都想当皇帝的李弘冀费尽心机，甚至毫不顾惜兄弟之情，但不久后却得了暴病，一命归西。于是围绕太子之位又展开一场争斗。按照李煜在嫡子中的排行，本应该立他为太子，却不料大臣钟谟突然站出来提出立李璟第七子李从善为太子，从而又掀起一场风波。

钟谟，祖籍会稽（今浙江绍兴），唐末先后迁徙到崇安、金陵等地。李璟统治时期担任过翰林学士、户部侍郎等职。周世宗进攻淮南时，李璟派他出使后周，被周世宗扣留。南唐战败，割让淮南十四州，他曾经数次往返于两国之间，传递信息。事后钟谟自以为有功，又认为自己颇得周世宗信任，于是有恃无恐、言行骄横。李璟因为还用得着他，所以暂时隐忍不发。保大后期钟谟任知尚书省事，除了尚书省外，对其他两省之事莫不过问，权势赫然，气焰嚣张。周世宗去世后，钟谟失去了靠山，李璟也渐渐疏远他。钟谟自感失落，于是想设法改变现状。

太子李弘冀死后，钟谟因为曾与李从善一起出使过后周，关系亲密，因此上言李煜志向不定，酷信佛教，缺乏天子气度；又盛称李从善有才，可立为太子。钟谟想要通过拥立李从善为太子，为将来的飞黄腾达做好铺垫。李璟在自己身上已经看到了兄弟相争的恶果，岂能让自己的儿子重蹈覆辙？加上钟谟以前的所作所为，于是新账老账一起算，下令贬钟谟为国子司业、著作佐郎，安置饶州。建隆元年（960 年），干脆派人把他杀掉了。

李璟除掉钟谟后，在迁都南昌时，正式册立李煜为太子，留在金陵监国。宋建隆二年（961 年），李璟逝世于南昌，时年四十六岁，葬顺陵；死后获宗主国宋朝特许而被追上庙号元宗，谥号明道崇德文宣孝皇帝。李璟病死后，李从善因为扈从其父至南昌，遂得以主持葬礼。李从善不甘心失去最后的机会，向清辉殿学士徐游索要李璟遗诏，遭到徐游拒绝。徐游回到金陵后，不敢隐瞒，据实向李煜奏报。因为此事没有造成什么实际的后果，李煜也就没有追究。由此可见，李煜确是宽仁之人，这种事如果放在其他帝王身上，恐怕早就斩草除根了。

建隆二年（961 年）七月，李煜在金陵即位，时年二十五岁。

2. 李煜的为人

李煜性格柔顺、多愁善感，无论对父母、兄弟还是妻儿，都充满了关爱之情。其兄李弘冀虽然对他屡加猜忌，但他却每每谦让；其弟李从善与之争位，他也不加深究。后来李从善出使宋朝被扣留，李煜多次奉表请求放归，不能如愿。李煜对此十分伤感，每每登高北望，泪下沾襟，并且撰文表达思念之情。

李煜的《却登高文》说："原有鸰兮相从飞，嗟予季兮不来归，空苍苍兮风凄凄，心踯躅兮泪涟洏，无一欢之可作，有万绪以缠悲。"其中"原有鸰"一句典出《诗经・小雅・常棣》，原文是："脊令在原，兄弟急难。""脊令"，就是鹡鸰，一种水鸟。鹡鸰本来应该在水边生活，却处于高远，失其常处，比喻人逢急难。诗的意思是兄弟有急难，须互相援助，不能相舍。后世遂以"鸰原"作为兄弟的代称。李煜此处借用这个典故，来表达自己兄弟不能相聚的悲伤之情，情真意切，令人感怀。对于庶出的兄弟，李煜同样充满关爱之情。八弟李从镒出镇宣州时，他亲率朝臣送行，并赋诗惜别。

李煜对待妻子也是情深意切。他的妻子周氏是司徒周宗的女儿，小名娥皇，比他年长一岁，国色天香，性情温顺。周氏还精通音律，能歌善舞。唐代著名的大曲《霓裳羽衣曲》自唐末动乱以来，早已不复流传。周氏偶得残谱，遂变易讹谬，按律寻音，精心整理，恢复了这首名曲，从而使"开元、天宝之遗音复传于世"。李煜《玉楼春》一词中有"重按霓裳歌遍彻"之句，描写的就是恢复后的《霓裳羽衣曲》演奏的情景。除此之外，周氏还谱写了《邀醉舞破》《恨来迟破》等乐曲，并流行于当时。她还著有《系蒙小叶格子》一卷，流传于世。对于这样才貌双全的妻子，李煜更是爱惜有加，即位之后，册立为皇后。

不过天妒红颜，周后体弱多病，加上爱子李仲宣去世后悲伤过度，病情加重。史载李仲宣聪明伶俐，三岁时即会诵读《孝经》及杂文，且一字不差。

听到音乐之声，还可分辨出音律节拍。李仲宣颇懂礼仪，接待群臣，揖让进退，犹如成人。因此，李煜和周后对他爱如掌上明珠。不幸的是，李仲宣五岁时，有一次在佛像前玩耍，一盏琉璃灯被猫碰落坠地，李仲宣受惊患病，竟不治而亡。关于此事，《江南野史》记载说，有一位僧人名叫栖霞，李煜将他迎入宫中，令宫嫔抱出仲宣，与栖霞相见。栖霞仔细察看后说："此儿与陛下和皇后有夙冤，特降生以讨孽债，割父母之肝肠，应该好好赡养，但却不要过分溺爱。"等到仲宣五岁时，有一日忽然说："儿不能久居人间，今天将要离去。"遂闭目而死。

这种野史姑妄听之，但李煜和周后确因此事悲痛不已，周后不久后也撒手人寰。周后病重之时，李煜贵为一国之主，却衣不解带，日夜侍候于病榻之旁，为周后亲尝汤药，关怀备至。周后十分感激，临死前还将自己佩戴的玉环和李璟所赐的琵琶留给李煜，以为纪念。

周后死于乾德二年（964 年）十一月，终年二十九岁。周后死后，周后的妹妹时常往来于宫中，李煜与她逐渐产生感情。到了北宋开宝元年（968 年），李煜又册立周后之妹为后，为了与周后相区别，称为小周后。

3. 李煜的施政举措

平心而论，李煜本质上更多的是一位才华横溢的文士，而不是政治家。但是历史把他推上了帝王宝座，导致了李煜人生的悲剧。李煜即位之时南唐国势已衰，淮南十四州的失去，不仅使南唐国土大为缩小，沦为二流小国，而且失去了战略纵深，其国都金陵直接暴露在中原王朝的威胁之下。富庶的淮南地区的丧失，使南唐的赋税收入大大减少，而财政开支却并未减少多少，反而每年要承担向中原王朝进献的繁重贡赋。加之李煜佞佛，大量兴建佛寺，度人为僧，又耗费不少财力。所有这些因素的存在，使李煜统治时期的南唐财政更加困难。面对这种艰难的局面，莫说是李煜这种没有政治才能的君主，即使是英明之君，恐怕也难以扭转局势。

为了改变财政紧张的状况，南唐君臣又开始在货币政策上打主意。早在李璟统治时期，因为连年征战，国库空虚，南唐就曾经铸造大钱，但尚未铸造铁钱。当时韩熙载曾经力主铸造铁钱，由于李璟反对而作罢。乾德二年（964年），由于财政更加紧张，韩熙载再次提出铸造铁钱，宰相严续认为铁钱不便，坚决反对；韩熙载在朝堂之上争论不休，声色俱厉。李煜急于解决财政困难问题，遂支持韩熙载的意见，罢去严续相位，改任秘书监；提升韩熙载为户部侍郎、勤政殿学士，充铸钱使，专门负责铸造铁钱事务。

韩熙载所造铁钱为“当二钱”，即一枚铁钱可当二文钱使用。他想通过政府的力量强制发行这种货币，以解决财政困难、钱币紧缺的问题。但是古代的金属货币需要货币面额与货币自身价值基本相当，否则就会造成货币贬值。韩熙载只是一个文人，不懂经济，铁钱政策造成南唐经济更大的混乱。这种铁钱发行之初，规定按照铁钱六、铜钱四的比例进行流通，即所使用的十文钱必须有六文是铁钱，给官员发放俸禄也按照这个比例施行。这一政策施行不久，民间纷纷贮藏铜钱，使市面上流通的铜钱大大减少，同时引起物价飞涨。外地商人在南唐贸易，返回时以十枚铁钱兑换一枚铜钱再带出境，进一步加剧了南唐币制的混乱。于是李煜只好又下令，铁钱与铜钱的兑换按照十比一进行。看来事物的发展最终只能按照客观规律，南唐这次货币改革以彻底失败而告终。

南唐铁钱，北宋在其灭亡后宣布作废，停止使用，然而这种办法并不能彻底解决南唐民间仍有大量铁钱存在的问题。宋太宗在太平兴国二年（977年），下令由官府出资收回民间铁钱，用来铸造农具发给江北流民使用，才彻底解决这一问题。

南唐行用铁钱还加重了农民负担。南唐仿效唐朝，施行两税法，其中夏税需要征收现钱，农民出售产品换来的大多是铁钱，但是官府收税却要按照铜钱四铁钱六的比例征收。为了交税，农民只得到市场上按照市价以铁钱十文换取铜钱一文，然后再交税。这样即使在税额不增的情况下农民的实际负担大大加重，何况南唐还在不断增加税额。币值混乱也使得大量富裕人家深受其害，南唐礼部侍郎汤悦指出："泉布屡变，乱之招也。且豪民富商不保其赀，则日益思乱。"这说明南唐的货币政策已经影响到政治稳定和人心得失。到后来李煜不得不再次下令，铁钱与铜钱按照十比一进行兑换，这才在一定程度上缓和了社会矛盾。

李煜也采取了一些积极措施。针对其父中主李璟施行屯田制的弊端，李煜在即位之初，就下诏罢废各地的屯田使，将屯田发还农民，由官府按照正常的税赋统一征收，以其中的十分之一作为地方官的俸禄。由于南唐的屯田规模很大，李璟统治末期曾罢去了矛盾最为激化的淮南屯田，而江南一带数量仍然不少，至此全部罢废，从而使大批农民解脱出来，得以休养生息。

李煜还施行了一项善政，就是在征收夏税时允许农民缴纳实物。前文提到，南唐的夏税原本是征收现钱，使农民不仅遭受官吏盘剥之苦，而且在卖粮换钱的过程中，受到商贾的剥削。当时南唐一位叫李元清的官员向李煜建议，纳帛一匹，可以折钱一贯，这样农民只需缴纳实物，不再需要缴纳现钱，即可完税。李煜采纳了他的建议。此法的实施，不仅可以减轻农民负担，而且可以简化征税手续，公私两便。

在刑法方面，李煜施行了省刑慎罚的政策。李煜是一个心地善良的人，据说他有一次外出狩猎，有一牝（雌性动物）狙（一种猴子）触网被抓获，牝狙两眼垂泪，十分可怜，李煜见其腹大，好像有了身孕，于是动了恻隐之心，令人小心看护，当晚牝狙就生下了两只幼狙。李煜对待动物尚且如此，对待人命更加小心，从不酷刑滥杀。当执宪部门上奏纠劾时，如果有过分严苛之处，他往往留中不发。讨论判决死刑时，能减刑者尽量减刑，有时在司法部门的再三抗奏下，万不得已，才垂泪勉强同意。有时他还亲自到大理寺审理案件，往往多有减缓刑罚甚至释放囚犯之事发生。因此，史载李煜"性宽恕，威令不素著"。其实司法之事自有刑部、大理寺主管，作为国君不应亲自过问。李煜在司法方面采取审慎的态度本无不妥，但是如果做过头就是弊端了。

按照当时的制度，凡判死刑，临处决前还要经皇帝审批。由于李煜佞佛，每到此时他都要在佛前燃一盏灯，如果至天明灯仍不灭，往往予以赦免；如果未至天明而油尽灯灭，则依法处置。于是便有一些富人出钱贿赂宦官，暗中在佛前灯盏中续油，使灯至天明而不灭，这样就能够得到赦免。李煜的这种做法，把国家法律视为儿戏，是不可取的。

4. 李煜的文学成就

李煜是我国古代杰出的文学家，在我国文学史上有着重要的地位，其主要贡献表现在对词的创作上。词这种文学体裁在唐代被视为小令，是为了配合音乐而作的歌词，故而对大多数文人而言，只是一种消遣。到了五代十国时期，诗歌创作衰微，而词的创作逐渐兴起。而且这一时期词的创作最为繁荣的地区是南唐和西蜀，其中西蜀为“花间派”，风格“香而软”，内容浮靡，形式艳丽，思想颓废，境界狭窄。在南唐，词的发展却达到一个新的水平，无论形式、内容、艺术技巧均有新的突破。南唐拥有以中主李璟、后主李煜为首的，以冯延巳、高越、江文蔚为主体的一批词人。而其中最有成就、对后世影响最大的，非后主李煜莫属。

李煜前期的词，主要反映宫廷生活，如《玉楼春》：

晚妆初了明肌雪，春殿嫔娥鱼贯列。
笙箫吹断水云开，重按霓裳歌遍彻。

临风谁更飘香屑，醉拍阑干情味切。
归时休放烛花红，待踏马蹄清夜月。

这首词反映了李煜与后妃宫女们歌舞宴饮、狂欢作乐的场面，是一首纪实之作。全词笔法自然奔放，语言直接明快，情境描绘生动，宛如就在眼前。尤其最后两句，清俊潇洒，明月之下，踏马徐归，令人回味悠长。后人对“踏马蹄”三字最为推崇，不仅是马蹄在踏，而且踏在马蹄之下的是清凉夜晚的一片月光，这种纯真纵意的感觉，带给读者无尽享受。

李煜在位期间，南唐国势日下，处于风雨飘摇之中，作为一国之主，自然忧郁愁闷，作品中有些就是这种感慨与愁绪的写照。如《清平乐》：

> 别来春半，触目柔肠断。砌下落梅如雪乱，拂了一身还满。　　雁来音信无凭，路遥归梦难成。离恨恰如春草，更行更远还生。

全词语言明净自然，意境悲婉。后人评论说：“以（孟）郊、（贾）岛诗入长短句，词之境界，至此又复一变。入宋以后，文人之词，皆其衍流。”

李煜的最佳作品，是在南唐国灭、他由皇帝变为囚徒之后。人生剧变，使李煜有着常人所无法体验的生活感受，正如著名学者王国维所说：“后主之词，真所谓以血书者也。”比如李煜为人熟知的作品《虞美人》：

> 春花秋月何时了？往事知多少。小楼昨夜又东风，故国不堪回首月明中。　　雕栏玉砌应犹在，只是朱颜改。问君能有几多愁？恰似一江春水向东流。

还有李煜的名作《浪淘沙》：

> 帘外雨潺潺，春意阑珊。罗衾不耐五更寒。梦里不知身是客，一晌贪欢。　　独自莫凭栏，无限江山，别时容易见时难。流水落花春去也，天上人间。

还有《相见欢》：

无言独上西楼，月如钩。寂寞梧桐深院锁清秋。　　剪不断，理还乱，是离愁。别是一般滋味在心头。

李煜的这些词可谓前无古人后无来者，文辞淳朴自然，感情回肠九转。《相见欢》后半阕："剪不断，理还乱，是离愁。别是一般滋味在心头。"寥寥数语，把愁绪表达得淋漓尽致却又欲言还止。究竟滋味如何？词人自己也说不清楚，真是欲说又无从说起，无言之哀，凄婉之极，与另一些文人的无病呻吟、痛哭流涕自不可同日而语。

李煜的词不仅仅是哀婉的，有时也气魄沉雄。苏东坡先生自然是豪放派的宗师，但是后主李煜"四十年来家国，三千里地山河"，实开宋人豪放一派之先河。《破阵子》：

四十年来家国，三千里地山河。凤阁龙楼连霄汉，玉树琼枝作烟萝，几曾识干戈？　　一旦归为臣虏，沈腰潘鬓消磨。最是仓皇辞庙日，教坊犹奏别离歌，垂泪对宫娥。

王国维先生说："温飞卿（温庭筠）之词，句秀也；韦端己（韦庄）之词，骨秀也；李重光（李煜）之词，神秀也。"

除了文学以外，李煜在书法、绘画领域也有很大成就。

5. 软弱无为的李煜

李煜软弱的性格体现在南唐的对外政策方面，便是南唐苟安偷生、无所作为的消极防御政策。面对宋朝的咄咄逼人，李煜不敢稍有作为，只能一味讨好，以换取苟延残喘的局面。

北宋建立之初，由于忙于平定内部叛乱，一时无暇南顾，所以与南唐暂时相安无事。但是北宋不急于进攻南唐，并不等于没有灭亡南唐的打算，李煜心里也十分清楚。既然如此，南唐就应该积极应对，即使不敢贸然进攻，也应想方设法削弱或者延迟北宋的进攻。但是李煜却消极悲观，极力讨好北宋，希望能令太祖动恻隐之心。

在南唐的臣民中，不乏智勇之士，比如林仁肇。林仁肇本来是闽国将领，闽国灭亡后居于福建。后周进攻淮南时，中主李璟派人到福建招募骁勇之士，林仁肇应募从军。林仁肇参加了南唐与后周的淮南战争，屡立战功；到了李煜统治时期，已经官至南都留守，镇守江西南昌。当时北宋连年用兵，先后平定了后蜀、南汉、南平以及湖南，对南唐已经形成迂回包抄之势，而北宋在淮南诸州的守军，每处不过各千余人。林仁肇向李煜上奏说，今宋军连年用兵，长途进军，往返数千里，军力疲惫，从军事角度看，有可乘之机；臣请率数万之兵，出寿春，渡淮河，据正阳，利用淮南人民思念故国之情，恢复淮南旧土，然后练兵设防，待宋军来援，我国形势已固，宋军未必能有所作为；起兵之日，陛下可以声言臣乃叛将，事成则对国家有利，如果事败，陛下诛杀臣全家，以表明陛下并不知情。李煜不但拒绝了林仁肇的建议，还听信谗言杀死了林仁肇。

林仁肇（？—972 年），人称林虎子，多谋善战，是南唐少有的良将，曾屡任鄂州、洪州等处节度使，控御长江上游，被时人视为国之长城。皇甫继勋、朱令赟掌握兵权，对林仁肇的雄才大略非常妒忌，图谋中伤。正在此时，南唐派往北宋的使者返回，他们便借口使者说见到林仁肇的画像在北宋宫中张挂，并在汴梁为其建造了府邸，只等林仁肇来降。李煜此时正宠信皇甫继勋等人，不辨是非，派人持毒药前往南都，将林仁肇毒死。这正中了宋太祖的反间计，林仁肇素为南唐大臣陈乔所知，他听说林仁肇死去的消息后，叹息说：“国势如此，而杀忠臣，我不知此身将归于何处！”

就在北宋大军云集淮南，即将对南唐发动总攻的前夕，有商人自淮南来，秘密觐见李煜，报告说宋军在长江上游的江陵造战舰数千艘，请求潜往焚烧。李煜担心事情不成，反招祸患，拒绝了商人的建议。其实事已至此，何不放手一搏？

当时南唐迟滞北宋的进攻还是有不少机会的。比如北宋进攻南汉的时候，如果南唐出兵截击宋军，宋军就很难应付。南汉灭亡，南唐唇亡齿寒，处于腹背受敌的不利态势。另外，宋军远征南汉，必须从湖南进兵，翻越五岭，才能抵达南汉边境。如果南唐乘宋军与南汉激战之时，自南昌、虔州等处出兵湖南，截断宋军粮道，与南汉军前后夹击，宋军前有五岭之阻，后有南唐截击，腹背受敌，将处于十分危险的境地。正因为如此，宋太祖赵匡胤先派人命李煜劝说南汉主刘鋹向宋称臣，借机试探李煜对北宋讨伐南汉的态度。对于当时的形势，李煜并非一无所知，这一时期南方诸国只剩下南唐、南汉、吴越三国，吴越一贯依附中原王朝，自然没有什么作为，唯一能够联合与宋朝相抗的就是南唐与南汉了，所以太祖赵匡胤才担心李煜会不顾一切地援救南汉。

可惜的是，太祖多虑了。李煜不是雄才大略之主，就连困兽犹斗的勇气都没有。他非常顺从地给南汉刘鋹写了一封信，劝其审时度势，向宋朝称臣。刘鋹拒绝了李煜的劝降，扣留了南唐使者，并与南唐断绝了关系。在这件事情上，宋太祖是大赢家，不仅离间了南唐和南汉的关系，而且还摸清了李煜的态度，可以放心大胆地讨伐南汉了。

李煜也不懂得选用人才。李煜在选人之时注重文学之才。文学之才不是不能使用，但要看其是否具有政治才干；如果没有政治才干，文章写得再好也是无用。但是李煜却专以文学取士，他将宫中的澄心堂作为机要之司，让能文之士徐元机、徐元楡、徐元枢兄弟居于其间，中旨密令多由此出，而中书、密院却成为闲散之地。与北宋的战争爆发后，降圣旨，移将帅，朝臣无人知晓。有时派遣军队出击，统兵大将只是署牒发兵，至于军队前往何处，竟全不知情，都是秉承澄心堂直达的命令。政令、军令如此混乱，南唐不灭亡才怪。

李煜对北宋唯唯诺诺，不敢有丝毫怠慢。除了每年贡奉大量珍宝，遇有节庆、丧葬、祭祀等，也必派使者前往庆贺或吊祭。

开宝五年（972 年），为了表示顺从，李煜下令降低本国仪制，改诏为教（唐宋时期称亲王、公主的命令为教）。改中书省、门下省为左、右内史府，尚书省为司会府，御史台为司宪府，翰林院为修文馆，枢密院为光政院，大理寺为详刑院，客省为延宾院。官员的官名也随之变更，以便与中原王朝有所区别。南唐自从向中原王朝称臣后，每有中原王朝使者到来，则将宫殿上的鸱吻去掉，使者离去后，再予以恢复。按照我国古代仪制，只有皇帝的宫殿才可有鸱吻，臣子的府第不可以有此装饰之物，否则就有僭越之嫌。后来李煜干脆下令去掉鸱吻，永不再设。与此同时，李煜还将其子弟封王者，皆降为公，以李从善为南楚国公，李从镒（读益）为江国公，李从谦为鄂国公。李煜为了讨好北宋，把凡是与皇帝有关的所有制度都降低一格，不给北宋发兵以任何借口。

开宝六年（973 年）四月，北宋派学士卢多逊出使南唐，要求南唐献出江南各州图经。李煜明知北宋是为出兵做准备，竟然不敢违抗，把江南各州图经拱手献给宋朝，从而使北宋完全掌握了南唐的地理形势。

正是因为李煜对宋朝小心谨慎，百依百顺，所以宋太祖决定出兵灭亡南唐时，确实也找不出任何名正言顺的借口。宋太祖对率军将要出发的曹彬、潘美说："江南本无罪，但朕欲大一统，容他不得，卿等勿妄杀人。"

6. 无可奈何花落去

北宋灭亡南汉之后，已经完成了对南唐的包围，统一江南自然成为下一步的目标。但是宋朝并非从一开始就打算用军事手段，而是先采用政治手段，企图"不战而屈人之兵"。于是，太祖遣李穆出使南唐，请李煜入朝。

太祖开始时认为李穆只是一介书生，徒有文采而已。太祖曾对卢多逊说："李穆性仁善，辞学之外无所豫。"卢多逊对曰："穆操行端直，临事不以生死易节，仁而有勇者也。"太祖说："诚如是，吾当用之。"于是先以李穆为使召李煜入朝。李穆到达江南后宣读圣旨，要求李煜入朝。李煜辞以疾，并说"事大朝以望全济，今若此，有死而已。"李穆说："朝与否，国主自处之。然朝廷甲兵精锐，物力雄富，恐不易当其锋。宜熟思之，无自贻后悔。"李穆出使归来，具言其状，太祖认为李穆所说切中要害，江南亦谓其言诚实。

此后赵匡胤再遣梁迥劝诱，李煜仍拒之。宋朝这次公开表明态度，明显是要李煜认清形势，自动纳土归降。对于宋朝这种强硬的态度，李煜再也无法模棱两可了，只有从与不从两条路。为了表示自己抵抗的决心，李煜对臣下说："王师见讨，孤当戎装亲临战场，背城一战；如果不能获胜，则聚全家而自焚。"对于李煜的这种大话，宋太祖得知后，嘲弄地说："这不过是措大儿之语，徒有其口，必无其志。"

宋朝的准备工作可谓非常之细致。在发动征伐南唐的战争之前，宋朝针对李煜佞佛的特点，派人潜入南唐，假装僧侣，煽惑后主大兴土木建造寺院佛像，消耗南唐国力。据记载此人姓江，号称"小长老"。后来宋军打到长江边，建在采石矶上的石塔，就被用来固定渡江用的浮桥，而这些新建的寺院正好作为宋军的兵营。这位小长老由于这些功劳，后来在北宋相继担任过比部郎中、越州刺史。

而且太祖还用反间计，杀死了南唐名将林仁肇。

还有一个南唐人叫作樊若水。樊若水（943—994 年），南唐池州（今安徽贵池）人，考进士，屡试不第，上书言事又不被重视，于是怀恨在心，密谋降宋。作为一介平民，要想出人头地，必须给宋朝送一份大礼。熟知天下形势和地理山川的这位书生，不惜出卖自己的父母之邦而换取进身的本钱。采石矶是长江上的战略要地，樊若水在江上借钓鱼为名，暗测水文情况，计算出此处长江的深度及江面宽窄等数据，并绘制成图。开宝七年（974 年）七月，闻宋廷将伐南唐，樊若水潜至汴京，进献平南唐之策，并建议在采石矶架设浮桥。太祖立即召见，樊若水呈上长江形势图。太祖大喜，赐进士及第、舒州团练推官、赞善大夫；且遣使前往荆湖，按照樊若水计策，造大舰及黄黑龙船数千艘。后来宋军兵临长江北岸时，按照樊若水的谋划，用巨舰互相排列，仅用三日就在长江上建成了有史以来的第一座浮桥。

开宝七年（974 年）九月，太祖命曹彬、潘美、曹翰等率十万大军征伐南唐。临行，赵匡胤又告诫诸将切勿滥杀无辜，尤其李煜一族，更不可加害。太祖并授曹彬一佩剑，嘱咐道："副将以下，不听命者斩之！"潘美等相顾失色。

宋军此次进攻南唐，与当年后周攻取淮南截然不同，这次基本没有激烈的战斗。由于南唐沿江疏于防守，宋军一路顺利，从荆南沿江东下，轻取池州，守将戈彦弃城逃走。宋军进兵当涂，连败南唐张温、郑彦华、杜真等军。其实都是一些小的接触，南唐军队基本上是望风而逃。吴越军五万人从东面夹攻南唐，开宝八年（975 年）三月，常州守将禹万诚开城投降。吴越军与宋军会合后，转攻润州。六月，润州刘澄开城投降。于是宋军与吴越军合围金陵。

此时，南唐唯一的外援便是远在江西的镇南节度使朱令赟的军队。开宝八年（975 年）十月，朱令赟率十五万大军自湖口乘巨舰顺流而下，欲断采石浮桥，将长江两岸的宋军分割开来，以解金陵之围。朱令赟率大军至皖口与宋军相遇。朱令赟命部下用火油焚烧宋军战船，宋军节节败退。忽然北风骤起，大火反而烧向南唐战船，南唐军队不战自溃，主将朱令赟被俘，南唐这支最后的援军全军覆没。至此，金陵外援彻底断绝。

宋军彻底击败外围的南唐军队之后，解除了后顾之忧，开始昼夜不息，全力攻打金陵。城中缺粮，斗米万钱，百姓饥寒交迫，死者无数。为了挽救危局，后主李煜两次派遣大臣徐铉携带大批财宝出使北宋，请求退兵。关于徐铉的出使有三种不同的记载，都非常有趣。

一种记载来自欧阳修的《新五代史》。有人得知徐铉要来，向宋太祖进言道："徐铉乃江南名臣，博学多才，肯定想逞口舌之辩，说服陛下保存其国，希望陛下想好应对之策。"太祖胸有成竹地说道："卿且去，朕自有办法。"徐铉面见太祖之时，极力称李煜无罪，陛下师出无名；又说李煜以小事大，如同儿子对待父亲一般，没有任何过失，为什么还要出兵征讨呢？前后洋洋数百言。太祖耐心听完后，徐徐说道："你称我们为父子关系，既然如此，父子能分两家吗？"

另外一个记载来自《宋通鉴》，说徐铉见到宋太祖时，辩论不休，坚决要求退兵，太祖不耐烦了，怒斥道："不必多言了，李煜有什么罪？只是卧榻之旁岂容他人酣睡？"

第三种记载来自《后山诗话》，说徐铉面见太祖，称赞其主李煜博学多才，其所作文章天下传诵。太祖于是命他诵读一篇，听后太祖大笑说："这不过是寒士之语，不足以称道。"然后太祖告诉徐铉，说自己早年从关中返回家乡，途经华山，醉卧石上，一觉醒来，已经是明月当空了，于是诵诗曰："未离海底千山黑，才到天中万国明。"徐铉听后大惊，黯然而出。太祖这两句诗虽然浅白，但是透着一股傲视天下的帝王霸气，这是李煜万万不及的。

开宝八年（975 年）十一月十二日，北宋曹彬大军开始从三面攻城。在总攻之前，曹彬屡次遣人督促李煜出降，李煜为左右所惑，犹豫不决。曹彬决计攻城，但想大兵攻城，必伤及百姓，遂诈称有病，不能视事。诸将入帐慰问，曹彬道："我的病，非药石所能医治，假若诸位发誓，克城之后，不妄杀一人，我的病便可痊愈。"诸将焚香为誓，绝不妄杀百姓。曹彬真英雄也！

二十七日，宋军破城，李煜奉表投降，南唐遂亡。性格软弱的李煜并没有如自己所说，背城一战，举族自焚，而是率领臣僚袒露上身到宋营投降了。曹彬与潘美接受了李煜的投降后，先登上一舟，然后召李煜登舟饮茶。船与岸之间搭着一条木板，李煜前后徘徊，不敢登船。曹彬只好命左右扶李煜上船。饮茶之间，曹彬告诉李煜可以回宫收拾行装，并对李煜说："你归朝以后俸禄有限，但是花费不小，你应当回去收拾财宝行装，以备他日之用，一旦经过查点接受，再想拿就办不到了。"收拾行装后，约好明日在此会合，一同返回京师。李煜走后潘美有些担心，曹彬说："李煜连独木板都不敢登，如此怕死，又怎会自杀呢？"大家都佩服曹彬的见识和雅量。曹彬入城后，申明严禁暴虐百姓，大搜军中，不准匿人妻子。宋得州十九、军三、县一百零八、户六十五万五千六十五。南唐历三主、三十九年而亡。

7. 三十年来梦一场

李煜离开金陵之日，天气阴暗，细雨绵绵。李氏全族冒雨登舟，告别了故国。李煜在船行到长江中流之时，回顾烟雨中的石头城，不禁潸然泪下，赋诗一首，《渡中江望石城泣下》：

江南江北旧家乡，三十年来梦一场。
吴苑宫闱今冷落，广陵台殿已荒凉。
云笼远岫愁千片，雨打归舟泪万行。
兄弟四人三百口，不堪闲坐细思量。

开宝九年（976年）正月，李煜君臣一行到达京城汴梁，从此开始了他悲苦的降臣生活。不过说句实话，李煜虽然内心郁闷，但是身体并未受什么苦楚，反而受到宋朝的优待。作为胜利者对待亡国之君，按照惯例要举行献俘之礼，不过太祖照顾李煜面子，取消了这个仪式。只是驾临明德楼，令李煜白衣纱帽至楼下待罪，然后颁诏赦免其罪，授予光禄大夫、检校太傅、右千牛卫上将军，封违命侯，并赏赐给金帛之物。宋军统帅曹彬奏上平江南露布。所谓露布，是唐宋时期皇帝诏令的一种，用于公布军队获得胜利的消息。太祖因李煜久奉中原正朔，令勿宣露布。

宋太祖在中国历代皇帝中，是一个比较宽容的人，从不杀害亡国之君和降臣。就是这样一个人，却授予李煜"违命侯"这样一个带有侮辱性的爵号，主要是恼其当初倔强不降。这对于李煜来说，是一个巨大的侮辱，其内心的痛苦不言而喻。

宋太祖曾经评价李煜说："李煜若以作诗功夫治国事，岂为吾擒也！"这种看法是比较公允的。有一次宋太祖与李煜闲聊，问道："听说卿在本国时喜好作诗，可否举得意之作吟之？"李煜沉吟良久，诵其《咏扇》诗一联："揖让月在手，动摇风满怀。"太祖不屑地说："满怀之风，却有多少？"李煜有一目重瞳，且本人风姿秀美，仪态优雅，于是宋太祖便说："公非贵貌也，乃一翰林学士耳。"这种类似的话宋太祖多次在群臣面前说过，对李煜无疑又是一种身心摧残。

宋太祖去世后，其弟赵光义即位，是为宋太宗。他表面上对李煜恩礼有加，实际上摧残更甚。宋太宗除去李煜"违命侯"的爵号，改封为陇西郡公。李煜又向太宗诉说其家贫穷，于是宋太宗又在月俸之外，另赐钱三百万。可是李煜当初离开金陵时，曹彬曾准许他回宫收拾财物，怎么会贫穷呢？原来李煜当初回宫后，将宫中积聚的财物大部分都赐给近臣，自己并没有带走多少。其中内史学士张佖分到黄金二百两，为了获得新主子的欢心，献与曹彬，请求通报于朝廷。曹彬恶其为人，遂将黄金收入官库，没有理睬其要求。途中李煜又向寺庙施舍不少财物，加上宋臣中不少人向他索贿，所以致使李煜入不敷出。

李煜入宋之后，不仅受到宋人的欺辱，就是原来的南唐旧臣，在获得宋朝的官位与权势后，也不礼遇李煜。而且，使李煜感到更为羞辱的是国亡之时，宫中嫔妃或被宋军将士掳掠而去，或被宋朝皇帝纳入宫中，成为他人妻妾或宫嫔。

关于这个问题，宋人所有记载。《默记》中记载，李煜曾手写金字《心经》一卷，赐其宫人乔氏。乔氏后来入太宗禁中，当她听到李煜亡故的消息后，遂将此经舍给汴梁大相国寺西塔院，并且在书后写了这么一段话："故李氏国主宫人乔氏，伏遇国主百日，谨舍昔日赐妾所书《般若心经》一卷在相国寺西塔院，伏愿弥勒尊前，持一花而见佛……"后来此经流落在外，有人曾经见过，并说乔氏"字极整洁，而词甚凄婉"。这个乔氏很有可能不是普通宫女，而是李煜的嫔妃。

令李煜极其羞耻的事并不仅限于此。据宋人记载，小周后随李煜归宋后，被封为郑国夫人，每逢节令，按照惯例要与诸命妇入宫向皇后朝贺，每次入宫常常数日而出，回家后必大骂李煜，声闻于外。李煜无言以答，只得躲闪回避。那么，小周后身上到底发生了什么，令其如此悲愤？宋人虽然不便明言，却不是没有一点暗示。据载有一幅宋人绘制的《熙陵幸小周后图》，画面上宋太宗戴着幞（fú）头，面黑而体肥，小周后半裸，肢体纤弱，由数名宫女抱持，“周后作蹙额不胜之状”。这幅画上面还有元代冯海粟学士的题诗：“江南剩有李花开，也被君王强折来。”

李煜入宋后的处境，使其身心受到巨大伤害。加之多愁善感和懦弱的性格，使身处壮年的李煜身体急剧恶化。

太平兴国三年（978 年）七月八日，李煜去世了，终年四十二岁，赠太师，追封吴王。关于李煜的死亡原因，官修史书含糊其词，但是不少宋人私撰的书籍却记载李煜是死于中毒，其中《默记》一书的记载最为详尽。一日，宋太宗问徐铉：“最近曾见过李煜否？”徐铉回答说：“臣如何敢私自见面？”于是太宗命他去见李煜，就说奉圣命前来看望。两人相见后，李煜相持大哭，默坐不言，忽然长叹道：“当时悔杀了潘佑、李平。”徐铉回去后，太宗询问李煜所言，徐铉不敢隐瞒，只好以实相告，引起了太宗的疑忌。加之七夕之时，李煜在家中命旧人奏乐，演唱他所作的新词《虞美人》，声闻于外。其中“小楼昨夜又东风，故国不堪回首月明中”和“一江春水向东流”等句，明显是故国之思，于是宋太宗决心除掉李煜。

李煜宅心仁厚，好生戒杀，江南百姓，世受李氏之恩，李煜亡故的消息传到江南，百姓巷哭，设斋祭奠。与此同时，江南有人去掘了那位向宋军献计架设浮桥的樊若水的祖坟，将其祖先的尸骨抛入长江，可见江南百姓对其憎恨之深。

李煜悲惨的命运得到了人们的同情，后来民间传说宋徽宗就是李煜的投胎转世。宋人所撰的《贵耳集》记载：“宋徽宗降生之时，宋神宗曾梦见李煜前来。宋徽宗长大后，文采风流颇似李后主。及至亡国后的遭遇，宋徽宗与李煜也颇为相似。”

第六节

斧声烛影

1. 宋太祖可爱可敬的另一面

宋太祖以一军旅武将得天下，在位十六年，做了两件大事：第一，统一南方，并且为统一全国打下坚实的基础；第二，强化了中央集权，彻底消弭了中唐以来造成地方割据的动乱因素。王夫之在《宋论》里认为，宋太祖的功业“固将夷汉唐而上之”。《宋史太祖纪》也认为：“三代而降，考论声明文物之治，道德仁义之风，宋于汉唐盖无让焉。”与其他开国帝王相比，宋太祖有其不可替代的地位，其治国与为人也有独特的魅力。

太祖虽然出身武将，却酷爱读书。他随周世宗打淮南，有人揭发他私载货物达数车之多，检查下来，却是书籍数千卷。周世宗问道："你做将帅，应该致力于坚甲利兵，要这么多书干什么？"太祖回答："蒙用为将帅，常担心完不成任务，故而聚书观看，就是为学知识、广见闻、增智虑。"

太祖也能吟上几句诗，他有一首《咏日》：

> 欲出未出光辣达，千山万山如火发。
> 须臾走上天上来，赶却残星赶却月。

虽然文字不很优美，但是充满王霸之气。

有时候，太祖也会承认文人的用处。乾德三年平蜀不久，太祖偶然发现一面后蜀的铜镜刻着"乾德四年铸"的字样。乾德是北宋年号，怎么会在后蜀的镜子上，太祖大惑不解。翰林学士窦仪解释说："前蜀王衍也用过这个年号，一定是那时所铸。"太祖感慨地说："宰相须用读书人。"

后人都以为宋朝重文抑武的祖宗家法是太祖定下的，其实，问题并不如此简单。出于防范的需要，抑制武人是宋初的客观需要，其后成为宋代家法。由于贬抑武人，就一定要擢用文人，相形之下文人身份倍增。实际上太祖是抑武而不太重文的，他对赵普说过一段话："五代方镇残虐，人民深受其害。我让选干练的儒臣百余人，分治大藩，即便全部贪浊，也抵不上一个武人。"在太祖看来，任用文人仅仅是因为他们的危害较小，更不会像武人那样危及根本。有一次，太祖指着朱雀门上的题字"朱雀之门"问赵普："为什么朱雀后面要加个之字？"赵普答道："那是语助词。"太祖轻蔑地笑道："之乎者也，助得甚事！"

即位不久，一天罢朝，太祖久坐便殿，沉默不语。内侍问太祖何以闷闷不乐，太祖说："你以为皇帝那么好做吗？早朝之时，由着性子办了一件事，想起来有误，故而不快。"开宝元年，皇宫修缮完毕，各道正门都在中轴线上，太祖端坐寝殿，命诸门洞开，一无遮蔽，太祖得意地对左右大臣说："此如我心，少有邪曲，人皆可见。”

太祖在平定南方的过程中，坚持不杀降王，在禅代后周之后，更是优待礼遇后周柴氏子孙，在历代开国皇帝中是鲜有其比的。据说太祖在入宫即位之初，见一位宫嫔抱一小儿，得知是周世宗之子。太祖问大臣如何处理，赵普主张处死，潘美后退不语。太祖追问之下，潘美才说：“我与陛下曾共事世宗。劝陛下杀，是负世宗；劝陛下不杀，陛下必定怀疑我。”太祖当即表示：“即人之位，杀人之子，我不忍做这等事。”因而太祖又立下誓言：“柴氏子孙，有罪不得加刑；纵犯谋逆，止于狱内赐尽，不得市曹刑戮，亦不得连坐支属。”

后蜀既平，太祖召孟昶入京，有大臣密奏说：“蜀道千里，而孟昶王蜀三十年，人心难测。请擒孟氏而杀其臣，以防生变。”太祖在奏章上批语道：“汝好雀儿肚肠！”

太祖为人豁达自信，往往以此高人一头。既得天下之后，赵普好几次在太祖面前说起发迹以前不善待自己的人，意欲加害。太祖却说：“倘若在凡俗尘世都能认出天子宰相，那人人都去寻找了。”此后，赵普再也不敢在太祖面前说类似的话语了。

有一次，一个军校献手挝（zhuā）给太祖，说明挝首就是剑柄，有利刃暗藏其中，平时作为手杖，危急时可防不测。太祖大笑着把手挝扔到地上，说：“让我亲自使用这玩意，事态要到什么程度？到了那时，这玩意还能管用吗？”

正是出于这种个性，太祖能够知人善任，任人不疑。他曾经慨叹：“安得有宰相如桑维翰者与之谋乎？”赵普说：“恐怕维翰还在，陛下也不会用。”因为桑维翰贪财好货。太祖说：“苟用其长，当护其短。措大眼孔小，赐他十万贯，就撑破屋子了。”

实际上太祖对赵普就是这样做的。有一次，吴越王钱俶遣使送海产十瓶给赵普，放在廊下，恰巧太祖驾临，问是何物，赵普答曰海产。太祖说：“此海产必佳。”即令打开，见满瓶都是瓜子金（做成瓜子形状的黄金）。赵普惶恐顿首，说自己不知底里，否则一定奏闻谢绝。太祖笑道：“受之无妨，他还以为国家大事都由你书生做主。”一笑之间化解了一件可以问罪的大事。

太祖对臣下大方，自己却十分节俭。他在战利品中见到孟昶所用的七宝装饰的尿壶，感慨地说："用七宝装饰这种家伙，那该用什么盛饭呢？所为如此，不亡何待？"立即命人将此物砸碎了。太祖的爱女穿着一件贴绣铺翠襦（短衣、短袄）入宫，太祖让她不要再穿。太祖对公主说："你做公主的一穿，宫闱贵戚争相仿效，京城翠羽的价钱就会大涨。小民逐利，辗转贩易，捕捉伤生，由你而起。你生长富贵，岂可造此恶业之端？"

有一次，宋皇后对太祖说："官家做天子日久，何不用黄金装一乘肩舆，乘坐出入？"太祖说："我以四海之富，即便宫殿都以金银装饰，也办得到。但想到我为天下守财，岂可妄用？古训说：以一人治天下，不以天下奉一人。倘若只想厚自奉养，让天下之人怎么拥戴你呢？"

也许正是因为太祖体恤百姓，所以对贪官污吏深恶痛绝，往往严加惩治。据统计，太祖在位期间因贪污受贿处死的官吏达二十八人。《廿二史札记》记载："宋以忠厚开国，凡罪罚悉从轻减，独于治赃吏最严。盖宋祖亲见五代时贪吏恣横，民不聊生，故御极以后，用重法治之，所以塞浊乱之源也。"

太祖出身武将，自有其粗暴的一面，但是他却能很好地控制自己，接受正确的劝谏。一次，太祖在后苑用弹弓打鸟，有臣下称有急事求见，所奏却是平常之事。太祖怒而问其故，那人说："我以为此事总比打鸟要紧急些。"太祖大为光火，拿起手里的柱斧柄撞他的嘴，把那人的牙齿打掉两颗。那人慢慢弯腰捡起地上的牙齿，放入怀中。太祖说："你藏起牙齿，还准备要告我吗？"那人从容答道："臣不能告陛下，但自有史官记录此事。"太祖转怒为悦，赏赐给他金帛。

又有一次，一个臣下按照规定应该升官。太祖一向不喜欢这个人，便不予批准。赵普力劝，太祖怒道："我就是不给他升迁，你能怎么样？"赵普说："刑赏是天下人的刑赏，而非陛下一人的刑赏，岂能以喜怒来决定呢？"太祖怒不可遏，起身而去。赵普紧随其后。太祖入宫，赵普立在宫门旁，久久不去。太祖最后收回成命，给那位臣下升了官。有个性却不固执，这也是太祖的可爱之处。

2. 斧声烛影，千古之谜

开宝九年（976年）十月十九日晚，风云突变，大雪飞降，寒气逼人。宋太祖赵匡胤命弟光义入大内，屏退左右，畅怀对饮。太监和宫女们站在远处，只见烛影之下，人影移动，似是光义忽而离席忽而入席，或做退避谦让之状，令人疑惑不解。饮罢，漏鼓三更，殿外积雪数寸。忽见太祖手持柱斧击地，大声对光义说："好做，好做！"便解带就寝，鼻息如雷。四更左右，太祖暴毙，留下了"烛影斧声"的千古疑案。

太祖死后，宋皇后命内侍都知王继恩召赵德芳（太祖之子）。王继恩自以为太祖素来打算传位给光义，竟敢不宣德芳，径赴开封府召晋王光义。只见长于医术的左押衙程德玄坐在府门口，便问其缘故。程德玄说："二更时分，有人叫门说晋王召见，出门却不见人影。如此情况，先后三次。我恐怕晋王真的有病，所以赶来。"

王继恩感到怪异，便告以宫中大事，共同入见光义。光义大惊，犹豫不行，声称要与家人商议。王继恩催促道："时间一长，将为他人所有了。"三人于是踏着大雪，步行入宫。王继恩本欲让光义在直庐等待，自己好去通报，德玄说："直接进去，何待之有？"三人俱至寝殿。

宋皇后听到王继恩的声音，便问："德芳来了吗？"王继恩说："晋王到了。"宋皇后见到光义，不禁愕然失色，马上改口官家，说："我们母子性命都交给官家了。"光义边落泪边说道："共保富贵，莫怕莫怕。"第二天，赵光义登基，是为宋太宗。

烛影斧声之下的太祖猝死和太宗即位，内幕究竟如何，真是千古难解之谜。以上史料，来自《续湘山野录》和《涑水记闻》，后者出自司马光之手。司马光可不是一个胡说八道的史家。自古以来，人们对这个千古之谜兴趣不灭，莫衷一是。有人认为，太宗即位不存在篡弑；还有人认为，是太宗做的手脚杀死了自己的哥哥。那么，究竟是怎么回事呢？我们一起来分析一下。

其一，太祖显然属于非正常死亡。太祖对光义说的“好做，好做”，可有两种截然不同的理解。一为“好好做”，也就是好好干的意思；另外一种是“你做的好事”。如果解释为后者，赵光义当时做了什么“好事”，不得而知。根据史料，开宝九年（976年）太祖活动频繁，精力旺盛，甚至远行至西京洛阳。而且史书中没有关于太祖生病或者大臣问疾的记载。所以太祖猝死，显然不是因病。是不是太祖发现光义在酒里做了手脚，才大呼“好做”呢？

其二，太宗及其亲信是预知太祖之死的。赵光义的亲信程德玄在开封府门口冒着大雪彻夜长坐，明显是代光义静候宫中消息。否则，如果按其所说是担心光义有疾病，却不入府看视，在风雪之夜傻坐门口，无论如何难以自圆其说。而王继恩竟然敢冒死违反宋皇后的命令，不召赵德芳；当光义故作姿态之时又提醒他“时间一长将为他人所有”，两人显然已经事先达成默契。

其三，从宋皇后的言行也能看出太宗即位出自逆取。宋皇后得知太祖暴卒，不宣光义，而宣德芳，一方面表明太祖没有关于传位的遗诏，另一方面也透露出太祖是非正常死亡，可能与昨夜的饮酒有关，故而不召光义。只有这样，当来的是光义时，宋皇后才可能大惊失色，竟顾虑自家母子性命不保了。否则，如果太祖正常死亡，太宗正常即位，宋皇后不会有如此顾虑。

至于太宗如何做的手脚，这些细节已经无法细究，但是太宗赵光义实在是绝命毒师，精于用毒之道。后蜀孟昶，南唐李煜，可能都是被他毒死的。

第七节

吴越归宋与漳泉纳土（978 年）

赵匡胤在位时，吴越王钱俶即以臣相事，岁岁朝贡，使节不绝于途。讨伐南唐时，曾奉诏出兵，竭力相助。平南唐后；曾到开封居住两月之久。临行时，赵匡胤将一黄包袱赐之，并嘱咐："途中方可密视。"及开视，都是臣僚奏请拘留钱俶的奏章。钱俶感动万分。

太平兴国三年（978 年）三月，钱俶再次来朝，尽输府库所藏珍宝，以悦太宗。四月，割据漳州和泉州的陈洪进主动纳土，钱俶感到时局对己不利。五月，钱俶上表献出所掌甲兵。继又上表要求罢去所封吴越国王之称及解天下兵马大元帅之职，请求回归吴越，太宗不许。其从臣崔仁冀明白太宗的意图，劝钱俶说："朝廷之意甚明，大王如不速纳土，恐祸将至矣！"钱俶说："其他条件均可答应，唯纳土一事不可行。”仁冀又厉声说：“今已在他人手掌中，且去国千里，除非你有翅膀才能飞去！”钱俶无计可施，只好上表献其所辖十三州之地。太宗仍将钱俶留居开封，封为淮海国王。

第八节

北汉灭亡（979 年）

北汉刘氏割据政权依附于辽朝，长期与中原政权分庭抗礼。开宝元年（968年）八月，北汉第二代国君刘均病死，太祖赵匡胤认为有机可乘，就派李继勋、党进和曹彬率军北伐。北汉派名将刘继业（原名杨业）抵抗，同时向辽求救。宋军直逼太远城下，太祖传诏北汉国主刘继元投降，遭到拒绝。在契丹诸道驰援的情况下，李继勋担心腹背受敌，只得撤兵。

开宝二年（969 年）二月，太祖御驾亲征。他一方面命各州调运粮饷到河东战场，一方面派兵扼守契丹可能驰援的军事重镇。大军抵达太原城下，太祖筑长围攻城，但是城坚难克。于是决汾河水灌城，城中虽然恐慌，但仍然顽抗。太原城久攻不下，而契丹援军虽然受挫，依旧在北方造成很大压力。

当时已经到了炎热的五月，阴雨连绵，宋军疾疫流行，太祖只得被迫撤兵。宋军撤退以后，太原城排除积水，大段城墙圮坏倒塌。辽朝使者见状大为太祖惋惜，说道："宋军倘若先浸而后涸，太原城就易手了。"

太平兴国四年（979 年），太宗见政权初步稳固，便急于通过攻灭北汉来实现太祖没有完成的功业，以提高自己的地位和声望。正月，宋太宗遣潘美等分路出兵，围攻太原。其后，太宗又亲赴前线督师。三月，云州观察使郭进破北汉西龙门砦，擒获甚众；既而又大破契丹援兵于太原石岭关。宋军连克盂县、隆州、岚州，太原城被围得水泄不通，诸军轮番进攻，矢石如雨。太宗亲临太原城下，诏谕北汉主刘继元降，不果，于是命宋军发机石攻城。五月，破太原西南羊马城，获其宣徽使范超，北汉郭万超率师降宋。宋太宗又移师城南，继续攻城。北汉外绝援军，内乏粮草，军心动摇。太原城几乎城无完堞，城头上箭集如猬。刘继元欲战无力，只好出降，北汉遂平。宋朝得其十州一军四十一县。五代的分裂局面至此宣告结束了。

太宗诏命毁太原旧城，改为平晋县，以榆次县为并州。将僧人、道士及豪民迁于西京，一般百姓迁居新并州，派兵纵火焚烧太原庐舍，有许多老弱病残者来不及转移，被大火吞没。

北汉将领刘继业，素以骁勇闻名。太平兴国四年（979 年）五月，刘继元献城投降后，刘继业据城抵抗，太宗爱其忠勇，很想引为己用，遂令继元招抚继业。刘继业为保全城中百姓，北面再拜，释甲开城，迎接宋军。太宗大喜，立即授右领军卫大将军，并加厚赐，复姓杨，名业。这便是杨家将的杨老令公了。

五代十国这段波澜壮阔而又波诡云谲的历史渐渐消散，中华文明迎来了北宋的春天。